J.D. ROBB

Tödliche Küsse

Buch

In regengepeitschter Nacht wird eine brutal ermordete junge Frau auf einem einsamen Gehsteig gefunden – und ein zweites Opfer kurz danach in ihrem eigenen Apartment. Eve Dallas, Lieutenant der New Yorker Polizei, entdeckt sofort einen Zusammenhang zwischen diesen Verbrechen. Beide Opfer sind schöne und höchst erfolgreiche Frauen. Ihr glamouröses Leben und ihre Liebesaffären waren Stadtgespräch. Ihre Verbindungen zu den Reichen und Berühmten beschert Eve Dallas dann auch eine lange Liste von Verdächtigen – inklusive ihres eigenen Liebhabers, einem der mächtigsten Männer der Welt: Roarke. Eve kann ihr Herz nicht verleugnen, aber die skandalösen Hinweise ebenso wenig ignorieren. Je enger sie den Täter einkreist, desto tiefer wird sie in den tödlichen Sog brisantester Geheimnisse hineingezogen, deren Kenntnis nicht nur ihr eigenes Leben bedroht ...

Autorin

J.D. Robb das Pseudonym der internationalen Bestsellerautorin Nora Roberts. Ihre originellen, überaus spannenden Kriminalromane mit der Heldin Eve Dallas wurden von den amerikansichen Lesern bereits mit größter Begeisterung aufgenommen. Vor rund 20 Jahren begann Nora Roberts zu schreiben und ist längst eine der meistgelesenen Autorinnen der Welt. Ihre Romane werden in 25 Sprachen übersetzt. Weitere Eve-Dallas-Romane von J.D. Robb sind bereits in Vorbereitung.

Von Nora Roberts ist bereits erschienen

Die Irland-Trilogie: Töchter des Feuers (35405) · Töchter des Windes (35013) · Töchter der See (35053)

Die Templeton-Trilogie: So hoch wie der Himmel (35091) · So hell wie der Mond (35207) · So fern wie ein Traum (35280)

Die Sturm-Trilogie: Insel des Sturms (35321) · Nächte des Sturms (35322) · Kinder des Sturms (35323)

Die Insel-Trilogie: Im Licht der Sterne (35560) · Im Licht der Sonne (35561) · Im Licht des Mondes (35562)

Die Zeit-Trilogie: Zeit der Träume (35858) · Zeit der Hoffnung (35859)

Mitten in der Nacht. Roman (36007)

Das Leuchten des Himmels. Roman (Limes Verlag, geb. Ausgabe, 2492)

Nora Roberts ist J.D. Robb

Ein gefährliches Geschenk. Roman (Limes Verlag, geb. Ausgabe, 2481)

Rendezvouz mit einem Mörder (35450) · Tödliche Küsse (35451) · Eine mörderische Hochzeit (35452) · Bis in den Tod (35632) · Der Kuss des Killers (35633) · Mord ist ihre Leidenschaft (35634) · Liebesnacht mit einem Mörder (36026) · Der Tod ist mein (36027)

J.D. Robb
Tödliche Küsse

Roman

Aus dem Amerikanischen
von Uta Hege

BLANVALET

Die Originalausgabe erschien unter dem Titel
»Glory in Death« bei Berkley Books,
The Berkley Publishing Group, New York.

Umwelthinweis:
Alle bedruckten Materialien dieses Taschenbuches
sind chlorfrei und umweltschonend.

Der Blanvalet Verlag ist ein Unternehmen
der Verlagsgruppe Random House.

Einmalige Sonderausgabe Januar 2005

Umschlaggestaltung: Design Team München
Umschlagfoto: ZEFA/Plush Studios/C. Schluck
Druck: GGP Media GmbH, Pößneck
Verlagsnummer: 36201
UH · Herstellung: wag
Printed in Germany
ISBN 3-442-36201-6
www.blanvalet-verlag.de

Fame then was cheap ...
And they have kept it since, by being dead.

Ruhm war damals billig ...
Und ist ihnen, indem sie starben,
geblieben bis zum heut'gen Tag.
DRYDEN

Chok'd with ambition of the meaner sort.

Im Würgegriff des Ehrgeizes der niederträcht'gen Art.
SHAKESPEARE

1

Die Toten waren ihr Geschäft. Sie lebte mit ihnen, arbeitete mit ihnen, befasste sich mit ihnen. Träumte von ihnen. Und weil das immer noch nicht auszureichen schien, empfand sie in einer verborgenen, geheimen Kammer ihres Herzens obendrein ehrliche Trauer.

Zehn Jahre bei der Polizei hatten nicht ausgereicht, um sie vollkommen abzuhärten, um sie den Tod und seine zahllosen Ursachen mit demselben kalten, klinischen und häufig zynischen Blick wie viele ihrer Kollegen betrachten zu lassen. Ihre Arbeit machte Szenarien wie das momentane – ein regnerischer Abend in einer dunklen, von Unrat übersäten Straße – beinahe normal. Doch noch immer waren ihre Gefühle nicht erstorben.

Auch wenn Mord sie längst nicht mehr schockierte, stieß er sie nach wie vor ab.

Die Frau war wunderschön gewesen. Lange Strähnen goldenen Haares ergossen sich wie Sonnenstrahlen auf dem schmutzigen Gehweg. Ihre Augen, groß und voller Trauer, wie sie der Tod häufig in ihnen hinterließ, hoben sich beinahe purpurfarben von ihren blutlosen, regennassen, hohen Wangen ab.

Sie trug ein teures Kostüm, in derselben leuchtenden Farbe wie ihre Augen. Die Jacke war ordentlich bis oben zugeknöpft, der hochgeschobene Rock jedoch stellte ihre schlanken Schenkel aufreizend zur Schau. Juwelen glitzerten an ihren Fingern, ihren Ohren, am Aufschlag ihrer Jacke. Eine Ledertasche mit goldener Schnalle lag unweit ihrer ausgestreckten Finger.

Lieutenant Eve Dallas ging neben der Toten in die Hocke und sah sie sich genauer an. Die Anblicke und die Gerüche waren meist dieselben, doch jedes Mal, ja, jedes Mal, gab es irgendetwas Neues. Sowohl Opfer als auch Täter hinterließen ihre individuellen Spuren, hatten ihren individuellen Stil, machten den Mord zu etwas Persönlichem.

Sie hatten die Szene bereits gefilmt. Polizeisensoren und eine Schutzwand hielten die Schaulustigen ab und sicherten den Tatort. Der Straßenverkehr war umgeleitet, und in der Luft war derart wenig los, dass man davon nicht weiter abgelenkt wurde. Aus dem Sexclub auf der gegenüberliegenden Straßenseite drangen Musik und das gelegentliche Grölen der feiernden Gäste an Eves Ohr. Die bunten Lampen des sich drehenden Türschilds trafen pulsierend auf die Schutzwand und tauchten den Körper des Opfers in kreischend grelles Licht.

Eve hätte Anweisung erteilen können, den Club bis zum nächsten Tag zu schließen, aber das erschien ihr als ein unnötiger Aufwand.

Ein uniformierter Beamter machte weiter Video- und Audioaufnahmen der Umgebung. Ein paar Typen von der Gerichtsmedizin hatten sich zum Schutz vor dem Regen dicht neben die Abschirmung gehockt und unterhielten sich über die Arbeit und ihr Lieblingsthema, Sport. Bisher hatten sie sich noch nicht die Mühe gemacht, sich die Leiche anzuschauen, und sie demnach auch noch nicht erkannt.

War es schlimmer, fragte sich Eve, während sie mit starren Augen auf die im Regen liegende, blutüberströmte Leiche blickte, wenn man das Opfer kannte?

Auch wenn sie nur beruflich mit Staatsanwältin Cicely Towers in Berührung gekommen war, hatte sie sie gut genug gekannt, um sich eine Meinung über sie zu bilden. *Sie war eine starke Frau, erfolgreich, eine unerbittliche Kämpferin für das Recht.*

Hatte diese Rolle sie auch hierher, in diese erbärmliche Umgebung, kommen lassen?

Seufzend beugte sich Eve über die elegante, teure Tasche und zog den Pass der Frau heraus. »Cicely Towers«, sprach sie in ihren Recorder. »Weiblich, Alter fünfundvierzig, geschieden. Wohnhaft 2132, 83. East, Nummer 61-B. Kein Raub. Das Opfer trägt immer noch seinen Schmuck und außerdem wurden ungefähr ...« – sie öffnete die Brieftasche – »zwanzig Dollar in Scheinen, fünfzig Kreditchips und sechs Kreditkarten am Tatort zurückgelassen. Keine unmittelbaren Spuren eines Kampfes oder eines sexuellen Übergriffs.«

Sie blickte nochmals auf die ausgestreckte Frau. *Was zum Teufel hattest du hier nur verloren, Towers?* fragte sie die Tote ehrlich überrascht. *Hier, weit weg von den Zentren der Macht, weit weg von deinem eleganten Zuhause?*

Sie trug Arbeitskleidung. Eve kannte die Garderobe, die Cicely Towers bei Gericht und im Rathaus getragen hatte – leuchtende Farben, für den Fall, dass sie im Rampenlicht stand, passende Accessoires, immer mit einem femininen Touch.

Eve erhob sich und rieb sich geistesabwesend die nassen Knie ihrer Jeans.

»Sie wurde ermordet«, kam die knappe Feststellung in Richtung der Mediziner. »Also, seht sie euch mal an.«

Es war keine Überraschung, dass die Medien die Witterung des Todes längst aufgenommen und sich bei Eves Ankunft bereits vor dem eleganten Gebäude eingefunden hatten, in dem Cicely Towers gelebt hatte. Mehrere Übertragungswagen und Journalisten kampierten bereits auf dem blitzsauberen Gehweg. Die Tatsache, dass es drei Uhr morgens war und in Strömen goss, schreckte sie nicht ab. In ihren Augen erkannte Eve das typische raubtierhafte Glitzern. Die Story war die Beute und die Einschaltquoten die Trophäe, die es zu erringen galt.

Sie ignorierte die Kameras, die in ihre Richtung schwenkten, und die Fragen, die wie spitze Pfeile auf sie niederprasselten. Inzwischen war sie den Verlust ihrer Anonymität beinahe gewohnt. Der Fall, den sie im letzten Winter untersucht und erfolgreich abgeschlossen hatte, hatte sie abrupt ins Rampenlicht katapultiert. Der Fall, dachte sie jetzt, während sie einen Reporter, der die Dreistigkeit besaß, sich ihr mitten in den Weg zu stellen, mit einem stählernen Blick durchbohrte, und ihre Beziehung zu Roarke.

Auch damals war es um Mord gegangen. Doch die allgemeine Aufregung über einen gewaltsamen Tod verflüchtigte sich bald.

Im Gegensatz zum Interesse der Menschen an Roarke.

»Was haben Sie, Lieutenant? Haben Sie schon einen Verdächtigen? Gibt es ein Motiv? Können Sie bestätigen, dass Staatsanwältin Towers enthauptet worden ist?«

Eve verlangsamte ihr Tempo und lenkte ihren Blick auf den Haufen durchnässter, wolfsäugiger Journalisten. Sie war ebenfalls klitschnass, obendrein todmüde und angewidert von dem, was sie hatte sehen müssen, trotzdem blieb sie besser auf der Hut. Sie hatte gelernt, dass die Medien alles, was man von sich preisgab, so lange drehten und wendeten, bis es so weit wie möglich ihren eigenen, nicht unbedingt zutreffenden Vorstellungen entsprach.

»Die Polizei hat zu diesem Zeitpunkt nichts weiter zu sagen, als dass die Untersuchung des Todes von Staatsanwältin Towers eingeleitet worden ist.«

»Und die Leitung der Ermittlungen hat man Ihnen übertragen?«

»Ich bin die Ermittlungsleiterin«, erklärte sie mit barscher Stimme und trat entschieden zwischen den beiden Uniformierten, die den Eingang des Hauses bewachten, hindurch in das Foyer.

Zu allen Seiten sah man wundervolle Blumen: längliche und runde Beete mit duftenden, farbenfroh blühenden Gewächsen, die sie an einen Frühlingstag auf der exotischen Insel denken ließen, auf der sie nach Abschluss ihres letzten spektakulären Falles drei wunderbare Tage mit Roarke verbracht hatte, um sich von einer Schusswunde zu erholen und wieder zu Kräften zu kommen.

Unter den gegebenen Umständen nahm sie sich nicht die Zeit, um bei der Erinnerung zu lächeln, sondern marschierte, nachdem sie sich ausgewiesen hatte, über die Terracotta-Fliesen in Richtung des ersten Lifts.

Überall wimmelte es von Beamten. Zwei saßen hinter dem Tresen in der Eingangshalle und überprüften die Sicherheitsdisketten, andere bewachten die Tür und wieder andere lungerten in der Umgebung der Fahrstühle herum. So viele Polizisten hätten sie eindeutig nicht benötigt, aber als Staatsanwältin war Towers eine von ihnen gewesen, sodass das Interesse der Kollegen größer als in anderen Fällen war.

»Ihre Wohnung ist gesichert?«, fragte Eve den ihr am nächsten stehenden Beamten.

»Ja, Ma'am. Seit Ihrem Anruf um null zwei, zehn kam niemand mehr hinein oder heraus.«

»Ich brauche Kopien von den Überwachungsdisketten.« Sie betrat den Fahrstuhl. »Für den Anfang sollten die letzten vierundzwanzig Stunden reichen.« Sie blickte auf das Namensschild des Uniformierten. »Und, Biggs, ich möchte, dass Punkt sieben Uhr ein Trupp von sechs Leuten anfängt, die Nachbarn einzeln zu befragen. Einundsechzigste Etage«, befahl sie dem Fahrstuhl, und die durchsichtigen Türen glitten lautlos zu.

Einen Augenblick später betrat sie den totenstillen, mit üppigen Teppichen ausgelegten Korridor des einundsechzigsten Stockwerks. Wie in den meisten Gebäuden, die im Verlauf der letzten fünfzig Jahre errichtet worden waren, war auch hier der Flur auffallend schmal. Die Wände waren cremefarben gestrichen, und eine Reihe in dichter Folge aufgehängter Spiegel schuf die Illusion von mehr Weite als tatsächlich vorhanden.

Im Gegensatz zum Korridor herrschte in den Wohneinheiten selbst offenbar kein Platzmangel, dachte Eve, als sie bemerkte, dass es in jeder Etage nur drei Wohnungen gab. Mit ihrer Polizei-Masterkarte decodierte sie das Schloss des Apartments 61-B und trat durch die Tür.

Cicely Towers hatte es eindeutig zu etwas gebracht, beschloss sie angesichts der ruhigen Eleganz, die sie umfing. Und sie hatte gerne gut gelebt. Sie zog die kleine Videokamera aus ihrem Untersuchungsset, klemmte sie an den Aufschlag ihrer Jacke und betrat das Wohnzimmer. An der zart rosafarben gestrichenen Wand oberhalb einer gedämpft grün und pinkfarben gestreiften, ausladenden Sitzgruppe in U-Form entdeckte sie zwei Gemälde eines bekannten Künstlers aus dem einundzwanzigsten Jahrhundert. Dank ihrer Beziehung zu Roarke konnte sie die Bilder identifizieren und erkennen, dass die dezente Einrichtung und die wenigen ausgewählten Stücke ein kleines Vermögen gekostet haben mussten.

Wie viel kassiert ein Staatsanwalt pro Jahr?, fragte sie sich, während die Kamera das Zimmer aufnahm.

Überall herrschte tadellose Ordnung. Aber schließlich war Towers, soweit Eve sie gekannt hatte, eine auf Ordnung und Makellosigkeit bedachte Frau gewesen. Bei der Wahl ihrer Garderobe, bei der Arbeit und was den Schutz ihrer Privatsphäre betraf.

Was also hatte eine elegante, clevere und ordentliche Frau mitten in der Nacht, und dazu noch bei strömendem Regen, in einer derart schmuddeligen Gegend zu suchen gehabt?

Eve ging weiter durch das Zimmer. Der Boden war aus weißem Holz und schimmerte wie ein Spiegel unter den hübschen, ebenfalls grünen und pinkfarbenen Teppichen. Auf einem Tisch standen gerahmte Hologramme zweier Kinder in verschiedenen Entwicklungsstufen von der Babyzeit bis hin zum Collegealter. Ein Junge und ein Mädchen, beide hübsch, beide freundlich lächelnd.

Seltsam, dachte Eve. Im Verlauf der Jahre hatte sie in zahllosen Fällen mit Towers zusammengearbeitet. Hatte sie gewusst, dass die Frau Kinder gehabt hatte? Kopfschüttelnd ging sie hinüber zu dem kleinen Computer, der in die elegante Workstation in der Ecke des Zimmers eingelassen war und nahm erneut ihre Masterkarte zu Hilfe, um Zugang zu bekommen.

»Auflistung von Cicely Towers' Terminen vom zweiten Mai.« Mit gespitzten Lippen überflog Eve die angezeigten Daten. Eine Stunde in einem eleganten Fitnessclub, ein voller Tag am Gericht, gefolgt von einem Sechs-Uhr-Termin mit einem prominenten Verteidiger und einer Verabredung zum Abendessen. Eve zog erstaunt die Brauen in die Höhe. Ein Abendessen mit George Hammett.

Roarke hatte geschäftlich mit Hammett zu tun, erinnerte sie sich. Sie war ihm bisher zweimal begegnet und wusste, dass er ein charmanter und gewitzter Bursche war, der von seinem Transportunternehmen ausnehmend gut lebte.

Die Verabredung mit Hammett war die letzte, die Cicely Towers für den Tag ihres Todes in ihrem Computer vermerkt hatte.

»Ausdruck«, murmelte sie und stopfte das Papier in ihre Tasche.

Als Nächstes versuchte sie ihr Glück, indem sie den Tele-Link nach sämtlichen ankommenden und ausgehenden Anrufen der letzten achtundvierzig Stunden befragte. Wahrscheinlich müsste sie viel tiefer graben, aber für den Anfang ließ sie sich die Anrufe aufzeichnen, schob die Diskette zu dem Computerausdruck in die Tasche und begann mit einer sorgfältigen Durchsuchung des Apartments.

Um fünf Uhr morgens brannten ihre Augen, und ihr Schädel drohte zu zerbersten. Die Stunde Schlaf, die sie zwischen Sex und Mord hatte einschieben können, hatte eindeutig nicht gereicht.

»Nach bisherigen Informationen«, sprach sie müde in ihren Recorder, »lebte das Opfer allein. Die bisherigen Ermittlungen haben keine gegenteiligen Hinweise ergeben. Es gibt kein Anzeichen dafür, dass das Opfer seine Wohnung unfreiwillig verlassen hat, und es gibt keinen Vermerk über eine Verabredung, die erklären würde, weshalb das Opfer an den Ort seiner Ermordung fuhr. Die Ermittlungsleiterin hat die entsprechenden Daten von ihrem Computer und ihrem Tele-Link für weitere Überprüfungen gesichert. Die Befragung der Nachbarn beginnt um null sieben Uhr, und die Überwachungsdisketten des Gebäudes werden konfisziert. Die Ermittlungsleiterin verlässt die Wohnung des Opfers und fährt weiter zum Büro des Opfers im Rathaus. Lieutenant Eve Dallas. Null fünf, null acht.«

Eve schaltete Recorder und Videokamera aus, steckte beides in die Tasche und machte sich auf den Weg.

Es war bereits nach zehn, als sie endlich ihr Büro erreichte. Als Zugeständnis an ihren knurrenden Magen ging sie zuerst in die Kantine, wo sie sich, nicht überrascht, aber enttäuscht, weil der Großteil der genießbaren Gerichte längst nicht mehr zu bekommen war, mit einem Sojamuffin und einer Tasse dessen, was man in der Kantine als Kaffee ausschenkte, zufrieden geben musste. So schlimm beides auch war, aß sie den Muffin dennoch bis auf den letzten Krümel auf und leerte ihren Becher bis auf den letzten Tropfen, ehe sie sich in ihr Büro begab.

Kaum dort angekommen, blinkte auch schon ihr Link.

»Lieutenant.«

Sie unterdrückte einen Seufzer, als sie in Whitneys breites, grimmiges Gesicht sah. »Commander.«

»Kommen Sie sofort in mein Büro.«

Sie hatte noch nicht mal Zeit, den Mund zu schließen, als der Bildschirm bereits wieder schwarz war.

Verdammt, dachte sie und fuhr sich mit den Händen erst durch das Gesicht und dann durch die kurzen, wirren braunen Haare. So viel also zu der Gelegenheit, ihre Nachrichten abzuhören, Roarke anzurufen, um ihn wissen zu lassen, was sie trieb, oder das zehnminütige Nickerchen zu machen, von dem sie schon geträumt hatte.

Mühsam stand sie wieder auf, ließ ihre verkrampften Schultern kreisen und zog sich ihre Jacke aus. Das Leder hatte ihr Hemd vor dem Regen geschützt, doch ihre Jeans waren ungemütlich feucht. Nun, es war nicht zu ändern, sagte sie sich, als sie die wenigen bisher gesammelten Daten zusammenraffte und das Zimmer verließ. Mit ein wenig Glück bekäme sie im Büro des Commanders ja zumindest eine weitere Tasse Kaffee.

Nach ungefähr zehn Sekunden jedoch war Eve bewusst, dass der Kaffee noch würde warten müssen.

Statt wie gewöhnlich hinter seinem Schreibtisch zu sitzen, stand Whitney am Fenster und blickte auf die Stadt hinunter, der er seit über dreißig Jahren treu zu Diensten stand. Seine Hände waren hinter dem Rücken verschränkt, doch die auf den ersten Blick bequeme Haltung wurde durch die weißen Knöchel als Zeichen größter Anspannung entlarvt.

Eve studierte die breiten Schultern, die graumelierten dunklen Haare und den muskulösen Rücken des Mannes, der erst wenige Monate zuvor den angebotenen Posten des Polizeipräsidenten ausgeschlagen hatte, um weiter in direktem Kontakt mit seinen Untergebenen zu stehen.

»Commander.«

»Es hört allmählich auf zu regnen.«

Sie kniff verwirrt die Augen zusammen, bemühte sich jedoch sofort um einen ausdruckslosen Blick. »Ja, Sir.«

»Alles in allem ist es eine gute Stadt, Dallas. Es ist leicht, das hier oben zu vergessen, aber alles in allem ist es eine gute Stadt. Ich arbeite gerade daran, es mir in Erinnerung zu rufen.«

Sie gab keine Antwort, sie hatte nichts zu sagen. Also wartete sie lieber ab.

»Ich habe Sie mit der Leitung der Ermittlungen in diesem Fall betraut. Eigentlich wäre Deblinsky an der Reihe gewesen, also wüsste ich gern, ob sie Ihnen deshalb irgendwelche Scherereien macht.«

»Deblinsky ist eine gute Polizistin.«

»Das ist richtig. Aber Sie sind besser.«

Da ihre Brauen in die Höhe schossen, war sie froh, dass er sie immer noch nicht ansah. »Ich weiß Ihr Vertrauen zu würdigen, Commander.«

»Sie haben es verdient. Ich habe die normale Verfahrensweise umgangen, weil ich aus persönlichen Gründen die Leitung der Ermittlungen in Ihren Händen wissen will. Ich brauche die Beste, die ich habe, jemanden, der keine Grenzen kennt.«

»Die meisten von uns haben Staatsanwältin Towers gekannt, Commander. Sicher gibt es in ganz New York nicht einen Cop, der nicht alles tun würde, um denjenigen zu finden, der sie getötet hat.«

Er seufzte, und sein massiger Körper schien bis in die Zehenspitzen zu erschaudern. Dann jedoch drehte er sich endlich um und bedachte die Frau, die er mit der Untersuchung des Mordfalles betraut hatte, mit einem durchdringenden Blick. Sie war schmal gebaut, doch ihre Zartheit täuschte, denn er wusste, sie war wesentlich zäher, als sie aussah.

Im Augenblick wirkte sie jedoch erschöpft. Sie hatte dunkle Ringe unter den whiskeybraunen Augen, und ihr knochiges Gesicht war beinahe erschreckend bleich. Doch das durfte ihn nicht berühren, nicht in diesem Moment.

»Cicely Towers war eine persönliche Freundin von mir – eine enge, persönliche Freundin.«

»Verstehe.« Eve war sich nicht sicher, ob sie wirklich verstand. »Tut mir Leid, Commander.«

»Ich kannte sie schon ewig. Wir haben über Jahre hinweg hervorragend zusammengearbeitet, ich als ausgefuchster Cop und sie als übereifrige Strafrechtlerin. Meine Frau und ich sind die Paten ihres Sohnes.« Er machte eine kurze Pause, in der er offensichtlich um Beherrschung rang. »Ich habe ihre Kinder benachrichtigt, und meine Frau wird sich mit ihnen treffen. Bis nach der Beerdigung werden die beiden bei uns bleiben.«

Er räusperte sich und presste die Lippen zusammen. »Cicely war eine meiner ältesten Freundinnen, und abgesehen von dem Respekt und der Bewunderung, die ich ihr als Staatsanwältin zollte, habe ich sie sehr geliebt. Meine Frau ist vollkommen außer sich, und Cicelys Kinder sind am Boden zerstört. Alles, was ich ihnen sagen konnte, war, dass ich alles, einfach alles in meiner Macht Stehende tun werde, um die Person zu finden, die ihr das angetan hat, um ihr zuteil werden zu lassen, wofür sie einen Großteil ihres Lebens gearbeitet hat: Gerechtigkeit.«

Er sank auf seinen Stuhl, jedoch nicht mit der ihm eigenen Autorität, sondern wie ein alter, erschöpfter Mann. »Ich erzähle Ihnen diese Dinge, Dallas, damit Sie von Beginn an wissen, dass ich in diesem Fall nicht im Geringsten objektiv bin. Und deshalb bin ich von Ihnen abhängig.«

»Ich weiß Ihre Offenheit zu schätzen, Commander.« Sie zögerte nur kurz. »Aufgrund Ihrer persönlichen Freundschaft mit dem Opfer müssen Sie natürlich sobald wie möglich eine Aussage machen.« Sie bemerkte, dass seine Augen flackerten, ehe sein Blick hart wurde. »Und auch Ihre Frau, Commander. Falls es Ihnen lieber ist, kann ich die Gespräche natürlich auch bei Ihnen zu Hause führen.«

»Ich verstehe.« Er atmete tief ein. »Genau deshalb habe ich Sie mit der Leitung der Ermittlungen beauftragt, Dallas. Es gibt nicht viele Cops, die den Mumm besitzen würden, eine solch delikate Sache so direkt anzugehen. Allerdings würde ich es zu schätzen wissen, wenn Sie bis morgen oder sogar vielleicht noch ein, zwei Tage länger warten könnten mit dem Gespräch mit meiner Frau, und wenn Sie sie tatsächlich zu Hause befragen würden. Ich werde sie dann auf Ihr Kommen vorbereiten.«

»Sehr wohl, Sir.«

»Was haben Sie bis jetzt herausgefunden?«

»Ich habe mir die Wohnung und das Büro des Opfers angesehen. Ich habe die Aktenzeichen der Fälle, die sie gerade bearbeitete, und der Fälle, die sie in den letzten fünf Jahren abgeschlossen hat. Ich muss die Namen überprüfen, um zu sehen, ob jemand, den sie hat einsperren lassen, vor kurzem entlassen worden ist, und wie es mit den Familien und Freunden der von ihr Verurteilten aussieht. Vor allem die Gewaltverbrecher. Sie hatte eine ungewöhnlich hohe Erfolgsquote.«

»Cicely war im Gericht die reinste Tigerin, und sie hat niemals irgendetwas übersehen. Bis jetzt.«

»Weshalb war sie dort, Commander? Mitten in der Nacht? Nach der vorläufigen Autopsie wurde die Todeszeit auf ein Uhr sechzehn festgelegt. Es ist eine raue Gegend – Schlägereien, Raubüberfälle, billige Kneipen und schmuddelige Sexclubs. Ein paar Blocks von der Stelle entfernt, an der sie gefunden wurde, ist ein polizeilich bekannter Drogenumschlagsplatz.«

»Ich habe keine Ahnung. Sie war eine vorsichtige Frau, aber zugleich war sie … arrogant.« Ein schmales Lächeln umspielte Whitneys Mund. »Auf eine geradezu bewundernswerte Art. Sie schreckte selbst vor Konfrontationen mit dem übelsten Gesindel, das diese Stadt zu bieten hat, niemals zurück. Aber dass sie sich bewusst in Gefahr gebracht hätte … das kann ich mir nicht vorstellen.«

»Sie war gerade an einem Mordfall dran, Fluentes, Totschlag. Hat eine Freundin erwürgt. Sein Verteidiger hat es mit dem Argument des Verbrechens aus Leidenschaft versucht, aber es heißt, Towers hätte trotzdem die Absicht gehabt, ihn in die Kolonie zu schicken. Ich überprüfe diese Spur.«

»Ist er draußen, oder sitzt er?«

»Draußen. Erstes Gewaltverbrechen, die Kaution war lächerlich gering. Da es sich um Totschlag handelt, muss er eine elektronische Fessel tragen, aber das hat, wenn er auch nur einen Hauch von Ahnung auf dem Gebiet der Elektronik hat, nichts weiter zu sagen. Hätte sie sich mit einem Kerl wie ihm getroffen?«

»Ganz bestimmt nicht. Wenn sie einen Angeklagten außerhalb des Gerichtssaales getroffen hätte, hätte das ihren ganzen

Fall in Gefahr gebracht.« Bei dem Gedanken, der Erinnerung an Cicely schüttelte Whitney vehement den Kopf. »Das hätte sie niemals riskiert. Aber vielleicht hat er sie ja mit einem Köder in die Gegend gelockt?«

»Wie gesagt, ich werde die Sache überprüfen. Sie hatte gestern Abend eine Essensverabredung mit George Hammett. Kennen Sie den Mann?«

»Flüchtig. Die beiden haben sich ab und zu getroffen. Aber meine Frau meint, dass es nichts Ernstes war. Sie hat ständig versucht, den perfekten Mann für Cicely zu finden.«

»Commander, ich frage lieber jetzt, inoffiziell. Hatten Sie eine sexuelle Beziehung zu dem Opfer?«

Ein Muskel in Whitneys Wange zuckte, doch sein Blick blieb völlig reglos, als er erklärte: »Nein, hatte ich nicht. Wir waren Freunde, und diese Freundschaft war mir und meiner Frau sehr wertvoll. Im Grunde war sie sogar so etwas wie ein Mitglied der Familie. Aber natürlich hat jemand wie Sie, Dallas, keine Ahnung, was das heißt.«

»Nein«, erwiderte sie tonlos. »Da haben Sie wahrscheinlich Recht.«

»Tut mir Leid.« Whitney kniff die Augen zusammen und fuhr sich mit den Händen über das müde Gesicht. »Das war unnötig und unfair. Und Ihre Frage war durchaus relevant.« Er ließ seine Hände wieder sinken. »Sie haben noch nie einen Menschen verloren, der Ihnen wirklich wichtig war, nicht wahr, Dallas?«

»Nicht, soweit ich mich erinnern kann.«

»Es reißt einen in Stücke«, murmelte er leise.

Sie nahm an, dass es so war. In den zehn Jahren, in denen sie Whitney kannte, hatte sie ihn wütend, ungeduldig, ja sogar kalt und hartherzig, nie zuvor jedoch so völlig deprimiert und fassungslos erlebt.

Falls das der Preis war, den ein starker Mann wie Whitney für Nähe und dann für deren Verlust zahlte, nahm Eve an, dass sie besser dran war, wenn sie diese Nähe gar nicht erst besaß.

Sie hatte keine Familie, die sie verlieren könnte, und nur vage, bruchstückhafte, doch durchgehend hässliche Erinnerungen an die ersten Jahre ihrer Kindheit. Ihr wahres Leben hatte erst begonnen, als sie im Alter von acht Jahren zerschunden und verlassen in Texas aufgegriffen worden war. Was vor dem Tag passiert war, war vollkommen egal. Sie sagte sich immer wieder, es wäre vollkommen egal. Sie hatte sich zu der gemacht, die sie heute war. Sie hatte nur wenige Freunde, die sie wirklich mochte und denen sie vertraute. Und für mehr als Freundschaft hatte sie inzwischen Roarke. Er hatte sie weit genug geschwächt, als dass sie ihm tatsächlich mehr gab. So viel mehr, dass sie hin und wieder Angst davor bekam – weil sie genau wusste, dass er erst zufrieden war, wenn er alles bekam.

Doch wenn sie ihm alles gäbe und ihn dann verlöre, risse es sie dann ebenfalls in Stücke?

Statt weiter darüber nachzudenken holte sich Eve noch einen Kaffee und verschlang die Reste eines Schokoriegels, der offenbar vor Urzeiten in der Schublade ihres Schreibtischs vergessen worden war. Die Hoffnung auf ein anständiges Mittagessen war ebenso absurd wie der Traum von einer Woche in den Tropen, deshalb nippte sie traurig an dem Kaffee und kaute auf der zähen Schokolade herum, während sie den endgültigen Autopsiebericht auf ihrem Bildschirm überflog.

Die genaue Todeszeit kannte sie schon aus dem vorläufigen Bericht. Todesursache waren eine durchtrennte Halsschlagader und der daraus resultierende Blut- und Sauerstoffverlust. Ungefähr fünf Stunden vor seinem Tod hatte das Opfer noch Kamm-Muscheln mit jungem Blattgemüse, Wein, echten Kaffee und frisches Obst mit Schlagsahne genossen.

Die Nachricht hatte sie überraschend schnell erreicht. Cicely Towers hatte erst zehn Minuten auf dem Bürgersteig gelegen, als ein Taxifahrer, der mutig oder verzweifelt genug gewesen war, um in der Gegend zu arbeiten, ihre Leiche entdeckt und der Polizei gemeldet hatte. Der erste Einsatzwagen war drei Minuten nach dem Rundruf der Zentrale am Fundort eingetroffen.

Ihr Mörder hatte schnell gehandelt. Allerdings war es auch nicht weiter schwierig, in einer solchen Umgebung unterzutauchen, indem man in einem Wagen, einer Haustür oder einem der unzähligen Clubs verschwand. Bestimmt war das Blut aus der klaffenden Wunde ziemlich weit gespritzt, aber der Regen hatte dem Mörder sicherlich genützt, indem er es von seinen Händen wusch.

Sie müsste die Gegend abklappern, müsste Fragen stellen, auf die sie sicher sowieso keine befriedigenden Antworten bekäme. Nun, dort, wo die gängigen Verfahren oder auch Drohungen nicht reichten, funktionierte immerhin gelegentlich Bestechung.

Während sie das Polizeifoto von Cicely Towers mit der blutigen Halskette studierte, blinkte ihr Tele-Link.

»Dallas, Mordkommission.«

Auf ihrem Bildschirm erschien ein junges, strahlendes, doch zugleich verschlagenes Gesicht. »Lieutenant, was haben Sie mir zu erzählen?«

Eve unterdrückte einen Fluch. Generell hatte sie keine allzu hohe Meinung von Reportern, und gegenüber C. J. Morse empfand sie nicht einmal ein Mindestmaß an Sympathie. »Was ich Ihnen zu sagen hätte, würden Sie nicht hören wollen.«

Sein Mondgesicht teilte sich zu einem Lächeln. »Nun kommen Sie schon, Dallas, die Öffentlichkeit hat ein Recht auf Informationen. Das ist Ihnen doch klar.«

»Ich habe Ihnen nichts zu sagen.«

»Nichts? Wollen Sie wirklich, dass ich auf Sendung gehe und erkläre, Lieutenant Eve Dallas, eine der besten Polizistinnen von ganz New York, stünde bezüglich des Mordes an einer der angesehensten, prominentesten und herausragendsten Figuren der Stadt mit leeren Händen da? Ich könnte es tun, Dallas«, sagte er und schnalzte mit der Zunge. »Ich könnte es natürlich tun, aber das sähe nicht sehr gut aus.«

»Sie glauben also, es würde mich interessieren, was man von mir denkt.« Ihr Lächeln war dünn und laserscharf, und ihr Finger schwebte bereits über dem Aus-Knopf. »Dann lassen Sie mich Ihnen sagen, dass dies ein grober Irrtum ist.«

»Vielleicht ist es Ihnen persönlich ja egal, aber die Sache würde auf Ihre gesamte Abteilung zurückfallen.« Er flatterte mit seinen langen, mädchenhaften Wimpern. »Und auf Commander Whitney, der sich dafür eingesetzt hat, Ihnen die Leitung der Ermittlungen in diesem Fall zu übertragen. Außerdem sollten wir auch Roarke nicht vergessen.«

Ihr Finger zuckte, doch dann zog sie ihn zurück. »Commander Whitney und auch ich räumen der Aufklärung des Mordes an Cicely Towers höchste Priorität ein.«

»Das werde ich zitieren.«

Dieser verfluchte kleine Bastard. »Und zwischen meiner Arbeit als Polizistin und meiner Verbindung zu Roarke gibt es keinerlei Zusammenhang.«

»He, Braunauge, alles, was Sie betrifft, betrifft auch Ihren Macker und vice versa. Und wissen Sie, die Tatsache, dass Ihr Typ geschäftlich mit der Verstorbenen, deren Ex-Mann und deren neuem Partner zu tun hatte, macht diesen Zusammenhang sehr deutlich.«

Sie ballte frustriert die Fäuste. »Roarke hat geschäftlich mit jeder Menge Leute zu tun. Davon abgesehen wusste ich gar nicht, dass Sie wieder für die Klatschspalte arbeiten, C. J.«

Diese Bemerkung wischte das selbstgefällige Grinsen aus seinem Gesicht. C. J. Morse hasste nichts mehr, als wenn er an seine Vergangenheit als Klatschreporter erinnert wurde. Vor allem nun, da er sich endlich ins Politikressort hinaufgedient hatte. »Ich habe jede Menge Beziehungen, Dallas.«

»Ja, und außerdem haben Sie einen Pickel mitten auf der Stirn, den ich an Ihrer Stelle sofort behandeln lassen würde.« Mit diesem billigen, doch befriedigenden Satz warf Eve den

Schleimer aus der Leitung, sprang von ihrem Stuhl, stapfte in ihrem kleinen Zimmer auf und ab. Sie stopfte die Hände in die Hosentaschen, zog sie dann aber wieder heraus. Verdammt, warum musste Roarkes Name in Verbindung mit dem Fall auftauchen? Wie eng waren seine geschäftlichen Beziehungen zu Towers und den beiden Männern gewesen?

Eve setzte sich wieder an den Schreibtisch und runzelte beim Anblick der dort verstreuten Berichte nachdenklich die Stirn. Sie musste es herausfinden, und zwar möglichst schnell.

Wenigstens wusste sie, dass er dieses Mal für den Zeitpunkt des Mordes ein lupenreines Alibi besaß. In dem Augenblick, in dem jemand Cicely Towers die Gurgel durchgeschnitten hatte, hatte Roarke die jetzige Ermittlungsleiterin durch Sonne und Mond gefickt.

2

Eve wäre lieber in ihre Wohnung gefahren, die sie, obgleich sie beinahe jede Nacht bei Roarke verbrachte, weiterhin behielt. Dort hätte sie grübeln, nachdenken, schlafen und den letzten Tag im Leben von Cicely Towers durchgehen können. Stattdessen fuhr sie abermals zu ihm.

Sie war so müde, dass sie ihren Wagen nicht selbst durch den spätabendlichen Verkehr lenkte, sondern sich der automatischen Steuerung überließ. Etwas zu essen wäre das Erste, was sie bräuchte, dachte sie erschöpft, und falls sie dann noch zehn Minuten stehlen könnte, um einen klaren Kopf zu kriegen, wäre sie sicher wieder ein völlig neuer Mensch.

Der Frühling hatte beschlossen, endlich herauszukommen, und draußen wehte eine derart verführerische milde Brise, dass Eve trotz des Dröhnens der Autos, des Summens der Maxibusse, des Nörgelns der Fußgänger und des schwirrenden Luftverkehrs ihre Fenster öffnete.

Um das Bellen der Fremdenführer in den Touristen-Luftschiffen nicht mit anhören zu müssen, fuhr sie Richtung Zehnte. Der Weg durch die City und die Park Avenue hinauf war deutlich kürzer, doch dann wäre sie unablässig monotonen Aufzählungen sämtlicher New Yorker Attraktionen, gleichförmigen Erzählungen über die Geschichte und die Tradition des Broadway sowie begeisterten Lobesreden auf die herrlichen Museen, die zahllosen luxuriösen Geschäfte und vor allem auf die Souvenirshops des Fremdenverkehrsbüros ausgesetzt gewesen.

Da die Route der Touristenschiffe direkt über ihr Apartment hinwegführte, hatte sie dieses jämmerliche Schauspiel bereits endlose Male miterleben müssen, und sie hatte einfach keine Lust, sich nochmals erklären zu lassen, wie bequem man über die Gleitbänder von den glitzernden Modeboutiquen in der Fünften zum Madison Square Garden kam, oder dass man unbedingt einmal über den neuen Hochweg auf dem Empire State Building spazieren müsse, um sich die Stadt in aller Ruhe von oben anzusehen.

Während eines kurzen Staus in der Zweiundfünfzigsten blickte sie grübelnd auf ein Werbeplakat, auf dem ein attraktiver Mann und eine attraktive Frau einander leidenschaftlichen küssten und jedes Mal, wenn sie Luft holen mussten, freudestrahlend erklärten, der Austausch dieser Zärtlichkeit würde durch »Gebirgsbach-Atemfrisch« noch um ein Vielfaches versüßt.

Die Fahrzeuge standen dicht gedrängt hintereinander, und ein paar Taxifahrer riefen sich einfallsreiche Beleidigungen zu. Der Pilot eines überfüllten Maxibusses lehnte anscheinend auf seiner kreischenden Hupe, was zahlreiche Fußgänger die Köpfe oder die Fäuste schütteln ließ.

Ein Hovercraft der Verkehrspolizei glitt im Tiefflug über das Gedränge, und aus seinem Lautsprecher hallte die Standardwarnung, Ruhe zu bewahren oder mit einem Strafmandat belegt zu werden. Im Schneckentempo ging es schließlich weiter, doch der Lärm und die schlechte Laune der Verkehrsteilnehmer nahmen noch lange nicht ab.

Je weiter sie sich von der Stadtmitte entfernte, umso ruhiger wurde es. Hier draußen lebten die Reichen und Privilegierten. Die Wege waren sauberer und breiter, hier und da ragten aus den parkähnlichen Gärten die Wipfel prachtvoller, frühlingsgrüner Bäume in die Luft. Vereinzelte private Fahrzeuge oder Flieger glitten oder schwebten beinahe lautlos durch die Straßen, die wenigen Fußgänger trugen Schuhe aus allerfeinstem Leder und maßgeschneiderte Garderobe aus edelstem Tuch. Eve überholte einen Hundesitter, der mit der ruhigen, selbstbewussten Gangart eines erfahrenen Droiden ein Paar elegante goldene Jagdhunde an der Leine führte und, immer wenn die beiden schnuppern wollten, geduldig stehen blieb.

Als sie das Tor zu Roarkes Anwesen erreichte, blieb sie abwartend im Wagen sitzen, bis das Empfangsprogramm sie identifizierte und schließlich gnädig einließ. Die Bäume auf der ausgedehnten leuchtend grünen Rasenfläche standen bereits in voller Blüte, und, eingehüllt in ein Meer aus strahlendem Weiß und Rosa, dunklem Rot und tiefem Blau, fuhr sie den langen Weg zu seinem Haus hinauf.

Das Gebäude ragte hoch in den sich verdunkelnden Himmel, und das letzte Licht der Sonne ließ die breiten Fensterfronten funkeln und tauchte die alte Steinfassade in ein warmes, weiches Grau. Es war Monate her, seit sie das Haus zum ersten Mal gesehen hatte, doch nach wie vor hatte sie sich an die üppige Pracht und den schlichten, unverfälschten Reichtum, den es verströmte, nicht gewöhnt. Immer noch fragte sie sich, was sie überhaupt hier machte – hier, bei diesem Mann.

Sie ließ ihren Wagen am Fuß der Granittreppe stehen und stieg eilig die Stufen hinauf. Sie würde nicht klopfen. Aus Stolz und auch aus Bosheit. Roarkes Butler empfand kalte Verachtung für niedere Wesen ihrer Art und machte sich noch nicht einmal die Mühe, seine Gefühle zu verbergen, wenn er auf sie traf.

Wie erwartet, erschien Summerset bei ihrem Eintreten sofort in der Eingangshalle und verzog missbilligend sein hageres, längliches Gesicht.

»Lieutenant.« Sein Blick machte ihr deutlich, dass sie immer noch dieselben Kleider trug, in denen sie am Morgen aufgebrochen war, und dass sie inzwischen reichlich mitgenommen wirkten. »Wir wussten nicht, wann oder besser ob Sie überhaupt zurückkommen würden.«

»Ach, wussten wir das nicht?« Sie zuckte mit den Schultern, und da sie wusste, dass er es als Zumutung empfände, schälte sie sich aus ihrer verbeulten, nassen Lederjacke und drückte sie ihm in die Hand. »Ist Roarke da?«

»Er führt gerade ein interplanetarisches Gespräch.«

»Mit dem Olympus Resort?«

Summerset spitzte seine schmalen Lippen. »Ich kümmere mich nicht um Roarkes Angelegenheiten.«

Du weißt immer ganz genau, was er gerade tut, dachte sie erbost, während sie durch den prachtvollen, breiten Flur in Richtung Treppe ging. »Ich gehe nach oben. Ich brauche ein Bad.« Sie blickte über ihre Schulter auf den Butler zurück. »Sie können ihn wissen lassen, wo er mich findet, wenn er sein Gespräch beendet hat.«

Genau wie Roarke benutzte sie lieber die Treppe als den Fahrstuhl, also ging sie zu Fuß in die Master Suite hinauf. Sobald sie die Tür des Schlafzimmers hinter sich zugeworfen hatte, begann sie ihre Kleider abzulegen und ließ auf dem Weg ins Bad eine Spur aus Stiefeln, Jeans, Hemd und Unterwäsche hinter sich zurück.

Sie bestellte dampfend heißes Wasser, schüttete kurz entschlossen noch etwas von dem wunderbaren Salz, das Roarke auf Silas Drei für sie erstanden hatte, in die große Marmorwanne und versank mit einem Seufzer in dem dichten, meergrünen, nach Märchenwald duftenden Schaum.

Als die Hitze in ihre schmerzenden Glieder drang, hätte sie vor Glück beinahe geweint. Sie atmete tief ein, tauchte vollkommen unter, zählte langsam bis dreißig, tauchte mit einem Seufzer wieder auf und gab sich mit geschlossenen Augen dem reinen, sinnlichen Vergnügen des wohltuenden Bades hin.

So fand er sie vor.

Die meisten Leute hätten angenommen, sie wäre vollkommen entspannt. Aber, dachte Roarke, die meisten Leute kannten sie nicht und hatten keine Ahnung, wer Eve Dallas wirklich war. Er war vertraut mit ihr, gefühls- und verstandesmäßig näher als sonst irgendein Mensch. Und dennoch gab es immer noch Teile ihrer selbst, die sie sogar vor ihm geschickt verbarg.

Und immer war es faszinierend, wenn er etwas Neues über sie erfuhr.

Splitternackt lag sie bis zum Kinn in dampfend heißem Wasser und parfümiertem Schaum. Ihr Gesicht war von der Hitze verführerisch gerötet, sie hatte die Augen genießerisch geschlossen, doch sie war nicht entspannt. Das sah er an ihrer verkrampften Faust und an ihrer leicht gerunzelten Stirn.

Nein, Eve dachte nach. Machte sich Sorgen. Schmiedete irgendwelche Pläne. Seine Kindheit in den dunklen Gassen Dublins und später in den schmutzigen Häfen und stinkenden Straßen anderer Städte hatte ihn gelehrt, sich völlig lautlos zu bewegen. Als er sich auf den Rand der Wanne setzte, um sie zu betrachten, rührte sie sich nicht.

Als sie ihn jedoch mit einem Mal in ihrer Nähe spürte, riss sie ihre klaren, wachsamen braunen Augen auf. Wie immer machte ihr Herz bei seinem Anblick einen freudigen Satz. Sein Gesicht wirkte wie das perfekte Ölgemälde eines gefallenen Engels. Die unverfälschte Schönheit seiner von dichtem, schwarzem Haar gerahmten Züge überraschte sie immer wieder aufs Neue.

Jetzt zog sie eine Braue in die Höhe, legte den Kopf auf die Seite und erklärte: »Du bist eindeutig pervers.«

»Immerhin ist das hier meine Wanne.« Ohne sie aus den Augen zu lassen, schob er eine seiner eleganten Hände durch den Schaum ins Wasser und legte sie auf ihre Brust. »In dem Wasser musst du doch verbrennen.«

»Mir gefällt es, wenn es heiß ist. Manchmal brauche ich es so.«

»Du hattest einen schweren Tag.«

Klar, dass er das wusste, dachte sie und bemühte sich, ihren Ärger darüber zu verdrängen. *Er wusste einfach alles.* Statt einer Antwort zuckte sie mit ihren schmalen Schultern, worauf er sich erhob, an die in die Fliesen eingebaute kleine Bar trat und sich zwei Kristallgläser mit exzellentem Weißwein füllen ließ.

Dann kam er zurück, setzte sich wieder auf den Rand der Wanne und reichte ihr ein Glas. »Du hast weder geschlafen noch hast du anständig gegessen.«

»Das gehört nun mal dazu.« Der Wein schmeckte wie flüssiges Gold.

»Trotzdem mache ich mir Sorgen um dich, Lieutenant.«

»Du bist, was mich betrifft, immer viel zu ängstlich.«

»Ich liebe dich.«

Es irritierte sie, wenn er diese Worte mit seiner wunderbaren Stimme sagte, die klang wie weicher, irischer Nebel. Es irritierte sie zu wissen, dass es – so unglaublich es auch schien – tatsächlich die Wahrheit war. Da sie auf diese Erklärung einfach keine Antwort hatte, blickte sie stirnrunzelnd in ihr Glas.

Er schwieg, bis er es schließlich schaffte, seinen Ärger darüber, dass sie nicht reagierte, so gut wie möglich zu verdrängen. »Kannst du mir sagen, was mit Cicely Towers passiert ist?«

»Du hast sie gekannt?«

»Nicht gut. Es war eine eher flüchtige Bekanntschaft. Wir hatten – hauptsächlich über ihren Ex-Mann – gelegentlich geschäftlich miteinander zu tun.« Er nippte an seinem Wein und verfolgte mit den Augen den aus der Wanne aufsteigenden Dampf. »Ich finde, sie war eine bewundernswerte, ungemein kluge und gleichzeitig gefährliche Frau.«

Eve schob sich so weit aus dem Wasser, dass kleine Wellen gegen die Spitzen ihrer Brüste schwappten. »Gefährlich? Für dich?«

»Nicht direkt.« Mit einem leisen Lächeln hob er erneut das Glas an seinen Mund. »Gefährlich für Menschen, die irgendwelche Schandtaten begingen, die irgendetwas Illegales taten, in irgendeiner Weise kriminell waren. In dieser Beziehung war sie dir sehr ähnlich. Ein Glück, dass ich inzwischen auf dem Pfad der Tugend wandele.«

Eve war sich da nicht ganz sicher, doch sie ging lieber nicht auf dieses Thema ein. »Weißt du aufgrund deiner geschäftlichen und deiner flüchtigen privaten Bekanntschaft mit ihr vielleicht von irgendjemandem, der ihr ans Leder wollte?«

Er nahm einen weiteren Schluck von seinem Wein. »Ist das ein Verhör, Lieutenant?«

Es war sein Lächeln, das sie störte. »Könnte durchaus sein«, erwiderte sie barsch.

»Wie du willst.« Er erhob sich, stellte sein Glas auf die Seite und öffnete die Knöpfe seines Hemdes.

»Was machst du da?«

»Ich komme dir entgegen.« Er warf sein Hemd zur Seite und stieg aus seiner Hose. »Wenn ich in meiner eigenen Wanne von einer nackten Polizistin verhört werde, ist das Mindeste, was ich tun kann, um meinen guten Willen zu zeigen, dass ich mich zu ihr geselle.«

»Verdammt, Roarke, hier geht es um Mord.«

Er zuckte zusammen, als das Wasser ihn beinahe verbrühte. »Da hast du sicher Recht.« Er setzte sich ihr gegenüber. »Was für ein perverser Teil von mir treibt mich nur immer dazu, dich zu reizen? Und«, fuhr er fort, ehe sie ihm ihre kurze, bündige Antwort geben konnte, »was hast du an dir, was mich unweigerlich anzieht, selbst, wenn du mit einem unsichtbaren Sheriffstern an deiner wunderschönen Brust vor mir sitzt und mir das Gefühl gibst, dein Hauptverdächtiger zu sein?«

Er strich mit einer Hand von ihrem Knöchel über ihre Wade bis hin zu der Stelle an ihrer Kniekehle, von der er wusste, dass sie ihr schwacher Punkt war. »Ich will dich«, murmelte er heiser. »Und zwar jetzt sofort.«

Die Hand, in der sie ihr Glas hielt, wurde vor Verlangen schwach, ehe sie es schaffte, ein Stückchen von ihm abzurücken. »Erzähl mir von Cicely Towers.«

Roarke lehnte sich gleichmütig zurück. Er hatte nicht die Absicht, sie aus der Wanne zu lassen, ehe er mit ihr fertig wäre, also konnte er es sich durchaus leisten, geduldig zu sein. »Sie, ihr Ex-Mann und George Hammett saßen zusammen im Aufsichtsrat eines meiner Unternehmen. Mercury, benannt nach dem schnellsten der römischen Götter. Vor allem Im- und Export. Versand, Lieferservice und Schnelltransporte.«

»Ich kenne die Firma«, erklärte sie, verärgert, weil sie nicht gewusst hatte, dass auch dieses Unternehmen zu seinem Imperium gehört.

»Es war ein desorganisierter und demnach schlecht laufender Laden, als ich ihn vor ungefähr zehn Jahren übernahm. Marco Angelini, Cicelys Ex-Mann, hat ebenso wie sie selbst einiges dort investiert. Damals waren sie, glaube ich, noch verheiratet oder gerade frisch geschieden. Ihre Ehe ging, falls so etwas möglich ist, anscheinend friedlich auseinander. Hammett war ebenfalls einer der Investoren. Ich glaube, er und Cicely haben privat erst ein paar Jahre später etwas miteinander angefangen.«

»Und dieses Dreieck – Angelini, Towers, Hammett – kamen sie ebenfalls gut miteinander aus?«

»Zumindest sah es immer so aus.« Er klopfte gegen eine der Fliesen und als sie sich öffnete, wählte er auf dem dahinter verborgenen Schaltbrett ein Musikprogramm. Etwas Leises, Schluchzendes. »Falls du dir über meine Rolle in dem Unternehmen Gedanken machst, lass mich dir versichern, dass es ein reines Geschäft für mich gewesen ist, und zwar ein sehr erfolgreiches.«

»Inwieweit ist Mercury an möglichen Schmuggeleien beteiligt?«

Er sah sie grinsend an. »Also bitte, Lieutenant.«

Sie richtete sich auf. »Spiel keine Spielchen mit mir, Roarke.«

»Eve, es ist mein größter Wunsch, genau das zu tun.«

Sie knirschte mit den Zähnen und trat gegen die Hand, die sich an ihrem Bein hinaufschlich. »Cicely Towers stand in dem Ruf, eine nüchterne, engagierte und blitzsaubere Staatsanwältin zu sein. Falls sie dahintergekommen wäre, dass Mercury in irgendwelche unsauberen Machenschaften verstrickt ist, wäre sie mit aller Härte dagegen vorgegangen.«

»Dann hat sie deiner Meinung nach also entdeckt, was für ein Halunke ich bin, und ich habe sie deshalb in diese gefährliche Gegend locken und ihr die Kehle durchschneiden lassen.« Er bedachte sie mit ausdruckslosem Blick. »Ist es das, was du denkst, Lieutenant?«

»Nein, verdammt, du weißt, dass ich das nicht denke, aber –«

»Andere könnten es vielleicht denken«, beendete er ihren Satz. »Was dich in eine peinliche Lage brächte.«

»Darüber mache ich mir keine Gedanken.« Im Augenblick war sie einzig in Sorge um ihn. »Roarke, ich muss es wissen. Du musst mir sagen, falls es irgendetwas gibt, wodurch du in die Sache hineingezogen werden könntest.«

»Und wenn es tatsächlich etwas gäbe?«

Trotz des heißen Wassers wurde ihr eiskalt. »Dann muss ich den Fall abgeben.«

»Haben wir das alles nicht schon einmal durchgemacht?«

»Das hier ist etwas anderes als der Fall DeBlass. Etwas vollkommen anderes. Du bist nicht verdächtig.« Als er eine Braue hochzog, kämpfte sie mühsam gegen ihren aufsteigenden Zorn. Weshalb war nur alles, was mit Roarke zusammenhing, immer so kompliziert? »Ich glaube nicht, dass du etwas mit dem Mord an Cicely Towers zu tun hast. Habe ich mich einfach genug ausgedrückt?«

»Aber du hast den Gedanken noch nicht zu Ende gesponnen.«

»Also gut, ich bin Polizistin. Es gibt Fragen, die ich dir einfach stellen muss. Die ich dir und jedem anderen, der das Opfer auch nur flüchtig gekannt hat, stellen muss. Das ist nun einmal nicht zu ändern.«

»Wie weit geht dein Vertrauen in mich?«

»Das hat mit Vertrauen nichts zu tun.«

»Du hast meine Frage nicht beantwortet.« Sein Blick wurde kalt, und sie wusste, dass sie einen Fehler gemacht hatte. »Wenn du mir immer noch nicht traust, wenn du immer noch nicht an mich glaubst, dann verbindet uns beide nichts weiter als, wenn auch wunderbarer, Sex.«

»Du drehst mir die Worte im Mund herum.« Sie kämpfte um Ruhe, denn er machte ihr Angst. »Ich beschuldige dich nicht. Wenn ich diesen Fall übernommen hätte, ohne dich zu kennen und ohne dich zu mögen, hätte ich dich aus Prinzip auf die Liste der zu Befragenden gesetzt. Es geht also nicht darum, ob ich dir vertraue oder nicht. Verdammt.«

Sie schloss die Augen und fuhr sich mit ihren nassen Händen durchs Gesicht. Wie immer fiel es ihr entsetzlich schwer, ihre Gefühle zu erklären. »Ich versuche Antworten zu bekommen, die mir helfen, dich so weit wie möglich aus der ganzen Sache rauszuhalten, weil ich dich gern habe. Und außerdem denke ich ständig darüber nach, inwiefern mir deine Beziehung zu Towers und deine zahllosen anderen Beziehungen bei meinen Ermittlungen weiterhelfen können. Aber es ist schwer, beides gleichzeitig zu tun.«

»Es hätte dir nicht so schwer fallen dürfen, das einfach zu sagen«, murmelte er und schüttelte den Kopf. »Mercury ist – inzwischen – ein durch und durch legales Unternehmen, ganz einfach, weil nicht die Notwendigkeit besteht, etwas anderes daraus zu machen. Die Firma läuft gut und erwirtschaftet einen akzeptablen Gewinn. Und auch wenn du vielleicht denkst, ich wäre arrogant genug, ein Unternehmen in kriminelle Machenschaften zu verwickeln, in dessen Aufsichtsrat eine Staatsanwältin sitzt, solltest du zumindest wissen, dass ich einfach nicht dumm genug bin, um so etwas jemals zu tun.«

Sie glaubte ihm, und endlich löste sich der Druck, den sie seit Stunden auf der Brust verspürt hatte. »Also gut. Trotzdem habe ich noch jede Menge Fragen«, antwortete sie. »Und außerdem haben auch die Medien bereits eine Beziehung zwischen dir und Towers hergestellt.«

»Ich weiß. Das tut mir Leid. Wie schwierig macht es die Sache für dich?«

»Bisher haben sie noch gar nicht richtig angefangen.« In einer seltenen Geste der Zuneigung griff sie nach seiner Hand. »Mir tut es auch Leid. Sieht aus, als säßen wir beide mal wieder in der Patsche.«

»Sicher kann ich dir helfen.« Er glitt ein Stück nach vorn, hob ihrer beider verschränkten Hände zärtlich an seine Lippen. Als er ihr Lächeln sah, wusste er, dass sie endlich bereit war, ein wenig zu entspannen.

»Es ist gar nicht nötig, mich aus irgendetwas rauszuhalten. Ich komme damit ganz sicher zurecht. Und es braucht dir auch keine Schuldgefühle oder Unbehagen zu bereiten, dass du darüber nachdenkst, inwieweit ich dir bei deinen Ermittlungen nützlich sein könnte.«

»Ich werde es dich wissen lassen, wenn ich weiß, wie du mir helfen kannst.« Dieses Mal zog sie nur die Brauen in die Höhe, als seine freie Hand über ihren Oberschenkel glitt. »Falls du tatsächlich versuchen willst, die Sache hier in der Wanne durchzuziehen, brauchen wir sicher eine Taucherausrüstung.«

Er schob sich langsam über sie, bis das Wasser gefährlich gegen den oberen Rand der Wanne schwappte und erklärte: »Oh, ich denke, wir schaffen es auch so.«

Und wie um seine Behauptung zu beweisen, presste er seine Lippen auf ihren grinsenden Mund. Spät nachts, als sie schlafend in seinem Bett lag, starrte Roarke durch das Oberlicht über dem Bett nachdenklich in den sternenklaren Himmel. Sorge, die er vor ihr verborgen hatte, lag in seinem Blick. Ihrer beider Schicksale waren persönlich und auch beruflich miteinander verknüpft. Ein Mord hatte sie zusammengeführt, und auch weiterhin würden Morde mit eisigen Fingern nach ihrem Leben greifen. Die Frau, die neben ihm in seinem Bett lag, verteidigte die Toten.

So wie Cicely Towers oft die Toten verteidigt hatte, dachte er und fragte sich, ob sie nicht genau dafür mit ihrem eigenen Leben hatte zahlen müssen.

Er versuchte, nicht allzu intensiv und allzu häufig darüber nachzudenken, wie Eve ihren Lebensunterhalt verdiente. Sie definierte sich über ihre Karriere als Polizeibeamtin. Dieser Tatsache war er sich stets bewusst.

Und genau wie sie hatte auch er sich selbst zu dem gemacht, was er heute war. Er war ein Mann, der kaufte und verkaufte, der herrschte, der seine Macht und den Profit genoss.

Doch kam ihm plötzlich der Gedanke, ob es nicht Bereiche seines Imperiums gab, die sie in Schwierigkeiten bringen könnten, kämen sie irgendwann ans Licht. Es stimmte, Mercury war sauber, doch das war nicht immer so gewesen. Und er besaß andere Firmen, Anteile an anderen Unternehmen, die in einer Grauzone angesiedelt waren. Schließlich hatte er als Kind und junger Mann selbst in einer Grauzone gelebt. Er hatte ein Talent für Aktivitäten am Rande der Legalität.

Schmuggel, terrestrisch und interstellar, war ein profitables, unterhaltsames Geschäft. Die wirklich exzellenten Weine von Taurus Fünf, die leuchtend blauen Diamanten aus den Minen von Refini, das kostbare, durchschimmernde Porzellan aus der Künstlerkolonie auf dem Mars – all diese Dinge waren hier auf der Erde heiß begehrt.

Es stimmte, er brauchte nicht länger die Gesetze zu umgehen, um hervorragend zu leben. Aber alte Gewohnheiten ließen sich nun einmal nicht so einfach abstellen.

Das Problem blieb weiterhin bestehen: Was, wenn er Mercury nicht in ein legales Unternehmen umgewandelt hätte? Was er als harmloses Vergnügen ansah, hätte auf Eve gelastet wie ein Stein.

Hinzu kam das beschämende Wissen, dass sie sich seiner trotz all dessen, was sie sich gemeinsam aufzubauen begonnen hatten, eindeutig immer noch nicht sicher war.

Sie murmelte etwas und warf sich auf dem Bett herum. Es belastete ihn sehr, dass sie noch nicht einmal im Schlaf genug Vertrauen zu ihm fand, um sich, wenn es ihr schlecht ging, hilfesuchend zu ihm umzudrehen. Das müsste sich um ihrer beider willen unbedingt bald ändern.

Fürs Erste jedoch würde er sich um die Dinge kümmern, die er kontrollieren konnte. Es wäre ganz einfach, ein paar Leute anzurufen und sie nach Cicely Towers zu befragen. Weniger einfach und aufwändiger wäre es, sämtliche seiner im grauen Bereich tätigen Unternehmen in saubere Firmen zu verwandeln – doch auch das würde gelingen, so viel stand fest.

Er bedachte Eve mit einem nachdenklichen Blick. Sie schien gut zu schlafen, ihre Hand auf dem weichen Kissen war offen und entspannt. Er wusste dass sie manchmal von schlechten Träumen heimgesucht wurde. Heute Nacht jedoch schlief sie friedlich. In dem Vertrauen, dass es auch weiterhin so bliebe, glitt er lautlos aus dem Bett, um umgehend mit der Umsetzung seiner Pläne zu beginnen.

Eve erwachte vom Duft nach frischem Kaffee. Echtem, aromatischem Kaffee aus Bohnen von Roarkes privater südamerikanischer Plantage. Der Luxus echten Kaffees, musste sie sich eingestehen, war das erste gewesen, woran sie sich nach ihrem Einzug bei Roarke gewöhnt hatte oder – besser noch – wovon sie abhängig geworden war.

Sie verzog den Mund zu einem Lächeln und schlug die Augen auf.

»Im Himmel kann's nicht schöner sein als hier.«

»Freut mich, dass du das denkst.«

Sie lenkte den Blick aus ihren noch müden Augen dorthin, wo er in einem seiner dunklen Anzüge, die ihn sowohl kompetent als auch gefährlich wirken ließen, gemütlich in einem Sessel am Tisch saß, sich das Frühstück schmecken ließ und wie an jedem Morgen eilig auf dem Monitor die Nachrichten des Tages überflog.

Galahad, der graue Kater, lungerte untätig auf der Sessellehne und blickte mit seinen zweifarbigen Augen gierig auf Roarkes Teller.

»Wie viel Uhr ist es?«, wollte sie wissen, worauf der Wecker die Antwort murmelte. Null sechs hundert. »Himmel, wie lange bist du denn schon auf?«

»Eine ganze Weile. Du hast mir nicht gesagt, wann du wieder im Büro sein musst.«

Sie fuhr sich mit den Händen erst durch das Gesicht und dann durch die Haare. »Ein paar Stunden habe ich noch Zeit.« Als typischer Morgenmuffel kroch sie mühsam aus dem Bett und sah sich suchend nach ihren Kleidern um.

Wie immer empfand Roarke es als Vergnügen zuzusehen, wie sie splitternackt und mit vom Schlaf glasigen Augen durch das Zimmer lief. Er winkte in Richtung des Morgenmantels, den der Schlafzimmer-Droide vom Boden aufgehoben und ordentlich über das Fußende des Betts gehängt hatte. Zu müde, um sich wie sonst über das Gefühl der weichen Seide auf der bloßen Haut zu wundern, schob Eve die Hände in die Ärmel und schlang sich den Gürtel um die Taille.

Roarke schenkte eine Tasse Kaffee für sie ein und wartete, während sie ihm gegenüber Platz nahm und den ersten Schluck genoss. In der Hoffnung, bei ihr mehr Glück zu haben, sprang der Kater mit einer solchen Wucht in ihren Schoß, dass sie stöhnend zusammenfuhr.

»Du hast gut geschlafen.«

»Ja.« Gierig sog sie den Kaffee in den Magen, fuhr jedoch schmerzlich zusammen, als sich Galahad in ihrem Schoß umdrehte und mit seinen nadelspitzen Klauen ihre Oberschenkel zu traktieren begann. »Ich fühle mich fast wieder wie ein Mensch.«

»Hunger?«

Statt einer Antwort kam ein neuerliches Stöhnen. Eve wusste, dass Roarkes Küchenpersonal aus lauter Künstlern bestand. Sie nahm ein schwanenförmiges Törtchen von dem silbernen Tablett, brach großmütig den Kopf des Schwanes ab, reichte ihn Galahad hinunter und schob sich begeistert den Rest in den Mund. Als sie nach der Kaffeekanne griff, um sich nachzuschenken, waren ihre Augen ganz geöffnet und vollkommen klar.

»Es ist immer ein Vergnügen dich beim Aufwachen zu beobachten«, stellte Roarke zufrieden fest. »Auch wenn ich mich hin und wieder frage, ob du mich vielleicht nur meines Kaffees wegen willst.«

»Nun …« Grinsend hob sie ihre Tasse an den Mund. »Auch das Essen schmeckt mir. Und der Sex ist ebenfalls nicht schlecht.«

»Zumindest hast du ihn in der letzten Nacht durchaus geduldig über dich ergehen lassen. Ach ja, ich muss heute nach Australien. Vielleicht bin ich erst morgen oder übermorgen zurück.«

»Oh.«

»Ich hätte es gern, dass du hier bleibst, solange ich unterwegs bin.«

»Darüber haben wir doch schon ein paar Mal gesprochen. Ohne dich fühle ich mich hier ganz einfach nicht wohl.«

»Vielleicht würdest du dich ja wohler fühlen, wenn du endlich anfingst, das Haus nicht nur als mein, sondern auch als dein Heim zu betrachten. Eve …« Ehe sie etwas erwidern konnte, nahm er ihre Hand. »Wann wirst du endlich akzeptieren, was ich für dich empfinde?«

»Hör zu, wenn du nicht da bist, fühle ich mich in meiner eigenen Wohnung einfach wohler. Und außerdem habe ich im Augenblick jede Menge Arbeit.«

»Das war keine Antwort auf meine Frage«, murmelte er leise. »Aber egal. Ich werde es dich wissen lassen, wenn ich wieder da bin.« Seine Stimme klang merklich kühler als zuvor, und er drehte den Monitor zu ihr herum. »A propos Arbeit. Vielleicht würdest du dir ja gerne ansehen, was die Medien zu der Sache sagen.«

Eve las den ersten Artikel und seufzte resigniert, ehe sie mit grimmig zusammengepressten Lippen Zeitung um Zeitung überflog. Die Schlagzeilen waren alle ähnlich. *Bekannte New Yorker Staatsanwältin ermordet. Die Polizei steht vor einem Rätsel.* Natürlich gab es Bilder von Towers. Im Gerichtssaal, vor dem Gerichtsgebäude. Bilder ihrer Kinder, Kommentare und Zitate.

Eve schnaubte, als sie die Bildunterschrift ›beste Ermittlerin des städtischen Morddezernats‹ unter ihrem eigenen Foto ausmachte.

»Das wird mir noch zu schaffen machen«, murmelte sie.

Natürlich war das noch nicht alles. Mehrere Zeitungen hatten eine kurze Zusammenfassung des Falles abgedruckt, den sie im letzten Winter abgeschlossen hatte und in den neben drei toten Huren ein prominenter U. S. Senator verwickelt gewesen war. Und wie erwartet, wurde in keinem der Artikel ihre Beziehung zu Roarke unerwähnt gelassen.

»Was, zum Teufel, habe ich als Privatmensch, und was hat meine Beziehung mit dem Fall zu tun?«

»Du bist nun einmal eine Person von öffentlichem Interesse, Lieutenant. Dein Name verkauft sich einfach gut.«

»Ich gehöre nicht zu den oberen Zehntausend, sondern bin eine einfache Polizistin.« Wutschnaubend wandte sie den Kopf in Richtung des eleganten Gitters an einer der Wände. »Bildschirm öffnen«, befahl sie. »Kanal 75.«

Das Gitter glitt lautlos zur Seite, der dahinter verborgene Bildschirm schaltete sich ein, und sofort hallten die Geräusche der Frühnachrichten durch den Raum. Eve kniff die Augen zusammen und bleckte ihre Zähne.

»Da haben wir mal wieder dieses verschlagene, schwanzlose Frettchen.«

Roarke nippte an seinem Kaffee und verfolgte amüsiert den Sechs-Uhr-Bericht von C. J. Morse. Er wusste, dass sich Eves Verachtung für die Medien im Verlauf der letzten Monate zu regelrechter Abscheu ausgewachsen hatte. Einer Abscheu, die von der simplen Tatsache herrührte, dass sie inzwischen in jedem Augenblick ihres beruflichen und auch privaten Lebens mit ihnen zu tun hatte. Doch auch ohne diese Aversion hätte er ihr ganz sicher nicht verdenken können, dass sie einen solchen Widerwillen gegenüber Morse empfand.

»Und so wurde eine großartige Karriere grausam und gewaltsam beendet. Eine engagierte, integre, überzeugte Verfechterin des Rechts wurde in den Straßen dieser wunderbaren Stadt ermordet, brutal angegriffen und im Regen liegen gelassen, wo sie schließlich elend verblutet ist. Cicely Towers wird nicht vergessen werden. Nein, wir werden uns an sie erinnern als an eine Frau, die für Gerechtigkeit gekämpft hat in einer ungerechten Welt. Selbst ihr Tod kann dieses Erbe nicht zerstören. Aber wird ihr Mörder der Gerechtigkeit, für deren Wahrung sie Zeit ihres Lebens eingetreten ist, überführt werden? Die New Yorker Polizei hält sich bisher bedeckt. Lieutenant Eve Dallas, die Ermittlungsleiterin und ein Aushängeschild der Polizei, hat noch keine Antwort auf diese simple Frage.«

Eve hätte beinahe geknurrt, als plötzlich ihr Foto auf dem Bildschirm erschien, während Morse unablässig weitersabberte.

»Auf Anfrage verweigerte Lieutenant Dallas jeden Kommentar zu dem Mordfall und zum aktuellen Stand der Ermittlungen. Die Vermutung, es könnte darum gehen, irgendetwas zu vertuschen, hat sie ebenfalls nicht überzeugend widerlegt.«

»Dieser schleimige Bastard. Er hat nie nach einer möglichen Vertuschung gefragt. Was sollte überhaupt vertuscht werden?« Ihre Faust krachte derart wütend auf die Lehne ihres

Sessels, dass Galahad erschrocken auf den Boden flüchtete. »Schließlich liegt der Mord gerade mal dreißig Stunden zurück.«

»Pst«, sagte Roarke begütigend, als sie aufsprang und durch das Zimmer zu stapfen begann.

»... eine lange Liste prominenter Namen, die mit Staatsanwältin Towers in Verbindung standen, darunter der von Commander Whitney, Dallas' Vorgesetztem. Erst vor kurzem hatte der Commander den angebotenen Posten des Polizeipräsidenten ausgeschlagen. Ein langjähriger, enger Freund des Opfers –«

»Jetzt reicht's!« Wütend schlug Eve mit der Hand auf den Aus-Knopf, und der Bildschirm wurde schwarz. »Ich werde diesen Wurm in Stücke reißen. Wo in aller Welt steckt Nadine Furst? Wenn uns schon unbedingt ein Reporter hinterherschnüffelt, dann sollte es wenigstens einer sein, der über so viel Hirn verfügt wie sie.«

»Ich glaube, sie ist in der Strafkolonie Omega und schreibt dort an einer Story über die Gefängnisreform. Vielleicht solltest du eine Pressekonferenz geben, Eve. Der einfachste Weg, um einem solchen Feuer zu begegnen, ist, ein gezieltes Gegenfeuer zu entfachen.«

»Den Teufel werde ich tun. Was hat dieser Widerling da eben überhaupt geliefert? Einen Bericht oder einen Kommentar?«

»Seit der Überarbeitung des Mediengesetzes vor dreißig Jahren gibt es da kaum noch einen Unterschied. Ein Reporter hat das Recht, auch in einem Bericht seine persönliche Meinung zu äußern, so lange er sie als solche kenntlich macht.«

»Ich kenne das verdammte Gesetz.« Der leuchtende Morgenmantel wirbelte um ihre Beine, als sie abrupt zu Roarke herumfuhr. »Aber trotzdem wird er nicht einfach mit der Behauptung durchkommen, es gäbe vielleicht etwas zu vertuschen. Whitney leitet eine saubere Abteilung. Ich leite saubere Ermittlungen. Und er wird auch nicht damit durchkommen, dass er deinen Namen nennt, um auch nur den Schatten eines Verdachts auf einen von uns zu werfen«, fuhr sie zornig fort. »Das war nämlich eindeutig seine Absicht. Darauf wollte er eindeutig hinaus.«

»Ich mache mir seinetwegen nicht die geringsten Sorgen, Eve. Also solltest du es ebenfalls nicht tun.«

»Ich mache mir keine Sorgen. Es kotzt mich ganz einfach an.« Sie schloss die Augen, atmete tief ein und langsam, ganz allmählich umspielte ein boshaftes Lächeln ihren Mund. »Ich habe eine hervorragende Idee, wie ich ihm diese Sache heimzahlen kann.« Sie öffnete ihre Augen wieder. »Was meinst du, wie es dem kleinen Bastard gefallen wird, wenn ich Furst kontaktiere und ihr ein Exklusiv-Interview gebe?«

Roarke stellte seine Tasse auf den Tisch. »Komm her.«

»Warum?«

»Egal.« Er stand auf, ging zu ihr, umfasste ihr Gesicht mit beiden Händen und gab ihr einen Kuss. »Ich bin vollkommen verrückt nach dir.«

»Ich nehme an, das soll heißen, dass dir die Idee gefällt.«

»Mein verstorbener, unbeweinter Vater hat mir eine wirklich wertvolle Lektion erteilt. ›Junge‹, sagte er eines Tages in der schleppenden Sprechweise des geübten Säufers. ›Wenn man einen Kampf gewinnen will, ist jedes Mittel recht. Man muss nur immer darauf achten, dass man seinen Gegner unterhalb der Gürtellinie trifft.‹ Ich habe das Gefühl, dass Morse noch vor Ende des heutigen Tages seine schmerzenden Eier halten wird.«

»Nein, das wird er nicht.« Gut gelaunt erwiderte Eve den innigen Kuss. »Weil ich sie ihm bis dahin abgeschnitten haben werde.«

Roarke erschauderte in gespieltem Entsetzen. »Bösartige Frauen sind wirklich attraktiv. Hast du nicht gesagt, du hättest noch ein paar Stunden Zeit?«

»Jetzt nicht mehr.«

»Das hatte ich befürchtet.« Er trat einen Schritt zurück und zog eine Diskette aus der Tasche. »Vielleicht macht dir das Ding die Arbeit etwas leichter.«

»Was ist denn drauf?«

»Ein paar Informationen über Towers Ex-Mann, über Hammett und über Mercury, die ich zusammengestellt habe.«

Mit spitzen Fingern griff sie nach der Diskette. »Darum habe ich dich nicht gebeten.«

»Nein, hast du nicht. Du hättest die Dinge auch anders in Erfahrung bringen können, aber dann hätte es wesentlich länger gedauert. Du weißt, falls du meine Kisten brauchst, stehen sie dir jederzeit zur Verfügung.«

Sie wusste, dass er von seinem persönlichen Computerzimmer sprach, von den nicht registrierten Geräten und Programmen, die die Sensoren der Computerüberwachung nicht aufspüren konnten. »Fürs Erste verwende ich lieber die offiziellen Kanäle.«

»Wie du willst. Falls du es dir anders überlegen solltest, während ich nicht da bin, weiß Summerset, dass du Zugang zu sämtlichen Räumlichkeiten hast.«

»Der einzige Zugang, den Summerset mir gönnen würde, wäre der zur Hölle«, murmelte sie leise.

»Wie bitte?«

»Nichts. Ich muss mich anziehen.« Sie wandte sich zum Gehen, blieb jedoch noch einmal stehen. »Roarke, ich arbeite daran.«

»Woran?«

»Daran, das zu akzeptieren, was du für mich zu empfinden scheinst.«

Er zog eine Braue in die Höhe. »Na, dann streng dich mal ein bisschen an.«

3

Eve verlor keine Zeit. Sofort, nachdem sie ihr Büro betreten hatte, nahm sie Kontakt zu Nadine auf. Wegen der Entfernung knackte und knisterte es gefährlich in der Leitung und aufgrund von Sonnenflecken, einem Fehler im Satelliten oder ganz einfach der veralteten Geräte, die sie bei der Polizei besaßen, dauerte es einige Minuten, bis die Leitung stand. Schließlich jedoch erschien ein wackeliges Bild auf dem Monitor und wurde wider Erwarten ganz allmählich sogar klar.

Eve hatte das Vergnügen, Nadines bleiches, müdes Gesicht zu sehen. Die Zeitverschiebung hatte sie schlicht vergessen.

»Dallas.« Nadines normalerweise flüssige Stimme klang ungewöhnlich schwach und krächzend. »Himmel, hier ist es mitten in der Nacht.«

»Tur mir Leid. Sind Sie jetzt wach, Nadine?«

»Wach genug, um Sie zu hassen.«

»Haben Sie dort oben Erd-Nachrichten bekommen?«

»Ich hatte zu viel zu tun.« Nadine schob sich die wirren Haare aus der Stirn und griff nach einer Zigarette.

»Wann haben Sie denn *damit* angefangen?«

Nadine tat ihren ersten Zug und zuckte zusammen. »Wenn ihr terrestrischen Cops jemals hier heraufkommen würdet, würdet ihr auch damit anfangen. Selbst mit diesem Hundedreck, den es hier oben in diesem Rattenloch als Tabak zu kaufen gibt. Und ihr würdet auch noch alles andere nehmen, was ihr in die Finger kriegen könnt. Es ist eine Schande.« Sie zog erneut an ihrer Zigarette. »Hier oben hausen drei Mann in einem Zimmer, und die meisten von ihnen sind durchgängig auf irgendwelchen geschmuggelten Chemikalien. Die medizinische Versorgung funktioniert, als sei sie aus dem zwanzigsten Jahrhundert. Sie flicken die Leute tatsächlich noch mit Nadel und Faden zusammen.«

»Und dann haben sie bestimmt nur begrenzten Zugang zum

Videosystem«, beendete Eve die Ausführungen. »Man stelle sich nur vor, diese armen Mörder werden wie Kriminelle behandelt. Bei dem Gedanken bricht mir tatsächlich das Herz.«

»In der ganzen Kolonie kriegt man nirgends auch nur eine anständige Mahlzeit«, fuhr Nadine mit ihrem Gejammere fort. »Was zum Teufel wollen Sie von mir?«

»Ich will Sie zum Lächeln bringen, Nadine. Wie schnell können Sie die Sache dort oben zu Ende bringen und wieder auf die Erde kommen?«

»Das kommt ganz darauf an.« Endlich war Nadine vollkommen wach. »Scheint, als ob Sie etwas für mich hätten.«

»Staatsanwältin Cicely Towers wurde vor etwa dreißig Stunden ermordet.« Ohne darauf einzugehen, dass Nadine hörbar nach Luft rang, fuhr sie energisch fort. »Sie wurde mit durchgeschnittener Kehle auf dem Gehweg der Hundertvierundvierzigsten zwischen der Neunten und der Zehnten aufgefunden.«

»Towers. Himmel. Erst vor zwei Monaten, nach dem DeBlass-Fall, hatte ich ein Exklusivgespräch mit ihr.« Nadines Hirn arbeitete bereits auf Hochtouren. »Raubmord?«

»Nein. Sie trug noch ihren gesamten Schmuck und hatte noch sämtliche Kreditchips in der Tasche. Nach einem Raubüberfall in dieser üblen Gegend hätte sie noch nicht mal mehr die Schuhe angehabt.«

»Nein.« Nadine schloss kurz die Augen. »Verdammt. Sie war wirklich eine Wahnsinnsfrau. Und Sie leiten die Ermittlungen?«

»Das ist die erste Frage, die ich Ihnen mit ja beantworten kann.«

»Okay.« Nadine atmete hörbar aus. »Und warum setzt sich die Leiterin der Ermittlungen im sicher heißesten Mordfall des Landes mit mir in Verbindung?«

»Sie haben ja keine Ahnung, was hier vorgeht. Ihr illustrer Kollege Morse sabbert mir, um nur ja nichts zu verpassen, ständig über die Schulter.«

»Dieses kleine Arschloch«, murmelte Nadine und drückte mit schnellen, nervösen Bewegungen ihre Zigarette aus. »Deshalb habe ich von der Sache bisher noch nichts gehört. Sicher hat er mich absichtlich abgeblockt.«

»Wenn Sie mir gegenüber mit offenen Karten spielen, Nadine, tue ich das auch.«

Nadines Augen begannen zu blitzen und ihre Nasenflügel bebten leicht. »Exklusiv?«

»Die genauen Bedingungen besprechen wir, wenn Sie zurück sind. Sehen Sie zu, dass Sie es möglichst schnell schaffen.«

»Ich bin praktisch schon wieder auf der Erde.«

Eve blickte lächelnd auf den dunklen Bildschirm. *Diese Sache verdirbt dir sicherlich erst mal den Appetit, du widerlicher Aasgeier,* dachte sie und erhob sich mit vergnügtem Summen von ihrem Platz hinter dem Schreibtisch. Sie hatte noch einiges zu tun.

Um neun Uhr morgens gönnte Eve im luxuriösen Wohnzimmer von George Hammett in einem eleganten Wohnviertel gelegenen Apartment ihren bereits wund gelaufenen Füßen eine erste Pause. Seine Vorliebe für das Dramatische war nicht zu übersehen. Der Boden war leuchtend rot und weiß gefliest, aus der Audioanlage des Tropen-Hologramms, das sich über eine ganze Wand erstreckte, perlte das melodiöse Klimpern eines kleinen Wasserfalls, und auf dem lang gestreckten, niedrigen Sofa glitzerten eine Reihe silberfarbener Kissen, die so weich waren, dass sie, wenn man sie berührte, nachgaben wie seidiges Fleisch.

Sie beschloss, lieber stehen zu bleiben.

Mehrere Kunstgegenstände waren im Raum verteilt. Ein aus Holz geschnitzter Turm, der aussah wie ein Überbleibsel einer alten Burg, die in durchscheinendes, rosafarbenes Glas gehüllte Maske eines Frauengesichts sowie etwas, das aussah wie eine Flasche, deren leuchtende Farbe sich, als sie sie vorsichtig berührte, veränderte.

Hammett, der aus dem Nebenzimmer kam, wirkte ebenso dramatisch wie seine Behausung.

Durch seine auffallende Blässe und die Ringe unter seinen Augen wurde sein attraktives Äußeres tatsächlich noch vorteilhaft betont. Er war groß und auf elegante Weise schlank. Sein Gesicht wirkte geradezu poetisch schmal, und anders als die meisten seiner Altersgenossen – Eve wusste, dass er Mitte sechzig war – hatte er seine grauen Haare nicht gefärbt. Eine sehr gute Entscheidung, dachte sie, denn seine dichte Löwenmähne schimmerte so silbrig wie einer der antiken Kerzenständer in Roarkes Esszimmer.

Seine Augen hatten dieselbe eindrucksvolle Farbe, obgleich die Trauer oder einfach die Ermüdung sie augenblicklich etwas trübte.

Er kam direkt auf sie zu und ergriff ihre beiden Hände. »Eve.« Als seine Lippen über ihre Wange strichen, zuckte sie zusammen. Er gestaltete das Treffen absichtlich persönlich. Das war ihnen beiden klar.

»George«, begann sie und trat unauffällig einen Schritt zurück. »Ich weiß es zu schätzen, dass Sie Zeit gefunden haben, um mich umgehend zu empfangen.«

»Unsinn. Tut mir Leid, dass ich Sie habe warten lassen. Aber ich musste erst noch ein Gespräch beenden.« Er winkte in Richtung des Sofas, wobei sich die Ärmel seines bequemen Hemdes blähten, und sie nahm lautlos seufzend Platz. »Was darf ich Ihnen anbieten?«

»Nichts, wirklich.«

»Kaffee.« Er bedachte sie mit einem leisen Lächeln. »Ich erinnere mich daran, dass Sie sehr gerne Kaffee trinken. Zufällig haben ich etwas von Roarkes Mischung im Haus.« Er drückte einen Knopf in der Sofalehne, worauf ein kleiner Bildschirm aufklappte. »Eine Kanne Argentinisches Gold«, befahl er. »Und zwei Tassen.« Immer noch lächelnd drehte er sich wieder zu ihr um. »Er wird mir helfen, mich etwas zu entspannen«, erklärte er ihr. »Es überrascht mich nicht, Sie heute Morgen hier anzutreffen, Eve. Oder vielleicht sollte ich Sie unter den gegebenen Umständen lieber Lieutenant Dallas nennen?«

»Dann ist Ihnen klar, weshalb ich hier bin.«

»Natürlich. Wegen Cicely. Ich kann mich einfach nicht daran gewöhnen.« Seine cremig-weiche Stimme zitterte ein wenig. »Ich habe es inzwischen zahllose Male in den Nachrichten gehört. Ich habe mit ihren Kindern und mit Marco gesprochen. Aber trotzdem kann ich anscheinend nicht begreifen, dass sie nicht mehr lebt.«

»Sie haben sie am Abend vor ihrer Ermordung noch gesehen.«

Einer seiner Wangenmuskeln zuckte. »Ja. Wir haben zusammen zu Abend gegessen. Das haben wir häufig getan, wenn unsere Terminkalender es zuließen. Mindestens einmal pro Woche. Wenn es klappte, öfter. Wir standen einander sehr nahe.«

Er machte eine Pause, als ein kleiner Servier-Droide mit dem Kaffee hereingeglitten kam. Hammett griff jedoch selbst nach der Kanne und konzentrierte sich beinahe leidenschaftlich auf das Einschenken.

»Wie nahe?«, fragte Eve, die sah, dass die Hand, mit der er nach seiner Tasse griff, nicht gänzlich ruhig war.

»Sehr, sehr nahe. Wir waren ein Paar, seit mehreren Jahren. Ich habe sie sehr geliebt.«

»Trotzdem hatten Sie die ganze Zeit über getrennte Wohnungen.«

»Ja, sie – wir wollten es beide so. Unsere Geschmäcker waren, um es charmant zu formulieren, sehr verschieden, und die einfache Wahrheit ist die, dass wir beide unsere Unabhängigkeit und unseren persönlichen Freiraum nicht aufgeben wollten. Ich glaube, es war sogar einer der Reize unserer Beziehung, dass wir eine gewisse Distanz gewahrt haben.« Er atmete tief ein. »Aber es war kein Geheimnis, dass wir eine Beziehung hatten, zumindest nicht vor unseren Freunden und Verwandten.« Er atmete wieder aus. »Vor der Öffentlichkeit haben wir beide unser Privatleben möglichst abzuschirmen versucht. Was, wie ich annehme, jetzt sicher nicht mehr möglich ist.«

»Das bezweifle ich ebenfalls.«

Er schüttelte den Kopf. »Aber das ist vollkommen egal. Das Einzige, was zählt, ist, denjenigen zu finden, der ihr das angetan hat. Ich kann es einfach nicht fassen. Nichts kann etwas daran ändern, dass sie nicht mehr lebt. Cicely war«, sagte er langsam, »die bewundernswerteste Frau, die ich je kennen gelernt habe.«

Sowohl als Mensch als auch als Polizistin spürte sie instinktiv, dass dieser Mann tiefe Trauer um die Ermordete empfand, doch sie wusste, dass selbst Mörder um ihre Opfer trauerten. »Ich muss wissen, um welche Uhrzeit Sie sie zum letzten Mal gesehen haben. George, dies ist eine offizielle Befragung, ich werde Ihre Antwort demnach aufnehmen.«

»Ja, natürlich. Es war ungefähr um zehn. Wir haben bei Robert's in der Zwölften Straße East gegessen, und anschließend haben wir gemeinsam ein Taxi genommen. Ich habe sie vor ihrer Haustür abgesetzt. Gegen zehn«, wiederholte er die Antwort auf die Frage nach der Zeit. »Ich weiß, dass ich ungefähr Viertel nach zehn hier bei mir zu Hause war, denn ich hatte mehrere Nachrichten bekommen, die ich abgehört habe.«

»Entsprach das Ihren normalen Gewohnheiten?«

»Was? Oh.« Er zwang sich aus einer inneren Welt in die Gegenwart zurück. »Eigentlich hatten wir keine Gewohnheiten. Oft kamen wir gemeinsam hierher oder fuhren gemeinsam in ihre Wohnung. Hin und wieder, wenn wir besonders abenteuerlustig waren, haben wir uns auch für eine Nacht in einer Suite im Palace eingemietet.« Er brach ab und erhob sich mit von Trauer umwölkter Miene von seinem Platz auf dem weichen, silberhellen Sofa. »O Gott. Mein Gott.«

»Es tut mir Leid.« Was, wie sie wusste, völlig nutzlos war. »Es tut mir so Leid.«

»Allmählich beginne ich zu glauben, was passiert ist«, sagte er mit gepresster, leiser Stimme. »Mir ist klar, dass alles noch viel schlimmer wird, wenn man anfängt, es zu glauben. Sie hat gelacht, als sie aus dem Taxi stieg, und mir noch eine Kusshand zugeworfen. Sie hatte so wunderschöne Hände. Und ich fuhr nach Hause und habe wegen der Nachrichten, die mich erwarteten, nicht länger an sie gedacht. Um Mitternacht lag ich im Bett und nahm ein leichtes Beruhigungsmittel, weil ich heute einen frühen Termin hatte. Und während ich sicher im Bett lag, lag sie tot im Regen. Ich weiß nicht, ob ich das ertrage.« Mit blutleerem Gesicht wandte er sich Eve wieder zu. »Ich weiß nicht, ob ich es ertrage.«

Sie konnte ihm nicht helfen. Obgleich sein Schmerz so deutlich war, dass sie ihn selbst spüren konnte, gab es nichts, was sie für ihn hätte tun können. »Ich wünschte, ich könnte Ihnen Zeit lassen und später wiederkommen, aber das ist einfach unmöglich. Soweit wir wissen, waren Sie der Letzte, der sie lebend gesehen hat.«

»Außer ihrem Mörder.« Er richtete sich auf. »Das heißt natürlich nur, wenn nicht ich der Mörder bin.«

»Es wäre für alle das Beste, wenn wir diese Möglichkeit schnell ausschließen könnten.«

»Ja, das wäre natürlich das Beste – Lieutenant.«

Sie akzeptierte die Bitterkeit in seiner Stimme und fuhr fort. »Wenn Sie mir also bitte den Namen des Taxiunternehmens geben könnten, damit ich Ihre Angaben überprüfen kann.«

»Das Restaurant hat ein Taxi für uns bestellt. Ich glaube, es war ein Rapid.«

»Haben Sie in der Zeit zwischen Mitternacht und zwei Uhr morgens irgendjemanden gesehen oder mit irgendjemandem gesprochen?«

»Wie ich bereits sagte, ich nahm eine Schlaftablette und lag um Mitternacht im Bett. Allein.«

Das könnte sie natürlich anhand der Überwachungsdisketten des Gebäudes überprüfen, doch sie wusste, dass solche Disketten problemlos manipuliert werden konnten. »Können Sie mir sagen, in welcher Stimmung sie war, als Sie sie verließen?«

»Sie war ein bisschen geistesabwesend. Das lag an dem Fall, mit dem sie gerade beschäftigt war. Sie sah die Sache optimistisch. Wir sprachen kurz über ihre Kinder, vor allem über ihre Tochter. Mirina hat die Absicht, im kommenden Herbst zu heiraten. Cicely hat sich darüber gefreut und war ganz aus dem Häuschen, weil Mirina eine große Feier mit allem altmodischen Zubehör wollte.«

»Hat sie irgendwas erwähnt, was ihr Angst machte? Irgendetwas oder irgendjemanden, dessentwegen sie in Sorge war?«

»Nichts, was auf ihre Ermordung schließen lassen würde. Die einzige Sorge, die sie äußerte, war die, ob Mirina auch das passende Kleid und die richtigen Blumen finden würde. Und dass sie hoffte, dass der Angeklagte in ihrem neuesten Fall die Höchststrafe bekäme.«

»Hat sie über irgendwelche Drohungen gesprochen, irgendwelche ungewöhnlichen Nachrichten oder Kontakte?«

»Nein.« Er fuhr sich mit der Hand über die Augen und ließ sie müde wieder sinken. »Meinen Sie nicht, ich hätte Ihnen längst alles gesagt, wenn ich auch nur die geringste Vorstellung davon hätte, weshalb das alles passiert ist?«

»Weshalb könnte sie mitten in der Nacht in die Upper West Side gefahren sein?«

»Ich habe keine Ahnung.«

»Hatte sie die Angewohnheit, Spitzel zu treffen, Informanten?«

Er öffnete den Mund und klappte ihn dann wieder zu. »Ich weiß nicht«, murmelte er nachdenklich. »Das hätte ich niemals gedacht ... aber sie war so starrsinnig, so ungeheuer selbstsicher.«

»Ihre Beziehung zu ihrem geschiedenen Mann. Wie würden Sie die beschreiben?«

»Freundschaftlich. Ein bisschen reserviert, aber eindeutig freundschaftlich. Sie beide haben ihre Kinder angebetet, und das hat sie verbunden. Er war etwas verärgert, als wir beide uns näher kamen, aber …« Hammett brach ab und starrte Eve mit großen Augen an. »Sie können ja wohl unmöglich denken …« Mit einem Geräusch, das wie ein Lachen klang, hob er die Hände vors Gesicht. »Denken Sie ernsthaft, Marco Angelini würde in der Absicht, seine Ex-Frau umzubringen, nachts mit einem Messer in einer solchen Gegend herumschleichen? Nein, Lieutenant.« Er ließ seine Hände wieder sinken. »Marco hat durchaus seine Fehler, aber er hätte Cicely nie im Leben etwas angetan. Außerdem hätte bereits der Anblick des Blutes seinen Sinn für Anstand auf das Gröbste verletzt. Er ist viel zu kalt, viel zu konservativ, um eine solche Form der Gewalt anzuwenden. Außerdem hätte er keinen Grund, kein Motiv, um ihr so etwas antun zu wollen.«

Das, dachte Eve, entschied sie besser selbst.

Sie stolperte von einer Welt in eine völlig andere, als sie Hammetts Wohnung verließ und Richtung West End fuhr. Hier stieß sie statt silbriger Kissen und perlender Wasserfälle auf aufgeplatzte Gehwege, die bei der letzten Sanierungskampagne der Stadt übersehen worden waren, zahllose Graffitis an den Wänden der Gebäude, in denen die Betrachter aufgefordert wurden, sich an jeder Art von Mensch und Tier sexuell gütlich zu tun, und durch Gitter gesicherte Ladentüren und -fenster, die wesentlich billiger und unwirksamer waren als die in reicheren Gegenden verwandten Stromfelder.

Es hätte Eve nicht überrascht, wenn sie in den dunklen Gassen ein paar Nager entdeckt hätte, die von den Katzendroiden übersehen worden waren.

Zweibeinige Ratten gab es auf jeden Fall genug. Ein Junkie verzog bei ihrem Anblick die zahnlose Visage zu einem einladenden Grinsen und griff sich stolz zwischen die Beine, während ein kleiner Dealer sie sofort als Cop erkannte, seinen federgeschmückten, fuchsienroten Kopf senkte und sich eilig in Sicherheit brachte.

Manche Drogen waren immer noch verboten, und es gab tatsächlich Bullen, die sich die Mühe machten, dem gesetzwidrigen Handel mit dieser Art von Ware auf den Grund zu gehen.

Im Augenblick gehörte Eve nicht zu dieser Gruppe. Außer sie bekam durch ein bisschen Druck schneller Antworten.

Die Kehrmaschinen der Polizei hatten alles aus der unmittelbaren Umgebung des Opfers gierig in sich aufgesogen, um mögliche Beweismittel zu sichern, und der Regen hatte das meiste Blut vom Gehsteig gewaschen. Trotzdem stand Eve einen Moment lang an der Stelle, an der Towers gestorben war. Sie konnte die grauenhafte Szene deutlich vor sich sehen.

Sie musste die Sache von hinten aufrollen. *Hatte Towers hier gestanden,* überlegte sie, *hatte sie ihrem Mörder ins Gesicht gesehen? Höchstwahrscheinlich. Hatte sie das Messer gesehen, ehe es ihre Kehle durchtrennt hatte? Vielleicht. Aber ganz sicher nicht früh genug, um mit mehr als einem leisen Zucken und lautlosen Luftschnappen darauf zu reagieren.*

Eve hob den Kopf und betrachtete die Straße. Sie hatte eine Gänsehaut, doch sie versuchte, die neugierigen und gleichermaßen feindseligen Blicke der Gestalten, die an den Hauswänden oder an irgendwelchen klapprigen Fahrzeugen lehnten, einfach zu übersehen.

Cicely Towers war hierher gekommen. Doch nicht mit einem Taxi. Bisher hatte keines der offiziellen Unternehmen eine Fahrt von ihrer Wohnung bis hierher zu vermelden gehabt. Und ganz sicher war die Staatsanwältin nicht dumm genug gewesen, eins der nicht registrierten Transportmittel zu nehmen.

Die U-Bahn, dachte sie plötzlich. Sie war schnell und mit all den Scannern und Polizeidroiden sicher wie eine Kirche, zumindest bis man wieder auf die Straße kam. Einen halben Block entfernt machte sie tatsächlich einen U-Bahn-Eingang aus.

Die U-Bahn, sicher, so war es gewesen. Vielleicht hatte sie es eilig gehabt? Vielleicht war sie darüber verärgert gewesen, in einer Regennacht noch einmal aus dem Haus zu müssen. Sie war selbstsicher gewesen, hatte Hammett ihr erklärt. Sie hatte also sicher keine Angst gehabt.

Sie war in ihrem eleganten Kostüm, in ihren teuren Schuhen die Stufen zur Straße heraufgekommen. Sie –

Eve hielt inne und kniff nachdenklich die Augen zusammen. *Hatte sie keinen Schirm bei sich gehabt? Wo steckte der verdammte Schirm? Eine ordentliche, praktische, gut organisierte Frau ging doch sicher bei einem solchen Regen nicht ungeschützt hinaus?*

Entschlossen zog Eve den Recorder aus der Tasche und hielt ihren Vermerk über den fehlenden Schirm fest.

Hatte ihr Mörder ihr auf der Straße aufgelauert? In irgendeinem Raum? Sie blickte auf den halb verfallenen Backstein der unsanierten Häuser. *In einer Bar? In einem der Sexclubs?*

»Hey, weißes Mädchen.«

Eve runzelte die Stirn und drehte sich um. Der schwarze Hüne, der sie angesprochen hatte, trug, wie viele in der Gegend, leuchtenden Federschmuck im Haar. Auf einer seiner Wangen prangte eine phosphorgrüne Tätowierung in Form eines grinsenden Totenschädels, und zu seiner offenen roten Weste trug er eine passende hautenge Hose, unter der die Größe seines Prachtstücks deutlich zu Tage trat.

»Hey, schwarzer Junge«, erwiderte sie in demselben lässig-beleidigenden Ton.

Er verzog seine hässliche Visage zu einem breiten Grinsen. »Auf der Suche nach 'n bisschen Unterhaltung?« Er wies mit seinem Kopf in Richtung des grellen Türschilds eines FKK-Clubs. »Bist 'n bisschen mager, aber trotzdem werden sie dich nehmen. Allzu viele Weiße kriegen se hier nich'. Meistens Mischlinge.« Er legte einen seiner Wurstfinger unter ihr Kinn. »Außerdem bin ich der Rausschmeißer des Ladens, un' ich leg gern ein Wörtchen für dich ein.«

»Und weshalb solltest du das tun?«

»Aus reiner Herzensgüte un' für fünf Prozent von deinem Trinkgeld, meine Süße. Ein gut gebautes, weißes Mädchen wie du macht in dem Schuppen, wenn es 'n bisschen mit den Titten wackelt, sicher jede Menge Kohle.«

»Ich weiß das Angebot zu schätzen, aber ich habe bereits einen Job.« Beinahe mit Bedauern zog sie ihre Dienstmarke hervor.

Er pfiff leise durch die Zähne. »Wie kommt's nur, dass ich das nich' gesehen hab? Weißes Mädchen, du riechst ganz einfach nich' nach Bulle.«

»Muss an der neuen Seife liegen, die ich habe. Und, hast du vielleicht auch einen Namen?«

»Nenn mich einfach Crack. Das ist das Geräusch, das man hört, wenn ich Köpfe aneinander krachen lasse.« Wieder zeigte er ein breites Grinsen, während er seine beiden Pranken demonstrativ gegeneinander prallen ließ. »Crack! Kapiert?«

»Ich glaube schon. Und, Crack, hast du vorletzte Nacht auch dort in der Tür gestanden?«

»Tja, tut mir wirklich Leid, aber ich war anderweitig beschäftigt, und dadurch habe ich die ganze Aufregung verpasst. Das war mein freier Abend un' ich hab ihn genutzt, um meine kulturellen Interessen zu befriedigen.«

»Und an welchem Kulturereignis hast du teilgenommen, wenn ich fragen darf?«

»Ich war auf dem Vampirfilmfestival unten in Grammercy, zusammen mit meiner momentanen Mieze. Hat echt Spaß gemacht, sich die Blutsauger anzugucken. Aber wie ich höre, hatten wir hier oben zur gleichen Zeit unsere eigene Show. Un' zwar in Gestalt 'ner toten Staatsanwältin. Groß, wichtig, elegant. Eine Weiße, stimmt's? Genau wie du, Süße.«

»Genau. Und was hast du sonst noch von der Sache gehört?«

»Ich?« Er fuhr mit einem Zeigefinger über die Knöpfe seiner Weste. Sein Fingernagel war geradezu tödlich spitz und leuchtend schwarz lackiert. »Es is' unter meiner Würde, mir das Geschwätz der Leute anzuhören.«

»Da bin ich mir ganz sicher.« Eve kannte die Regeln und zog langsam einen Hunderter Kreditchip aus der Tasche. »Wie wäre es damit, wenn du mir einen Teil dieser Würde verkaufst?«

»Tja, der Preis scheint zu stimmen.« Schon verschwand der Chip in einer seiner Pranken. »Ich hab gehört, dass sie gegen Mitternacht im Five Moons herumgehangen hat. Als hätte sie auf wen gewartet, der nicht gekommen is'. Un' dann hat sie die Biege gemacht.«

Sein Blick fiel auf den Gehweg. »Scheint, als wär sie nich' allzu weit gekommen.«

»Nein. Hat sie nach jemandem gefragt?«

»Nich', soweit ich es mitbekommen hab.«

»Hat irgendwer sie mit irgendjemandem gesehen?«

»War 'ne schlechte Nacht. Die meisten Leute sin' gar nich' erst auf die Straße raus. Vielleicht sin' 'n paar von den Junkies unterwegs gewesen, aber das Geschäft ging wirklich schlecht.«

»Kennst du irgendwen hier in der Gegend, der gern mit einem Messer spielt?«

»Hier schleppen jede Menge Leute Messer mit sich rum, weißes Mädchen.« Er rollte belustigt mit den Augen. »Un' weshalb sollte man so 'n Ding erst mitnehmen, wenn man nich' bereit is', es auch zu benutzen?«

»Ich meine jemanden, der gerne zusticht«, wiederholte sie. »Jemanden, der damit kein bestimmtes Ziel verfolgt.«

Wieder grinste er breit, und der Totenschädel auf seiner Wange schien durch die Bewegung der Muskeln zustimmend zu nicken. »Ich kenne niemanden, der nich' irgendein Ziel hat. Bist du nich' auch aus 'nem ganz bestimmten Grund hierher gekommen?«

Sie akzeptierte diese Antwort. »Kennst du irgendjemanden hier in der Gegend, der gerade aus dem Knast gekommen ist?«

Sein Lachen klang wie die Salve eines Maschinengewehrs. »Frag mich lieber, ob ich irgendwen kenne, der nich' gerade im Kahn war. Dann könnt ich dir schneller antworten.«

»Also gut.« Zu seiner Enttäuschung zog sie statt weiterer Kreditchips eine Karte aus der Tasche. »Vielleicht habe ich noch mehr für dich, falls du noch irgendetwas hörst, was mich in dieser Sache weiterbringt.«

»Kein Problem. Wenn du doch noch zu dem Schluss kommst, dass du dir 'n bisschen was dazu verdienen willst, indem du deine kleinen weißen Titten schwenkst, lass es mich einfach wissen.« Mit diesen Worten schlenderte er mit der überraschenden Grazie einer riesigen schwarzen Gazelle die Straße hinab.

Eve blickte ihm nach und machte sich dann auf den Weg, um ihr Glück im Five Moons zu versuchen.

Vielleicht hatte die Kneipe schon bessere Tage gesehen, doch sie war sich nicht sicher. Es war ein reines Trinklokal – keine Tänzerinnen, keine Bildschirme, keine Videoecken. Die Kundschaft des Five Moon bestand eindeutig nicht aus den allergeselligsten Menschen. Der Geruch, der ihr beim Eintreten entgegenschlug, ließ eher darauf schließen, dass es den Gästen vor allem darum ging, sich in möglichst kurzer Zeit möglichst erfolgreich die Magenwände zu verätzen.

Selbst zu dieser frühen Stunde war der kleine, viereckige Raum erstaunlich gut besucht. Stumme Trinker waren um stinkende Standaschenbecher versammelt und kippten sich Gift ihrer Wahl hinter die Binde. Andere kauerten, um den Flaschen noch näher zu sein, direkt an der Bar. Als Eve den Raum durchquerte, hoben einige der Leute flüchtig ihre Köpfe, wandten sich jedoch nach kurzer Zeit wieder ihrer Tätigkeit zu.

Wie in den meisten Kneipen war der Barmann ein Droide, doch sie bezweifelte, dass dieser darauf programmiert war, sich die traurigen Geschichten freundlich lächelnd anzuhören, mit denen die Gäste aufzuwarten hatten. Er erschien ihr eher wie ein typischer Knochenbrecher, dachte sie, als sie sich an die Bar setzte. Die Hersteller hatten ihn mit den schrägstehenden Augen und dem goldenen Teint eines Mischlings ausgestattet. Anders als die meisten Besucher der Spelunke hatte der Droide weder Federn in den Haaren noch Perlenketten um den Hals, sondern trug einen schlichten weißen Kittel über seinem muskulösen Ringer-Leib.

Droiden waren unbestechlich, dachte sie bedauernd. Und auf Drohungen reagierten sie nur dann, wenn man sie clever und logisch formulierte.

»Wollen Sie was zu trinken?«, fragte der Droide. Seine Stimme hallte etwas nach, was darauf schließen ließ, dass er lange nicht mehr gewartet worden war.

»Nein.« Eve wollte ihre Gesundheit nicht unnötig gefährden. Sie zeigte ihre Dienstmarke, und mehrere Gäste rückten verstohlen in die Ecken. »Vorletzte Nacht gab es hier einen Mord.«

»Nicht hier drinnen.«

»Aber das Opfer hat den Laden kurz vorher besucht.«

»Da hat sie noch gelebt.« Auf ein für Eve nicht sichtbares Signal hin nahm der Droide ein verschmiertes Glas von einem der Gäste an der Mitte des Tresens, schenkte eine giftig leuchtende Flüssigkeit hinein und schob es gelassen zurück.

»Sie hatten in der Nacht sicher Dienst.«

»Ich bin auf vierundzwanzig/sieben programmiert«, erklärte er, was hieß, dass er für durchgängige Arbeit ohne Pausen oder Wiederaufladphasen eingerichtet war.

»Haben Sie das Opfer vorher schon mal hier drinnen oder zumindest hier in der Gegend gesehen?«

»Nein.«

»Wen hat sie hier getroffen?«

»Niemanden.«

Eve trommelte ungeduldig mit den Fingern auf die schmutzige Oberfläche der Theke. »Okay, machen wir es uns beiden lieber leicht. Erzählen Sie mir einfach, wann sie hier hereingekommen ist, was sie gemacht hat und wann und in welchem Zustand sie wieder gegangen ist.«

»Es gehört nicht zu meinen Aufgaben, die Gäste zu überwachen.«

»In Ordnung.« Langsam fuhr Eve mit einem Finger über den Tresen und blickte dann gespielt betrübt auf den anhaftenden Dreck. »Ich gehöre zum Morddezernat, aber ich bin nicht verpflichtet, Verstöße gegen die Hygienevorschriften zu übersehen. Wissen Sie, ich denke, wenn ich die Leute von der Hygieneabteilung mit ihren Sensoren vorbeischicken würde, wären sie ernsthaft schockiert. So schockiert, dass sie die Alkoholausschank-Lizenz sofort einkassieren würden.«

Sie hielt diese Drohung zwar nicht für allzu clever, doch zumindest war sie logisch.

Der Droide brauchte einen Moment, bis er die Wahrscheinlichkeit errechnet hatte, ob sie tatsächlich so weit ginge. Dann nickte er langsam. »Die Frau kam um null Uhr sechzehn. Sie hat nichts getrunken. Um zwölf nach eins ist sie wieder gegangen. Allein.«

»Hat sie mit jemandem gesprochen?«

»Kein einziges Wort.«

»Hat sie jemanden gesucht?«

»Ich habe sie nicht danach gefragt.«

Eve zog eine Braue in die Höhe. »Sie haben sie beobachtet. Sah es so aus, als würde sie jemanden suchen?«

»Es sah so aus, aber sie hat niemanden gefunden.«

»Trotzdem blieb sie fast eine Stunde hier. Was hat sie in der Zeit gemacht?«

»Sie hat einfach dagestanden, sich umgesehen, die Stirn gerunzelt. Immer mal wieder auf die Uhr gesehen. Und dann ist sie gegangen.«

»Ist ihr jemand nach draußen gefolgt?«

»Nein.«

Geistesabwesend wischte sich Eve den schmutzigen Zeigefinger an ihrer Hose ab. »Hatte sie einen Schirm dabei?«

Der Droide sah sie bei der Frage so überrascht an, wie es für einen Droiden nur möglich war. »Ja, einen purpurroten, genau wie ihr Kostüm.«

»Hat sie ihn wieder mitgenommen?«

»Klar. Schließlich hat es in Strömen geregnet.«

Eve nickte, schob sich von ihrem Hocker und begann mit der Befragung der unglücklichen Gäste.

Alles, was sie wollte, als sie schließlich wieder in die Zentrale kam, war eine lange, heiße Dusche. Nach einer Stunde im Five Moons hatte sie das Gefühl, als wäre ihr Körper von einem dünnen Schmutzfilm überzogen. Sogar ihre Zähne, dachte sie, als sie mit der Zunge darüber fuhr.

Doch erst kam der Bericht. Sie betrat ihr Büro, blieb stehen und blickte auf den Mann mit den drahtigen Haaren, der an ihrem Schreibtisch saß und gezuckerte Nüsse aus einer Tüte pickte.

»Nette Form der Arbeit, wenn man die Gelegenheit dazu bekommt.«

Feeney kreuzte die Füße, die er auf den Rand ihres Schreibtisches gelegt hatte. »Schön dich zu sehen, Dallas. Du bist eine viel beschäftigte junge Frau.«

»Ein paar von uns müssen tatsächlich arbeiten, um zu leben, während andere den ganzen Tag am Computer spielen können.«

»Du hättest auf mich hören und deine Computerkenntnisse vertiefen sollen.«

Eher zärtlich als verärgert schob sie seine Füße von der Schreibtischkante und drückte ihren Hintern auf die frei gewordene Stelle. »Bist du zufällig vorbeigekommen?«

»Ich bin gekommen, um dir meine Dienste anzubieten, alte Freundin.« Großzügig hielt er ihr die Tüte mit den Nüssen hin.

Sie nahm eine heraus, schob sie sich in den Mund und sah ihn, während sie genüsslich kaute, fragend an. Er hatte sich nie die Mühe gemacht, sein trauriges Hundegesicht auch nur ansatzweise zu verschönern. Unter den Augen hingen dicke Tränensäcke, allmählich bekam er leichte Hängebacken, und seine Ohren waren im Verhältnis zum Rest des Kopfes eindeutig zu groß. Sie mochte sein Gesicht genau so, wie es war.

»Warum?«

»Tja, eigentlich aus drei Gründen. Erstens hat der Commander mich inoffiziell darum gebeten, zweitens habe ich die Staatsanwältin sehr bewundert.«

»Whitney hat dich angerufen?«

»Inoffiziell«, wiederholte Feeney. »Er dachte, dass du die Sache, wenn du jemanden mit meinen außergewöhnlichen Computerkenntnissen an deiner Seite hättest, schneller unter Dach und Fach kriegen würdest. Ein direkter Draht zur Abteilung für elektronische Ermittlungen hat noch niemandem geschadet.«

Sie dachte darüber nach, und da sie wusste, dass Feeney wirklich außergewöhnliche Fähigkeiten besaß, stimmte sie ihm zu. »Willst du dich offiziell oder lieber inoffiziell an den Ermittlungen beteiligen?«

»Das hängt ganz von dir ab.«

»Dann lieber offiziell.«

Er grinste und zwinkerte ihr zu. »Ich hatte mir schon gedacht, dass du das sagen würdest.«

»Das Erste, was du für mich tun musst, ist das Tele-Link des Opfers genau zu überprüfen. Weder ihr Terminkalender noch die Überwachungsdisketten des Gebäudes lassen darauf schließen, dass sie in der Nacht ihrer Ermordung noch einen Besucher hatte. Also muss jemand sie angerufen haben, um sich mit ihr zu verabreden.«

»Ist bereits so gut wie erledigt.«

»Außerdem brauche ich eine Überprüfung aller Personen, die sie jemals in den Kahn geschickt hat –«

»Aller?«, unterbrach er mit entsetzter Stimme.

»Aller.« Sie bedachte ihn mit einem Lächeln. »Ich nehme

an, du schaffst das doppelt so schnell, wie ich es schaffen würde. Und dann brauche ich noch einen Check von sämtlichen Verwandten, Freunden, Bekannten und so weiter sowie von allen Beteiligten an noch nicht abgeschlossenen Fällen.«

»Himmel, Dallas«, stieß er hervor, während er jedoch seine Schultern kreisen ließ und seine Finger spannte wie ein Pianist vor Beginn des Konzerts. »Meine Frau wird mich vermissen.«

»Mit einem Cop verheiratet zu sein, ist nun mal kein Zuckerschlecken«, sagte sie und tätschelte ihm mitfühlend die Schulter.

»Hat das Roarke gesagt?«

Sie zog ihre Hand zurück. »Wir sind nicht verheiratet.«

Feeney begann leise zu summen. Es machte ihm Spaß zu sehen, wie Eve die Stirn runzelte und zusammenfuhr, als er fragte: »Wie geht's ihm überhaupt?«

»Gut. Er ist im Moment in Australien.« Sie vergrub die Hände in den Taschen ihrer Jeans. »Es geht ihm gut.«

»Hmmm. Ich habe euch beide vor ein paar Wochen in den Nachrichten gesehen. Bei irgendeiner tollen Veranstaltung im Palace. Du siehst wirklich scharf aus, wenn du mal ein Kleid trägst.«

Sie rutschte unbehaglich auf der Tischkante herum, riss sich zusammen und zuckte mit den Schultern. »Ich hatte keine Ahnung, dass du die Klatschkanäle guckst.«

»Ich liebe sie sogar«, sagte er ohne jede Scham. »Muss interessant sein, in diesen Kreisen zu verkehren.«

»Manchmal ja«, murmelte sie verlegen. »Wollen wir über mein Privatleben reden, Feeney, oder über unseren Mordfall?«

»Am liebsten beides.« Er stand auf und streckte sich genüsslich. »Erst mal sehe ich mir ihr Link genauer an, und dann mache ich mich an die Überprüfung der unzähligen Perversen, die sie hat einlochen lassen. Sobald ich was habe, gebe ich dir Bescheid.«

»Feeney.« Als er sich noch einmal umdrehte, wiegte sie den

Kopf ein wenig. »Du hast gesagt, es gäbe drei Gründe, weshalb du dich an den Ermittlungen beteiligen willst. Du hast mir aber nur zwei Gründe genannt.«

»Der Dritte ist ganz einfach der, dass du mir gefehlt hast, Dallas.« Er sah sie mit einem Grinsen an. »Ich will verdammt sein, wenn du mir nicht gefehlt hast.«

Lächelnd setzte sie sich hinter ihren Schreibtisch. Wenn es ihr in Bezug auf ihn nicht ebenso ergangen war, wollte sie ebenfalls verdammt sein.

4

Das Blue Squirrel lag in unmittelbarer Nähe des Five Moons. Eve hatte eine gewisse Vorliebe für das schmuddelige Lokal. Es gab Augenblicke, in denen sie den Lärm, das Gedränge, die ständig wechselnde Aufmachung der Gäste und vor allem die Bühnenshow tatsächlich genoss.

Die Lead-Sängerin war einer der wenigen Menschen, die Eve als echte Freundin ansah. Die Bekanntschaft mochte ihren Anfang darin genommen haben, dass Eve Mavis Freestone einige Jahre zuvor festgenommen hatte, und dennoch hatte sich eine enge Freundschaft zwischen ihnen beiden entwickelt, die durch nichts und niemanden zu erschüttern war. Doch auch wenn Mavis inzwischen nicht mehr gegen das Gesetz verstieß, würde sie niemals ein ganz normaler Mensch werden.

Heute Abend schrie die schlanke, wohlgeformte Frau ihre Texte zum Kreischen der Trompeten einer dreiköpfigen Frauenband, die auf dem riesigen dreidimensionalen Bildschirm direkt in ihrem Rücken herumturnte. Die schrille Musik und die Qualität des Weines, den Eve zu bestellen gewagt hatte, reichten völlig aus, um ihr die Tränen in die Augen zu treiben.

Für ihren heutigen Auftritt hatte Mavis ihre Haare smaragdgrün gefärbt. Eve wusste, dass Mavis ein Faible für Edelsteine hatte, also hatte sie sich irgendwie in einen hautengen, schillernd saphirblauen Einteiler gezwängt, der mit Mühe eine ihrer vollen Brüste und ihren Schritt bedeckte. Die zweite Brust wurde von schimmernden Glassteinen und einem strategisch genau auf der Brustwarze platzierten Silberstern verziert.

Ein falsch platzierter Stein, und das Blue Squirrel hätte mit einer Strafe wegen Missachtung der Gesetze belegt werden können. Die Eigentümer des Schuppens waren nämlich nicht bereit, die saftigen Gebühren für die Lizenz für Nacktauftritte auf den Tisch zu legen.

Mavis wirbelte herum, und Eve entdeckte, dass ihr herzförmiges Hinterteil ähnlich dekoriert war wie die beinahe nackte Brust. Gerade noch innerhalb der Grenzen des Erlaubten.

Das Publikum liebte ihre Freundin. Als sie nach ihrem Auftritt von der Bühne stieg, erntete sie lautstarke, betrunkene Beifallsrufe sowie donnernden Applaus, und selbst die Gäste in den abgeschiedenen Rauchernischen trommelten begeistert mit den Fäusten auf den winzigen Tischen herum.

»Wie kannst du in dem Ding nur sitzen?«, fragte Eve, als Mavis in ihre Nische trat.

»Langsam, vorsichtig und höchst unbequem.« Mavis demonstrierte ihre Technik und stieß einen Seufzer aus. »Wie fandest du die letzte Nummer?«

»Ein echter Renner.«

»Ich habe sie selbst geschrieben.«

»Echt?« Eve hatte kein einziges Wort verstanden, trotzdem empfand sie wahren Stolz. »Das ist phantastisch, Mavis. Ich bin wirklich platt.«

»Vielleicht kriege ich ja damit endlich einen Vertrag bei einem der Studios.« Mavis' Wangen röteten sich. »Und außerdem habe ich eine Gehaltserhöhung bekommen.«

»Darauf sollten wir trinken.« Eve hob ihr Glas.

»Ich wusste nicht, dass du heute Abend kommst.« Mavis

gab ihren Code in die Getränkekarte ein und bestellte Mineralwasser. Schließlich musste sie ihrer Kehle vor dem nächsten Auftritt etwas Gutes tun.

»Ich treffe mich mit jemandem.«

»Mit Roarke?« Mavis' momentan grüne Augen blitzten begeistert auf. »Sag nicht, dass er hierher kommt. Dann muss ich die letzte Nummer noch mal singen.«

»Er ist in Australien. Ich treffe mich mit Nadine Furst.«

Mavis' Enttäuschung darüber, dass sie Roarke nun nicht würde beeindrucken können, wich ehrlicher Überraschung. »Du triffst eine Journalistin? Und dann auch noch mit Absicht?«

»Ich kann ihr vertrauen.« Eve zuckte mit den Schultern. »Und außerdem kann ich sie brauchen.«

»Wenn du meinst. Hey, glaubst du, sie würde vielleicht mal was über mich bringen?«

Nicht um alles in der Welt hätte Eve das Leuchten in Mavis' Augen zum Erlöschen bringen wollen. »Ich werde sie mal drauf ansprechen.«

»Das ist wirklich anständig von dir. Hör zu, morgen ist mein freier Abend. Hättest du Lust, mit mir zum Essen zu gehen und dich ein bisschen zu amüsieren?«

»Wenn ich es schaffe. Aber ich dachte, dieser Performance-Künstler würde dich im Augenblick mit Beschlag belegen – der mit dem Affen als Haustier.«

»Den habe ich längst abgeschossen.« Wie zur Demonstration schnippte Mavis mit einem ihrer Finger eine imaginäre Staubflocke von ihrer nackten Schulter. »Er war einfach zu unbeweglich. So, ich muss wieder los.« Mit leise klirrendem Po-Dekor glitt sie von ihrem Platz und schob sich durch das Gedränge zurück in Richtung Bühne.

Eve beschloss, lieber nicht darüber nachzudenken, was in Mavis Augen unbeweglich bedeutete.

Als ihr Handy summte, zog sie es hervor, drückte ihren Code und erkannte auf dem Minibildschirm Roarkes attraktives Gesicht. Ihre erste Reaktion war ein breites, glückliches Lächeln.

»Lieutenant, endlich habe ich dich gefunden.«

»Sieht ganz so aus.« Sie bemühte sich, das Lächeln zumindest ein wenig zu dämpfen. »Das hier ist eine offizielle Leitung.«

»Ach ja?« Er zog seine Brauen in die Höhe. »Klingt aber nicht, als wärst du in einer offiziellen Umgebung. Was machst du im Blue Squirrel?«

»Ich treffe jemanden. Wie ist es in Australien?«

»Voll. Mit ein bisschen Glück bin ich in sechsunddreißig Stunden wieder da. Ich werde dich schon finden.«

»Das fällt dir offenbar nicht weiter schwer.« Wieder musste sie lächeln. »Horch mal.« Sie hielt das Handy in die Luft, als Mavis mit ihrem nächsten Lied begann.

»Sie ist einzigartig«, brachte Roarke nach einigen Takten mühsam über die Lippen. »Richte ihr meine Grüße aus.«

»Werde ich tun. Ich – ah – wir sehen uns, wenn du zurück bist.«

»Worauf du dich verlassen kannst. Bis dahin wirst du dich damit begnügen müssen, an mich zu denken.«

»Klar. Gute Reise, Roarke.«

»Eve, ich liebe dich.«

Sein Bild löste sich auf, und sie atmete zischend aus.

»So, so.« Nadine Furst trat hinter ihr hervor und nahm ihr gegenüber Platz. »War das nicht süß?«

Hin und her gerissen zwischen Verlegenheit und Ärger schob Eve ihr Handy wieder in die Tasche. »Ich hätte angenommen, Sie besäßen so viel Anstand, andere Leute nicht zu belauschen.«

»Kein Reporter, der sein Geld wert ist, würde sich je die Chance entgehen lassen, andere zu belauschen. In dieser Beziehung bin ich nicht anders als eine gute Polizistin.« Nadine lehnte sich zurück. »Also, was für ein Gefühl ist es, wenn man von einem Mann wie Roarke geliebt wird?«

Selbst wenn sie es hätte erklären können, hätte Eve es nicht getan. »Denken Sie vielleicht darüber nach, von den Nachrichten zum Klatschkanal zu wechseln, Nadine?«

Nadine hob eine ihrer Hände und seufzte, als sie die Karte überflog, laut auf. »Ich kann einfach nicht glauben, dass Sie mich schon wieder in dieser Spelunke treffen wollten. Das Essen ist einfach ungenießbar.«

»Aber die Atmosphäre, Nadine, die Atmosphäre.«

Mavis traf eine besonders schrille Note, und Nadine zuckte zusammen. »In Ordnung, schließlich ist es Ihr Deal.«

»Sie sind ziemlich schnell zurückgekommen.«

»Ich habe einen Blitztransport ergattert. Dank eines Ihrer Jungs.«

»Roarke ist ein durchaus erwachsener Mann.«

»Wem sagen Sie das. Also …« Nadine winkte ab. Anscheinend machte ihr die Zeitverschiebung noch zu schaffen, denn sie wirkte erschöpft. »Ich muss etwas essen, selbst wenn es mich umbringt.« Sie blickte nochmals auf die Karte und entschied sich mit zweifelnder Miene für die gefüllten Muscheln. »Was trinken Sie?«

»Nummer vierundfünfzig, angeblich ein Chardonney.« Vorsichtig nippte Eve erneut an ihrem Glas. »Mindestens drei Punkte besser als Pferdepisse. Ich kann ihn also durchaus empfehlen.«

»Fein.« Nadine gab ihre Bestellung in den Computer ein und lehnte sich erneut zurück. »Während des Rückflugs habe ich mir sämtliche offiziell zugänglichen Informationen zu dem Towers-Mord besorgt. Alles, was die Medien bisher gebracht haben.«

»Weiß Morse, dass Sie zurück sind?«

Nadines Lächeln war eindeutig boshaft. »Natürlich weiß er es. Ich habe sämtliche Vorrechte an Verbrechen aller Art. Also bin ich drin, und er ist draußen. Weshalb er auf Hundertachtzig ist!«

»Dann war meine Mission ja ein voller Erfolg.«

»Aber sie ist noch nicht beendet. Sie haben mir die Exklusivrechte versprochen.«

»Die werden Sie auch kriegen.« Eve studierte das Nudelgericht, das durch den Servierschlitz auf den Tisch glitt. Es sah gar nicht so schlimm aus. »Zu meinen Bedingungen, Nadine. Sie bringen nur, was ich Ihnen zukommen lasse, und auch das erst, wenn Sie von mir grünes Licht bekommen haben.«

»Das ist ja wohl klar.« Nadine probierte die erste Muschel und kam zu dem Schluss, dass sie beinahe genießbar war.

»Ich werde dafür sorgen, dass Sie mehr und früher Informationen bekommen als die anderen.«

»Und wenn Sie einen Verdächtigen haben?«

»Kriegen Sie als Erste seinen Namen.«

Nadine schob sich mit einem Nicken die zweite Muschel in den Mund. »Zuzüglich eines Exklusiv-Gesprächs mit dem Verdächtigen und eines weiteren mit Ihnen.«

»Das Interview mit dem Verdächtigen kann ich nicht garantieren. Sie wissen, dass das nicht geht«, fuhr Eve fort, ehe Nadine sie unterbrechen konnte. »Der Verdächtige hat das Recht, sich seine Interviewpartner selbst auszusuchen oder Gespräche auch völlig abzulehnen. Das Einzige, was ich tun kann, ist, ihm einen Vorschlag zu machen oder ihn vielleicht sogar zu ermutigen, sich an Sie zu wenden.«

»Außerdem will ich Bilder. Erzählen Sie mir nicht, dass Sie die auch nicht garantieren können. Sie finden ganz sicher einen Weg, um dafür zu sorgen, dass ich eine Aufnahme von der Verhaftung kriege. Ich will live dabei sein.«

»Darüber werde ich nachdenken, wenn es soweit ist. Im Austausch will ich alles, was Sie haben, jeden Tipp, den man Ihnen gibt, jedes Gerücht, das Ihnen zu Ohren kommt. Keine Überraschungen wie beispielsweise, dass ich irgendetwas erst über den Fernseher erfahre.«

Nadine schob sich eine Gabel voller Nudeln in den Mund. »Das kann ich nicht garantieren«, erklärte sie mit zuckersüßer Stimme. »Meine Kollegen haben ihre eigenen Terminpläne.«

»Was Sie wissen, sobald Sie es wissen«, kam die tonlose Antwort. »Und außerdem alles, was Sie über intermediale Spionage herauskriegen.«

Angesichts der Unschuldsmiene, mit der Nadine sie ansah, stieß Eve ein verächtliches Schnauben aus. »Die einzelnen Sender spionieren sich gegenseitig ebenso wie die einzelnen Reporter aus. Schließlich geht es allein darum, wer eine Geschichte als Erster bringen kann. Sie sind dabei sehr erfolgreich, Nadine, sonst säßen wir beide jetzt nicht hier.«

»Dasselbe gilt auch für Sie.« Nadine nippte an ihrem Wein. »Ich vertraue Ihnen, obwohl Sie keine Ahnung von Wein haben. Das hier ist höchstens einen Punkt besser als Pferdepisse.«

Eve lehnte sich zurück und lachte. Sie fühlte sich gut, sie fühlte sich leicht, und als Nadine ihr Grinsen erwiderte, war der Deal perfekt.

»Erzählen Sie mir, was Sie haben«, forderte die Reporterin sie unumwunden auf. »Und dann decke ich meine Karten auf.«

»Das Beste, was ich zurzeit habe«, setzte Eve an, »ist ein fehlender Schirm.«

Um zehn Uhr am folgenden Morgen traf Eve Feeney in Cicely Towers Apartment. Ein Blick in sein Hundegesicht genügte, um zu wissen, dass die Neuigkeiten, die er für sie hatte, alles andere als erfreulich waren.

»Und, wo bist du nicht weitergekommen?«, fragte sie ohne Umschweife.

»Beim Link.« Er wartete, während Eve das Polizeisiegel an der Tür decodierte, und betrat hinter ihr den Flur. »Sie hatte jede Menge Nachrichten. Das Gerät stand auf automatischer Aufnahme. Auf der Diskette war dein Kürzel.«

»Stimmt. Ich habe das Ding eingepackt. Willst du mir etwa sagen, niemand hätte sie kontaktiert, um ein Treffen im Five Moons zu arrangieren?«

»Ich will dir sagen, dass ich es dir nicht sagen kann.« Feeney raufte sich die Haare. »Der letzte Anruf kam genau um elf Uhr dreißig, und das Gespräch endete um elf Uhr dreiundvierzig.«

»Und?«

»Sie hat die Aufnahme gelöscht. Ich habe die Zeiten, aber sonst nichts. Sie hat sowohl Audio als auch Video gelöscht.«

»Sie hat den Anruf gelöscht«, murmelte Eve und begann im Zimmer auf und ab zu gehen. »Weshalb hat sie das getan? Normalerweise werden sämtliche Gespräche automatisch aufgenommen. Das gehört, selbst bei persönlichen Gesprächen, zur Standardvorgehensweise bei Leuten in ihrer Position. Aber diesen einen Anruf wollte sie nicht auf Diskette haben. Weil sie keinen Nachweis darüber wollte, von wem und weshalb sie angerufen worden ist.«

Sie drehte sich wieder zu dem Kollegen um. »Bist du sicher, dass niemand die Diskette manipuliert hat, nachdem sie bei uns gelandet ist?«

Feeney bedachte sie erst mit einem schmerzerfüllten, dann mit einem beleidigten Blick. »Dallas«, war alles, was er darauf sagte.

»Okay, okay, sie hat den Anruf selbst gelöscht, bevor sie das Apartment noch einmal verließ. Das sagt mir, dass sie keine Angst hatte, sondern eher sich oder jemand anderen schützen wollte. Hätte das Gespräch mit einem Fall zu tun gehabt, hätte sie es sicher als Beweis aufgenommen lassen wollen und ganz sicher dafür gesorgt, dass es auf der Diskette bleibt.«

»Das würde ich auch sagen. Wenn es ein Gespräch mit einem Spitzel gewesen wäre, hätte sie es mit einem privaten Code versehen können, aber es hätte keinen Sinn gemacht, es vollständig zu löschen.«

»Trotzdem werden wir ihre gesamten Fälle überprüfen, vom letzten bis hin zum allerersten.« Sie brauchte Feeney nicht ins Gesicht zu sehen, um zu wissen, dass er die Augen verdrehte. »Lass mich überlegen«, fuhr sie murmelnd fort.

»Um neunzehn Uhr sechsundzwanzig hat sie das Rathaus verlassen. Dabei wurde sie von mehreren Zeugen beobachtet. Letzter Aufenthaltsort dort war die Damentoilette, wo sie sich frisch gemacht und mit einer Kollegin unterhalten hat. Die Kollegin sagt, sie wäre ruhig und gut gelaunt gewesen. Der Tag am Gericht war erfolgreich verlaufen.«

»Fluentes wird verknackt. Dafür hat sie den Weg bereitet. Dass sie jetzt tot ist, kann daran nichts mehr ändern.«

»Vielleicht hat er das ja anders gesehen. Wir werden es überprüfen. Sie ist nicht noch mal hierher gekommen.« Stirnrunzelnd sah sich Eve in dem Zimmer um. »Sie hatte keine Zeit mehr, und deshalb ist sie direkt in das Restaurant gefahren, wo sie Hammett getroffen hat. Ich war bereits dort. Seine Geschichte und die von ihm genannten Zeiten wurden von den Angestellten bestätigt.«

»Ganz schön eifrig.«

»Je später man solche Dinge überprüft, umso schlechter ist die Erinnerung der Leute. Der Empfangschef hat ihnen ein Taxi gerufen, ein Rapid. Um einundzwanzig Uhr achtundvierzig wurden sie vor der Tür abgeholt. Es fing gerade an zu regnen.«

Eve sah die Szene in Gedanken vor sich. Das attraktive Paar auf dem Rücksitz des Taxis, wie sie miteinander plauderten, einander vielleicht zärtlich mit den Fingerspitzen über die Handrücken strichen, während der Regen auf das Dach des Wagens trommelte. Nach Aussage des Obers hatte sie ein rotes Kleid und eine passende Jacke angehabt. Leuchtende Farben, wie sie sie bei Gericht getragen hatte, mit teuren Perlen und silbernen Pumps für den Abend aufgepeppt.

»Sie ist als Erste ausgestiegen«, fuhr Eve nach kurzem Überlegen fort. »Sie hat Hammett gesagt, er sollte sitzen bleiben, denn weshalb sollte er unnötig nass werden? Sie hat gelacht, als sie in Richtung der Haustür gelaufen ist, dann hat sie sich umgedreht und ihm noch einen Handkuss zugeworfen.«

»In deinem Bericht steht, die beiden hätten einander sehr nahe gestanden.«

»Er hat sie geliebt.« Mehr aus Gewohnheit denn aus Hunger tauchte sie eine Hand in die Tüte, die Feeney ihr hinhielt. »Auch wenn das nicht heißt, dass er sie nicht ermordet hat, hat er sie geliebt. Er behauptet, sie beide wären mit ihrem Arrangement glücklich gewesen, aber …« Sie zuckte mit den Schultern. »Falls er es nicht war und ein gutes Alibi brauchte, dann hat er einen hübschen, romantischen Abschied inszeniert. Ich glaube nicht, dass es so war, aber um ihn als Täter völlig auszuschließen, ist es noch zu früh. Dann kommt sie also rauf«, fuhr Eve fort und ging durch das Zimmer. »Ihr Kleid ist etwas feucht geworden, also geht sie ins Schlafzimmer, um es aufzuhängen.«

Während sie sprach, folgte Eve dem beschriebenen Weg und ging über die herrlichen weichen Teppiche des Wohnraums in das geräumige, von ruhigen Farben und einem wunderschönen, antiken Bett beherrschte Schlafzimmer hinüber.

»Als Erstes tritt sie vor den Schrank«, sagte sie und öffnete per Knopfdruck die langen Spiegeltüren. »Sie hängt das Kostüm auf.« Eve zeigte auf das rote Kleid und die rote Jacke, die ordentlich zwischen den übrigen, nach Farben sortierten Kleidungsstücken hingen. »Stellt ihre Schuhe weg und zieht einen Bademantel an.«

Eve blickte auf das Bett. Ein fließender elfenbeinfarbener Morgenmantel lag auf der Decke. Nicht gefaltet, nicht so ordentlich wie der Rest des Zimmers, sondern zerknittert, als wäre er ungeduldig dort hingeworfen worden.

»Sie legt ihren Schmuck in den Safe in der Seitenwand des Kleiderschrankes, aber sie geht noch nicht ins Bett. Vielleicht will sie noch die Nachrichten sehen und ein letztes Gläschen trinken.«

Gefolgt von Feeney kehrte Eve ins Wohnzimmer zurück. Eine ordentlich verschlossene Aktentasche stand auf dem Tisch vor dem Sofa, daneben stand ein leeres Glas.

»Sie entspannt sich, denkt vielleicht an den schönen Abend, plant ihre Vorgehensweise während der nächsten Verhandlung bei Gericht oder die Hochzeit ihrer Tochter. Dann blinkt ihr Tele-Link. Wer auch immer dran ist, dieser Jemand sagt etwas, was sie dazu bringt, sich nochmals in Bewegung zu setzen. Eigentlich will sie ins Bett, aber dann geht sie, nachdem sie den Anruf gelöscht hat, ins Schlafzimmer zurück und zieht sich wieder an. Wieder in leuchtenden Farben. Sie fährt ins West End. Statt sich möglichst unauffällig zu kleiden, wählt sie eine Garderobe, in der sie Autorität verströmt, Selbstbewusstsein, Macht. Sie ruft kein Taxi, sondern nimmt die U-Bahn. Es regnet.«

Eve trat vor den Einbauschrank in der Nähe der Wohnungstür und blickte hinein. Er enthielt Jacken, Schultertücher, einen Herrenmantel, der sicher Hammett gehörte, und eine Unzahl von Schirmen in verschiedenen Farben.

»Sie nimmt den Schirm heraus, der zu ihrem Kostüm passt. Sie tut es völlig automatisch, in Gedanken schon bei dem Treffen. Sie nimmt nicht viel Geld mit, also will sie niemandes Stillschweigen erkaufen. Sie ruft niemanden an, denn sie will die Sache selbst regeln. Aber als sie im Five Moons ankommt, ist dort keiner. Sie wartet beinahe eine ganze Stunde, sieht immer wieder ungeduldig auf die Uhr. Ein paar Minuten nach eins verlässt sie das Lokal, tritt wieder hinaus in den Regen. Sie öffnet ihren Schirm und macht sich auf den Rückweg zur U-Bahn-Station. Ich nehme an, sie ist ziemlich wütend.«

»Eine Klasse-Frau wie sie, die vergeblich eine Stunde in einer Spelunke auf jemanden wartet.« Feeney zog eine weitere Nuss aus seiner Tüte. »Ja, ich nehme auch an, dass sie stocksauer war.«

»Wie gesagt, sie tritt wieder hinaus auf die Straße. Es regnet ziemlich stark. Sie hält sich den Schirm über den Kopf. Aber sie kommt nur ein paar Schritte weit. Jemand steht dort draußen, jemand, der wahrscheinlich die ganze Zeit darauf gewartet hat, dass sie den Laden wieder verlässt.«

»Jemand, der sie drinnen nicht treffen wollte«, warf Feeney hilfreich ein. »Jemand, der nicht wollte, dass man ihn dort sieht.«

»Genau. Dem genauen Todeszeitpunkt zufolge haben sie ein paar Minuten miteinander gesprochen. Vielleicht haben sie gestritten – allerdings nicht lange, dafür war nicht genügend Zeit. Es ist niemand auf der Straße – zumindest niemand, der auf die beiden achten würde. Ein paar Minuten später liegt sie mit aufgeschlitzter Kehle auf dem Gehweg. Hatte er die Tat geplant?«

»In der Gegend schleppen jede Menge Leute Messer mit sich herum.« Feeney rieb sich nachdenklich das Kinn. »Könnte also durchaus eine ungeplante Tat gewesen sein. Aber das Timing und die Tatsache, dass sie überhaupt erst in diese Gegend gelockt wurden ist, sprechen eindeutig dagegen. Ich denke also, es war Mord.«

»Ich auch. Ein einziger Schnitt. Keinerlei Verletzungen, die auf Gegenwehr hindeuten würden, also hatte sie anscheinend keine Zeit, um sich zu verteidigen. Der Mörder nimmt weder ihren Schmuck noch ihre Ledertasche noch ihre Schuhe oder ihre Kreditkarten. Er nimmt nur ihren Schirm und macht sich aus dem Staub.«

»Warum gerade den Schirm?«, wunderte sich Feeney.

»Verdammt, vielleicht ganz einfach, weil es regnet. Keine Ahnung, aus einem Impuls heraus, als Souvenir. Wie ich es bisher sehe, war das der einzige Fehler, den er gemacht hat. Bei dem Gedanken, im Umkreis von zehn Blöcken zu suchen, ob er das Ding vielleicht irgendwo weggeworfen hat, wird mir jetzt schon schlecht.«

»Falls er ihn tatsächlich weggeworfen haben sollte, dann läuft ganz sicher inzwischen irgendein Junkie mit einem purpurroten Regenschirm herum.«

»Ja.« Bei der Vorstellung hätte sie um ein Haar gelächelt. »Wie konnte er sich sicher sein, dass sie den Anruf löschen würde, Feeney? Er musste sich sicher sein.«

»Vielleicht hat er ihr gedroht?«

»Als Staatsanwältin war sie an Drohungen gewöhnt. Eine Frau wie Towers hätte sich davon ganz sicher nicht einschüchtern lassen.«

»Nicht, wenn die Drohung ihr gegolten hätte«, stimmte ihr Feeney zu. »Aber sie hat Kinder.« Er nickte in Richtung der gerahmten Hologramme. »Sie war nicht nur Staatsanwältin, sondern auch Mutter.«

Stirnrunzelnd ging Eve hinüber zu den Hologrammen, nahm neugierig eines von den beiden Kindern im Teenageralter in die Hand, und als sie mit dem Finger über die Rückseite des Rahmens strich, ertönte mit einem Mal das Audio.

Hey, hohes Tier. Frohen Muttertag. Das hier hält länger als ein Blumenstrauß. Wir beide lieben dich sehr.

Unangenehm berührt stellte Eve das Hologramm zurück an seinen Platz. »Sie sind inzwischen erwachsen. Sie sind keine Kinder mehr.«

»Dallas, für die Eltern bleiben Kinder immer Kinder. Als Vater oder Mutter hört man niemals auf, sich für die Brut verantwortlich zu fühlen.«

Ihre Eltern hatten damit aufgehört. Vor langer, langer Zeit schon.

»Dann nehme ich an, dass ich als Nächstes Marco Angelini einen Besuch abstatten sollte.«

Angelini hatte sein Büro in Roarkes Gebäude in der Fünften. Eve betrat das inzwischen vertraute, vornehm geflieste, von eleganten Boutiquen gesäumte Foyer. Die gedämpften Stimmen der Computerführer boten Suchenden ihre Hilfe, doch sie blickte lediglich auf einen der beweglichen Pläne und marschierte, statt eins der Gleitbänder zu nehmen, zu Fuß in Richtung der Fahrstühle am südlichen Ende der ausgedehnten Lobby.

Der gläserne Lift trug sie in Windeseile in die achtundfünfzigste Etage, wo sie einen mit einem eleganten grauen Teppich und blendend weißen Fliesen ausgelegten Korridor betrat.

Trotz der fünf Büros, in denen Angelini Exports residierte, war sich Eve nach einem kurzen Blick der Tatsache bewusst, dass das Unternehmen im Vergleich zu Roarke Industries ein kleiner Fisch war.

Aber, dachte sie mit einem dünnen Lächeln, *welche Firma war das nicht?*

Beim Anblick von Eves Dienstmarke wurde die Empfangsdame erstaunlich nervös. Sie nestelte an ihrem Kleid und schluckte derart mühsam, dass Eve sich fragte, ob die Frau vielleicht irgendwelche illegalen Drogen in ihrer Schreibtischschublade versteckt hatte.

Doch ihre Furcht vor der Polizistin veranlasste sie, Eve bereits weniger als neunzig Sekunden nach ihrem Erscheinen in das Zimmer zu drängen, in dem Angelini saß.

»Mr. Angelini, ich weiß es zu schätzen, dass Sie sich die Zeit nehmen, um mit mir zu sprechen. Als Erstes möchte ich Ihnen mein Beileid aussprechen.«

»Danke, Lieutenant Dallas. Bitte nehmen Sie doch Platz.«

Er war weniger elegant und trotzdem mindestens ebenso beeindruckend wie Hammett. Ein klein gewachsener, stämmiger Mann mit glatt aus der hohen Stirn gekämmtem, rabenschwarzem Haar. Er hatte einen hellen, goldfarbenen Teint, marmorharte, azurblaue Augen unter dichten, dunklen Brauen, eine lange Nase, schmale Lippen und trug einen glitzernden Diamantring an der rechten Hand.

Falls er Trauer um Cicely empfand, verbarg er dieses Gefühl besser als ihr Geliebter.

Mit reglos gefalteten Händen saß er hinter einem glänzenden, vollkommen leeren Schreibtisch. In seinem Rücken befand sich ein zum Schutz vor den UV-Strahlen getöntes Fenster, durch das man einen wunderbaren Ausblick über die Stadt genoss.

»Sie sind wegen Cicely gekommen.«

»Ja. Ich hatte gehofft, Sie könnten vielleicht ein paar Augenblicke erübrigen, um mir ein paar Fragen zu beantworten.«

»Ich stehe Ihnen jederzeit zu Diensten, Lieutenant. Cicely und ich waren zwar geschieden, sind aber sowohl geschäftlich als auch in der Sorge um die Kinder Partner geblieben. Ich habe sie bewundert und respektiert.«

Eve hörte einen Hauch von seiner Muttersprache, als er diese Sätze sagte. Er erinnerte sie daran, dass Marco Angelini, wie es hieß, einen Großteil seiner Zeit in Italien verbrachte.

»Mr. Angelini, können Sie mir sagen, wann Sie Staatsanwältin Towers zum letzten Mal gesehen oder gesprochen haben?«

»Am achtzehnten März, in meinem Haus auf Long Island.«

»Sie kam in Ihr Haus?«

»Ja, wegen des fünfundzwanzigsten Geburtstages unseres Sohnes. Wir haben zusammen eine Party für ihn gegeben, und zwar in meinem Haus, weil es so am praktischsten war. Wenn er an der Ostküste ist, wohnt David, unser Sohn, beinahe immer dort.«

»Und nach jenem Tag haben Sie sie nicht noch mal gesehen.«

»Nein, wir hatten beide viel zu tun, aber wir hatten die Absicht, uns in den nächsten ein, zwei Wochen zu treffen, um die Pläne für Mirinas Hochzeit zu besprechen. Mirina ist unsere Tochter.« Er räusperte sich leise. »Ich war fast den ganzen April über in Europa.«

»Sie haben Staatsanwältin Towers am Abend vor ihrer Ermordung angerufen.«

»Ja, ich habe ihr eine Nachricht hinterlassen, in der ich sie bat, mich zurückzurufen und mir zu sagen, wann wir uns zum Essen oder auf einen Drink treffen könnten.«

»Wegen der Hochzeit«, wiederholte Eve.

»Ja, wegen Mirinas Hochzeit.«

»Haben Sie irgendwann zwischen dem achtzehnten März und der Nacht ihres Todes noch mit ihr gesprochen?«

»Ja, sogar mehrere Male.« Er zog seine Finger auseinander und drückte sie wieder zusammen. »Wie gesagt, wir haben uns als Partner angesehen. Da waren die Kinder, und außerdem hatten wir auch gemeinsame geschäftliche Interessen.«

»Einschließlich Mercury.«

»Ja.« Er verzog beinahe unmerklich den Mund. »Sie sind eine ... Bekannte von Roarke.«

»Das stimmt. Gab es irgendwelche persönlichen oder geschäftlichen Differenzen zwischen Ihnen und Ihrer Ex-Frau?«

»Natürlich waren wir uns sowohl privat als auch geschäftlich nicht in allen Dingen einig. Aber, wenn auch erst nach unserer Scheidung, wir hatten doch Kompromissfähigkeit schätzen gelernt.«

»Mr. Angelini, wer erbt nach Staatsanwältin Towers' Tod ihren Anteil an Mercury?«

Er zog seinen Brauen in die Höhe. »Ich, Lieutenant, so ist es in unserem Vertrag mit Mercury geregelt. Außerdem gibt es noch ein paar Anteile an irgendwelchen Immobilien, die an mich fallen werden. So haben wir es bei der Scheidung festgelegt. Ich habe einen Teil ihrer Geschäfte für sie geführt und sie bei ihren Investitionen beraten. Beim Tod von einem von uns beiden gehen die Gewinne oder aber die Verluste automatisch auf den Überlebenden über. Wissen Sie, wir beide sind davon ausgegangen, dass am Ende alles, was wir beide besitzen, an unsere Kinder fallen wird.«

»Und der Rest ihres Besitzes? Ihre Wohnung, ihr Schmuck, was auch immer sonst noch nicht Teil dieser Vereinbarung war?«

»Geht sicher ebenfalls an unsere Kinder. Vielleicht hat sie auch ein paar Dinge persönlichen Freunden oder irgendwelchen Stiftungen vermacht.«

Eve würde schnellstens in Erfahrung bringen, wie reich Towers bei ihrem Tod gewesen war. »Mr. Angelini, Sie wussten, dass Ihre Ex-Frau eine intime Beziehung zu George Hammett unterhielt.«

»Natürlich.«

»Und das war … kein Problem?«

»Ein Problem? Wollen Sie damit etwa fragen, Lieutenant, ob ich beinahe zwölf Jahre nach der Scheidung immer noch tödlich eifersüchtig war? Und ob ich aus diesem Grund der Mutter meiner Kinder die Kehle durchgeschnitten und sie tot im Regen habe liegen lassen?«

»So in etwa, Mr. Angelini.«

Er murmelte etwas auf Italienisch. Etwas, das, wie Eve annahm, wenig schmeichelhaft für sie war. »Nein, ich habe Cicely nicht umgebracht.«

Seine Kiefermuskeln wurden starr, und er hatte sichtliche Mühe, sie wieder zu entspannen, auch wenn sein Blick die ganze Zeit über vollkommen ausdruckslos blieb. Zweifelsohne konnten sich seine Augen auch problemlos durch den dicksten Stahl bohren.

»Am Abend ihrer Ermordung war ich ab acht Uhr in meinem Stadthaus.«

»Allein?«

»Ja.«

»Haben Sie irgendjemanden gesehen oder gesprochen, der das bestätigen kann?«

»Nein. Ich habe zwei Hausangestellte, aber es war ihr freier Abend, weshalb ich überhaupt zu Hause war. Ich wollte ganz einfach meine Ruhe haben.«

»Und Sie haben während des ganzen Abends keine Anrufe getätigt oder angenommen?«

»Gegen drei Uhr morgens bekam ich einen Anruf von Commander Whitney, in dem er mich vom Tod meiner Frau in Kenntnis setzte. Ich lag allein im Bett, als ich mit ihm sprach.«

»Mr. Angelini, Ihre Ex-Frau war um ein Uhr morgens in einer billigen Kneipe im West End. Warum?«

»Ich habe keine Ahnung. Nicht die geringste Ahnung.«

Als Eve später im gläsernen Fahrstuhl zurück ins Foyer

fuhr, piepste sie Feeney an. »Ich will wissen, ob Marco Angelini in irgendwelchen finanziellen Schwierigkeiten steckt, und wenn ja, inwiefern ihm der plötzliche Tod seiner Ex-Frau aus der Klemme hilft.«

»Hast du irgendeine Fährte, Dallas?«

»Wäre möglich«, murmelte sie leise. »Ich weiß nur noch nicht genau, wohin die Spur am Ende führt.«

5

Weit nach Mitternacht stolperte Eve todmüde durch die Tür ihres Apartments. Ihr Schädel drohte jeden Augenblick zu platzen. Mavis' Vorstellung von einem gemeinsamen Abend hatte im Besuch einer Konkurrenz-Kneipe bestanden. In dem Bewusstsein, dass sie am Morgen für den Abend würde bitter bezahlen müssen, streifte Eve auf dem Weg zum Schlafzimmer ihre Kleider ab.

Wenigstens hatte der Abend mit Mavis sie von dem Fall Towers abgelenkt. Vielleicht hatten der Lärm und das Gedränge ihre Denkfähigkeit sogar auf Dauer beeinträchtigt, doch im Augenblick war Eve zu erschöpft, um sich darüber Sorgen zu machen.

Splitternackt fiel sie mit dem Gesicht nach unten auf ihr Bett und versank innerhalb weniger Sekunden in einen tiefen Schlaf.

Plötzlich jedoch empfand sie eine starke Erregung, dass sie die Augen wieder aufschlug.

Roarkes Hände strichen über ihren Leib. Sie wusste genau, wie sie sich anfühlten, kannte genau den Rhythmus, in dem sie sich bewegten. Ihr Herzschlag sprengte ihr beinahe die Brust, als er seinen Mund auf ihre Lippen presste und sie derart heiß und gierig küsste, dass ihr keine andere Wahl blieb, als mit derselben Leidenschaft zu reagieren. Noch während sie versuchte seinen Nacken zu umschlingen, schob er seine langen, geschickten Finger so tief in sie hinein, dass der Orgasmus wie eine Woge über ihr zusammenschlug.

Seine Lippen saugten an ihrer festen Brust, seine Zähne nagten an ihrem weichen Fleisch, und seine eleganten Hände fuhren derart rastlos über sämtliche Stellen ihres Körpers, dass ein zweiter Höhepunkt den ersten überlagerte und sie gleichermaßen dankbar wie schockiert zu wimmern begann.

Sie verkrallte die Hände in dem zerknüllten Laken, fand jedoch nirgends Halt. Wieder trieb er sie in ungeahnte Höhen, sie vergrub ihre Nägel in seinem breiten Rücken und packte eine Hand voll seines dichten, dunklen Haars.

»Gott!«, brachte sie erstickt heraus, als er sich so hart und tief in sie hineinschob, dass es ein reines Wunder war, dass sie nicht vor lauter Glück ihr Leben aushauchte. Hilflos begann sie zu zucken und hörte auch nicht auf, nachdem er selig auf ihr zusammenbrach.

Mit einem wohlig tiefen Seufzer presste er seine Lippen an ihr linkes Ohr. »Tut mir Leid, dass ich dich geweckt habe.«

»Roarke? Ach, du warst es.«

Er biss ihr zärtlich in den Hals, und sie lächelte zufrieden.

»Ich dachte, du würdest erst morgen wiederkommen.«

»Ich hatte einfach Glück und war ein bisschen früher fertig. Und dann bin ich deiner Spur bis hierher ins Schlafzimmer gefolgt.«

»Ich war mit Mavis unterwegs. Wir waren in einer Kneipe namens Armageddon. Allmählich lässt meine Taubheit ein kleines bisschen nach.« Sie streichelte seinen Rücken und riss den Mund zu einem Gähnen auf. »Es ist doch noch nicht Morgen, oder?«

»Nein.« Beim Klang ihrer erschöpften Stimme zog er sie eng an seine Brust und küsste sie zärtlich auf die Schläfe. »Mach also am besten einfach die Augen wieder zu.«

»Okay.« Kaum zehn Sekunden später lag sie erneut in einem komatösen Schlaf.

Beim Anbruch der Dämmerung wurde er wach, ließ sie zusammengerollt in der Mitte des Bettes zurück, ging hinüber in die Küche und programmierte den AutoChef auf Kaffee und ein süßes Brötchen. Das Brötchen war uralt, doch das war bei Eve normal. Er machte es sich vor dem Monitor gemütlich, überflog die Wirtschaftsseiten der diversen Zeitungen, konnte sich jedoch nicht auf das konzentrieren, was er las.

Er bemühte sich, sich nicht davon irritieren zu lassen, dass sie lieber in ihrem eigenen Bett geschlafen hatte als in dem Bett in seinem Haus. Dem Bett, das er als ihre gemeinsame Schlafstätte ansah. Ihr Bedürfnis nach eigenem Raum nahm er ihr nicht übel, das konnte er gut verstehen. Aber sein Haus war groß genug, dass sie einen ganzen Flügel für sich hätte haben können, wenn sie es gewollt hätte.

Er schob seinen Stuhl ein Stück zurück, stand auf und trat ans Fenster. Diesen Kampf, diesen Krieg, in dem es darum ging, die eigenen Bedürfnisse mit denen eines anderen Menschen abzustimmen, war er einfach nicht gewohnt. Bisher hatte er immer einzig an sich selbst gedacht. Diese Vorgehensweise war unerlässlich gewesen für sein Überleben und seinen Erfolg.

Es war schwer, mit dieser Gewohnheit zu brechen – oder zumindest war es schwer gewesen, bis er Eve begegnet war.

Es war erniedrigend, auch nur sich selbst gegenüber eingestehen zu müssen, dass er jedes Mal, wenn er geschäftlich unterwegs war, von der Angst gequält wurde, sie könnte ihn, bis er zurück war, abgeschüttelt haben.

Doch Tatsache war nun einmal, dass er genau das brauchte, was sie ihm bisher verwehrt hatte. Das Eingeständnis, dass sie ihrer beider Beziehung ebenso ernst nahm wie er.

Er wandte sich vom Fenster ab, kehrte an den Monitor zurück und zwang sich weiterzulesen.

»Guten Morgen«, sagte Eve aus Richtung der Tür. Sie bedachte ihn mit einem schnellen, hellen Lächeln, das ebenso von der Freude ihn zu sehen herrührte wie von der Tatsache, dass der Besuch des Armageddon nicht die gefürchteten Konsequenzen für sie zu haben schien. Sie fühlte sich fantastisch.

»Deine Brötchen sind alt.«

»Mmm.« Zur Probe biss sie in das auf dem Tisch liegende Stück. »Du hast Recht.« Mit Kaffee fuhr man immer besser. »Irgendwelche Nachrichten, derentwegen ich mir Sorgen machen müsste?«

»Beschäftigst du dich mit der Übernahme von Treegro?«

Eve rieb sich schlaftrunken ein Auge und hob ihre erste Tasse Kaffee an den Mund. »Was ist Treegro, und wer übernimmt es?«

»Treegro ist eine Wiederaufforstungsgesellschaft, daher auch der zutreffende Name, der schließlich nichts anderes heißt als Baumwuchs. Und ich bin derjenige, der die Gesellschaft übernimmt.«

Sie knurrte. »Natürlich, wer wohl sonst. Allerdings hatte ich eher an den Towers-Fall gedacht.«

»Der Gottesdienst für Cicely findet morgen statt. Sie war wichtig und katholisch genug, sodass er in der St. Patrick's Cathedral abgehalten wird.«

»Wirst du hingehen?«

»Wenn ich es schaffe, ein paar Termine umzulegen. Und du?«

»Ja.« Nachdenklich lehnte sich Eve gegen den Tisch. »Vielleicht ist auch ihr Mörder dort.«

Sie betrachtete Roarke, der abermals den Bildschirm überflog. In seinem teuren, maßgeschneiderten Leinenhemd und mit der aus dem einzigartig attraktiven Gesicht gestrichenen luxuriösen schwarzen Mähne hätte er in ihrer Küche deplaziert aussehen müssen.

Weshalb nur wirkte es stattdessen, als gehöre er genau hierher? In diese kleine Küche, an die Seite einer so wenig eleganten Frau?

»Irgendein Problem?«, murmelte er in dem Bewusstsein, dass sie ihn anstarrte.

»Nein. Mir gehen einfach verschiedene Dinge durch den Kopf. Wie gut kennst du diesen Angelini?«

»Marco?« Roarke runzelte angesichts von irgendetwas, was er auf dem Bildschirm sah, die Stirn, zog sein Notebook aus der Tasche und machte sich eine Notiz. »Wir laufen uns relativ häufig über den Weg. Ein meistens vorsichtiger Geschäftsmann und ein stets liebevoller, treusorgender Vater. Lebt vorzugsweise in Italien, aber seine Geschäfte führt er von New York aus. Lässt der katholischen Kirche regelmäßig großzügige Spenden zukommen.«

»Er scheint durch den Tod von Towers zu einer beträchtlichen Menge Geld zu kommen. Vielleicht ist es für ihn nur so was wie der Tropfen auf den heißen Stein, aber Feeney geht der Sache trotzdem erst mal nach.«

»Du hättest einfach mich fragen können«, murmelte Roarke. »Ich hätte dir gesagt, dass Marco in Schwierigkeiten steckt. Keine besonders großen Schwierigkeiten«, schränkte er angesichts des plötzlichen Blitzens in Eves Augen hastig ein. »Er hat im letzten Jahr ein paar schlechte Käufe getätigt.«

»Du hast gesagt, er wäre vorsichtig.«

»Ich habe gesagt, er wäre meistens vorsichtig. Er hat ein paar religiöse Kunstgegenstände gekauft, ohne sie zuvor ausreichend prüfen zu lassen. Sein religiöser Eifer hat einfach über seinen Geschäftssinn gesiegt. Die Dinger waren Fälschungen, und er hat damit ziemlich viel verloren.«

»Wie viel?«

»Über drei Millionen. Wenn nötig, kann ich auch die genauen Zahlen besorgen. Aber er wird sich davon erholen«, fügte Roarke mit einem Schulterzucken hinzu, an das sich Eve im Zusammenhang mit einer derartigen Summe niemals gewöhnen würde. »Dazu braucht er sich nur hier und da ein bisschen einzuschränken. Ich würde sagen, sein Stolz wurde durch diese Sache stärker beschädigt als seine Brieftasche.«

»Welchen Wert haben die Anteile, die Towers an Mercury hatte?«

»Auf dem aktuellen Markt?« Wieder zog er sein Notebook aus der Tasche und gab ein paar Zahlen ein. »Irgendetwas zwischen fünf und sieben.«

»Millionen?«

»Ja«, erklärte Roarke mit einer Spur von einem Lächeln. »Natürlich.«

»Gütiger Himmel. Kein Wunder, dass sie leben konnte wie eine Königin.«

»Marco hat ein paar sehr gute Investitionen für sie getätigt. Er wollte der Mutter seiner Kinder ein sorgenfreies Leben ermöglichen.«

»Offensichtlich haben du und ich sehr unterschiedliche Vorstellungen von einem sorgenfreien Leben.«

»Offensichtlich.« Roarke steckte das Notebook wieder ein, stand auf und schenkte ihnen beiden Kaffee nach. Ein Airbus rumpelte, gefolgt von einer Flotte privater Flieger, dicht am Fenster vorbei. »Du vermutest, Marco hätte sie getötet, um mit dem Erbe seine Verluste auszugleichen?«

Sie nahm die angebotene Tasse, trat ans Fenster, hinter dem der Verkehrslärm immer weiter anstieg, und drehte sich wieder zu ihm um. Ihr Morgenmantel glitt ihr von der Schulter, und Roarke schob ihn beiläufig zurück. Für Gelegenheiten wie diese trugen viele gelangweilte Pendler Ferngläser mit sich herum.

»Schließlich ist da noch die Scheidung«, fuhr sie mit ihren Überlegungen fort. »Angeblich friedlich, aber wessen Idee ist sie überhaupt gewesen? Scheidungen sind für Katholiken schwierig, vor allem, wenn Kinder involviert sind. Brauchten sie dafür nicht sogar eine Art kirchlicher Genehmigung?«

»Ein Ehedispens«, verbesserte Roarke. »Eine komplizierte Sache, aber sowohl Cicely als auch Marco hatten gute Beziehungen zu den Kirchenoberen.«

»Er hat nicht wieder geheiratet«, bemerkte Eve und stellte ihre Tasse auf den Tisch. »Und bisher habe ich auch nichts davon gehört, dass es zumindest irgendwo eine Partnerin gäbe.

Towers hingegen hatte seit langem eine feste Beziehung zu Hammett. Was für ein Gefühl mag es für Angelini gewesen sein, dass die Mutter seiner Kinder mit einem Geschäftspartner ins Bett geht?«

»Ich an seiner Stelle hätte den Geschäftsfreund kalt gemacht.«

»Du.« Eve bedachte ihn mit einem schnellen Blick. »Wahrscheinlich hättest du sogar beide umgebracht.«

»Wie gut du mich doch kennst.« Er trat vor sie und umfasste ihre Schultern. »Um noch mal auf das Geld zurückzukommen, solltest du nicht vergessen, dass Angelinis Anteil an Mercury ebenso groß ist wie der von seiner Ex-Frau. Schließlich waren sie gleichberechtigte Partner.«

»Verdammt.« Roarkes Erklärung passte ihr ganz und gar nicht in den Kram. »Trotzdem, Geld ist Geld. Ich muss die Spur verfolgen, so lange ich keine andere habe.« Immer noch stand er dicht vor ihr, hielt sie bei den Schultern und sah sie reglos an. »Was ist?«

»Der Glanz in deinen Augen.« Er küsste sie zärtlich auf den Mund. »Weißt du, ich habe tatsächlich so etwas wie Mitgefühl mit Angelini, denn ich kann mich gut daran erinnern, wie es ist, wenn du einen mit diesem Blick durchbohrst.«

»Aber du hattest niemanden getötet«, erinnerte sie ihn. »Zumindest nicht die Frauen, wegen denen ich dich aufgesucht habe.«

»Aber zu dem Zeitpunkt warst du dir da nicht so sicher, auch wenn du dich aus unerfindlichen Gründen … zu mir hingezogen fühltest. Und jetzt sind wir –« Seine Uhr begann zu piepsen. »Verdammt.« Er gab ihr noch einen flüchtigen Kuss. »Wir werden später in unseren Erinnerungen schwelgen müssen. Jetzt habe ich einen Termin.«

Umso besser, dachte Eve. Wenn ihr Blut in Wallung geriet, fiel es ihr schwer, weiter klar zu denken. »Dann sehen wir uns einfach später.«

»Zu Hause?«

Sie spielte mit ihrer Kaffeetasse. »Sicher, bei dir.«

Ungeduldig schob er seine Hände in die Ärmel seiner Jacke und berührte dabei die ausgebeulte Tasche. »Das hätte ich ja beinahe vergessen. Ich habe dir etwas aus Australien mitgebracht.«

Zögernd nahm Eve die schmale, goldfarbene Schatulle, klappte sie langsam auf und schrie schockiert auf. »Großer Gott im Himmel, Roarke. Bist du jetzt völlig übergeschnappt?«

Es war ein Diamant. Sie kannte sich gut genug mit Edelsteinen aus, um sicher zu sein. Der Stein, der an einer geflochtenen goldenen Kette baumelte, war geformt wie eine Träne und so lang und breit wie das erste Glied eines Männerdaumens.

»Sie nennen ihn Träne des Riesen«, sagte er, während er das Schmuckstück lässig aus der Schachtel nahm und es ihr um den Hals legte. »Er wurde vor ungefähr hundertfünfzig Jahren gefunden. Zufällig wurde er gerade versteigert, als ich in Sydney war.« Er trat einen Schritt zurück und betrachtete den funkelnden Stein auf dem schlichten blauen Morgenmantel, den sie als einziges Kleidungsstück am Leib hatte. »Ja, ich habe mir gedacht, dass er dir stehen würde.« Dann blickte er ihr lächelnd ins Gesicht. »Oh, ich sehe, du hattest eher auf ein paar Kiwis gehofft. Tja, vielleicht beim nächsten Mal.« Als er sich nach vorne beugte, um sie zum Abschied zu küssen, schlug sie ihm wenig sanft gegen die Brust. »Gibt es irgendein Problem?«

»Das ist völliger Wahnsinn. Du kannst unmöglich erwarten, dass ich so etwas annehme.«

»Ab und zu trägst du doch Schmuck.« Zum Beweis klimperte er mit dem kleinen goldenen Ring an ihrem Ohr.

»Ja, aber den kaufe ich für gewöhnlich an einem der Stände in der Lexington Street.«

»Ich nicht«, erwiderte er fröhlich.

»Nimm das Ding sofort zurück.«

Sie wollte die Kette gerade über ihren Kopf ziehen, als er

ihre Hand nahm. »Es passt nicht zu meinem Anzug, Eve. Ein Geschenk ist eigentlich nicht dazu gedacht, dass du vor Schreck blass wirst.« Er schüttelte sie sanft. »Ich habe den Stein zufällig gesehen und dabei an dich gedacht. Verdammt, ich denke die ganze Zeit an dich. Ich habe die Kette gekauft, weil ich dich liebe. Himmel, wann wirst du das endlich schlucken?«

»Das kannst du nicht mit mir machen.« Sie sagte sich, sie wäre ruhig, vollkommen ruhig. Denn schließlich war sie eindeutig im Recht. Sein Zorn schreckte sie nicht, ihm war sie schon öfter ausgesetzt gewesen. Doch der Stein lag wie ein Bleigewicht um ihren Hals, und das, was er bedeutete, bereitete ihr eine Heidenangst.

»Was kann ich nicht mit dir machen? Was genau kann ich nicht mit dir machen?«

»Du wirst mir keinen Diamanten schenken.« Außer sich vor Zorn und vor Entsetzen stieß sie ihn von sich fort. »Du wirst mich nicht zwingen zu nehmen, was ich nicht haben will, oder zu sein, was ich nicht sein kann. Bildest du dir ernsthaft ein, ich wüsste nicht, was du seit Monaten versuchst? Hältst du mich wirklich für so dumm?«

Seine Augen blitzten ebenso hart wie der Stein auf ihrer Brust. »Nein, ich halte dich nicht für dumm. Ich halte dich für feige.«

Automatisch ballte sie die Faust. Oh, wie gerne hätte sie damit das selbstgerechte Grinsen aus seinem Gesicht gewischt. Hätte er nicht Recht gehabt, dann hätte sie es sicher auch getan. So jedoch brauchte sie eine andere Waffe.

»Du denkst, du könntest mich dazu bringen, dich zu brauchen, mich daran zu gewöhnen, in deinem goldenen Palast zu wohnen und ständig teure Kleider zu tragen. Aber all das interessiert mich keinen Pfifferling!«

»Das ist mir durchaus klar.«

»Ich brauche weder dein erlesenes Essen noch deine kostbaren Geschenke noch deine ausgewählten Worte. Ich weiß, was du denkst, Roarke. Du denkst, du brauchst nur regelmäßig ›ich liebe dich‹ zu sagen, bis ich lerne darauf zu reagieren. Wie ein gut trainiertes Haustier.«

»Wie ein gut trainiertes Haustier«, wiederholte er, während sein Zorn zu Eis gefror. »Ich sehe, ich habe mich geirrt. Du bist doch dumm. Meinst du wirklich, hier ginge es um Kontrolle und um Macht? Ach, denk doch, was du willst. Ich bin es einfach leid, ständig meine Gefühle vorgehalten zu bekommen. War ein Fehler, dass ich sie überhaupt erst zugelassen habe, aber das lässt sich sicher ändern.«

»Ich habe nie –«

»Nein, du hast nie«, unterbrach er kühl. »Du bist nie das Risiko eingegangen, diese Worte zu erwidern. Du bist nie das Risiko eingegangen, diese Zufluchtsstätte aufzugeben und zu mir zu ziehen. Bisher habe ich dich die Grenze ziehen lassen, Eve, doch jetzt ist es an der Zeit, sie zu verschieben.« Es war weder reiner Zorn noch Schmerz, sondern vielmehr die Wahrheit, die ihn zu diesen Sätzen trieb. »Ich will entweder alles«, erklärte er ihr tonlos, »oder ich will nichts.«

Sie würde nicht in Panik ausbrechen; er würde sie nicht in Panik ausbrechen lassen wie eine blutige Anfängerin. »Was genau soll das heißen?«

»Es soll heißen, dass bloßer Sex nicht reicht.«

»Es ist kein bloßer Sex. Du weißt –«

»Nein, ich weiß nicht. Die Wahl liegt ganz bei dir – sie lag von Anfang an bei dir. Aber jetzt bist du diejenige, die zu mir kommen muss.«

»Ich habe es noch nie gemocht, wenn man mir ein Ultimatum stellt.«

»Das ist bedauerlich.« Er bedachte sie mit einem letzten langen Blick. »Mach's gut, Eve.«

»Du kannst nicht einfach gehen –«

»Oh, doch.« Er drehte sich nicht noch einmal zu ihr um. »Ich kann.«

Ihre Kinnlade klappte schlaff herunter, als sie hörte, wie die

Tür hinter ihm ins Schloss fiel. Einen Moment lang stand sie einfach vollkommen reglos da, während das Licht der Sonne auf das Schmuckstück fiel. Dann begann sie zu zittern – natürlich nur aus Wut, wie sie sich sagte –, riss sich den kostbaren Diamanten herunter und schleuderte ihn auf den Tisch.

Er bildete sich ernsthaft ein, sie würde zu ihm gekrochen kommen und ihn anflehen zu bleiben. Sollte er doch denken, was er wollte. Eve Dallas kroch niemals auf den Knien, und sie flehte auch niemals irgendjemanden an.

Sie schloss ihre Augen, denn der Schmerz war stärker, als hätte ein Laser sie getroffen. *Wer zum Teufel ist Eve Dallas?*, fragte sie sich verzweifelt. *War dies nicht die Frage, die hinter allem stand?*

Sie schob die Geschichte beiseite. Was hatte sie sonst schon für eine Wahl? Ihre Arbeit hatte Vorrang. Musste Vorrang haben. Wenn sie kein guter Cop war, dann war sie überhaupt nichts. Sie fühlte sich so leer und hilflos wie das Kind, das vor Jahren verletzt und traumatisiert in einer dunklen Gasse in Dallas aufgegriffen worden war.

Am besten verschanzte sie sich hinter ihrer Arbeit. Hinter den zahllosen Anforderungen, hinter dem ständigen Druck. Durch und durch Polizistin, betrat sie schließlich Commander Whitneys Büro.

»Sie hatte jede Menge Feinde.«

»Haben wir die nicht alle?« Seine Augen waren wieder klar, sein Blick wieder wach. Die Trauer um die Freundin konnte auf Dauer nicht größer sein als seine Verantwortung als Polizist.

»Feeney hat eine Liste ihrer Verurteilungen erstellt. Wir gehen sie alle durch, angefangen mit den Lebenslänglichen und deren Verwandte und Bekannte. Die Kerle, die sie lebenslänglich in den Knast gebracht hat, haben sicher den größten Wunsch nach Rache. Dann kommen die Verrückten. Manchmal fallen sie durch das Netz. Sie hat ziemlich viele Typen in die Psychiatrie einweisen lassen, und ich bin der festen Überzeugung, dass einige von ihnen einen Weg hinausgefunden haben.«

»Das ist eine Menge Computerarbeit, Dallas.«

Dies war ein diskreter Hinweis auf das angespannte Budget, doch sie ging nicht darauf ein. »Ich weiß es zu schätzen, dass Sie mir Feeney zugewiesen haben. Ohne ihn wäre ich tatsächlich ziemlich aufgeschmissen. Commander, diese Überprüfungen gehören zur Routine, aber ich glaube nicht, dass Towers in ihrer Funktion als Staatsanwältin angegriffen und ermordet worden ist.«

Er lehnte sich zurück und bedachte sie mit einem abwartenden Blick.

»Ich denke, es war etwas Persönliches. Sie wollte etwas vertuschen. Etwas, was entweder sie selbst oder jemand anderen betraf. Sie hat den letzten Anruf auf ihrem Tele-Link gelöscht.«

»Ich habe Ihren Bericht gelesen, Lieutenant. Wollen Sie mir damit etwa sagen, Sie denken, Staatsanwältin Towers wäre in irgendetwas Illegales verstrickt gewesen?«

»Stellen Sie mir diese Frage als mein Freund oder als mein Vorgesetzter?«

Er bleckte die Zähne, dann jedoch riss er sich zusammen und nickte nach kurzem inneren Ringen langsam mit dem Kopf. »Gut formuliert, Lieutenant. Als Ihr Vorgesetzter.«

»Ich weiß nicht, ob es um etwas Illegales ging. Bisher gehe ich einfach davon aus, dass während des letzten Link-Gesprächs etwas gesagt wurde, von dem das Opfer nicht wollte, dass ein Dritter es erfährt. Es war wichtig genug, dass sie sich noch einmal angezogen hat und trotz des Regens aus dem Haus gegangen ist, um jemanden zu treffen. Wer auch immer dieser Jemand war, er war sich sicher, dass sie alleine kommen würde und dass es keinen Beweis für die Begegnung gab. Commander, ich muss unbedingt mit dem Rest der Familie des Opfers, mit ihren engen Freunden und mit Ihrer Frau reden.«

Das hatte er inzwischen akzeptiert oder zumindest versucht zu akzeptieren. Seit Beginn seiner Karriere hatte er sich stets bemüht, seine Familie von den häufig widerlichen Dingen fern zu halten, die mit seiner Arbeit zusammenhingen. Nun jedoch musste er sie ihnen direkt aussetzen.

»Sie haben meine Adresse, Lieutenant. Ich werde meine Frau anrufen und ihr sagen, dass Sie kommen.«

»Ja, Sir. Vielen Dank.«

Anna Whitney hatte aus dem zweigeschossigen Haus in einer ruhigen Straße im Vorort White Plains ein gemütliches Zuhause gemacht. Sie hatte dort ihre Kinder großgezogen, und sie hatte diese Aufgabe mit Bravour gemeistert. Statt ihre Karriere als Lehrerin weiterzuverfolgen, hatte sie sich für den Beruf der Mutter entschieden. Nicht des staatlich garantierten Gehalts für Vollzeiteltern wegen, sondern weil sie es als aufregend empfunden hatte, jede Entwicklungsstufe ihrer Kinder hautnah zu erleben.

Sie hatte etwas für ihr Gehalt getan, und nun, da die Kinder erwachsen waren, verdiente sie ihr Pensionsgehalt, indem sie sich mit demselben Eifer ihrem Heim, ihrem Gatten und ihren häufigen, zahlreichen Gäste widmete. Wann immer sie es konnte, füllte sie das Haus mit ihren Enkeln, und beinahe jeden Abend richtete sie eine Dinnerparty aus.

Anna Whitney hasste das Alleinsein.

Doch sie war allein, als Eve das Haus betrat. Wie immer war sie sorgfältig geschminkt, und ihr hübsches Gesicht wurde durch das aus der Stirn gekämmte weizenblonde Haar vorteilhaft betont.

Sie trug einen Einteiler aus guter amerikanischer Baumwolle und reichte Eve zur Begrüßung die einzig mit ihrem Ehering geschmückte rechte Hand.

»Lieutenant Dallas, mein Mann sagte mir bereits, dass Sie kommen würden.«

»Tut mir Leid, Sie hier zu stören, Mrs. Whitney.«

»Sie brauchen sich nicht zu entschuldigen. Schließlich bin ich mit einem Cop verheiratet. Aber kommen Sie doch herein. Ich habe einen Krug Limonade gemacht. Leider nur aus Instant-Pulver. Frische und gefrorene Zitronen sind so gut wie nirgends zu bekommen. Es ist noch etwas früh für Limonade, aber irgendwie hatte ich heute Durst drauf.«

Eve ließ Anna plaudern, während sie gemeinsam in Richtung des Wohnzimmers mit den steiflehnigen Stühlen und den kantigen Sofas gingen.

Die Limonade schmeckte gut, und nach dem ersten vorsichtigen Nippen nickte Eve anerkennend mit dem Kopf.

»Sie wissen, dass morgen früh um zehn der Trauergottesdienst für Cicely stattfindet.«

»Ja, Ma'am. Ich werde dort sein.«

»Es wurden bereits so viele Blumen abgegeben. Sie sollen verteilt werden, nachdem … aber deshalb sind Sie nicht gekommen.«

»Staatsanwältin Towers war eine gute Freundin von Ihnen.«

»Sie war eine sehr gute Freundin sowohl von mir als auch von meinem Mann.«

»Ihre Kinder wohnen zurzeit hier bei Ihnen?«

»Ja, sie … im Moment sind sie mit Marco beim Erzbischof, um über den Gottesdienst zu sprechen.«

»Die beiden stehen ihrem Vater nahe.«

»Ja.«

»Mrs. Whitney, weshalb wohnen sie dann hier statt bei ihrem Vater?«

»Wir alle hielten es so für das Beste. In dem Haus – Marcos Haus – sind so viele Erinnerungen. Cicely hat dort gelebt, als die Kinder klein waren. Und dann sind da die Medien. Sie wissen nicht, wo wir wohnen, und wir wollten es den Kindern ersparen, sich mit den Reportern herumschlagen zu müssen. Der arme Marco wird von ihnen regelrecht belagert. Natürlich wird es morgen nicht so sein.«

Ihre hübschen Hände zupften an den Knien ihrer Hose,

dann legte sie sie ruhig nebeneinander. »Sie müssen es erst noch begreifen. Sie stehen noch vollkommen unter Schock. Sogar Randall. Randall Slade, Mirinas Verlobter. Er und Cicely mochten sich sehr gern.«

»Dann ist er also auch hier.«

»Er würde Mirina in einer solchen Zeit niemals im Stich lassen. Sie ist eine starke junge Frau, Lieutnant, aber selbst starke Frauen brauchen hin und wieder einen Menschen, an den sie sich anlehnen können.«

Eilig verdrängte Eve das Bild von Roarke, das bei diesen Worten in ihr aufstieg. Deshalb klang ihre Stimme, als sie Anna die Routinefragen stellte, förmlicher als sonst.

»Ich habe mich wieder und wieder gefragt, was sie in dieser Gegend verloren haben könnte«, schloss Anna ihre Ausführungen. »Cicely konnte furchtbar stur sein, und sie hatte einen äußerst ausgeprägten Willen, aber sie war selten impulsiv und niemals dumm.«

»Sie hat mit Ihnen gesprochen, hat sich Ihnen anvertraut?«

»Wir waren wie Schwestern.«

»Hätte sie Ihnen erzählt, wenn sie in irgendwelchen Schwierigkeiten gewesen wäre? Falls jemand, der ihr nahe stand, Probleme gehabt hätte?«

»Das hätte ich zumindest angenommen. Natürlich hätte sie die Sache selbst geregelt oder es zumindest versucht.« Ihre Augen wurden feucht, doch sie hielt die Tränen entschlossen zurück. »Aber früher oder später hätte sie ihrem Herzen bei mir Luft gemacht.«

Wenn ihr die Zeit dazu geblieben wäre, beendete Eve den Satz in Gedanken. »Ihnen fällt also nichts ein, worüber sie vor ihrem Tod in Sorge gewesen sein könnte?«

»Nichts wirklich Dramatisches. Die Hochzeit ihrer Tochter – das Älterwerden. Wir haben immer wieder unsere Scherze darüber gemacht, was für eine Großmutter sie wohl wäre. Nein«, erklärte Anna lachend, als sie Eves Gesicht sah. »Mirina ist nicht schwanger, und wenn es so wäre, hätte sich ihre

Mutter darüber gefreut. Auch um David war sie ständig in Sorge. Ob er wohl je die rechte Frau fand? Ob er glücklich mit dem Leben war, das er führte?«

»Und, ist er glücklich mit dem Leben, das er führt?«

Annas Blick trübte sich, und eilig senkte sie den Kopf. »David ist seinem Vater sehr ähnlich. Er hält es nie lange irgendwo aus. Er ist häufig geschäftlich unterwegs, sucht stets nach neuen Kampfplätzen, neuen Möglichkeiten der Geschäftserweiterung. Es besteht kein Zweifel, dass er einmal das Ruder von Marco übernehmen wird.«

Sie zögerte, als wolle sie noch etwas sagen, ehe sie sich eines Besseren besann. »Mirina hingegen lebt lieber an einem Ort. Sie ist Geschäftsführerin einer Boutique in Rom. Dort hat sie auch Randall kennen gelernt. Er ist Designer. Inzwischen gibt es seine Sachen nur noch in ihrem Geschäft. Er ist durchaus talentiert. Der hier zum Beispiel ist von ihm«, erklärte sie und zeigte auf den Anzug, den sie trug.

»Er ist wirklich sehr hübsch. Dann hatte Staatsanwältin Towers Ihres Wissens nach also keinen Grund, sich um eines ihrer beiden Kinder Sorgen zu machen. Dann gab es also nichts, von dem sie das Gefühl gehabt haben konnte, es ausbügeln oder vertuschen zu müssen?«

»Vertuschen? Nein, natürlich nicht. Sie sind beide intelligente, erfolgreiche junge Menschen.«

»Und ihr Ex-Mann. Er hat ein paar geschäftliche Probleme.«

»Marco?« Anna tat diese Erklärung mit einem Schulterzucken ab. »Ich bin sicher, dass er die Dinge wieder in den Griff bekommen wird. Allerdings kenne ich mich mit geschäftlichen Belangen nicht allzu gut aus. Ich habe Cicelys Interesse daran niemals geteilt.«

»Dann war sie also direkt an seinen Geschäften beteiligt?«

»Aber natürlich. Sie bestand darauf, immer genau zu erfahren, was in den Firmen, an denen sie Anteile besaß, passierte und hat sich immer aktiv mit den Dingen beschäftigt. Ich habe keine Ahnung, wie sie immer so vieles im Kopf behalten konnte. Falls Marco in Schwierigkeiten steckte, hat sie es ganz sicher gewusst. Wahrscheinlich hat sie ihm sogar ein halbes Dutzend Tipps gegeben, wie er die Dinge wieder ins Lot bringen könnte. Sie war wirklich brillant.« Annas Stimme brach, und sie hob eine Hand an ihre Lippen.

»Tut mir Leid, Mrs. Whitney.«

»Nein, schon gut. Es geht schon wieder. Ihre Kinder hier zu haben, ist mir eine große Hilfe. Ich habe das Gefühl, Cicely bei ihnen vertreten zu können. Schließlich kann ich nicht wie Sie nach ihrem Mörder suchen. Aber zumindest für ihre Kinder bin ich da.«

»Die beiden haben großes Glück, jemanden wie Sie zu haben«, murmelte Eve, während sie überrascht feststellte, dass sie es tatsächlich so empfand. Seltsam, bisher hatte sie Anna Whitney nie etwas Positives abgewinnen können. »Mrs. Whitney, können Sie mir etwas über die Beziehung zwischen Staatsanwältin Towers und George Hammett erzählen?«

Annas Miene wurde verschlossen. »Sie waren gute Freunde.«

»Mr. Hammett hat mir erzählt, sie hätten ein Verhältnis gehabt.«

Anna atmete zischend ein. Sie war eine konservative Frau und schämte sich dessen nicht im Geringsten. »Nun, das ist richtig. Aber er war nicht der Richtige für sie.«

»Warum?«

»Er war einfach zu unbeweglich. Ich habe George sehr gern, und er war ein exzellenter Begleiter für Cicely. Aber eine Frau kann unmöglich vollkommen glücklich sein, wenn sie an den meisten Abenden in eine leere Wohnung und in ein leeres Bett kommt. Sie brauchte einen Partner. George wollte beides – eine Geliebte und gleichzeitig seine Freiheit – und Cicely hat sich eingeredet, dass sie es auch so wollte.«

»Aber das hat nicht gestimmt.«

»Nein«, schnappte Anna. Offensichtlich war dieses Thema

Gegenstand eines alten Streits. »Arbeit alleine reicht nicht, wie ich ihr zahllose Male gesagt habe. Aber die Sache mit George war ihr einfach nicht ernst genug, um den Sprung zu wagen.«

»Welchen Sprung?«

»Ich spreche von dem emotionalen Risiko, das zu jeder Partnerschaft gehört«, erklärte Anna mit ungeduldiger Stimme. »Ihr Polizisten nehmt immer alles so wörtlich. Sie wollte lieber ein ordentliches, durchorganisiertes Leben als das mit einer Vollzeit-Partnerschaft einhergehende Chaos.«

»Ich hatte den Eindruck, dass Mr. Hammett darüber nicht sehr froh war, dass er sie sehr geliebt hat.«

»Wenn dem so war, warum hat er sie dann nicht mehr bedrängt?«, wollte Anna wissen, und endlich liefen ihr die ersten Tränen über das Gesicht. »Dann wäre sie nicht allein gewesen. Dann wäre sie nicht allein gestorben.«

Eve verließ den ruhigen Vorort, lenkte ihren Wagen an den Straßenrand und stellte den Sitz in Liegeposition. Sie musste nachdenken. Nicht über Roarke, versicherte sie sich. Da gab es nichts nachzudenken. Die Sache war geklärt.

Aus einem Impuls heraus klinkte sie sich in ihren Computer im Büro und fragte nach David Angelini. Wenn er wie sein Vater war, hatte er vielleicht ebenfalls ein paar schlechte Investitionen getätigt. Und da sie gerade dabei war, dachte sie, sollte sie am besten auch gleich Randall Slade und die Boutique in Rom unter die Lupe nehmen lassen.

Falls etwas dabei herauskam, würde sie sich die Flüge von Europa nach New York ansehen.

Verdammt, eine Frau, die sich um nichts Sorgen zu machen brauchte, verließ nicht einfach mitten in der Nacht ihr warmes, trockenes Apartment.

Eve ging alle Schritte noch einmal einzeln in Gedanken durch. Während sie über Cicelys letzte Stunden nachsann, betrachtete sie beiläufig die Gegend. Hübsche alte Bäume spendeten weit reichend Schatten in den ordentlichen, postkartengroßen Höfen, die die ein- oder zweistöckigen frei stehenden Häuser rahmten.

Wie mochte es sein, wenn man in einer hübschen, ordentlichen Gegend aufwuchs? Bekam man dadurch Sicherheit und Selbstbewusstsein? So wie es einen nervös und reizbar machte, wenn man als Kind von einem vor Schmutz starrenden Zimmer in einer stinkenden Straße in das nächste gezerrt wurde?

Vielleicht gab es auch hier Väter, die sich in die Kinderzimmer ihrer kleinen Töchter schlichen. Doch das war kaum anzunehmen. Hier stanken die Väter ganz sicher nicht nach billigem Fusel und säuerlichem Schweiß, hier vergruben die Väter ganz sicher nicht ihre dicken Finger in unschuldigem Fleisch.

Eve merkte, dass sie auf ihrem Sitz vor und zurück wippte und unterdrückte mit Mühe ein Schluchzen.

Sie würde es nicht tun. Sie würde sich nicht daran erinnern. Sie würde nicht das Gesicht heraufbeschwören, das im Dunkeln über ihr aufgetaucht war, oder den Geschmack der Hand, die auf ihrem Mund gelegen hatte, damit niemand hörte, wenn sie vor Schmerz und Entsetzen schrie.

Sie würde es nicht tun. Das alles war jemand anderem passiert, irgendeinem anderen kleinen Mädchen, an dessen Namen sie sich noch nicht einmal erinnerte. Falls sie es versuchte, falls sie zuließ, dass die Erinnerung zurückkam, würde sie Eve verlieren und wieder das hilflose kleine Kind werden.

Sie lehnte ihren Kopf zurück und atmete tief ein.

Hätte sie sich nicht derart im Selbstmitleid gewälzt, hätte sie die Frau, die gerade eins der Seitenfenster des gegenüberliegenden Hauses einschlug, sicher bereits bemerkt, ehe die erste Scherbe auf die Erde fiel.

Eve runzelte die Stirn und fragte sich, warum sie gerade hier angehalten hatte. Hatte sie tatsächlich Lust auf den Papierkram, der, da sie sich hier in einem fremden Einsatzgebiet befand, unweigerlich auf sie zukäme?

Dann dachte sie an die nette Familie, die am Abend nach Hause kommen würde und feststellen müsste, dass all ihre Wertsachen verschwunden waren, und stieg seufzend aus.

Die Frau hatte den Oberkörper bereits durch die Öffnung geschoben, als Eve hinter sie trat. Der Sicherheitsschild war mit einem billigen Störsender, den es in jedem Elektronikladen gab, ausgeschaltet worden. Eve schüttelte den Kopf über die Naivität der Vorortbewohner und tippte der Diebin, die versuchte, sich durch das Fenster zu schlängeln, höflich auf den Rücken.

»Haben Sie Ihren Sicherheitscode vergessen, Ma'am?«

Zur Antwort bekam sie einen Tritt gegen die linke Schulter. Sicher hatte sie noch Glück, dass es nicht ihr Gesicht erwischt hatte. Trotzdem landete sie rücklings in einem Bett mit frühen Tulpen. Die Einbrecherin ploppte wie ein Korken aus dem Fenster und versuchte über den Rasen zu flüchten.

Hätte ihre Schulter nicht derart geschmerzt, hätte Eve sie vielleicht tatsächlich laufen lassen. So jedoch setzte sie ihrer Opponentin mit einem Hechtsprung nach, der sie beide der Länge nach in ein Beet mit bunten Stiefmütterchen krachen ließ.

»Nimm deine dreckigen Pfoten weg, sonst bringe ich dich um.«

Eve dachte flüchtig, dass das durchaus möglich wäre. Das Weib brachte sicher mindestens zehn Kilo mehr auf die Waage als sie selbst. Um sicherzugehen, dass sie nicht erdrückt wurde, rammte sie ihr den Ellbogen in die Gurgel und zog gleichzeitig ihre Dienstmarke hervor.

»Sie sind festgenommen.«

Die Frau rollte angewidert mit ihren dunklen Augen. »Was zum Teufel macht ein Bulle aus der City hier in dieser Gegend? Weißt du Arschloch vielleicht nicht, wo Manhattan liegt?«

»Sieht ganz so aus, als hätte ich mich verlaufen.« Aus reiner Bosheit verstärkte Eve den Druck ihres Ellbogens noch ein wenig, zog ihr Handy aus der Tasche und rief den nächsten Streifenwagen.

6

Am nächsten Morgen schrie ihre Schulter vor Schmerzen ebenso schrill wie Mavis während eines Schlussakkords, und die Überstunden, die sie zusammen mit Feeney vor dem Computer verbracht hatte, sowie die schlaflose Nacht allein in ihrem Bett hatten ihr Übriges getan. Da sie jedoch außer den allerleichtesten Schmerzmitteln niemals etwas nahm, schob sie sich nur eine einzige Tablette in den Mund, ehe sie sich für den Besuch des Gottesdienstes anzog.

Sie und Feeney waren auf ein pikantes Detail gestoßen. David Angelini hatte im Verlauf des letzten halben Jahres drei große Beträge von seinen Konten abgehoben, insgesamt eine Million sechshundertzweiunddreißigtausend amerikanische Dollar.

Das waren mehr als drei Viertel seiner persönlichen Ersparnisse, und er hatte sich die Beträge teils in anonymen Kreditchips, teils in bar auszahlen lassen.

Die Überprüfung von Randall Slade und Mirina war noch nicht ganz abgeschlossen, doch bis jetzt waren die beiden völlig sauber. Einfach ein glücklich verliebtes junges Paar kurz vor der Hochzeit.

Gott allein wusste, wie man kurz vor seiner Hochzeit so etwas wie Glück empfinden konnte, dachte Eve, während sie ihren grauen Anzug aus dem Schrank zerrte.

Immer noch fehlte der verdammte Knopf. Sie erinnerte sich daran, dass Roarke ihn hatte und ihn wie einen heidnischen Glücksbringer überall mit sich herumtrug. Sie hatte den Anzug getragen, als sie sich zum ersten Mal begegnet waren – ebenfalls auf einem Gedenkgottesdienst für eine Tote.

Eilig fuhr sie sich mit einem Kamm durch die kurzen, struppigen Haare und ließ ihre Wohnung und die Erinnerungen hinter sich zurück.

Bei ihrer Ankunft herrschte vor der Kathedrale bereits dichtes Gedränge. Uniformierte Beamte waren über drei Blöcke entlang der Fünften aufgereiht. Eine Art Ehrenwache, dachte Eve, für eine Staatsanwältin, die die Polizisten respektiert hatten. Sowohl Boden- als auch Luftverkehr waren umgeleitet worden, doch aufgrund der zahlreichen Medienvertreter herrschte auf der breiten Straße dasselbe Gedränge wie gewöhnlich.

Nachdem der dritte Polizist sie angehalten hatte, steckte sie ihre Dienstmarke an den Aufschlag ihrer Jacke und betrat, ohne noch einmal gestört zu werden, zum Klang der Trauermusik die alte Kathedrale.

Sie ging nicht gern in Kirchen. Sie verursachten ihr Schuldgefühle, denen sie lieber nicht genauer auf den Grund ging. Der Geruch von Kerzenwachs und Weihrauch betäubte ihre Sinne. Einige Rituale, dachte sie, als sie sich auf eine der Seitenbänke schob, waren so zeitlos wie der Mond. Sie gab die Hoffnung auf, an diesem Morgen direkt mit Cicely Towers' Familie zu sprechen und beschloss, stattdessen mit wachen Augen zu verfolgen, was während dieser Vorstellung geschah.

Irgendwann in der letzten Dekade hatte die katholische Kirche zum Latein zurückgefunden. Eve nahm an, dass es den Gottesdiensten eine gewisse Mystik und den Gläubigen ein zusätzliches Gefühl der Zusammengehörigkeit verlieh. Auf alle Fälle erschien ihr die alte Sprache für eine Totenmesse sehr geeignet.

Die Stimme des Priesters und die Antworten der Gemeinde hallten von den hohen Decken wider, während Eve ihre Blicke durch das Gotteshaus schweifen ließ. Hohe Würdenträger und Politiker saßen mit geneigten Köpfen andächtig auf den Bänken. Sie hatte sich so positioniert, dass sie auch die

Familie sehen konnte, und als Feeney leise neben ihr Platz nahm, nickte sie unauffällig mit dem Kopf.

»Angelini«, murmelte sie leise. »Das neben ihm wird seine Tochter sein.«

»Und rechts von ihr, das ist sicher ihr Verlobter.«

»Hm-hmmm.« Eve betrachtete das Paar: jung und attraktiv. Die Frau war zart gebaut und hatte wie die Mutter goldblondes, volles Haar. Ihr strenges schwarzes Kleid war hochgeschlossen, hatte lange, eng anliegende Ärmel und fiel weich um ihre Knöchel. Statt ihre roten, geschwollenen Augen hinter einem Schleier oder einer Sonnenbrille zu verbergen, stellte sie ihr schlichte, grundlegende, unverfälschte Trauer ohne jede Scham zur Schau.

Randall Slade war ein gut aussehender, hoch gewachsener Mann. Er hatte ein auffallend, beinahe brutal attraktives Gesicht, an das sich Eve von dem Computerbild erinnerte: einen breiten Kiefer, eine lange Nase, einen leicht umwölkten Blick. Er wirkte groß und hart, doch sein Arm lag sanft und liebevoll um die Schultern seiner zukünftigen Frau.

Links von Marco Angelini stand, ein Stückchen entfernt, sein Sohn David. Diese Form der Körpersprache ließ auf Spannungen zwischen den beiden schließen. David starrte vollkommen reglos geradeaus. Er war etwas kleiner als sein Vater, so dunkel wie seine Schwester hell, und er war allein, vollkommen allein.

Letzter in der Familienreihe war George Hammett, und direkt hinter ihm saßen der Commander, seine Frau und seine Kinder.

Sie wusste, dass auch Roarke gekommen war. Sie hatte ihn bereits am Ende einer Bank neben einer tränenüberströmten Blondine ausgemacht. Als Eve nochmals in seine Richtung blickte, sah sie, dass er sich zu der Frau herunterbeugte und leise etwas sagte, worauf sie ihr Gesicht an seine Schulter presste.

Wütend wegen des eifersüchtigen Stichs, den der Anblick

der beiden ihr versetzte, beschloss Eve herauszufinden, wer sich sonst noch alles zu der Trauerfeier eingefunden hatte.

Plötzlich begegnete sie dem Blick von C. J. Morse.

»Wie ist denn dieser kleine Bastard hier hereingekommen?«

Als guter Katholik fuhr Feeney angesichts ihrer Wortwahl betroffen zusammen. »Wer?«

»Morse – auf acht Uhr.«

Feeney drehte unmerklich den Kopf und entdeckte den Reporter. »Ich nehme an, dass er bei dem Gedränge einfach an den Sicherheitsposten vorbeigeschlichen ist.«

Eve überlegte, ob sie ihn nicht einfach zum Spaß am Kragen packen und aus der Kirche zerren sollte, doch dann kam sie zu dem Schluss, dass ein solches Vorgehen ihm nur die Aufmerksamkeit zuteil werden lassen würde, nach der er sich so verzweifelt sehnte.

»Zur Hölle mit dem Kerl.«

Feeney machte ein Geräusch, als hätte sie ihn gekniffen. »Himmel, Dallas, du bist hier in einer Kathedrale.«

»Wenn Gott so kleine Frettchen wie ihn macht, dann gibt es eben auch mal ein paar Beschwerden.«

»Zeig doch bitte ein wenig mehr Respekt.«

Eve blickte zurück zu Mirina, die eine Hand an ihr Gesicht hob. »Ich habe jede Menge Respekt«, murmelte sie leise. »Jede Menge.« Mit diesen Worten schob sie sich an Feeney vorbei und schlenderte lässig auf den Ausgang zu.

Als er sie eingeholt hatte, erteilte sie gerade einem der uniformierten Polizisten irgendeine Anweisung.

»Was ist bloß mit dir los?«

»Ich brauchte einfach ein bisschen frische Luft.« In Kirchen roch es für sie immer nach Sterben und nach Tod. »Und außerdem wollte ich dem Frettchen eins auswischen.« Lächelnd sah sie Feeney an. »Ich habe unseren Leuten gesagt, dass sie nach ihm Ausschau halten und sämtliche Aufnahmegeräte konfiszieren sollen. Übertretung des Gesetzes zum Schutz der Privatsphäre.«

»Dadurch machst du ihn nur wütend.«

»Gut so. Schließlich hat er mich ebenfalls wütend gemacht.« Sie atmete hörbar aus und blickte in Richtung der Horde Journalisten, die sich auf der anderen Straßenseite drängten. »Ich will verdammt sein, wenn die Öffentlichkeit das Recht hat, immer alles zu erfahren. Aber zumindest halten sich die Typen da drüben an die Regeln und erweisen der Familie etwas von dem Respekt, den du eben erwähnt hast.«

»Ich gehe davon aus, dass du da drin fertig bist.«

»Es gibt nichts, was ich dort tun könnte.«

»Ich hätte angenommen, du säßest neben Roarke.«

»Nein.«

Feeney nickte langsam und hätte beinahe in seiner Tasche nach der Tüte mit Nüssen gesucht, ehe er sich darauf besann, dass dies wohl kaum der rechte Zeitpunkt war. »Ist das der Grund für deine schlechte Laune?«

»Ich weiß nicht, wovon du redest.« Ohne bestimmtes Ziel setzte sie sich in Bewegung, blieb dann jedoch noch einmal stehen und drehte sich zu Feeney um. »Wer zum Teufel war die Blondine, die die ganze Zeit an seinem Hals gehangen hat?«

»Keine Ahnung.« Er atmete hörbar ein. »Allerdings ein echtes Klasse-Weib. Soll ich ihn für dich verprügeln?«

»Halt einfach die Klappe.« Sie schob ihre Hände in die Hosentaschen. »Die Frau des Commanders hat gesagt, sie geben nach dem Gottesdienst in ihrem Haus einen kleinen, privaten Empfang. Wie lange wird die Vorstellung hier deiner Meinung nach noch dauern?«

»Mindestens noch eine Stunde.«

»Dann fahre ich erst mal zurück in die Zentrale, und wir treffen uns in zwei Stunden vor Whitneys Haus.«

»Du bist hier der Boss.«

Klein und privat bedeutete, dass sich über hundert Personen im Haus des Commanders drängten. Es gab Speisen, um die Lebenden zu trösten, und alkoholische Getränke, um die

Trauer zu betäuben. Als perfekte Gastgeberin trat Anna Whitney, sobald sie Eve sah, eilig auf sie zu und fragte mit einem höflichen Lächeln so leise, dass kein Dritter sie verstand: »Lieutenant, muss das wirklich hier und jetzt sein?«

»Mrs. Whitney, ich werde so diskret wie möglich vorgehen. Je schneller ich die Befragungen durchführe, umso eher werden wir den Mörder von Staatsanwältin Towers dingfest machen können.«

»Ihre Kinder sind am Boden zerstört. Die arme Mirina hält sich nur noch mit Mühe auf den Beinen. Es wäre also sicher angemessener, wenn Sie –«

»Anna.« Commander Whitney legte eine Hand auf die Schulter seiner Frau. »Lass Lieutenant Dallas bitte ihre Arbeit machen.«

Wortlos machte Anna auf dem Absatz kehrt und marschierte steifbeinig davon.

»Wir haben uns heute von einer sehr lieben Freundin verabschiedet.«

»Ich verstehe, Commander. Ich werde mich bemühen, so schnell wie möglich mit den Befragungen fertig zu sein.«

»Seien Sie vorsichtig, wenn Sie mit Mirina sprechen. Sie ist momentan in sehr schlechter Verfassung.«

»Ja, Sir. Vielleicht spreche ich dann am besten zuerst mit ihr. Und zwar möglichst unter vier Augen.«

»Ich sage ihr Bescheid.«

Als er sie verließ, ging Eve zurück in Richtung Flur, wo sie prompt mit Roarke zusammenstieß.

»Lieutenant.«

»Roarke.« Sie blickte auf das Glas Wein in seiner Hand. »Ich bin im Dienst.«

»Das ist mir bewusst. Der Wein war auch nicht für dich.«

Eve folgte seinem Blick in Richtung der Blondine, die in einer Ecke saß. »Natürlich.« Sie hatte das Gefühl, als würde selbst das Mark in ihren Knochen giftig grün. »Du hast anscheinend keine unnötige Zeit verloren.«

Ehe sie sich an ihm vorbeischieben konnte, legte er eine Hand auf ihren Arm, sah ihr in die Augen und sagte mit ruhiger Stimme. »Suzanna ist eine gemeinsame Freundin von mir und Cicely. Die Witwe eines Polizisten, der in Ausübung seines Dienstes getötet worden ist. Cicely hat seinen Mörder hinter Gitter gebracht.«

»Suzanna Kimball«, sagte Eve und kämpfte vergeblich gegen ein Gefühl der Scham. »Ihr Mann war ein hervorragender Cop.«

»Das habe ich bereits gehört.« Mit dem Hauch eines amüsierten Lächelns blickte er auf ihren Anzug. »Ich hatte gehofft, du hättest das Ding inzwischen verbrannt. Grau steht dir einfach nicht, Lieutenant.«

»Ich bin nicht hier, um meine Garderobe zur Schau zur stellen. Wenn du mich jetzt bitte entschuldigen würdest –«

Sein Griff um ihren Arm verstärkte sich. »Vielleicht solltest du dich mal mit Randall Slade beschäftigen. Er ist ein Spieler und steht genau wie David Angelini bei mehreren Leuten knietief in der Kreide.«

»Ist das wirklich wahr?«

»Das ist wirklich wahr. Einer dieser Leute bin zufällig ich selbst.«

Sie bedachte ihn mit einem kühlen Blick. »Und du bist zu dem Schluss gekommen, dass mich das vielleicht interessiert.«

»Ich bin zu dem Schluss gekommen, dass es für mich selbst von Interesse ist. In einem meiner Kasinos auf Vegas II hat er recht beeindruckende Schulden angehäuft. Und dann gab es vor ein paar Jahren einen kleinen Skandal, bei dem es um Roulette und um den Tod eines hübschen kleinen Rotschopfs auf einem unbedeutenden Spiel-Satelliten im Sektor 38 ging.«

»Was für einen Skandal?«

»Du bist die Polizistin«, erklärte er lächelnd. »Also findest du das am besten selbst heraus.«

Damit ließ er Eve stehen und kehrte zurück zu der hübschen Polizistenwitwe, um ihr weiter zur Seite zu stehen.

»Mirina erwartet Sie in meinem Arbeitszimmer«, murmelte Whitney dicht an ihrem Ohr. »Ich habe ihr versprochen, dass es nicht lange dauert.«

»Wird es auch nicht.« In dem Bemühen, ihren verletzten Stolz zu retten, folgte sie dem Commander hoch erhobenen Hauptes in Richtung seines Büros.

Auch wenn der Raum weniger spartanisch eingerichtet war als sein Zimmer in der Zentrale, war es Whitney doch gelungen, die von seiner Frau geliebten femininen Nippsachen aus seiner Domäne zu verbannen. An den Wänden klebten schlichte beigefarbene Tapeten, der Teppich hatte einen etwas kräftigeren Ton, und die breiten, bequemen Stühle an dem Schreibtisch mitten im Raum hatten einen praktischen dunkelbraunen Bezug.

In der Ecke neben dem Fenster wartete Mirina Angelini in ihrem langen, fließenden Gewand. Whitney ging zu ihr hinüber, sagte leise etwas und drückte ihr die Hand, ehe er mit einem warnenden Blick in Richtung seines Lieutenants das Zimmer verließ.

»Ms. Angelini«, begann Eve mit ruhiger Stimme. »Ich kannte Ihre Mutter, habe mit ihr zusammengearbeitet und sie ehrlich bewundert. Es tut mir wirklich Leid, dass Sie sie verloren haben.«

»Es tut allen Leid«, erwiderte Mirina mit einer Stimme, die ebenso zart und farblos wirkte wie ihre bleichen Wangen. Ihre Augen waren dunkel, beinahe schwarz und unnatürlich glasig. »Ich nehme an, außer der Person, die sie ermordet hat. Ich möchte mich schon im Voraus dafür entschuldigen, dass ich Ihnen im Augenblick sicher nicht weiterhelfen kann, Lieutenant Dallas. Ich habe mich dem Druck meiner Familie gebeugt und mir ein Beruhigungsmittel geben lassen. Wie Ihnen jeder bestätigen wird, komme ich mit der Situation nicht besonders gut zurecht.«

»Sie und Ihre Mutter standen einander nahe.«

»Sie war die wunderbarste Frau, die ich je getroffen habe.

Weshalb also sollte ich ruhig und gefasst sein, nachdem ich sie auf diese Weise verloren habe?«

Eve trat ein wenig näher und setzte sich auf einen der breiten, braunen Stühle. »Ich wüsste keinen Grund, weshalb Sie das sein sollten.«

»Mein Vater möchte, dass wir Stärke zeigen.« Mirina blickte aus dem Fenster. »Und ich lasse ihn im Stich. Der äußere Schein war meinem Vater immer schon sehr wichtig.«

»War Ihre Mutter ihm ebenfalls wichtig?«

»Ja. Ihrer beider Leben waren sowohl privat als auch beruflich eng miteinander verwoben. Daran hat auch die Scheidung nichts geändert. Er trauert sehr um sie.« Sie atmete zitternd ein. »Auch wenn er es nicht zeigt, weil er dazu zu stolz ist, trauert er doch sehr um sie. Er hat sie geliebt. Wir alle haben sie geliebt.«

»Ms. Angelini, erzählen sie mir, in welcher Stimmung Ihre Mutter war, wovon sie gesprochen hat und wovon Sie gesprochen haben, als Sie das letzte Mal Kontakt hatten.«

»Am Tag, bevor sie starb, haben wir mindestens eine Stunde lang miteinander telefoniert. Es ging um meine Hochzeit.« Tränen rannen über ihre bleichen Wangen. »Wir hatten beide jede Menge Pläne. Ich hatte ihr Bilder von Kleidern geschickt, Hochzeitskleidern ebenso wie Brautmutter-Ensembles. Wir haben über Kleider geredet. Wirkt das nicht furchtbar oberflächlich, Lieutenant, dass wir uns, als ich das letzte Mal mit meiner Mutter sprach, über Mode unterhalten haben?«

»Nein, ganz sicher nicht. Es wirkt wie ein Zeichen Ihrer gegenseitigen Zuneigung und Liebe.«

Mirina presste eine Hand an ihre Lippen. »Denken Sie das wirklich?«

»Ja, das denke ich wirklich.«

»Worüber sprechen Sie mit Ihrer Mutter?«

»Ich habe keine Mutter. Habe nie eine gehabt.«

Mirina blinzelte verwirrt. »Wie seltsam. Was ist das für ein Gefühl?«

»Ich …« Es war schlicht unmöglich, ihre Empfindungen zu beschreiben. »Für Sie wäre es nicht dasselbe, Ms. Angelini«, sagte sie deshalb mit sanfter Stimme. »Als Sie mit Ihrer Mutter sprachen, hat sie da irgendwas oder irgendwen erwähnt, der ihr Sorge bereitete?«

»Nein. Falls Sie an ihre Arbeit denken, muss ich Sie enttäuschen. Wir sprachen kaum jemals darüber. Ich habe einfach kein Interesse an der Juristerei. Sie war glücklich, aufgeregt, weil ich für ein paar Tage herüberkommen wollte. Wir haben viel gelacht. Ich weiß, sie hatte dieses Image, dieses Image der harten Powerfrau, aber mir gegenüber, der Familie gegenüber war sie … weicher, lockerer. Ich habe sie Georges wegen aufgezogen und gesagt, dass Randy zusammen mit meinem auch gleich ihr Brautkleid entwerfen könnte.«

»Und wie hat sie darauf reagiert?«

»Wir haben einfach gelacht. Mama hat immer gern gelacht«, sagte sie, nun, da das Beruhigungsmittel zu wirken begann, mit leicht verträumter Stimme. »Sie meinte, sie hätte viel zu viel Spaß an ihrer Rolle als Brautmutter, um sich die Freude daran zu verderben, indem sie sich Gedanken über sich selbst als Braut machte. Sie hat George sehr gern gehabt, und ich glaube, sie haben sich wirklich gut verstanden. Aber ich denke nicht, dass sie ihn geliebt hat.«

»Nein?«

»Nein.« Ein leichtes Lächeln umspielte ihre Lippen, und in ihren Augen lag ein glasiger Glanz. »Wenn man jemanden liebt, dann muss man einfach mit ihm zusammen sein, nicht wahr? Dann muss man Teil von seinem Leben sein, muss man ihn als Teil des eigenen Lebens haben. So ging es ihr weder bei George noch bei irgendeinem anderen.«

»Hat Mr. Hammett diese Dinge von ihr gewollt?«

»Keine Ahnung. Falls ja, hat es ihm trotzdem offenbar genügt, die Beziehung einfach in der Schwebe zu belassen. Ich schwebe ebenfalls«, murmelte sie. »Ich habe das Gefühl, als wäre ich gar nicht mehr hier.«

Da Mirina noch ein paar Fragen beantworten musste, erhob sich Eve von ihrem Platz, trat an die Konsole, bat um ein Glas Wasser, ging zu der jungen Frau hinüber und drückte es ihr entschieden in die Hand.

»Hat diese Beziehung irgendwelche Probleme zwischen ihm und Ihrem Vater oder zwischen Ihrer Mutter und Ihrem Vater verursacht?«

»Es war eine ... etwas schwierige, aber keine peinliche Situation.« Wieder lächelte Mirina. Sie war inzwischen derart schläfrig, derart entspannt, dass sie ihre Arme auf den Fenstersims hätte legen und dort in sich zusammensinken können. »Das klingt wie ein Gegensatz. Um das zu verstehen, müssten Sie meinen Vater kennen. Er hat sich geweigert, sich von dieser Sache stören oder auch nur berühren zu lassen. Er ist immer noch mit George befreundet.«

Als sähe sie das Glas in ihrer Hand zum allerersten Mal, starrte sie es blinzelnd an, ehe sie es an ihren Mund hob und vorsichtig daran nippte. »Ich weiß nicht, wie er sich gefühlt hätte, wenn die beiden tatsächlich beschlossen hätten zu heiraten, aber darum geht es ja gar nicht.«

»Sind Sie an den Geschäften Ihres Vaters beteiligt?«

»Im Modebereich. Ich tätige sämtliche Einkäufe für die Läden in Rom und Mailand und habe das letzte Wort bezüglich der Waren, die in unsere Geschäfte in Paris und New York exportiert werden. Ab und zu besuche ich irgendwelche Modeschauen, aber ich reise nicht besonders gerne. Vor allem hasse ich es, die Erde zu verlassen, Sie auch?«

Eve wurde klar, dass sie die junge Frau verlor. »So weit bin ich noch nie gekommen.«

»Oh, es ist einfach entsetzlich. Randy findet es herrlich. Er meint, es wäre aufregend. Was wollte ich gerade sagen?« Sie fuhr sich mit der Hand durch die wunderschönen, goldfarbenen Haare, und Eve rettete das Glas, bevor es auf den Boden fiel. »Ach ja, die Einkäufe. Ich kaufe gerne Kleider. Andere Bereiche des Unternehmens haben mich nie interessiert.«

»Sowohl Ihre Eltern als auch Mr. Hammett hatten Anteile an einem Unternehmen namens Mercury.«

»Natürlich. Wir verschiffen unsere Waren ausschließlich mit dieser Firma.« Ihre Lider fielen schwer herab. »Sie ist schnell und zuverlässig.«

»Und weder in diesem noch in irgendeinem anderen Familienunternehmen gab es Ihres Wissens nach irgendwelche Probleme?«

»Nein.«

Es war an der Zeit, es anders zu versuchen. »Wusste Ihre Mutter über Randall Slades Spielschulden Bescheid?«

Zum ersten Mal blitzte so etwas wie Leben in Mirina auf, zum ersten Mal versprühten ihre hellen Augen Funken. »Randalls Schulden gingen sie nichts an. Sie betreffen nur ihn und mich. Wir werden damit auch alleine fertig.«

»Dann haben Sie ihr also nichts davon erzählt?«

»Es gab keinen Grund, sie mit etwas zu belasten, das sowieso bald geklärt ist. Randalls Spielsucht war ein wirkliches Problem, aber er hat Hilfe bekommen und mit dem Spielen aufgehört.«

»Sind die Schulden hoch?«

»Sie werden beglichen«, erklärte Mirina tonlos. »Dafür wurde bereits gesorgt.«

»Ihre Mutter war eine wohlhabende Frau. Sie werden einiges von ihr erben.«

Entweder das Beruhigungsmittel oder die Trauer schien Mirina derart zu betäuben, dass sie das, was die Worte implizierten, gar nicht zu verstehen schien. »Ja, aber dafür habe ich meine Mutter verloren. Dafür habe ich meine Mama verloren. Wenn ich Randall heirate, wird sie nicht dabei sein. Sie wird nicht dabei sein«, wiederholte sie und begann leise zu weinen.

David Angelini war alles andere als zerbrechlich. Die Gefühle, die er zeigte, waren steife Ungeduld, gemischt mit kaum beherrschtem Zorn. Allem Anschein nach schien ihn bereits der

Gedanke, man könnte von ihm erwarten, dass er tatsächlich mit einer kleinen Polizistin sprach, ernsthaft zu beleidigen.

Als Eve ihm in Whitneys Arbeitszimmer gegenüber saß, beantwortete er ihre Fragen mit knappen, sorgfältig formulierten Sätzen.

»Ganz offensichtlich hat einer der Irren, die von ihr angeklagt wurden, ihr das angetan«, erklärte er entschieden. »Durch ihre Arbeit hatte sie viel zu viel mit Gewalt zu tun.«

»Hatten Sie etwas gegen ihre Arbeit einzuwenden?«

»Ich habe nicht verstanden, weshalb sie sie geliebt hat. Weshalb sie sie brauchte.« Er hob das Glas, das er mitgebracht hatte, an seine schmalen Lippen und genehmigte sich einen großen Schluck. »Aber sie hat sie nun einmal sowohl geliebt als auch gebraucht, obwohl sie sie am Ende umgebracht hat.«

»Wann haben Sie Ihre Mutter zum letzten Mal gesehen?«

»Am achtzehnten März. An meinem Geburtstag.«

»Hatten Sie danach noch Kontakt mit ihr?«

»Ungefähr eine Woche, bevor sie starb, habe ich mit ihr gesprochen. Einfach ein Anruf zwischen Mutter und Sohn. Es verging nie mehr als eine Woche, ohne dass wir zumindest miteinander telefoniert haben.«

»Wie würden Sie ihre Stimmung während des Gesprächs beschreiben?«

»Besessen – von Mirinas Hochzeit. Meine Mutter hat nie halbe Sachen gemacht. Sie hat die Hochzeit ebenso sorgfältig geplant wie jeden ihrer Fälle. Sie hoffte, dass ich mich darüber ärgern würde.«

»Worüber?«

»Über das allgemeine Hochzeitsfieber. Unter der rauen Schale der Staatsanwältin war meine Mutter eine hoffnungslos romantische Person. Sie hatte die Hoffnung, ich fände endlich einmal die richtige Frau, um eine eigene Familie zu gründen. Ich habe ihr erklärt, das überließe ich fürs Erste lieber Randy und Mirina. Schließlich wäre ich durchaus glücklich mit der Firma verheiratet.«

»Sie sind aktiv an Angelini Exports beteiligt. Dann wissen Sie ja sicher über die finanziellen Schwierigkeiten des Unternehmens Bescheid.«

Seine Miene wurde verschlossen. »Kleine Unebenheiten, Lieutenant. Winzige Erschütterungen, mehr nicht.«

»Meinen Informationen zufolge handelt es sich bei den Schwierigkeiten um mehr als kleine Unebenheiten und winzige Erschütterungen.«

»Angelini ist solide. Lediglich ein paar Kleinigkeiten sollten neu organisiert werden, vielleicht könnten wir unsere Produkts- und Angebotspalette ein wenig erweitern, doch die erforderlichen Maßnahmen wurden bereits ergriffen.« Als er lässig abwinkte, blitzte an einem der Finger seiner eleganten Hand ein goldener Ring. »Ein paar Leuten in wichtigen Positionen sind ein paar unglückliche Fehler unterlaufen, doch die können wieder ausgebügelt werden. Davon abgesehen haben diese Dinge mit der Ermordung meiner Mutter wohl kaum etwas zu tun.«

»Es ist meine Aufgabe, nichts außer Acht zu lassen, Mr. Angelini. Ihre Mutter verfügte über ein beachtliches Vermögen. Ein nicht geringer Teil davon fällt nun an Ihren Vater und auch an Sie selbst.«

David sprang von seinem Stuhl. »Sie sprechen hier von meiner Mutter. Falls Sie vermuten, dass ein Mitglied der Familie jemals in der Lage gewesen wäre, ihr ein Leid zuzufügen, dann ist Commander Whitney bei Ihrer Ernennung zur Ermittlungsleiterin ein monströser Fehler unterlaufen.«

»Sie haben das Recht auf Ihre eigene Meinung. Sind Sie ein Spieler, Mr. Angelini?«

»Was geht Sie das bitte an?«

Da er sich immer noch nicht wieder setzte, erhob sich auch Eve von ihrem Platz. »Das ist eine ganz einfache Frage.«

»Ja, ich spiele hin und wieder, ebenso wie zahllose andere Menschen. Ich empfinde es als entspannend.«

»Wie hoch sind Ihre Schulden?«

Seine Finger legten sich fester um sein Glas. »Ich glaube, an diesem Punkt des Gesprächs hätte meine Mutter mir geraten, einen Anwalt einzuschalten.«

»Das steht Ihnen natürlich frei. Allerdings beschuldige ich Sie keines Verbrechens, Mr. Angelini. Mir ist durchaus bewusst, dass Sie in der Nacht, in der Ihre Mutter starb, in Paris waren.« Ebenso wie ihr bewusst war, dass stündlich Flieger den Atlantik überquerten. »Aber es ist nun mal mein Job, ein möglichst klares und umfassendes Bild zu kriegen. Sie sind nicht verpflichtet, mir eine Antwort auf meine Frage zu geben. Aber diese Information bekomme ich ohne große Mühe auch woanders.«

Einen Moment lang zuckten seine Kiefermuskeln. »Ungefähr achthunderttausend.«

»Und Sie können diese Schulden nicht begleichen?«

»Ich bin weder übermäßig reich noch übermäßig arm, Lieutenant Dallas«, erklärte er steif. »Meine Schulden werden in Kürze bezahlt sein.«

»Wusste Ihre Mutter darüber Bescheid?«

»Ebenso wenig bin ich ein kleines Kind, Lieutenant, das, sobald es sich das Knie aufschlägt, Hilfe suchend zu seiner Mutter laufen muss.«

»Sie und Randall Slade haben gemeinsam gespielt?«

»Ja. Allerdings hatte meine Schwester etwas dagegen, weshalb Randy dieses Hobby aufgegeben hat.«

»Aber erst, nachdem er selbst einen beachtlichen Schuldenberg aufgetürmt hatte.«

Ebenso wie zuvor sein Vater bedachte David sie plötzlich mit einem kalten, harten Blick. »Davon ist mir nichts bekannt. Über solche Dinge pflegen wir nicht miteinander zu sprechen.«

Und ob ihr über solche Dinge miteinander sprecht, dachte Eve, ging jedoch nicht weiter auf seine Antwort ein. »Und als er vor ein paar Jahren Schwierigkeiten im Sektor 38 hatte? Waren Sie zu dem Zeitpunkt ebenfalls dort?«

»Sektor 38?« Er bedachte sie mit einem überzeugend verständnislosen Blick.

»Ein Spiel-Satellit.«

»Ich fliege öfter mal übers Wochenende rüber nach Vegas II, aber ich erinnere mich nicht, jemals ein Kasino im Sektor 38 aufgesucht zu haben. Ich habe keine Ahnung, wovon Sie sprechen.«

»Spielen Sie Roulette?«

»Nein, das ist ein Spiel für Narren. Randy spielt es ganz gerne. Ich bevorzuge Black Jack.«

Randall Slade wirkte nicht gerade wie ein Narr. Er sah aus wie ein Mann, der alles und jeden, der ihm jemals in den Weg kam, mühelos zur Seite räumen würde, ohne seinen Schritt auch nur zu verlangsamen.

Ebenso wenig entsprach er ihrem Bild von einem Modedesigner. Er trug einen schlichten, schwarzen Anzug ohne die derzeit so modernen Zierknöpfe und Tressen. Und auch seine großen Hände erinnerten weniger an einen Künstler als vielmehr an einen Handwerker.

»Ich hoffe, Sie fassen sich kurz«, sagte er im Ton eines Mannes, der es gewohnt war, Befehle zu erteilen. »Mirina hat sich oben hingelegt. Ich will sie nicht lange allein lassen.«

»In Ordnung, ich fasse mich kurz.« Eve sagte nichts, als er ein goldenes Etui aus der Tasche zog, eine von zehn schlanken schwarzen Zigaretten herausnahm und sie sich zwischen die Lippen steckte. Zigarettenrauchen war gesetzlich verboten, doch sie wartete schweigend, bis er den Glimmstengel angezündet hatte. »Wie war Ihre Beziehung zu Staatsanwältin Towers?«

»Freundschaftlich. Sie hätte in Kürze meine Schwiegermutter werden sollen. Uns beide verband eine tiefe Liebe zu Mirina.«

»Sie war also mit Ihnen als Partner ihrer Tochter einverstanden.«

»Ich habe keinen Grund, etwas anderes zu denken.«

»Sie haben beruflich sehr von Ihrer Beziehung zu Angelini Exports profitiert.«

»Das ist natürlich wahr.« Der Rauch, den er ausblies, verströmte einen leichten Duft nach Zitrone und Minze. »Ich hoffe allerdings, dass auch die Angelinis von ihrer Beziehung zu mir profitiert haben.« Er musterte Eves grauen Anzug. »Dieser Schnitt und diese Farbe sind beide unglaublich wenig schmeichelhaft für Sie. Vielleicht hätten Sie ja Lust, sich mal einige von meinen Sachen hier in New York anzusehen.«

»Ich werde es mir überlegen, vielen Dank.«

»Es missfällt mir, attraktive Frauen in unattraktiven Kleidern herumlaufen zu sehen.« Er lächelte und überraschte Eve mit seinem aufflackernden Charme. »Sie sollten leuchtendere Farben und schmalere Schnitte tragen. Eine Frau mit Ihrer Figur kann sich das durchaus leisten.«

»Das hat man mir schon einmal gesagt«, murmelte sie und dachte an Roarke. »Sie stehen im Begriff, eine sehr reiche Frau zu heiraten.«

»Ich stehe im Begriff, die Frau zu heiraten, die ich liebe.«

»Dann ist es zumindest ein glücklicher Zufall, dass sie reich ist.«

»Allerdings.«

»Schließlich können Sie durchaus Geld gebrauchen.«

»Tun wir das nicht alle?«, fragte er vollkommen ungerührt, wenn nicht sogar belustigt.

»Sie haben Schulden, Mr. Slade. Hohe, unbezahlte Schulden bei Leuten, die einem, um an ihr Geld zu kommen, ziemlich große Schmerzen zufügen würden.«

»Das ist richtig.« Wieder zog er an seiner Zigarette. »Ich bin spielsüchtig, Lieutenant. Auf dem Weg der Besserung. Mit Mirinas Hilfe und Unterstützung habe ich mich einer Behandlung unterzogen. Ich habe seit genau zwei Monaten und fünf Tagen nirgends mehr gespielt.«

»Roulette, nicht wahr?«

»Ich fürchte, ja.«

»Die ungefähre Höhe Ihrer Schulden?«

»Fünfhunderttausend.«

»Und wie viel wird Ihre Verlobte von ihrer Mutter erben?«

»Wahrscheinlich das Dreifache. Mehr, wenn man die Aktien und Anteile bedenkt, die nicht in Form von Kreditchips oder Bargeld auf sie übergehen werden. Die Ermordung ihrer Mutter wäre demnach eindeutig eine Möglichkeit gewesen, meine finanziellen Schwierigkeiten zu beheben.« Nachdenklich drückte er seine Zigarette im Aschenbecher aus. »Aber rein zufällig sind meine pekuniären Probleme bereits durch den soeben von mir unterschriebenen Vertrag über meine Herbstkollektion gelöst. Und außerdem ist mir Geld nicht wichtig genug, um dafür zu töten.«

»Aber das Spielen war wichtig genug?«

»Das Spiel war wie eine schöne Frau. Begehrenswert, aufregend, launisch. Schließlich hatte ich die Wahl zwischen dem Spielen und meiner Verlobten. Und es gibt nichts, was ich nicht täte, um Mirina zu behalten.«

»Nichts?«

Er verstand und nickte mit dem Kopf. »Nichts.«

»Weiß sie von dem Skandal im Sektor 38?«

Sein zuvor amüsierter, leicht selbstgefälliger Gesichtsausdruck erstarrte, und er wurde bleich. »Das ist inzwischen beinahe zehn Jahre her. Es hat nichts mit ihr zu tun. Es hat mit meinem ganzen jetzigen Leben nicht mehr das Geringste zu tun.«

»Sie haben es ihr demnach nicht erzählt.«

»Ich kannte das Mädchen doch gar nicht. Ich war jung, ein Narr, und ich habe für meinen Fehler bezahlt.«

»Mr. Slade, warum erklären Sie mir nicht, wie es dazu kam, dass Sie diesen Fehler überhaupt erst begangen haben?«

»Das hat nichts mit dem Mord an Cicely zu tun.«

»Trotzdem, machen Sie mir doch bitte die Freude.«

»Verdammt, es war nur eine Nacht. Eine einzige Nacht in

meinem Leben. Ich hatte zu viel getrunken und war obendrein noch dumm genug, den Alkohol mit irgendwelchen Drogen zu versetzen. Die Frau hat sich selbst umgebracht. Es wurde bewiesen, dass sie sich die Überdosis selbst verpasst hatte.«

Interessant, dachte Eve. »Aber Sie waren zu dem Zeitpunkt mit ihr zusammen«, sagte sie aufs Geratewohl.

»Ich war vollkommen high. Ich hatte beim Roulette mehr verloren, als ich mir hätte leisten können, und deshalb gab es Streit. Wie ich bereits sagte, ich war jung, ich gab ihr die Schuld an meinem Pech. Vielleicht habe ich sie sogar bedroht. Ich weiß es ganz einfach nicht mehr. Ja, wir haben uns in der Öffentlichkeit gestritten, sie hat mir eine Ohrfeige gegeben und ich habe zurückgeschlagen. Darauf bin ich nicht gerade stolz. An alles Weitere kann ich mich nicht erinnern.«

»Sie können sich nicht erinnern, Mr. Slade?«

»Wie ich auch damals bereits zu Protokoll gegeben habe, war das Nächste, woran ich mich erinnern konnte, dass ich in irgendeinem schmutzigen kleinen Zimmer zu mir gekommen bin. Wir lagen beide nackt im Bett. Sie war tot, und ich war immer noch völlig vernebelt. Dann kamen die Typen vom Sicherheitsdienst. Anscheinend hatte ich selbst sie gerufen. Sie haben Aufnahmen gemacht. Man hat mir versichtert, dass die Bilder nach Abschluss des Falles vernichtet werden würden, und am Ende wurde ich freigesprochen. Ich kannte die Frau so gut wie gar nicht«, fuhr er fort. Langsam schien er wütend zu werden. »Ich hatte sie in einer Kneipe aufgerissen – oder zumindest hatte ich das zu dem Zeitpunkt gedacht. Mein Anwalt kam dahinter, dass sie eine Professionelle war, die ohne Lizenz die Kasinos abgeklappert hat.«

Er schloss müde die Augen. »Glauben Sie etwa, ich will, dass Mirina erfährt, dass ich, wenn auch nur für kurze Zeit, des Mordes an einer illegalen Hure verdächtigt worden bin?«

»Nein«, antwortete Eve mit ruhiger Stimme. »Das glaube ich nicht. Und, Mr. Slade, wie Sie selbst gesagt haben, würden Sie alles tun, um sie zu behalten. Alles.«

Als sie aus dem Arbeitszimmer des Commanders in den Flur trat, wartete dort bereits George Hammett. Er wirkte noch schmaler und bleicher als an dem Morgen, an dem sie ihn in seiner Wohnung befragt hatte.

»Lieutenant – Eve – ich hatte gehofft, Sie hätten vielleicht einen Augenblick Zeit.«

Sie machte eine Handbewegung in Richtung des Büros, ließ ihm den Vortritt und schloss dann hinter sich die Tür.

»Dies ist ein schwerer Tag für Sie, George.«

»Ja, sehr schwer. Ich wollte fragen, ich muss ganz einfach wissen … gibt es etwas Neues? Gibt es irgendetwas Neues?«

»Die Ermittlungen laufen auf Hochtouren. Es gibt nichts, was ich Ihnen sagen könnte, was Sie nicht bereits aus den Medien erfahren haben dürften.«

»Es muss doch noch etwas geben.« Unwillkürlich wurde seine Stimme laut. »Es muss doch einfach noch irgendetwas geben.«

Auch wenn er einer der Verdächtigen war, empfand Eve ehrliches Mitgefühl mit ihm. »Wir tun alles, was in unserer Macht steht.«

»Sie haben mit Marco, ihren Kindern, ja sogar mit Randy gesprochen. Falls sie irgendetwas wussten, falls sie irgendetwas gesagt haben, was Ihnen vielleicht weiterhelfen könnte, habe ich ein Recht darauf, es zu erfahren.«

War er nervös? fragte sie sich. *Oder war es einfach ein Zeichen seiner Trauer?* »Nein«, sagte sie mit ruhiger Stimme. »Das haben Sie nicht. Ich kann Ihnen keine Informationen darüber geben, was die Gespräche oder anderweitige Nachforschungen ergeben haben könnten.«

»Immerhin geht es um den Mord an der Frau, die ich geliebt habe!«, platzte es aus ihm heraus, und sein wächsernes Gesicht verdüsterte sich. »Vielleicht hätten wir sogar geheiratet.«

»Hatten Sie die Absicht zu heiraten, George?«

»Wir hatten darüber gesprochen.« Er fuhr sich mit leicht

zitternder Hand über das angespannte Gesicht. »Wir hatten darüber gesprochen«, wiederholte er und wurde wieder blass. »Aber immer gab es gerade einen neuen Fall, irgendein neues Plädoyer, das es vorzubereiten galt. Schließlich dachten wir beide, wir hätten noch jede Menge Zeit.«

Er ballte die Fäuste und wandte sich verlegen von ihr ab. »Ich möchte mich bei Ihnen dafür entschuldigen, dass ich Sie angeschrien habe. Ich bin im Moment einfach nicht ich selbst.«

»Schon gut, George. Es tut mir wirklich Leid.«

»Sie ist weg.« Seine Stimme klang leise, gebrochen. »Sie kommt nie wieder zurück.«

Eve konnte nichts weiter tun, als ihn allein zu lassen, also verließ sie das Zimmer, schloss lautlos die Tür und rieb mit einer Hand ihre Narben, die vor Anspannung schmerzten.

Auf dem Weg nach draußen gab sie Feeney ein diskretes Zeichen. »Du musst ein paar Nachforschungen anstellen«, erklärte sie im Gehen. »Uralter Fall, ungefähr zehn Jahre her, in einer der Spielhöllen im Sektor 38.«

»Worum geht es, Dallas?«

»Sex, einen Skandal und einen wahrscheinlich unbeabsichtigten Selbstmord.«

»Verdammt«, sagte Feeney mit bekümmerter Stimme. »Und ich hatte gehofft, dass ich heute Abend endlich mal wieder ein Football-Spiel im Fernsehen gucken könnte.«

»Das hier ist sicher mindestens ebenso unterhaltsam.« Sie erspähte Roarke, der der Blondine in seinen Wagen half, zögerte und ging dann dicht an ihm vorbei. »Danke für den Tipp, Roarke.«

»Nichts zu danken, Lieutenant. Feeney«, fügte er mit einem kurzen Nicken in Richtung ihres Begleiters hinzu, ehe er selbst in seinen Wagen stieg.

»Hey«, sagte Feeney, als der Wagen lautlos den Weg hinunter glitt. »Er scheint tatsächlich total sauer auf dich zu sein.«

»Mir kam er vollkommen normal vor«, murmelte Eve und zerrte an der Fahrertür ihres eigenen Wagens.

Feeney schnaubte. »Du hast wirklich einen ausgeprägten Spürsinn.«

»Kümmer du dich um den Fall. Angeklagt war damals der gute Randall Slade.« Sie knallte die Tür des Wagens zu und verzog beleidigt das Gesicht.

7

Feeney wusste, Eve würden die Dinge, die er herausgefunden hatte, ganz sicher nicht gefallen. In Erwartung ihrer Reaktion schickte er ihr, da er ein weiser Mann war, die Ergebnisse der Suche folglich auch lieber per Computer, statt sie ihr persönlich ins Büro zu bringen.

»Ich habe die Informationen in der Sache Slade«, erklärte er, sobald sein trauriges Hundegesicht auf dem Monitor erschien. »Ich schicke sie dir durch. Ich – ah – habe noch eine Weile hier zu tun. Bisher habe ich erst ungefähr zwanzig Prozent der Typen überprüft, die Towers hinter Gitter gebracht hat. Das Ganze geht ziemlich langsam voran.«

»Versuch, die Sache zu beschleunigen, Feeney. Wir müssen das Feld der Verdächtigen unbedingt einengen.«

»Okay. Dann schicke ich die Daten jetzt mal los.« Sein Gesicht verschwand vom Bildschirm, und stattdessen erschien der Polizeibericht aus Sektor 38.

Eve runzelte die Stirn, als sie die Daten überflog. Es gab nicht viel, was ihr nicht bereits von Randall Slade erzählt worden war. Ein verdächtiger Tod durch eine Überdosis Drogen. Der Name des Opfers war Carolle Lee, Alter 24, Geburtsort New Chicago Colony, arbeitslos. Das Bild zeigte eine junge, schwarzhaarige Mischlingsfrau mit exotisch dunklen Augen und einem kaffeebraunen Teint. Randall wirkte auf dem Polizeifoto bleich und müde, und seine Augen waren eigenartig glasig, als wäre er immer noch high.

Sie ging den Bericht sorgfältig durch, um zu sehen, ob Randall vielleicht irgendein Detail ausgelassen hatte. Doch auch so war die Sache bereits schlimm genug. Die Mordanklage war fallen gelassen worden, aber man hatte ihn wegen Begleitung einer illegalen Prostituierten, des Besitzes illegaler Drogen und unterlassener Hilfeleistung verurteilt.

Er hatte Glück gehabt, riesengroßes Glück, weil sich die Sache in einem derart unwichtigen Sektor, in einem Höllenloch zugetragen hatte, dem allgemein nur wenig Aufmerksamkeit zuteil wurde. Doch falls jemand – irgendjemand – zufällig etwas von dem Fall mitbekommen und gedroht hatte, seiner hübschen, zerbrechlichen Verlobten davon zu berichten, hätte der gute Randall wirklich in der Klemme gesessen.

Hatte Towers von der Sache gewusst? Das war die große Frage. Und wenn sie es gewusst hatte, wie war sie mit diesem Wissen umgegangen? Die Staatsanwältin hätte vielleicht die Fakten abgewogen und den Fall mit einem Schulterzucken als abgeschlossen abgetan.

Aber hätte die Mutter genauso reagiert? Hätte die liebende Mutter, die eine Stunde lang mit ihrer Tochter über Kleider plauderte, die treu sorgende Mutter, die sich Zeit nahm, um die perfekte Hochzeit mitzuplanen, den Skandal ebenso problemlos als einmaligen Fehltritt eines idiotischen jungen Mannes, der sich noch nicht die Hörner abgestoßen hatte, akzeptieren können? Oder hätte sie dem älteren, weniger idiotischen Mann den Weg zur Erfüllung seines allergrößten Wunsches mit aller Macht versperrt?

Eve kniff die Augen zusammen, las weiter und hielt plötzlich inne, als Roarkes Name auf dem Bildschirm erschien.

»Elender Hurensohn«, murmelte sie und schlug krachend mit der Faust auf ihren Schreibtisch. »Elendiger Hurensohn.«

Fünfzehn Minuten später marschierte sie über die schimmernden Fliesen des Foyers von Roarkes Firmengebäude in der Stadt. Mit zusammengepressten Lippen gab sie den Zugangscode für den privaten Fahrstuhl ein. Sie hatte sich nicht die Mühe gemacht, ihn vorher anzurufen, sondern schwebte, getrieben von gerechtem Zorn, ohne Ankündigung bis in die oberste Etage.

Die Empfangsdame in dem eleganten Vorraum wollte zur Begrüßung lächeln, doch ein Blick in Eves Gesicht genügte, um ihr Lächeln auf der Stelle einfrieren zu lassen. »Lieutenant Dallas.«

»Sagen Sie ihm, dass ich hier bin und dass ich ihn auf der Stelle entweder hier oder aber auf dem Polizeipräsidium sprechen muss.«

»Er – er ist in einer Besprechung.«

»Jetzt.«

»Ich werde ihm Bescheid geben.« Sie drehte sich auf ihrem Stuhl herum, drückte einen Knopf der Gegensprechanlage und gab die Nachricht, während Eve kochend vor Wut neben ihr stand, unter zahllosen Entschuldigungen weiter.

»Wenn Sie einen Augenblick warten würden, Lieutenant –«, setzte die junge Dame an und erhob sich von ihrem Platz.

»Ich kenne den Weg«, herrschte Eve sie an und ging entschieden über den dicken Teppich in Richtung der hohen Flügeltür, die den Zugang zu Roarkes New Yorker Heiligtum darstellte.

Es hatte eine Zeit gegeben, in der sie sich zunächst eine Tasse Kaffee genehmigt hätte und an das große Fenster getreten wäre, um die wunderbare Aussicht aus der hundertfünfzigsten Etage zu genießen. Heute jedoch blieb sie bebend vor Zorn und vor Furcht direkt von seinem Schreibtisch stehen.

Ein Paneel in der Ostwand glitt lautlos zur Seite, und er kam herein. Er trug noch immer den dunklen Anzug, in dem er dem Gedenkgottesdienst für Cicely beigewohnt hatte, und als sich die Tür hinter ihm schloss, betastete er den Knopf in seiner Tasche, der von Eves grauem Anzug abgefallen war.

»Du warst ganz schön schnell«, sagte er mit leichter Stimme. »Ich dachte, ich könnte zumindest meine Vorstandssitzung noch beenden, bevor du kommst.«

»Du hältst dich für ganz besonders clever«, fuhr sie ihn an. »Weshalb sonst hättest du mir wohl gerade so viel an Information gegeben, um mich für Slade zu interessieren. Verdammt, Roarke, du steckst bis zur Halskrause in dieser Sache drin.«

»Ach ja?« Ungerührt trat er an einen Sessel, setzte sich und streckte seine langen Beine aus. »Und inwiefern stecke ich bis zur Halskrause in dieser Sache drin, Lieutenant?«

»Dir hat das verdammte Kasino gehört, in dem Slade gespielt hat. Dir hat das dreckige, kleine Hotel gehört, in dem die Frau gestorben ist. In deinem Höllenloch ist eine illegale Nutte ihrem Gewerbe nachgegangen.«

»Eine unlizensierte Gesellschaftsdame in Sektor 38?« Er sah sie lächelnd an. »Nun, das ist natürlich ein großer Schock für mich.«

»Mach dich nicht über mich lustig. Es gibt eine Verbindung zwischen dir und diesem Mordfall. Mercury war bereits schlimm genug, aber das hier geht viel tiefer. Du hast in dem Fall damals eine offizielle Aussage gemacht.«

»Natürlich habe ich das.«

»Warum machst du es mir so schwer, deinen Namen aus dieser Sache rauszuhalten?«

»Ich habe kein Interesse daran, dir irgendetwas schwer oder leicht zu machen, Lieutenant.«

»Also gut.« Wenn er derart kalt sein konnte, konnte sie es auch. »Dann bringen wir die Befragung am besten einfach hinter uns und klappen die Akte danach zu. Du hast Slade gekannt.«

»Eigentlich nicht. Das heißt, nicht persönlich. Tatsächlich hatte ich die ganze Sache und auch ihn vollkommen vergessen, bis ich ein paar Nachforschungen angestellt habe. Hättest du vielleicht gerne eine Tasse Kaffee?«

»Du hattest vergessen, dass du in einen Mordfall verwickelt gewesen warst?«

»Ja, genau.« Lässig spreizte er die Hände. »Schließlich war das weder meine erste noch meine letzte Begegnung mit der Polizei. Wenn man es genau sieht, Lieutenant, ging mich die ganze Sache im Grunde gar nichts an.«

»Sie ging dich nichts an«, wiederholte sie. »Du hattest Slade aus deinem Kasino werfen lassen.«

»Ich glaube, das hatte der Manager des Ladens bereits für mich erledigt.«

»Aber du warst zu der Zeit dort.«

»Ja, ich war dort. Oder zumindest irgendwo auf dem Gelände. Unzufriedene Gäste werden häufig zänkisch. Ich habe der Sache zu Anfang keine allzu große Bedeutung beigemessen.«

Sie atmete tief ein. »Wenn die Sache so unwichtig für dich war, dass du sie sogar vergessen konntest, warum hast du dann das Kasino, das Hotel, alles, was dir in Sektor 38 gehört hat, innerhalb von achtundvierzig Stunden nach Cicely Towers' Ermordung verkauft?«

Einen Moment lang blickte er sie schweigend an. »Aus persönlichen Gründen.«

»Roarke, bitte sag es mir, damit ich sichergehen kann, dass es keine Verbindung zwischen dem damaligen Vorfall und dem aktuellen Mord gibt. Ich weiß, dass der Verkauf nichts mit dem Mord an Towers zu tun hat, aber es wirkt einfach nicht sauber. Persönliche Gründe reichen einfach nicht.«

»Mir schon. Oder zumindest haben sie mir zum Zeitpunkt des Verkaufs gereicht. Sag mir, Lieutenant Dallas, glaubst du allen Ernstes, ich hätte beschlossen, Cicely Towers mit der Jugendsünde ihres zukünftigen Schwiegersohnes zu erpressen, sie von irgendeinem Mittelsmann ins West End locken und ihr, als sie nicht kooperieren wollte, die Kehle aufschlitzen lassen?«

Am liebsten hätte sie ihn ganz einfach gehasst dafür, dass er sie in die Position versetzte, ihm antworten zu müssen. »Wie ich bereits sagte, habe ich zu keiner Zeit geglaubt, dass du etwas mit ihrem Tod zu tun hattest. Aber du hast mich in eine Lage gebracht, in der wir uns einfach mit dir beschäftigen müssen. Was uns kostbare Zeit und Leute raubt, die wir sonst darauf verwenden könnten, ihren Mörder zu fassen.«

»Fahr zur Hölle, Eve.« Er sagte es leise, derart ruhig und leise, dass ihre Kehle zu brennen begann.

»Was willst du von mir, Roarke? Du hast gesagt, du würdest mir helfen, hast gesagt, ich könnte deine Beziehungen nutzen. Und jetzt machst du mir, nur weil du sauer auf mich bist, die Arbeit unnötig schwer.«

»Ich habe es mir eben anders überlegt«, erklärte er mit abweisender Stimme, erhob sich, trat hinter seinen Schreibtisch und bedachte sie mit einem Blick, der ihr mitten ins Herz schnitt.

»Wenn du mir nur sagen würdest, warum du alles verkauft hast. Der Zeitpunkt des Verkaufs kann doch unmöglich reiner Zufall sein.«

Einen Moment lang dachte er an seine Entscheidung, einige seiner nicht ganz legalen Unternehmen neu zu organisieren und sich derer, die sich nicht umstrukturieren ließen, einfach zu entledigen. »Nein«, murmelte er. »Ich glaube nicht, dass ich das tun werde.«

»Warum bringst du mich in eine solche Position?«, wollte sie von ihm wissen. »Soll das vielleicht eine Art Strafe für mich sein?«

Er nahm wieder Platz, lehnte sich zurück und verschränkte lässig seine Hände. »Wenn du meinst.«

»Du wirst in die Sache hineingezogen werden, genau wie letztes Mal. Dabei besteht gar keine Notwendigkeit, dass es überhaupt dazu kommt.« Frustriert schlug sie mit beiden Händen auf die Platte seines Schreibtischs. »Siehst du das denn nicht?«

Er sah in ihre dunklen, besorgten Augen und dann auf ihr lächerlich kurz gesäbeltes, braunes Haar. »Ich weiß, was ich tue.« Er hoffte, dass das stimmte.

»Roarke, verstehst du denn nicht, dass es nicht genügt, wenn ich bloß weiß, dass du nichts mit der Sache zu tun hast? Dass ich es jetzt beweisen muss?«

Er hätte sie liebend gern berührt, so gern, dass seine Finger bei dem Gedanken schmerzten. Und er wünschte sich, er könnte sie für das Verlangen, das sie in ihm wachrief, von ganzem Herzen hassen. »Weißt du wirklich, dass ich nichts damit zu tun habe?«

Sie richtete sich auf und ließ die Hände sinken. »Das ist vollkommen egal«, erklärte sie, machte auf dem Absatz kehrt und verließ sein Büro.

Natürlich war es nicht egal. Im Augenblick war es das Einzige, was für ihn wirklich von Bedeutung war. Erschüttert stützte er sich auf seiner Schreibtischplatte ab. Nun, da sie ihn nicht länger mit ihren großen, whiskeybraunen Augen anstarrte, konnte er sie endlich verfluchen. Konnte er sie endlich verfluchen, weil sie ihn beinahe dazu brachte, vor ihr auf die Knie zu sinken und die Bruchstücke ihres Lebens zu erbetteln, die sie mit ihm zu teilen bereit wäre.

Doch wenn er das wirklich täte, wenn er wirklich vor ihr auf die Knie fallen würde, würde er sie dafür wahrscheinlich eines Tages mit derselben Inbrunst hassen wie sich selbst.

Er war geduldiger als all seine Rivalen, cleverer als all seine Gegenspieler, und er wusste, wie man um das kämpfte, was man wollte, bis man es am Schluss bekam. Doch war er sich inzwischen nicht mehr sicher, ob er tatsächlich mehr Geduld, mehr Cleverness oder mehr Kampfkraft hatte als Eve.

Er nahm den Knopf aus seiner Tasche, spielte mit ihm herum und sah ihn fragend an, als wäre er ein Teil von einem interessanten Rätsel, das es zu lösen galt.

Er war ganz einfach ein Idiot. Es war erniedrigend, sich eingestehen zu müssen, was für einen unglaublichen Narren die Liebe aus einem machen konnte. Er stand entschieden auf und schob den Knopf zurück in seine Tasche. Er musste noch eine Vorstandssitzung leiten, wichtige Geschäfte machen.

Und er musste in Erfahrung bringen, ob und wenn ja, wie irgendwelche Einzelheiten von der Verhaftung Slades über den Sektor 38 hinausgedrungen waren.

Eve konnte ihre Verabredung mit Nadine unmöglich verschieben. Was sie ebenso sehr störte wie die Tatsache, dass sie das Gespräch so legen musste, dass es zwischen Nadines Auftritt in den Abendnachrichten und der nächtlichen Liveübertragung lag.

Sie setzte sich an einen Tisch in einem kleinen Café namens Images, das unweit des Senders lag. Mit seinen hübschen ruhigen Nischen und seiner üppigen Begrünung war es eindeutig einige Klassen besser als das Blue Squirrel, in dem sie die Journalistin für gewöhnlich traf, und angesichts der Preise, die sie zusammenzucken ließen, bestellte sie bescheiden eine ganz gewöhnliche Pepsi.

»Der Laden ist berühmt für seine Muffins. Sie sollten unbedingt mal einen probieren«, sagte Nadine.

Bei fünf Dollar für ein rehydratisiertes Blaubeerteilchen mussten die Dinger zumindest gut schmecken. »Vielen Dank. Ich habe nicht viel Zeit.«

»Ebenso wenig wie ich.« Nadine war von ihrem Auftritt noch perfekt geschminkt. Es war Eve ein vollkommenes Rätsel, wie jemand es ertrug, stundenlang mit zugekleisterten Poren durch die Gegend zu laufen.

»Sie fangen an.«

»In Ordnung.« Nadine brach den vor ihr liegenden Muffin in zwei Hälften, und heraus strömte ein verführerischer Duft. »Natürlich ist der Gedenkgottesdienst die Nachricht des Tages. Wer alles dort war, wer was gesagt hat, wer an welchem Platz gesessen hat. Jede Menge Geschichten über die Familie, wobei das Hauptaugenmerk auf die trauernde Tochter und ihren Verlobten gerichtet ist.«

»Warum?«

»Menschliches Interesse, Dallas. Die großen Hochzeitspläne, die von einem grauenhaften Mord zunichte gemacht wurden. Es heißt, dass die Feier auf den Anfang des nächsten Jahres verschoben werden soll.«

Nadine biss herzhaft in den Muffin, doch Eve ging nicht weiter auf das neiderfüllte Knurren ihres Magens ein. »Ich bin nicht wegen irgendwelcher Gerüchte hier.«

»Aber sie bringen Farbe in das Ganze. Hören Sie, irgendjemand hat den Medien diese Information bewusst zukommen lassen. Also frage ich mich, ob das vielleicht bedeutet, dass es gar keine Hochzeit gibt. Riecht ganz nach Ärger im Paradies der beiden Turteltauben. Weshalb sollte sich Mirina gerade in einer Zeit wie dieser von ihrem Verlobten abwenden? Meiner Meinung nach wäre es doch viel passender, sie würden mit einer netten, ruhigen Zeremonie im Kreis der Familie vorlieb nehmen, und dann könnte er sie als ihr rechtmäßiger Ehemann über den Verlust der geliebten Mutter hinwegtrösten.«

»Vielleicht ist ja genau das ihre Absicht, und sie wollen einfach die Medien von sich ablenken?«

»Wäre natürlich möglich. Tja, was habe ich sonst noch anzubieten? Genau. Es sind Gerüchte im Umlauf, dass Angelini und Hammett ohne Towers als Puffer ihre Geschäftsbeziehung lösen. Weder vor, während oder nach dem Gottesdienst sollen die beiden auch nur ein Wort gewechselt haben. Es heißt, stattdessen hätten sie sich gegenseitig mit kalter Missachtung gestraft.«

»Woher wissen Sie das?«

Nadine bedachte Eve mit einem katzenhaften, zufriedenen Lächeln. »Ich habe eben meine Quellen. Angelini braucht möglichst schnell möglichst viel Geduld. Roarke hat ihm ein Angebot für seine Anteile an Mercury unterbreitet, zu denen jetzt natürlich auch die Anteile von Cicely gehören.«

»Ach.«

»Sie haben also nichts davon gewusst. Interessant.« Mit listig blitzenden Augen leckte sich Nadine genüsslich ein paar Krumen von den Fingern. »Außerdem fand ich es durchaus interessant, dass Sie und Roarke den Gottesdienst nicht zusammen besucht haben.«

»Ich war dort als Polizistin«, kam die knappe Antwort. »Reden wir lieber über die Dinge, wegen denen wir uns hier getroffen haben.«

»Irgendwie scheint bei Ihnen beiden der Himmel momentan auch nicht gerade voller Geigen zu hängen«, murmelte Nadine, wurde jedoch sofort wieder ernst. »Hören Sie, Dallas, ich mag Sie. Ich weiß zwar nicht warum, aber es ist nun einmal so. Falls Sie und Roarke Probleme haben, dann tut mir das Leid.«

Bei allzu großer Nähe wurde Eve stets unbehaglich zumute, sodass sie, als sie kurzfristig versucht war, sich Nadine anzuvertrauen, überrascht zusammenfuhr. Dann jedoch schob sie den Anflug von Vertraulichkeit auf Nadines Geschick als Journalistin und zuckte mit den Schultern. »Wie gesagt, reden wir lieber weiter über unseren Fall.«

»Okay.« Nadine zuckte ebenfalls mit den Schultern und biss erneut in ihren Muffin. »Im Grunde weiß niemand was Genaues«, erläuterte sie knapp. »Aber es werden alle möglichen Spekulationen angestellt. Dabei geht es um Angelinis finanzielle Schwierigkeiten, um die Spielsucht des Sohnes, um den Fall Fluentes –«

»Fluentes können Sie vergessen«, unterbrach Eve sie. »Er wandert ganz sicher in den Kahn. Das wissen sowohl er als auch sein Anwalt. Die Beweise sind geradezu erdrückend. Daran ändert sich auch nichts dadurch, dass Towers durch einen anderen Staatsanwalt ersetzt wird.«

»Vielleicht war er ganz einfach sauer.«

»Vielleicht. Aber er ist ein kleiner Fisch. Er hat weder die Kontakte noch das Geld, um jemanden wie Towers umbringen zu lassen. Es passt ganz einfach nicht. Wir überprüfen alle, die von ihr hinter Gitter gebracht worden sind. Bisher jedoch ohne den geringsten Erfolg.«

»Dann haben Sie sich von der Rachetheorie also inzwischen halbwegs verabschiedet.«

»Ja. Ich denke, es war eher jemand aus ihrem persönlichen Umfeld.«

»Denken Sie dabei an jemand Bestimmten?«

»Nein.« Eve schüttelte den Kopf. »Nein. Bisher habe ich nichts Genaues. Aber es gibt da etwas, das Sie sich näher ansehen sollten. Allerdings dürften Sie es erst bringen, wenn ich es Ihnen sage.«

»So haben wir es schließlich besprochen.«

Eve erzählte ihr in kurzen Worten von dem Vorfall in Sektor 38.

»Ach du große Scheiße, das ist wirklich ein heißes Eisen. Und es steht alles in den öffentlich zugänglichen Akten?«

»Vielleicht, aber ohne meinen Tipp hätten Sie nie gewusst, wo Sie suchen sollen. Also halten Sie sich an die Abmachung, Nadine, halten Sie die Sache noch ein wenig zurück, und hören Sie sich einfach etwas um. Versuchen Sie herauszufinden, ob jemand von der Sache weiß oder sich dafür interessiert. Falls es eine Verbindung zu dem Mordfall gibt, überlasse ich die Geschichte Ihnen. Falls nicht, müssen Sie es mit Ihrem Gewissen ausmachen, ob Sie etwas senden wollen, was den Ruf eines Mannes und die Beziehung zu seiner Verlobten vielleicht auf Dauer ruiniert.«

»Das war ein Schlag unter die Gürtellinie, Dallas.«

»Kommt ganz drauf an, aus welcher Warte man es sieht. Aber halten Sie sich in der Sache trotzdem bitte vorläufig bedeckt.«

»Hm-hmmm.« Ihre Gedanken begannen bereits sich zu überschlagen. »Slade war in der Nacht des Mordes in San Francisco.« Sie wartete eine Sekunde. »Oder etwa nicht?«

»Zumindest hat er das zu Protokoll gegeben.«

»Und es gibt Dutzende von öffentlichen und privaten Fliegern, die stündlich zwischen der West- und der Ostküste pendeln.«

»Das ist richtig. Geben Sie Bescheid, wenn Sie etwas erfahren, Nadine«, sagte Eve, während sie sich bereits von ihrem

Platz erhob. »Und, wie gesagt, halten Sie sich in der Sache bedeckt.«

Eve ging an diesem Abend ausnahmsweise früh zu Bett. Als um eins ihr Link zu piepen begann, schrie sie sich gerade aus einem Albtraum, riss schwitzend und zitternd die um sie geschlungene Decke zur Seite und kämpfte gegen die schmutzigen Hände, die gierig nach ihr grapschten.

Sie unterdrückte einen zweiten Schrei, presste ihre Finger in die Augenhöhlen und befahl sich, sich nicht zu übergeben. Sie nahm den Anruf im Dunkeln, bei ausgeschaltetem Bildschirm, entgegen.

»Dallas.«

»Zentrale. Stimmcode verifiziert. Wir haben eine weibliche Leiche. Fünf zweiunddreißig Central Park South, Rückseite des Gebäudes. Begeben Sie sich bitte umgehend zum Tatort.«

»Verstanden.« Eve beendete die Übertragung und kroch, immer noch zitternd wegen ihres Traums, mühsam aus dem Bett und stellte sich, wenn auch nur für dreißig Sekunden, trostsuchend unter die heiße Dusche.

Trotzdem traf sie zwanzig Minuten später bei der angegebenen Adresse ein.

Es war eine schicke Gegend, bewohnt von Leuten, die moderne Läden und private Clubs besuchten und danach strebten, die gesellschaftliche und wirtschaftliche Leiter noch höher zu klettern, als es ihnen bisher bereits gelungen war.

Die Straßen waren ruhig, obgleich man hin und wieder öffentliche Taxis und private Transpo-Wagen sah. Durch und durch obere Mittelklasse, dachte sie, während sie um das schlanke Stahlgebäude mit der hübschen Aussicht auf den Park herumging.

Doch Morde gab es überall.

Eindeutig auch hier.

Den fehlenden Ausblick auf den Park hatten die Planer auf der Rückseite des Hauses durch eine hübsche Rasenfläche auszugleichen versucht. Hinter einer Reihe sorgfältig gestutzter Bäume wurde das Grundstück durch eine Mauer von der Nachbarparzelle getrennt.

Die Leiche lag mit dem Gesicht nach unten auf dem schmalen Steinweg neben einer mit goldenen Petunien bepflanzten Rabatte.

Es war eine Frau, bemerkte Eve, während sie sich den wartenden uniformierten Beamten gegenüber auswies. Dunkle Haare, dunkler Teint, gut gekleidet. Sie studierte den modischen, rot-weiß gestreiften Pumps, der mit der Spitze nach oben auf dem Weg lag.

Der Tod hatte sie im wahrsten Sinne des Wortes aus den Schuhen gehauen.

»Haben wir schon Bilder?«

»Ja, Ma'am, Lieutenant. Und der Pathologe ist bereits auf dem Weg.«

»Wer hat die Tote gemeldet?«

»Ein Nachbar. Er kam heraus, um seinen Hund spazieren zu führen. Wir haben ihn drinnen im Haus.«

»Haben wir schon einen Namen?«

»Yvonne Metcalf, Lieutenant. Sie lebte in Apartment elf sechsundzwanzig.«

»Schauspielerin«, murmelte Eve, als sie den Namen hörte. »Ziemlich ehrgeizig und durchaus erfolgreich.«

»Ja, Ma'am.« Einer der Beamten blickte auf die Leiche. »Letztes Jahr hat sie einen Emmy gewonnen. Sie hat ein paar Talkshows moderiert. Sie ist ziemlich berühmt.«

»Jetzt ist sie vor allem ziemlich tot. Lassen Sie die Kamera weiterlaufen. Wir müssen sie umdrehen.«

Noch ehe sie ihre Hände mit dem Schutzspray versiegelt hatte und neben dem Leichnam in die Hocke ging, wusste Eve genau, was vorgefallen war. Überall war Blut. Jemand holte zischend Luft, als sie den Körper auf den Rücken drehte, doch es war nicht Eve. Sie war auf den Anblick gefasst gewesen, der sich ihr jetzt bot.

Die Kehle war durchtrennt, mit einem langen, tiefen Schnitt. Yvonnes hübsche grüne Augen starrten Eve fragend ins Gesicht.

»Was zum Teufel hattest du mit Cicely Towers zu tun?«, murmelte sie. »Haargenau dieselbe Vorgehensweise wie bei ihr: ein einziger Schnitt am Hals, mit dem die Schlagader durchtrennt wurde. Kein Raub, kein Anzeichen für einen sexuellen Übergriff oder einen Kampf.« Behutsam griff Eve nach einer von Yvonnes erschlafften Händen und sah sich im Licht ihrer Taschenlampe die Fingernägel an. In der von winzigen weißen Streifen durchbrochenen leuchtend roten Lackierung war nicht der kleinste Kratzer, nirgends fand sich ein Hautrest oder auch nur das kleinste bisschen Blut.

»Da hat sie sich vollkommen umsonst so herausgeputzt«, bemerkte Eve, während sie den modischen, rot-weiß gestreiften Catsuit des Opfers betrachtete. »Wir müssen herausfinden, woher sie kam oder wohin sie wollte«, stellte sie fest und drehte beim Klang sich nähernder Schritte den Kopf.

Doch es war weder das Team des Pathologen noch der Trupp der Spurensuche, sondern C. J. Morse mit einer Crew von Channel 75.

»Schaffen Sie die Kamera hier weg.« Bebend vor Zorn sprang sie auf die Füße und schirmte die Leiche instinktiv mit ihrem Körper ab. »Die Untersuchung des Tatorts ist noch längst nicht abgeschlossen.«

»Sie haben den Tatort nicht offiziell gesperrt«, erklärte Morse mit zuckersüßem Lächeln. »Und so lange hat die Öffentlichkeit das Recht auf ungestörten Zutritt. Sherry, mach eine Aufnahme von dem Schuh dort drüben.«

»Sperren Sie den gottverdammten Tatort endlich ab«, wies Eve einen der Uniformierten zornig an. »Konfiszieren Sie die Kamera und sämtliche Recorder.«

»Sie können Ausrüstungsgegenstände der Medien erst konfiszieren, wenn der Tatort offiziell gesperrt ist«, erklärte C. J., während er sich den Hals verrenkte, um an ihr vorbei einen

Blick auf die Leiche zu erhaschen. »Sherry, mach eine schöne Gesamtaufnahme, und dann konzentrier dich ganz auf das hübsche Gesicht des Lieutenants.«

»Eines Tages werde ich Ihnen einen Arschtritt versetzen, der Sie von hier auf einen anderen Planeten befördern wird, Morse.«

»Oh, ich wünschte, das würden Sie versuchen, Dallas.« Er blitzte sie feindselig an. »Nachdem Sie mich im Fall Towers am langen Arm haben verhungern lassen, wäre es mir ein Vergnügen, Sie gerichtlich zu belangen und das auch noch zu senden.«

»Wenn Sie immer noch am Tatort sind, nachdem er abgeriegelt ist, werden Sie derjenige sein, der sich vor Gericht zu verantworten hat.«

Statt einer Antwort trat er lächelnd einen Schritt zurück. Er ging davon aus, dass er noch ungefähr fünfzehn Sekunden hatte, bis er in Schwierigkeiten käme. »Channel 75 hat ein paar wirklich gute Anwälte.«

»Verhaften Sie den Kerl und seine Leute«, knurrte Eve einen der Beamten an. »Schaffen Sie sie weg, bis ich hier fertig bin.«

»Behinderung von Journalisten –«

»Ach, leck mich doch am Arsch.«

»Ich wette, dass der Ihre durchaus schmackhaft ist.« Immer noch grinsend ließ er sich abführen.

Als Eve wieder vor dem Haus erschien, brachte er mit ernster Miene einen Live-Bericht von dem jüngsten Mord. Ohne seinen Redefluss zu unterbrechen, beugte er sich zu ihr vor. »Lieutenant Dallas, können Sie bestätigen, dass Yvonne Metcalf, der Star von *Schalten Sie sich ein,* ermordet worden ist?«

»Die Polizei hat zum momentanen Zeitpunkt nichts dazu zu sagen.«

»Stimmt es nicht, dass Ms. Metcalf hier in diesem Haus gewohnt hat und dass heute Nacht ihre Leiche im Hinterhof entdeckt wurde? Wurde ihr nicht die Kehle durchgeschnitten?«

»Kein Kommentar.«

»Unsere Zuschauer sind höchst beunruhigt, Lieutenant. Innerhalb von einer Woche wurden zwei prominente Frauen auf dieselbe Art und Weise und höchstwahrscheinlich von ein und demselben Täter brutal ermordet. Und Sie haben dazu nichts zu sagen?«

»Anders als gewisse verantwortungslose Journalisten geht die Polizei vorsichtig zu Werke und ist eher an Tatsachen als an irgendwelchen wilden Spekulationen interessiert.«

»Oder ist es vielleicht so, dass die Polizei einfach nicht in der Lage ist, diese Verbrechen aufzuklären?« Er machte einen schnellen Schritt zur Seite und versperrte ihr, als sie weitergehen wollte, geschickt erneut den Weg. »Lieutenant, haben Sie keine Angst um Ihren guten Ruf? Schließlich gibt es eindeutige Verbindungen zwischen beiden Opfern und Ihrem mehr als guten Bekannten Roarke.«

»Es geht hier nicht um meinen Ruf, sondern einzig um unsere Ermittlungen.«

Morse wandte sich wieder an die Kamera. »Im Augenblick scheinen die von Lieutenant Eve Dallas geführten Ermittlungen einen toten Punkt erreicht zu haben. Weniger als hundert Meter von der Stelle entfernt, an der ich gerade stehe, ist ein zweiter grausiger Mord geschehen. Dem Leben einer talentierten, schönen, viel versprechenden jungen Frau wurde durch einen Schnitt durch die Kehle gewaltsam ein Ende gesetzt. Ebenso wie erst vor einer Woche dem Leben der allseits respektierten, engagierten Verfechterin des Rechts, Cicely Towers ein Ende gesetzt worden war. Vielleicht ist die Frage nicht die, wann die Polizei den Mörder endlich zu fassen bekommt, sondern, welche prominente Frau das nächste Opfer wird? Das war C. J. Morse für Channel 75, live vom Central Park South.«

Er nickte in Richtung des Kameramannes und wandte sich

strahlend an die wutschnaubende Eve. »Wissen Sie, wenn Sie ein wenig kooperativer wären, Dallas, könnte ich Ihnen vielleicht helfen, Ihr öffentliches Ansehen selbst über diesen Fall hinweg zu retten.«

»Ach, fick dich doch ins Knie.«

»Tja, nun, wenn Sie mich so nett darum bitten.« Sein Grinsen legte sich selbst dann nicht, als sie ihn am Hemdkragen packte und dicht an sich heranzog. »Also bitte, Sie sollten nur dann einen Annäherungsversuch unternehmen, wenn Sie es wirklich ernst meinen.«

Sie war einen ganzen Kopf größer als der Zwerg und zog ernsthaft in Erwägung, ihn auf den Bürgersteig zu befördern. »Eins würde ich doch noch gerne wissen. Wie kommt es, dass ein drittklassiger Journalist wie Sie bereits zehn Minuten nach der Ermittlungsleiterin mit einem ganzen Fernsehteam am Tatort war?«

Er strich sich über sein zerknittertes Hemd. »Ich habe eben meine Quellen, Lieutenant, die ich Ihnen, wie Sie genau wissen, nicht namentlich nennen muss.« Sein Lächeln wich einem verächtlichen Schnauben. »Und im Moment sieht es eher so aus, als hätten wir es mit einer drittklassigen Ermittlungsbeamtin zu tun. Sie hätten sich besser mit mir zusammengetan statt mit Nadine. Es war eine ziemlich miese Tour von Ihnen, ihr dabei zu helfen, mich bei der Towers-Geschichte aus dem Rennen zu werfen.«

»Ach ja? Das höre ich wirklich gern, denn da mir bereits schlecht wird, wenn ich Sie nur von weitem sehe, Morse, hatte ich gehofft, dass meine Zusammenarbeit mit Ms. Furst genau das bewirken würde. Es hat Sie nicht im Geringsten gestört, nicht wahr, mit laufenden Kameras hier aufzutauchen und Bilder von der toten Frau zu bringen, stimmt's? Sie haben keine Sekunde an ihr Recht auf ein Mindestmaß an Würde oder an die Tatsache gedacht, dass vielleicht jemand, der sie liebt, wie zum Beispiel ihre Familie, zufällig Ihre Sendung eingeschaltet hat.«

»Hey, Sie machen Ihren Job, und ich mache den meinen. Scheint Sie ebenfalls nicht allzu sehr gestört zu haben, an ihr herumzufummeln, ehe sie auch nur kalt war.«

»Um wie viel Uhr haben Sie den Tipp bekommen?«, wechselte Eve plötzlich das Thema.

Er zog die Antwort genüsslich in die Länge. »Ich nehme an, es schadet nichts, wenn ich Ihnen das sage. Der Anruf kam genau um zwölf Uhr dreißig über mein Privat-Link.«

»Von wem?«

»Oh nein. Ich schütze meine Informanten. Ich habe sofort beim Sender angerufen und ein Team zusammengetrommelt. Stimmt's, Sherry?«

»Stimmt.« Der Kameramann zuckte mit den Schultern. »Der Nachtportier hat uns angerufen und gesagt, wir sollten C. J. hier draußen treffen. So läuft nun mal das Showgeschäft.«

»Ich werde tun, was in meiner Macht steht, um Ihnen das Handwerk zu legen. Ich werde Ihre Link-Protokolle sicherstellen, Sie zur Befragung herbeizitieren und Ihnen das Leben zur Hölle machen, Morse.«

»Oh, ich hoffe, dass Sie das wirklich tun.« Er strahlte über das ganze Gesicht. »Dadurch bekomme ich sicher die doppelte Sendezeit, wodurch meine Popularitätsrate geradezu in den Himmel steigen wird. Und wissen Sie, was wirklich amüsant wird? Die Story, die ich im Zusammenhang mit diesem Mordfall über Roarke und sein nettes, kleines Verhältnis mit der guten Yvonne Metcalf zusammenstellen werde.«

Ihr Magen zog sich schmerzhaft zusammen, doch ihre Stimme blieb vollkommen ausdruckslos, als sie sagte: »Seien Sie besser vorsichtig, C. J., Roarke ist, wenn man ihn reizt, nicht halb so nett wie ich. Sorgen Sie dafür, dass Ihre Leute nicht noch mal den Tatort betreten. Wenn einer von ihnen auch nur eine Zehenspitze hinter die Absperrung schiebt, lasse ich die gesamte Ausrüstung auf der Stelle konfiszieren.«

Nach diesen letzten Worten machte sie auf dem Absatz kehrt, und als sie weit genug entfernt war, zog sie ihr Handy aus der Tasche. Sie übertrat die Grenzen des Erlaubten, riskierte eine Rüge oder Schlimmeres. Doch sie hatte keine andere Wahl.

Als Roarke an den Apparat kam, sah sie, dass er noch nicht im Bett gelegen hatte.

»Nun, Lieutenant, das ist aber eine Überraschung.«

»Ich habe nur eine Minute Zeit. Sag mir, welche Art von Beziehung du zu Yvonne Metcalf hattest.«

Er zog eine Braue in die Höhe. »Wir sind befreundet und standen einander kurzfristig durchaus ein wenig näher.«

»Ihr hattet also ein Verhältnis.«

»Ja, kurz. Warum?«

»Weil sie tot ist.«

Sein schwaches Lächeln schwand. »Gütiger Himmel, wie ist das passiert?«

»Ihr wurde die Kehle durchgeschnitten. Halt dich weiter zur Verfügung.«

»Ist das ein offizieller Befehl, Lieutenant?«, fragte er, und seine Stimme klang so hart wie Stein.

»Es geht nicht anders. Roarke …« Sie sah ihn zögernd an. »Es tut mir Leid.«

»Mir auch.« Mit diesen Worten brach er die Unterhaltung ab.

8

Eve hatte kein Problem, diverse Verbindungen zwischen Cicely Towers und Yvonne Metcalf herzustellen. Nummer eins war ihre Ermordung. Nummer zwei die Vorgehensweise und die Person des Täters. Nummer drei, dass sie beide im Rampenlicht gestanden und dass die Menschen sie respektiert und gemocht hatten. Nummer vier, dass sie beide in ihren Berufen erfolgreich und engagiert gewesen waren. Nummer fünf, dass sie beide Familien gehabt hatten, von denen sie geliebt worden waren und nun schmerzlich vermisst wurden.

Allerdings hatten sie sich sowohl gesellschaftlich als auch beruflich in vollkommen verschiedenen Kreisen bewegt. Yvonnes Freunde waren Künstler gewesen, Schauspieler und Musiker, Cicely hingegen hatte mit Gesetzeshütern, Geschäftsleuten und Politikern verkehrt.

Cicely war eine durchorganisierte Karrierefrau mit tadellosem Geschmack gewesen, die ihre Privatsphäre vor der Öffentlichkeit geschützt hatte.

Yvonne hingegen hatte sich als fröhliche, unkomplizierte Schauspielerin auch privat dem Publikum zur Schau gestellt.

Irgendjemand allerdings hatte beide gut genug gekannt und leidenschaftlich genug gehasst, um sie zu töten.

Der einzige Name, den Eve sowohl in Cicelys sorgfältig geführtem Adressbuch als auch in Yvonnes chaotischem Anschriftenverzeichnis hatte ausfindig machen können, war der von Roarke.

Zum dritten Mal innerhalb einer Stunde ging Eve die Listen auf der Suche nach einer möglichen anderen Verbindung in ihrem Computer durch. Sie suchte einen Namen, der zu einem anderen Namen passte, eine gemeinsame Adresse, einen gemeinsamen Beruf, einen Menschen mit einem persönlichen Interesse an den beiden Opfern. Die wenigen Verbindungen, die sie ausmachen konnte, waren jedoch derart vage, dass sie ein Verhör kaum rechtfertigen würden.

Trotzdem würde sie die Gespräche führen, denn die Alternative wäre, Roarke als den Hauptverdächtigen zu betrachten.

Während der Computer die kurze Liste druckte, ging sie nochmals Yvonnes elektronischen Terminkalender durch.

»Warum, zum Teufel, konnte die Frau bloß keine Namen aufführen?«, murmelte sie zornig. Sie fand Daten, Uhrzeiten, hin und wieder irgendwelche Initialen und regelmäßig kleine Symbole oder Randnotizen, die Yvonnes jeweilige Stimmung widerspiegelten.

1.00 Uhr – Lunch im Corn Room mit B. C. Juchu! Komm ja nicht zu spät, Yvonne, und zieh das grüne Top mit dem kurzen Rock an. Er mag pünktliche Frauen mit langen, hübschen Beinen.

Schönheitstag bei Paradise. Gott sei Dank. 10.00 Uhr. Sollte versuchen, um 8 im Fitness Palace zu sein, um ein bisschen zu trainieren. Uff.

Sie hatte in teuren Restaurants gespeist, hatte sich im besten Schönheitssalon der Stadt verwöhnen lassen und ein wenig in einem luxuriösen Fitness-Studio geschwitzt. Alles in allem kein allzu schlechtes Leben. Wer hatte dem ein Ende bereiten wollen?

Sie suchte nach dem Tag, an dem Yvonne ermordet worden war.

8.00 Uhr – ausgiebiges Frühstück – kurzes blaues Kostüm mit passenden Schuhen. SIEH UM HIMMELS WILLEN ZU, DASS DU AUSSIEHST WIE EIN PROFI, YVONNE!!

11.00 Uhr – Vertragsverhandlungen in P. P.s Büro. Vielleicht erst noch ein kurzer Einkaufsbummel. SCHUH-SONDERVERKAUF BEI SAKS. Super.

Lunch – verzichte besser auf den Nachtisch. Vielleicht. Erzähl dem Süßen, dass seine Show fantastisch war. Schließlich gibt es keine Strafe dafür, wenn man Kollegen in Bezug auf ihre Leistung ein wenig belügt. Gott, war er nicht einfach schrecklich?

Zu Hause anrufen.

Zu Saks, falls ich es vorher nicht geschafft haben sollte.

Gegen 5.00 Kneipenbesuch. Bleib bei Mineralwasser, Baby. Du redest zu viel, wenn du etwas getrunken hast. Sei fröhlich, spritzig. Mach ein bisschen Werbung für Schalten Sie sich ein. *$$$***. Vergiss nicht den Fototermin am Morgen und halt dich beim Wein zurück. Geh rechtzeitig nach Hause und mach ein kurzes Schönheitsschläfchen.*

Mitternächtliches Treffen. Könnte eine tolle Sache werden. Zieh den rotweiß gestreiften Catsuit an und lächle, lächle,

lächle. Schließlich sollte man die Vergangenheit ruhen lassen können, oder etwa nicht? Man sollte niemals endgültig eine Tür hinter sich zuschlagen. Die Welt ist ein Dorf und so weiter und so fort. Was für ein dämliches Arschloch.

Sie hatte also einen Termin um Mitternacht vermerkt. Nicht mit wem, nicht wo, nicht warum, aber sie hatte sich dafür hübsch machen wollen. Jemand, den sie von früher gekannt und mit dem sie offenbar Probleme gehabt hatte.

Vielleicht ein ehemaliger Lover? Das konnte sich Eve nicht vorstellen. Yvonne hatte den Eintrag weder mit kleinen Herzchen ausgeschmückt noch die Absicht gehabt, sich sexy, sexy, sexy zu geben. Eve dachte, dass sie allmählich anfing, die Frau zu verstehen. Yvonne hatte sich über sich selbst lustig machen können, sie war jederzeit zu einem Späßchen aufgelegt gewesen, hatte das Leben, das sie führte, zur Gänze genossen. An Ehrgeiz hatte es ihr dennoch nicht gefehlt.

Hätte sie nicht sonst aus Karrieregründen gelächelt, gelächelt und immer noch gelächelt? Für eine neue Rolle, eine gute Kritik, ein neues Drehbuch, einen einflussreichen Fan?

Was hätte sie wohl über Roarke in ihrem Kalender vermerkt? Höchstwahrscheinlich hätte sie ihn unter einem großen, fett gedruckten R. notiert, den Eintrag mit Herzchen ausgeschmückt, mit Dollarzeichen oder lächelnden Gesichtern. So wie sie es achtzehn Monate vor ihrem Tod getan hatte.

Um das zu wissen, brauchte sie Yvonnes älteren Terminkalender gar nicht erst anzuklicken. Der letzte Eintrag, in dem es um Roarke gegangen war, hatte ihr vollkommen genügt.

8.30 Uhr – Abendessen mit R – LECKER-LECKER. Nimm die weiße Satinbluse und die passende Jacke mit Teddyfutter. Sei bereit, vielleicht hast du ja Glück. Der Körper dieses Mannes ist geradezu Ehrfurcht gebietend – ich wünschte, ich wüsste, was in seinem Kopf vorgeht. Tja, gib dich sexy und wart's ganz einfach ab.

Eve wollte gar nicht wissen, ob Yvonne das Glück an jenem Abend hold gewesen war. Offensichtlich hatten sie ein Verhältnis gehabt – das hatte Roarke ihr selbst gesagt. Weshalb also hatte sie nach dem Abend mit der weißen Satinbluse keine weiteren Termine mit Roarke notiert?

Das war etwas, was sie herausfinden müsste – natürlich nur aus Zwecken der Ermittlung.

Doch in der Zwischenzeit würde sie noch einmal zu Yvonnes Apartment fahren und versuchen, den letzten Tag in ihrem Leben zu rekonstruieren. Außerdem müsste sie Gesprächstermine vereinbaren, und, da Yvonnes Eltern sie mindestens einmal täglich anriefen, nachdem sie sich gegen ihre entsetzliche Trauer und die Fassungslosigkeit gestählt hätten, wohl oder übel auch mit ihnen nochmals reden.

Doch die vierzehn- bis sechzehn-Stunden-Schichten machten ihr nichts aus. Tatsächlich waren sie ihr in der momentanen Phase ihres Lebens sogar regelrecht willkommen.

Vier Tage nach dem Mord an Yvonne Metcalf tappte Eve immer noch vollkommen im Dunkeln. Sie hatte über drei Dutzend Personen ausführlich und erschöpfend befragt. Doch nicht nur, dass sie kein einziges mögliches Motiv gefunden hatte, sie war auch auf niemanden gestoßen, der das Opfer nicht geradezu angebetet hatte.

Es gab nicht den geringsten Hinweis auf einen krankhaft besessenen Fan. Yvonne hatte täglich bergeweise Post bekommen, und Feeney ging die Schreiben immer noch am Computer durch. Natürlich hatte sie zahlreiche Heiratsanträge und Liebesbriefe erhalten, doch bisher hatte er nirgends eine versteckte oder offene Drohung, seltsame Avancen oder anzügliche Angebote ausgemacht.

Zwar bestand immer noch die Möglichkeit, dass jemand, der Yvonne geschrieben hatte, auch zu Cicely in Kontakt gestanden hatte, doch Eve las die Schreiben ohne große Hoffnung, und mit jedem Fehlschlag nahm die Chance auf einen Treffer ab.

Schließlich tat Eve, was bei ungelösten, mehrfachen Morden der üblichen Verfahrensweise der Polizei entsprach. Sie vereinbarte einen Termin mit der Seelenklempnerin.

Während sie wartete, kämpfte sie mit den gemischten Gefühlen, die sie Dr. Mira entgegenbrachte. Die Frau war brillant, scharfsinnig, effizient und mitfühlend.

Was genau die Gründe dafür waren, weshalb Eve sich so ungern mit ihr traf. Immer wieder musste sie sich selbst daran erinnern, dass sie nicht aus persönlichen Gründen oder weil ihre Abteilung ihr eine Therapie verordnet hatte, hier erschienen war. Sie brauchte nicht zum Test, und ihre Gedanken, ihre Gefühle oder ihre Erinnerungen stünden nicht zur Diskussion.

Sie würden das Hirn eines Mörders auseinander nehmen.

Trotzdem musste sie sich darauf konzentrieren, ihren Herzschlag und ihre Hände ruhig zu halten, und als sie in Miras Büro gebeten wurde, sagte sie sich, ihre Beine würden nur deshalb derart erbärmlich zittern, weil sie unausgeschlafen war.

»Lieutenant Dallas.« Miras hellblaue Augen bemerkten die Müdigkeit in Eves Gesicht. »Tut mir Leid, dass ich Sie habe warten lassen.«

»Kein Problem.« Obgleich sie lieber stehen geblieben wäre, setzte sich Eve in den blauen Schwingsessel gegenüber der Psychologin. »Ich weiß es zu schätzen, dass Sie sich der Sache so schnell angenommen haben.«

»Wir alle machen unsere Arbeit so gut wir irgend können«, erwiderte Dr. Mira mit ihrer ruhigen Stimme. »Außerdem habe ich großen Respekt und große Zuneigung für Cicely Towers gehegt.«

»Sie haben sie gekannt?«

»Wir waren ungefähr im selben Alter, und sie hat mich in vielen ihrer Fälle konsultiert. Ebenso wie für die Verteidigung habe ich auch oft für die Staatsanwaltschaft ausgesagt«, erklärte sie mit einem leisen Lächeln. »Aber das ist Ihnen ja bekannt.«

»Trotzdem.«

»Auch Yvonne Metcalf habe ich ihres Talents wegen bewundert. Sie hat viel Glück in diese Welt gebracht, und ganz sicher wird sie vielen Menschen fehlen.«

»Aber irgendwo gibt es einen Menschen, dem anscheinend keine der beiden fehlen wird.«

»Das ist leider wahr.« Mit ruhigen, geschmeidigen Bewegungen programmierte Mira ihren AutoChef auf zwei Tassen Tee. »Mir ist klar, dass Sie es eilig haben, aber ich kann einfach besser arbeiten, wenn ich mich ein bisschen aufputsche. Und Sie sehen so aus, als könnten Sie ebenfalls etwas vertragen.«

»Mir geht es gut.«

Angesichts des mühsam beherrschten, feindseligen Tons, in dem Eve diese Worte sagte, zog Mira eine Braue in die Höhe. »Wie gewöhnlich sind Sie überarbeitet. Das ist bei Menschen, die ihre Arbeit besonders gut machen, ziemlich oft der Fall.« Sie reichte Eve eine der hübschen Porzellantassen. »Also, ich habe Ihre Berichte, die gesammelten Beweise und Ihre Theorien sorgfältig studiert und ein vorläufiges Täterprofil erstellt.« Sie klopfte auf eine versiegelte Diskette, die zwischen ihnen auf dem Tisch lag.

»Sie haben es schon fertig.« Eve machte sich gar nicht erst die Mühe, ihren Ärger zu verhehlen. »Dann hätten Sie mir die Daten einfach per Computer schicken und mir den Weg ersparen können.«

»Das hätte ich natürlich tun können, aber ich wollte lieber persönlich, von Angesicht zu Angesicht, mit Ihnen über die Sache reden. Eve, Sie haben es hier mit etwas oder besser mit jemandem zu tun, der sehr gefährlich ist.«

»Ich glaube, das war mir bereits klar, Doktor. Schließlich hat dieser Jemand zwei Frauen die Kehlen aufgeschlitzt.«

»Bisher«, erwiderte Mira mit sanfter Stimme und lehnte sich in ihrem Sessel zurück. »Allerdings fürchte ich, dass es – wahrscheinlich schon sehr bald – ein drittes Opfer geben wird.«

Da sie dieselbe Befürchtung hegte, ignorierte Eve den kalten Schauder, der ihr bei diesen Worten über den Rücken rann. »Warum?«

»Wissen Sie, es war einfach zu leicht. Zu simpel. Der Täter hatte mit seinem Vorgehen Erfolg. Das verschafft ihm eine gewisse Befriedigung. Und außerdem ist da noch die Tatsache, dass ihm durch seine Taten die Aufmerksamkeit der Öffentlichkeit zuteil wird. Wer auch immer die Morde begangen hat, sitzt jetzt sicher gemütlich zu Hause auf dem Sofa und verfolgt die Show im Fernsehen. Die ausführlichen Berichte, die emotionsgeladenen Leitartikel über die Trauer, die Gedenkgottesdienste, die laufenden Ermittlungen.«

Sie machte eine Pause, um an ihrem Tee zu nippen. »Eve, Sie haben eine Theorie, und Sie sind hier, damit ich diese Theorie entweder bestätigen oder ihr widersprechen kann.«

»Ich habe mehrere Theorien.«

»Aber nur eine, von der Sie überzeugt sind.« In dem Bewusstsein, dass sie Eve damit in den Wahnsinn treiben würde, lächelte Dr. Mira ihr ruhiges, weises Lächeln. »Prominenz. Was hatten diese beiden Frauen gemeinsam außer ihrer Prominenz? Sie haben weder gesellschaftlich noch beruflich in denselben Kreisen verkehrt. Sie hatten nur sehr wenige gemeinsame Bekannte, selbst wenn man die flüchtigen Bekanntschaften mitzählt. Sie haben weder dieselben Geschäfte noch dieselben Fitness-Clubs noch dieselben Schönheitsinstitute besucht. Was sie gemeinsam hatten, war der Ruhm, das Rampenlicht, in dem sie standen, eine Art von Macht, die sie besaßen.«

»Worum sie von ihrem Mörder beneidet worden sind.«

»Genau das würde ich auch sagen. Er hat ihnen ihre Berühmtheit geradezu verübelt und gehofft, durch ihre Ermordung endlich selbst im Mittelpunkt des öffentlichen Interesses zu landen. Die Morde waren gleichermaßen heimtückisch wie ungewöhnlich sauber. Weder die Gesichter noch die Körper der beiden Opfer wiesen auch nur die geringsten Verletzungen auf. Ein schneller Schnitt quer über den Hals, der dem Pathologen zufolge von vorne ausgeführt wurde. Von Angesicht zu Angesicht. Ein Messer ist eine persönliche Waffe, eine Verlängerung der Hand. Im Gegensatz zu einem Laser oder Gift erfordert es direkten körperlichen Kontakt und dadurch eine räumliche Nähe. Ihr Mörder wollte die Morde spüren, wollte das Blut sehen und riechen. Die direkte Berührung mit den Opfern gibt dem Täter das Gefühl, die Kontrolle zu haben, einem genauen Plan zu folgen.«

»Sie glauben nicht, dass es ein bezahlter Killer war.«

»Die Möglichkeit kann man natürlich nie ganz ausschließen, aber ich neige eher dazu, den Mörder als einen aktiv Beteiligten zu sehen und nicht als einen bloßen Drahtzieher. Schließlich hat er in beiden Fällen sogar ein Andenken vom Tatort mitgenommen.«

»Towers' Regenschirm.«

»Und Metcalfs rechten Schuh. Es ist Ihnen gelungen, der Presse dieses Detail vorzuenthalten.«

»Nur mit Mühe.« Stirnrunzelnd dachte Eve daran zurück, wie Morse mit seinem Team den Tatort regelrecht gestürmt hatte. »Ein Profi würde ganz sicher kein Andenken mitnehmen, zugleich jedoch waren die Morde einfach zu gut durchdacht, um von einem gewöhnlichen kleinen Ganoven geplant worden zu sein.«

»Da stimme ich Ihnen unumwunden zu. Sie haben es mit einem durchorganisierten, ehrgeizigen Menschen zu tun. Ihr Täter hat Spaß an seiner Arbeit, weshalb er auch einen dritten Mord versuchen wird.«

»Wir sprechen die ganze Zeit von einem Täter. Vielleicht ist es ja auch eine Täterin«, gab Eve zu bedenken. »Der Neidfaktor könnte auf eine Frau hindeuten. Diese beiden Frauen waren das, was sie gern gewesen wäre. Schön, erfolgreich, bewundert, berühmt und stark. Es sind oft die Schwachen, die Morde begehen.«

»Ja, sehr oft. Nein, natürlich ist es nicht möglich, das Geschlecht des Täters nach den bisher vorliegenden Fakten eindeutig zu bestimmen. Die einzige relative Gewissheit, die wir haben, ist, dass der Killer sich immer Frauen aussucht, die einen hohen Grad an Bekanntheit erreicht haben.«

»Und was soll ich jetzt machen, Dr. Mira? Soll ich vielleicht jede prominente, bekannte oder erfolgreiche Frau in New York, einschließlich Ihrer Person, mit einem Sicherheitspiepser ausstatten?«

»Seltsam, ich dachte eher an Sie.«

»An mich?« Vor lauter Überraschung verschüttete Eve ein paar Tropfen des Tees, den sie bisher nicht angerührt hatte, und stellte die Tasse mit einem lauten Klappern auf den Tisch. »Das ist doch wohl absurd.«

»Das denke ich nicht. Eve, Sie haben ein bekanntes Gesicht. Natürlich durch Ihre Arbeit, vor allem durch den Fall, den Sie im letzen Winter so erfolgreich abgeschlossen haben. Man zollt Ihnen als Polizistin allgemein großen Respekt. Und«, fuhr sie fort, bevor Eve sie unterbrechen konnte, »außerdem gibt es eine noch bedeutsamere Verbindung zwischen Ihnen und den beiden Opfern. Sie alle drei haben beziehungsweise hatten eine Beziehung zu Roarke.«

Eve spürte, dass alle Farbe aus ihrem Gesicht wich. Das war etwas, was sie nicht kontrollieren konnte. Doch ihre Stimme behielt ihren ruhigen, harten Klang, als sie erklärte: »Die Beziehung zwischen Roarke und Towers war eher flüchtig und rein geschäftlicher Natur, und das intime Verhältnis, das er und Metcalf unterhielten, liegt bereits einige Zeit zurück.«

»Trotzdem haben Sie das Bedürfnis, ihn mir gegenüber zu verteidigen.«

»Ich verteidige ihn gar nicht«, schnauzte Eve erbost. »Das, was ich erwähne, sind die reinen Fakten. Außerdem könnte sich Roarke problemlos selbst verteidigen.«

»Da bin ich ganz sicher. Er ist ein starker, vitaler und cleverer Mann. Und trotzdem machen Sie sich um ihn Sorgen.«

»Halten Sie als Psychologin es für möglich, dass Roarke der Killer ist?«

»Vollkommen ausgeschlossen. Auch wenn ich keinen Zweifel daran hege, dass ich ihm bei einer Analyse einen ausgeprägten Killerinstinkt bestätigen würde.« Tatsächlich hätte Mira viel darum gegeben, Roarke einmal eingehend studieren zu dürfen. »Aber er bräuchte ein genau definiertes Motiv. Große Liebe, oder aber großen Hass. Ich bezweifle, dass es sonst noch etwas gäbe, das ihn zu einer solchen Tat bringen würde. Entspannen Sie sich, Eve«, bat Mira mit ihrer ruhigen Stimme. »Sie lieben ganz sicher keinen Mörder.«

»Ich liebe niemanden. Außerdem geht es hier nicht um meine persönlichen Gefühle.«

»Das sehe ich anders. Der Gemütszustand des ermittelnden Beamten oder der ermittelnden Beamtin ist immer von Bedeutung. Und wenn man mich darum bitten würde, meine Meinung zu Ihrer momentanen Verfassung zu äußern, würde ich sagen, dass Sie vollkommen erschöpft sind, emotional gespalten, und deshalb in großen Schwierigkeiten stecken.«

Eve griff nach der Diskette mit dem Täterprofil und stand auf. »Dann ist es ein Glück, dass niemand Sie nach Ihrer Meinung fragt. Ich bin durchaus in der Lage, meinen Job zu machen.«

»Daran zweifle ich nicht für eine Sekunde. Aber um welchen Preis?«

»Der Preis wäre noch höher, wenn ich meinen Job nicht machen würde. Ich werde denjenigen finden, der diese Frauen auf dem Gewissen hat. Und dann wird es an jemandem wie Cicely Towers sein, ihn möglichst lange hinter Gittern verschwinden zu lassen.« Eve steckte die Diskette in die Tasche. »Es gibt noch eine Verbindung zwischen den beiden Frauen, die Sie übersehen haben, Dr. Mira.« Ihr Blick war hart und kalt. »Ihre Familien. Die beiden hatten jeweils eine Familie, die ein großer, wichtiger Bestandteil ihres Lebens war. Ich würde sagen, bereits aus diesem Grund falle ich als mögliche Zielscheibe für den Täter aus. Meinen Sie nicht auch?«

»Vielleicht. Denken Sie in letzter Zeit öfter an Ihre Familie, Eve?«

»Spielen Sie keine Spielchen mit mir.«

»Sie haben dieses Thema aufgebracht«, erwiderte die Psychologin ungerührt. »Sie achten immer genau auf das, was Sie mir gegenüber sagen, also muss ich, wenn Sie von selbst darauf zu sprechen kommen, annehmen, dass Ihnen Ihre Familie durch den Kopf geht.«

»Ich habe keine Familie«, fauchte Eve sie an. »Und davon abgesehen gehen mir zwei Mordfälle durch den Kopf. Falls Sie dem Commander Meldung machen wollen, dass Sie mich für dienstuntauglich halten, bitte. Ich werde nicht versuchen, Sie daran zu hindern.«

»Wann werden Sie mir endlich trauen?« Zum ersten Mal, seit Eve sie kannte, klang aus Dr. Miras Stimme so etwas wie Ungehaltenheit. »Ist es Ihnen so unmöglich zu glauben, dass mir etwas an Ihnen liegt? Ja, mir liegt etwas an Ihnen«, wiederholte Mira, als Eve sie überrascht ansah. »Und ich verstehe Sie besser, als Sie sich eingestehen wollen.«

»Ich brauche Ihr Verständnis nicht.« Trotzdem entging ihr nicht, dass ihre Stimme einen etwas schrillen Klang bekam. »Ich bin weder zum Test noch für eine Therapiesitzung zu Ihnen gekommen.«

»Ich habe auch keinen Recorder angestellt.« Mira stellte ihre Tasse derart krachend auf den Tisch, dass Eve trotzig ihre Hände in den Taschen ihrer Jeans vergrub. »Meinen Sie vielleicht, Sie wären die Einzige, die als Kind Angst und Missbrauch hat erleben müssen? Die Einzige, die darum gekämpft hat, diese Dinge zu überwinden?«

»Es gibt nichts, was ich überwinden müsste. Ich erinnere mich nicht –«

»Mein Stiefvater hat mich im Alter zwischen zwölf und fünfzehn immer wieder vergewaltigt«, unterbrach Mira Eves wütenden Protest. »Während dieser drei Jahre habe ich in der ständigen Panik gelebt, zwar nicht zu wissen, wann, aber sicher zu sein, dass es passieren würde. Und niemand hat mir zugehört.«

Erschüttert schlang sich Eve die Arme um den Leib. »Ich will davon nichts hören. Warum erzählen Sie mir das?«

»Weil ich in Ihre Augen blicke und mich selbst dort sehe. Aber Sie haben jemanden, der Ihnen zuhört, wenn Sie es wollen, Eve.«

Eve stand wie angewurzelt neben ihrem Stuhl und fuhr sich mit der Zunge über die ausgedörrten Lippen. »Warum hörte es dann auf?«

»Weil ich endlich den Mut fand, mich an eine Stelle für Missbrauchsopfer zu wenden, der Psychologin dort alles zu erzählen und sowohl die körperlichen als auch die psychiatrischen Untersuchungen über mich ergehen zu lassen. Endlich waren das Grauen und die Erniedrigung, die diese Untersuchungen für mich bedeuteten, weniger schrecklich als das, was andernfalls immer weiter mit mir passiert wäre.«

»Weshalb sollte ich mich an so etwas erinnern wollen?«, fragte Eve beinahe trotzig. »Schließlich ist es längst vorbei.«

»Und warum können Sie dann nicht schlafen?«

»Die Ermittlungen –«

»Eve.«

Ob des sanften Tons, in dem die Psychologin zu ihr sprach, schloss Eve müde ihre Augen. Es war so schwer, es war so anstrengend, gegen dieses ruhige Mitleid anzukämpfen. »Erinnerungsfetzen«, murmelte sie und hasste sich für ihre Schwäche. »Albträume.«

»Aus der Zeit, bevor Sie in Texas aufgegriffen wurden?«

»Es sind wirklich nur Fetzen, nur winzige Bruchstücke.«

»Ich kann Ihnen helfen, diese Stücke zusammenzusetzen.«

»Weshalb sollte ich das wollen?«

»Haben Sie nicht selbst schon damit angefangen?« Jetzt erhob sich auch Mira von ihrem Stuhl. »Sie können arbeiten, während diese Erinnerungen Ihr Unterbewusstsein quälen. Ich beobachte seit Jahren, wie Ihnen das gelingt. Aber Sie sind nicht glücklich, und Sie werden es nicht werden, bis Sie sich davon überzeugt haben, dass Sie es verdienen, glücklich zu sein.«

»Es war nicht meine Schuld.«

»Nein.« Sanft legte Mira eine Hand auf ihren Arm. »Nein, es war nicht Ihre Schuld.«

Tränen sammelten sich hinter ihren Augen, was Eve schockierte und ihr zugleich peinlich war. »Ich kann nicht darüber reden.«

»Meine Liebe, Sie haben bereits damit begonnen. Ich werde hier sein, wenn Sie bereit sind, es noch einmal zu tun.« Sie wartete, bis Eve an der Tür war. »Darf ich Ihnen eine Frage stellen?«

»Das tun Sie doch ständig.«

»Warum sollte ich dann jetzt damit aufhören?«, fragte Mira lächelnd. »Macht Roarke Sie glücklich?«

»Hin und wieder.« Eve kniff die Augen zusammen und unterdrückte einen Fluch. »Ja, ja, er macht mich glücklich. Wenn er mich nicht gerade unglücklich macht.«

»Das ist wunderbar. Das freut mich für Sie beide. Versuchen Sie, etwas Schlaf zu bekommen, Eve. Und falls Sie keine Tabletten nehmen wollen, probieren Sie es doch einfach mal mit Schäfchenzählen.«

»Ich werde daran denken.« Eve öffnete die Tür und drehte sich, als sie den Raum verließ, nicht noch einmal zu der Psychologin um. »Danke.«

»Nichts zu danken.«

Schäfchenzählen würde sicherlich nicht helfen, dachte Eve. Nicht, nachdem sie die Autopsieberichte durchgelesen hatte.

Die Wohnung war viel zu ruhig und viel zu leer, um einschlafen zu können. Sie bedauerte, dass sie den Kater bei Roarke gelassen hatte. Mit Galahad wäre sie wenigstens nicht vollkommen allein.

Da ihre Augen vom Studium der Berichte brannten, schob sie sich von ihrem Schreibtisch zurück. Sie hatte nicht die Energie, Mavis zu besuchen, und das Videoangebot im Fernsehen war sterbenslangweilig.

Sie orderte Musik, lauschte dreißig Sekunden, dann schaltete sie die Anlage wieder aus.

Für gewöhnlich half es ihr, wenn sie einfach etwas aß, doch als sie in die Küche kam, fiel ihr wieder ein, dass sie ihren AutoChef seit Wochen nicht mehr gefüllt hatte. Die Auswahl war demnach weniger als dürftig, doch um sich etwas zu bestellen, reichte ihr Appetit nicht aus.

Entschlossen, sich einfach zu entspannen, versuchte sie es mit der Virtual-Reality-Brille, die Mavis ihr zu Weihnachten geschenkt hatte. Da sie sie auch als Letzte benutzt hatte, war das Ding bei voller Lautstärke auf Nachtclub eingestellt, und unter lauten Flüchen schaltete Eve eilig um auf einen Sandstrand in den Tropen.

Sie spürte das Knirschen des heißen, weißen Sandes unter ihren nackten Füßen, die Wärme der Sonnenstrahlen und die weiche Ozeanbrise auf ihrer bloßen Haut. Es war herrlich, in der sanften Brandung zu stehen, den Möwen am Himmel hinterherzublicken und an dem eisgekühlten Rumpunsch zu nippen, den sie an ihre Lippen hob.

Hände massierten ihren nackten Schultern, seufzend lehnte sie sich ein wenig nach hinten, schmiegte sich an den festen Männerkörper und folgte mit den Augen dem kleinen weißen Schiff, das weit draußen auf dem blauen Meer in Richtung Horizont entschwand.

Es war leicht, sich in den starken Armen umzudrehen, ihre Lippen auf den begehrten Mund zu pressen, auf den heißen Sand zu sinken und sich dort mit dem Leib zu vereinigen, der so perfekt zu ihrem Körper passte.

Süße Erregung wallte in ihr auf. Der Rhythmus, in dem sie sich bewegten, war so alt wie der der Wellen, die sich an ihnen brachen. Sie ließ sich einfach nehmen, zuckte zusammen, als das Verlangen seine Erfüllung fand, und keuchte, während er mit ihr verschmolz und ihr seinen süßen Atem ins Gesicht blies, selig seinen Namen.

Roarke.

Wütend riss Eve die Brille herunter und warf sie auf die Couch. Er hatte nicht das Recht, einfach ungebeten in ihre Wohnung und in ihre Gedanken einzudringen. Er hatte nicht das Recht, ihr Schmerz und Freude zu bereiten, wenn alles, was sie wollte, nur ein wenig Ruhe war.

Oh, er wusste, was er tat, dachte sie, während sie vom Sofa sprang und zornig im Zimmer auf und ab lief. Er wusste genau, was er tat. Doch sie würde die Sache klären, ein für alle Mal.

Krachend warf sie die Tür der Wohnung hinter sich ins Schloss, und erst als sie in Höchstgeschwindigkeit das Tor seines Anwesens passierte, kam ihr der Gedanke, dass er vielleicht gar nicht allein war.

Dieser Gedanke machte sie so wütend, dass sie zwei Stufen auf einmal nahm und mit neu aufgeflammter, zorniger Energie durch die Haustür platzte.

Summerset schien ihr aufgelauert zu haben. »Lieutenant, es ist ein Uhr zwanzig in der Nacht.«

»Ich weiß, wie spät es ist.« Sie bleckte die Zähne, als er ihr am Fuß der Treppe in den Weg trat. »Dass wir uns richtig verstehen. Ich hasse Sie, und Sie hassen mich. Der einzige Unterschied ist der, dass ich eine Polizeimarke besitze und Sie nicht. Und jetzt schwingen Sie Ihren knochigen Arsch zur Seite, sonst schleife ich Sie wegen Behinderung der Polizei persönlich aufs Revier.«

Er stellte seine Würde zur Schau wie einen Rock aus teurer Seide. »Verstehe ich Sie richtig, dass Sie um diese Uhrzeit in offizieller Funktion hier erschienen sind, Lieutenant?«

»Verstehen Sie doch einfach was Sie wollen. Wo ist er?«

»Wenn Sie mir freundlicherweise sagen, weswegen Sie ihn zu sprechen wünschen, ergründe ich gern, wo er sich gerade aufhält und sehe, ob er für Sie zu sprechen ist.«

»Ich ergründe lieber selbst, wo er sich gerade aufhält.« Am Ende ihrer Geduld, rammte ihm Eve einen Ellbogen in die Leistengegend, schob sich achtlos an seiner zusammengekrümmten Jammergestalt vorbei und stürmte die Treppe hinauf.

Er war nicht im Bett, weder allein noch in Gesellschaft. Sie war sich nicht ganz sicher, was sie deshalb empfand, oder was sie getan hätte, wenn sie ihn eng umschlungen mit irgendeiner Blondine überrascht hätte. Sie verdrängte diese Frage, machte auf dem Absatz kehrt und marschierte, dicht gefolgt von Summerset, in Richtung seines Büros.

»Ich werde eine offizielle Beschwerde gegen Sie einreichen.«

»Nur zu«, rief sie über die Schulter zurück.

»Sie haben kein Recht, einfach mitten in der Nacht in ein Privathaus einzudringen. Sie werden Roarke nicht stören.« Als sie die Tür erreichte, hielt er sie entschlossen zu. »Das lasse ich nicht zu.«

Zu Eves Überraschung war er puterrot und völlig außer Atem. Vor Aufregung quollen ihm beinahe die Augen aus dem Kopf. Dass er überhaupt ein solches Maß an menschlicher Regung zu zeigen vermochte, hätte sie niemals für möglich gehalten.

»Jetzt habe ich Sie wirklich an den Eiern, stimmt's?« Ehe er sie daran hindern konnte, drückte sie den Öffner, und die Tür ging auf.

Er versuchte sie noch am Kragen ihrer Jacke zu erwischen, und Roarke, der sich gerade in einer Betrachtung der Stadt ergangen hatte, konnte, als er bei dem Lärm herumschwang, überrascht verfolgen, wie die beiden miteinander rangen.

»Leg noch einmal Hand an mich, du knochenärschiger Hurensohn, und du kriegst eine geschossen.« Zur Demonstration hob sie die Faust. »Und zwar wäre es mir ein derartiges Vergnügen, dir endlich die Visage zu polieren, dass ich meine Dienstmarke dafür geradezu mit Freuden abgeben würde.«

»Summerset«, sagte Roarke mit leiser Stimme. »Ich glaube,

sie meint es wirklich ernst. Lassen Sie uns also besser allein.«

»Sie überschreitet eindeutig ihre Befugnisse –«

»Lassen Sie uns allein«, wiederholte Roarke geduldig. »Ich komme schon mit ihr zurecht.«

»Wie Sie wünschen.« Summerset rückte seine gestärkte weiße Jacke gerade und verließ, wenn auch mit einem leichten Hinken, so doch hoch erhobenen Hauptes das Büro.

»Wenn du mich von hier fern halten willst«, schnauzte Eve auf ihrem Marsch in Richtung seines Schreibtischs, »dann musst du schon mit etwas anderem aufwarten als mit diesem flachärschigen Wachhund.«

Roarke faltete gelassen die Hände auf der Tischplatte und sah sie freundlich an. »Wenn ich dich von hier hätte fern halten wollen, dann kämst du gar nicht mehr durchs Tor.« Er warf einen Blick auf seine Uhr. »Ein bisschen spät für eine offizielle Befragung.«

»Ich bin es Leid, von jedem gesagt zu bekommen, wie viel Uhr es gerade ist.«

»Tja, dann.« Er lehnte sich bequem zurück. »Was kann ich für dich tun?«

9

Angriff war sowohl emotional als auch der Logik nach die beste Wahl.

»Du hattest eine Beziehung zu Yvonne Metcalf.«

»Wie ich bereits sagte, wir waren Freunde.« Er öffnete eine antike Silberdose auf dem Schreibtisch und nahm eine Zigarette heraus. »Eine Zeit lang sogar intime Freunde.«

»Wann und auf wessen Initiative hin wurde der intime Aspekt eurer Beziehung beendet?«

»Auf wessen Initiative hin?« Nachdenklich zündete Roarke die Zigarette an und blies eine dünne Rauchwolke aus. »Ich glaube, es war eine gemeinsame Entscheidung. Mit ihrer Karriere ging es steil bergauf, und das kostete sie viel Zeit und Energie. Man könnte vielleicht sagen, dass wir uns einfach auseinander entwickelt haben.«

»Gab es Streit?«

»Ich glaube nicht. Yvonne war alles andere als zänkisch. Dafür fand sie das Leben viel zu … amüsant. Hättest du vielleicht gerne einen Brandy?«

»Ich bin im Dienst.«

»Ja, natürlich. Ich allerdings nicht.«

Als er sich erhob, sprang Galahad von seinem Schoß, bedachte Eve mit einem Blick aus seinen zweifarbigen Augen und begann sich genüsslich zu putzen. Sie war zu sehr damit beschäftigt, den Kater böse anzustarren, um zu bemerken, dass Roarkes Hände nicht ganz ruhig waren, als er an der mit reichem Schnitzwerk verzierten Bar stand und sich aus einer Karaffe einen Brandy einschenkte.

»Nun«, sagte er und schwenkte die Flüssigkeit in seinem Glas. »Ist das alles?«

Nein, dachte sie, *ganz bestimmt nicht alles.* Wenn er ihr nicht freiwillig helfen wollte, würde sie gnadenlos und ohne eine Spur von Gewissensbissen einfach weiterbohren und drängen, um sich sein cleveres Hirn zunutze zu machen. »Zum letzten Mal hatte sie dich vor anderthalb Jahren in ihrem Terminkalender vermerkt.«

»Ist das wirklich schon so lange her?«, murmelte Roarke. Yvonnes Ermordung ging ihm wirklich nahe, doch im Augenblick hatte er eigene Probleme, von denen das größte am Ende des Raumes stand und ihn mit blitzenden Augen anstarrte. »Das war mir gar nicht bewusst.«

»War das das letzte Mal, dass du sie gesehen hast?«

»Nein, ich bin sicher, dass es das nicht war.« Er starrte in seinen Brandy und dachte an die junge Frau zurück. »Ich erinnere mich daran, dass ich letztes Silvester auf einer Party mit ihr getanzt habe. Und anschließend kam sie noch mit zu mir.«

»Du hast mit ihr geschlafen«, sagte Eve und bemühte sich, ihre Stimme ruhig klingen zu lassen.

»Geschlafen haben wir genau genommen nicht.« Seine Stimme klang ein wenig verärgert. »Wir hatten Sex, haben uns unterhalten und anschließend einen gemeinsamen Brunch eingenommen.«

»Dann habt ihr in der Nacht also eure intime Beziehung wieder aufgenommen?«

»Nein.« Er setzte sich in einen Sessel, befahl sich, den Brandy und die Zigarette zu genießen und kreuzte lässig seine langen Beine. »Vielleicht hätten wir es gekonnt, aber wir hatten beide zu viele eigene Projekte. Danach habe ich sechs, vielleicht auch sieben Wochen lang nichts mehr von ihr gehört.«

»Und dann?«

Er hatte sie zurückgewiesen, erinnerte er sich. Lässig, problem- und vielleicht sogar gedankenlos. »Ich habe ihr erklärt, ich wäre … anderweitig involviert.« Er betrachtete die glühende Spitze seiner Zigarette. »Zu dem Zeitpunkt stand ich gerade im Begriff, mich in jemand anderen zu verlieben.«

Ihr Herzschlag setzte aus. Sie vergrub die Hände in den Hosentaschen und starrte ihn mit großen Augen an. »Ich kann dich nicht eher von der Liste der Verdächtigen streichen, bis du mir ein wenig hilfst.«

»Ach, nein? Tja, dann.«

»Verdammt, Roarke, bisher bist du der Einzige, der mit beiden Opfern zu tun hatte.«

»Und welches Motiv hätte ich bitte haben sollen, Lieutenant?«

»Sprich nicht in diesem Ton mit mir. Ich hasse es, wenn du das tust. Kalt, beherrscht, überlegen.« Sie gab auf und begann im Zimmer auf und ab zu stapfen. »Ich weiß, dass du nichts mit den Morden zu tun hast, und es gibt auch keinerlei Beweise dafür, dass du darin verwickelt sein könntest. Aber dadurch wird die Verbindung zwischen dir und den beiden toten Frauen nicht gelöst.«

»Was es schwierig für dich macht, weil dein Name wiederum mit meinem in Verbindung steht oder zumindest stand.«

»Damit komme ich zurecht.«

»Warum hast du dann derart abgenommen?«, wollte er von ihr wissen. »Warum hast du dann solche Ringe unter den Augen? Warum wirkst du dann so unglücklich?«

Sie zerrte ihren Recorder aus der Tasche und stellte ihn wie eine Barriere unsanft zwischen ihnen beiden auf den Tisch. »Du musst mir alles sagen, was du über diese Frauen weißt. Jede Kleinigkeit, auch wenn sie auf den ersten Blick noch so bedeutungslos erscheint. Verdammt, verdammt, verdammt, ich brauche Hilfe. Ich muss wissen, warum Towers mitten in der Nacht ins West End gefahren sein könnte. Warum Metcalf sich extra schick gemacht hat und um Mitternacht in den Innenhof hinausgegangen ist.«

Er drückte seine Zigarette aus und erhob sich langsam von seinem Platz. »Du traust mir eindeutig zu viel zu, Eve. So gut habe ich Cicely gar nicht gekannt. Wir hatten geschäftlich miteinander zu tun, aber privat waren wir nicht mehr als flüchtige Bekannte. Du musst bedenken, woher ich komme und in welcher Position sie sich befand. Und was Yvonne betrifft, hatten wir eine Zeit lang schlicht und einfach ein Verhältnis. Ihre Energie und ihr Ehrgeiz haben mir gefallen. Ich wusste, wie ehrgeizig sie war. Sie wollte ein Star werden, und sie hätte es verdient. Aber über die intimen Gedanken beider Frauen kann ich dir beim besten Willen keine Auskunft geben.«

»Du hast ein Gespür für Menschen«, widersprach sie ihm. »Du hast das Talent, ihnen hinter die Stirn zu schauen. Du bist nie wirklich von jemandem überrascht.«

»Von dir schon«, murmelte er leise. »Und zwar jeden Tag aufs Neue.«

Sie schüttelte den Kopf. »Erzähl mir, warum sich Yvonne Metcalf deiner Meinung nach mitten in der Nacht auf dem Hof hinter ihrem Haus mit jemandem treffen würde.«

Er nippte an seinem Brandy und zuckte mit den Schultern. »Ihrer Karriere, ihrer Hoffnung auf Berühmtheit, der Aufregung oder der Liebe wegen. Wahrscheinlich in genau dieser Reihenfolge. Sie war deshalb so sorgfältig zurechtgemacht, weil sie eine geradezu bewundernswerte Eitelkeit besaß. Der Zeitpunkt des Treffens war ihr sicherlich egal. Sie war sehr impulsiv, so impulsiv, dass einem in ihrer Gegenwart nie langweilig wurde.«

Eve atmete leise aus. Das war es, was sie brauchte. Er konnte ihr helfen, die Opfer zu Lebzeiten zu sehen. »Gab es andere Männer?«

»Sie war schön, unterhaltsam, intelligent und hervorragend im Bett. Ich könnte mir demnach vorstellen, dass es in ihrem Leben jede Menge Männer gab«, sagte er nach ein paar Augenblicken.

»Eifersüchtige, zornige Männer?«

Er zog eine Braue in die Höhe. »Meinst du jemanden, der sie umgebracht haben könnte, weil sie ihm nicht gab, was er von ihr wollte oder brauchte?« Er sah sie ausdruckslos an. »Das wäre natürlich möglich. Aus diesen Gründen könnte ein Mann einer Frau sicher sehr großen Schaden zufügen. Aber nimm zum Beispiel mich. Ich habe dich trotz allem nicht – oder zumindest noch nicht – umgebracht.«

»Hier geht es um einen Mordfall, Roarke. Also mach dich bitte nicht über mich lustig.«

»Denkst du etwa, mir steht der Sinn danach, mich über dich lustig zu machen?« Er überraschte sie beide, indem er das halb leere Glas quer durch das Zimmer an die Wand warf, wo es mit einem lauten Knall in tausend Scherben sprang. »Du kommst einfach ohne Vorwarnung und ohne Einladung hier hereingesplatzt und erwartest, dass ich wie ein gut trainierter Hund brav Männchen mache, während du mich verhörst. Du stellst mir Fragen nach Yvonne, einer Frau, die ich sehr gern hatte, und erwartest, dass ich dir unbekümmert Antwort gebe, während du an nichts anderes denkst als daran, dass ich mit dieser anderen im Bett gewesen bin. Und da meinst du, ich würde mich noch über dich lustig machen wollen?«

Sie hatte ihn auch vorher schon zornig erlebt. Für gewöhnlich zog sie seinen Zorn seiner eisigen Beherrschtheit vor, doch ihre allzu straff gespannten Nerven schienen zusammen mit dem Glas zerborsten zu sein. »Hier geht es nicht um uns, und das hier ist auch kein offizielles Verhör. Es ist ein Gespräch mit einem Menschen, der mir nützliche Informationen geben kann. Ich mache lediglich meinen Job.«

»Das hier hat nichts mit deinem Job zu tun, das wissen wir beide ganz genau. Falls du auch nur den Hauch eines Verdachts hast, ich hätte etwas damit zu tun, dass den beiden Frauen die Kehle durchgeschnitten wurde, dann habe ich einen noch viel größeren Fehler gemacht, als ich bisher dachte. Und wenn du mir tatsächlich ganz einfach Löcher in den Bauch fragen willst, Lieutenant, lass mich dir sagen, dass mir meine Zeit für solche Dinge einfach zu kostbar ist.« Er nahm den Recorder vom Schreibtisch und drückte ihn ihr unsanft in die Hand. »Wenn du das nächste Mal hier auftauchst, bring also besser einen Haft- oder Durchsuchungsbefehl mit.«

»Ich versuche nur, dich als Verdächtigen auszuschließen.«

»Hast du das immer noch nicht getan?« Er trat hinter seinen Schreibtisch und ließ sich müde in den Sessel sinken. »Ich habe ein für alle Mal genug von dieser Sache. Also sieh zu, dass du verschwindest.«

Ihr Herz klopfte derart wild und ihre Knie waren so weich, dass sie ehrlich überrascht war, als sie auf dem Weg in Richtung Tür nicht stolperte. Mühsam rang sie nach Luft.

Roarke saß hinter seinem Schreibtisch, schimpfte sich selbst einen Narren und drückte den Knopf, um das Türschloss zu verriegeln. Zur Hölle mit ihr, und auch zur Hölle mit ihm selbst, aber er ließe sie ganz sicher nicht so einfach gehen.

Gerade als er den Mund öffnen wollte, um etwas zu sagen, drehte sie sich, Zentimeter vor der Tür, noch einmal zu ihm um und sah ihn mit zornblitzenden Augen an. »Also gut. Verdammt, also gut, du hast gewonnen. Ich fühle mich hundeelend. War nicht genau das deine Absicht? Ich kann nicht mehr schlafen, und ich kann auch nicht mehr essen. Es ist, als wäre etwas in meinem Inneren zerbrochen, sodass ich kaum noch meine Arbeit machen kann. Bist du jetzt zufrieden?«

Erste vorsichtige Erleichterung löste die kalte Faust, die sein Herz seit Tagen in eisiger Umklammerung gehalten hatte. »Sollte ich das sein?«

»Schließlich bin ich hier, oder etwa nicht? Ich bin hier, weil ich einfach nicht mehr anders konnte.« Sie zerrte die Kette unter ihrem Hemd hervor und kam zurück in Richtung Schreibtisch. »Ich trage sogar das verdammte Ding.«

Der Diamant, den sie ihm vors Gesicht hielt, verströmte eine lebendige, geheimnisvolle Glut. »Wie gesagt, er steht dir.«

»Du hast ja keine Ahnung«, murmelte sie und schwang zu ihm herum. »Er gibt mir das Gefühl, eine Idiotin zu sein. Also gut, dann bin ich eben eine Idiotin. Ich werde hier einziehen. Ich werde die Beleidigungen dieses Roboters, den du einen Butler nennst, ertragen. Ich werde Diamanten tragen. Nur –« Sie brach ab und hob schluchzend die Hände vors Gesicht. »Ich kann einfach nicht mehr.«

»Nicht. Um Himmels willen, hör bitte auf zu weinen.«

»Ich bin einfach müde.« Sie wiegte sich tröstend hin und her. »Ich bin einfach müde, das ist alles.«

»Beschimpf mich.« Erschüttert und erschreckt von ihrem wilden Schluchzen, sprang er von seinem Stuhl auf. »Wirf mir was an den Kopf. Versetz mir einen Kinnhaken.«

Als er die Arme nach ihr ausstreckte, trat sie eilig einen Schritt zurück. »Nicht. Wenn ich mich schon derart zur Närrin mache, brauche ich wenigstens eine Minute Zeit.«

Statt auf sie zu hören, zog er sie eng an seine Brust. Zweimal versuchte sie, sich ihm zu entwinden, doch beide Male zog er sie entschieden zurück, und schließlich schlang sie ihm verzweifelt die Arme um den Hals. »Geh nicht weg.« Sie vergrub ihr Gesicht an seiner Schulter. »Bitte geh nicht weg.«

»Ich gehe nirgendwo hin.« Zärtlich strich er ihr erst über den Rücken und dann über den Kopf. Gab es etwas Verblüffenderes oder etwas Erschreckenderes für einen Mann als eine in Tränen aufgelöste starke Frau? »Ich war die ganze Zeit hier. Ich liebe dich, Eve, und zwar so sehr, dass ich es beinahe nicht ertrage.«

»Ich brauche dich. Ich kann es nicht ändern. Ich brauche dich, obwohl ich dich nicht brauchen will.«

»Ich weiß.« Er trat einen Schritt zurück, legte eine Hand unter ihr Kinn und zwang sie sanft, ihm ins Gesicht zu sehen. »Irgendwie werden wir damit zurechtkommen müssen.« Er küsste erst die eine und dann die andere tränennasse Wange. »Ich kann einfach nicht ohne dich leben.«

»Du hast gesagt, dass ich verschwinden soll.«

»Ich habe die Tür verriegelt.« Er verzog den Mund zu einem leisen Lächeln, ehe er sie küsste. »Wenn du noch ein paar Stunden gewartet hättest, wäre ich zu dir gekommen. Ich saß heute Abend hier und habe ziemlich erfolglos versucht, es mir auszureden. Und dann kamst du urplötzlich hier hereingestapft, und ich war gefährlich nahe dran, einfach vor dir auf die Knie zu fallen und dich anzuflehen, es noch mal mit mir zu versuchen.«

»Warum?« Sie strich ihm zärtlich über das Gesicht. »Du könntest einfach jede haben. Wahrscheinlich hast du vor mir auch schon jede Menge Frauen gehabt.«

»Warum?« Er neigte den Kopf ein wenig. »Das ist eine schwierige Frage. Vielleicht hast du mich einfach mit deiner ansteckenden Fröhlichkeit, deinem ruhigen Auftreten und deinem ausgezeichneten Geschmack in Modedingen in deinen Bann gezogen.« Es tat ihm gut, sie grinsen zu sehen. »Nein, das kann es nicht sein. Vielleicht sind es doch eher dein Mut, dein Engagement für Recht und Ordnung, dein ruheloser Geist und die süße Ecke deines Herzens, die dich dazu bewegt, so vieles für so viele zu empfinden.«

»Diese Eigenschaften besitze ich gar nicht.«

»Oh doch, und ob du sie besitzt, meine allerliebste Eve.« Er strich mit seinen Lippen über ihren Mund. »Sie sind ebenso Teil von dir wie dein wunderbarer Geschmack, dein Geruch, dein Aussehen und deine Stimme. Ich bin dir ganz einfach verfallen. Wir werden darüber reden«, murmelte er und fuhr mit seinem Daumen über die trocknenden Tränen. »Wir werden einen Weg finden, wie es für uns beide funktioniert.«

Sie atmete zitternd ein. »Ich liebe dich.«

Atmete zitternd wieder aus. »Gott.«

Das Gefühl, das diese Worte bei ihm auslösten, glich einem schnellen, gewaltigen, doch reinigenden Gewitter, und erschüttert legte er seine Stirn auf ihre Brauen. »Siehst du, du hast die Worte rausgebracht, ohne daran zu ersticken.«

»Sieht so aus. Vielleicht gewöhne ich mich ja irgendwann sogar daran.« Und vielleicht würde ihr Magen dann keinen derart großen Froschhüpfer mehr machen.

Sie hob ihm ihr Gesicht entgegen und suchte seinen Mund.

Der Kuss war leidenschaftlich, gierig und voller Verlangen. Das Blut rauschte so laut in ihren Ohren, dass sie gar nicht hörte, wie sie die Worte nochmals sagte, doch sie spürte sie in ihrem Herzen, das sich überschlug und dann vor Freude anschwoll.

Atemlos und feucht zerrte sie an seiner Hose. »Jetzt. Sofort.«

»Genau.« Er hatte ihr das Hemd bereits über den Kopf gezogen, als sie auf den Teppich stürzten und eng umschlungen miteinander herumrollten. Schwindlig vor Verlangen vergrub sie ihre Zähne in seiner straffen Schulter, als er ihr die Jeans über den Hintern zerrte, ihre Haut, ihre Rundungen, ihre Hitze unter seinen Händen spürte und dann in einem Morast der Begierde, einem Sumpf der Texturen und Gerüche, einem dringenden Bedürfnis, sich mit ihr zu vereinigen, versank.

Es war einfach keine Zeit für Zärtlichkeit und Raffinesse. Wie zwei wilde Tiere vergruben sie die Nägel in der Haut des anderen und schienen einander, als er sich tief in sie hineinschob und keuchend zu pumpen begann, bei lebendigem Leibe zu verschlingen. Er spürte ihre Anspannung, hörte ihr langes, leises Stöhnen und ergoss seinen Samen, sein Herz und seine Seele in sie.

Sie lag in seinem Bett, als sie, geweckt vom weichen Licht der ersten Sonnenstrahlen, die durch die Fensterfilter krochen, mit geschlossenen Augen die Hand ausstreckte und merkte, dass der Platz neben ihr warm, doch leer war.

»Wie zum Teufel bin ich hierher gekommen?«, wunderte sie sich.

»Ich habe dich getragen.«

Sie riss die Augen auf und bedachte Roarke, der nackt mit gekreuzten Beinen auf Höhe ihrer Knie hockte und sie lächelnd ansah, mit einem entgeisterten Blick. »Du hast mich getragen?«

»Du bist auf dem Fußboden eingeschlafen.« Er beugte sich nach vorn und fuhr mit einem Daumen über ihre Wange. »Du solltest dich nicht derart überanstrengen.«

»Du hast mich getragen«, wiederholte sie, zu groggy, um zu entscheiden, ob sie verlegen sein sollte oder nicht. »Tut mir Leid, dass ich nichts davon mitbekommen habe.«

»Wir haben genug Zeit, um die Sache noch zahllose Male wiederholen zu können. Ich mache mir wirklich Sorgen um dich.«

»Mir geht es gut. Ich bin nur –« Sie warf einen Blick auf den Wecker. »Gütiger Himmel, zehn. Zehn Uhr morgens?«

Als sie sich aufrappeln wollte, drückte er sie sanft, doch entschieden zurück. »Heute ist Sonntag.«

»Sonntag?« Vollkommen desorientiert rieb sie sich die Augen. »Ich habe jedes Zeitgefühl verloren.« Sie war nicht im Dienst, erinnerte sie sich, aber trotzdem –«

»Du brauchtest dringend Schlaf«, erklärte er, als hätte er ihre Gedanken gelesen. »Und du brauchst endlich mal wieder etwas anderes im Magen als immer nur Koffein.« Er nahm ein Glas vom Nachttisch und hielt es ihr hin.

Eve bedachte die helle pinkfarbene Flüssigkeit mit einem skeptischen Blick. »Was ist das?«

»Es ist gut für dich. Trink.« Um sicherzugehen, dass sie tatsächlich trank, hielt er ihr das Glas schließlich persönlich an die Lippen. Natürlich hätte er ihr das Energiepräparat auch als Tablette geben können, doch er kannte ihre Abneigung gegen alles, was einem Medikament nur im Entferntesten ähnlich sah. »Es ist etwas, woran in einem meiner Labors gearbeitet wird. In ungefähr sechs Monaten müsste es auf den Markt kommen.«

Sie kniff die Augen zusammen. »Dann bin ich also das Versuchskaninchen?«

»Es ist vollkommen sicher.« Lächelnd stellte er das leere Glas zur Seite. »Bisher ist kaum jemand daran gestorben.«

»Haha.« Seltsam entspannt und gleichzeitig merkwürdig munter lehnte sie sich wieder zurück. »Ich muss ins Büro. Auf meinem Schreibtisch türmen sich die Akten zu anderen Fällen.«

»Du brauchst ein bisschen Ruhe.« Ehe sie widersprechen konnte, hob er abwehrend die Hand. »Einen Tag. Oder auch nur einen Nachmittag. Ich hätte es gern, dass du die Zeit mit mir verbringst, aber wenn du sie für dich allein brauchst, ist das auch okay.«

»Ich nehme an, ein paar Stunden könnte ich tatsächlich frei machen.« Sie setzte sich auf und schlang ihm ihre Arme um den Nacken. »Was für ein Freizeitprogramm schwebt dir denn so vor?«

Grinsend drückte er sie zurück auf die Matratze. Dieses Mal war Zeit für Zärtlichkeit und Raffinesse.

Eve war nicht weiter überrascht, als sie bei ihrer Rückkehr ins Büro zahlreiche Nachrichten vorfand. Bereits seit Jahren war der Sonntag kein Ruhetag für sie. Auf der Diskette waren ein Anruf von Nadine, einer von dem arroganten Frettchen Morse, einer von Yvonne Metcalfs Eltern und ein paar kurze Sätze von Mirina Angelini.

»Du kannst ihnen ihre Trauer nicht abnehmen, Eve«, erklärte Roarke in ihrem Rücken.

»Was?«

»Den Metcalfs. Ich sehe dir an, was du denkst.«

»Ich bin alles, woran sie sich im Augenblick klammern können.« Zur Bestätigung des Erhalts der Anrufe drückte sie auf einen Knopf. »Sie müssen einfach wissen, dass sich jemand um ihre tote Tochter kümmert.«

»Dazu würde ich gerne etwas sagen.«

In Erwartung eines Vortrags über Ruhepausen, Objektivität oder professionelle Distanz rollte sie mit ihren Augen. »Spuck's aus, damit ich mich endlich an die Arbeit machen kann.«

»Ich habe schon mit jeder Menge Cops zu tun gehabt. Ich bin ihnen ausgewichen, habe sie bestochen, ausgetrickst oder bin ihnen ganz einfach davongelaufen.«

Amüsiert setzte sie sich auf eine Kante ihres Schreibtischs. »Ich bin nicht so sicher, ob du mir das erzählen solltest. Deine Akte ist verdächtig sauber.«

»Natürlich ist sie das.« Er küsste sie spontan auf die Nasenspitze. »Schließlich habe ich gut dafür bezahlt.«

Sie zuckte zusammen. »Wirklich, Roarke, was ich nicht weiß, macht mich nicht heiß.«

»Die Sache ist die«, fuhr er ungerührt fort. »Obwohl ich, wie gesagt, im Verlauf der Jahre zahllose Cops erlebt habe, muss ich einfach sagen, dass du die beste bist.«

Sie sah ihn überrascht an. »Tja, nun.«

»Es ist geradezu überwältigend, wie du um jeden Preis für die Toten und für die Trauernden einstehst.«

»Halt die Klappe.« Verlegen rutschte sie auf der Kante des Schreibtisches herum. »Ich meine es ernst.«

»Das solltest du lieber zu Morse sagen, wenn du ihn zurückrufst und er dir mit seiner widerlichen Nörgelstimme auf die Nerven geht.«

»Ich rufe ihn ganz sicher nicht zurück.«

»Du hast die Nachrichten initialisiert.«

Sie lächelte vergnügt. »Seine habe ich – peinlich, peinlich – versehentlich vorher gelöscht.«

Lachend hob er sie vom Tisch. »Mir gefällt die Art, wie du deine Arbeit machst.«

Zärtlich fuhr sie ihm mit den Fingern durch die Haare, ehe sie versuchte, sich ihm zu entwinden. »Im Moment hinderst du mich daran, überhaupt etwas zu machen. Also tritt bitte wenigstens einen Schritt zurück, während ich Mirina Angelini anrufe, um zu sehen, was sie von mir will.« Sie schob ihn zur Seite und gab die Nummer ein.

Einen Moment später zeigte der Bildschirm Mirinas bleiches, angespanntes Gesicht. »Ja, oh, Lieutenant Dallas. Danke, dass Sie so schnell zurückrufen. Ich hatte schon befürchtet, vor morgen nichts von Ihnen zu hören.«

»Was kann ich für Sie tun, Ms. Angelini?«

»Ich muss so schnell wie möglich mit Ihnen reden. Ich möchte mich nicht nochmals an den Commander wenden, Lieutenant. Er hat bereits mehr als genug für mich und meine Familie getan.«

»Betrifft das, worüber Sie mit mir sprechen möchten, unsere Ermittlungen?«

»Ja, oder zumindest gehe ich davon aus.«

Eve bedeutete Roarke, ihr Büro zu verlassen, doch er lehnte weiter reglos an der Wand. Nach einem bösen Blick in seine Richtung starrte sie wieder auf den Bildschirm. »Ich stehe Ihnen jederzeit zur Verfügung.«

»Genau das ist das Problem, Lieutenant. Meine Ärzte haben mir eine erneute Reise untersagt, also müssten Sie hierher kommen.«

»Sie wollen, dass ich nach Rom komme? Ms. Angelini, selbst wenn meine Abteilung die Reise genehmigen würde, bräuchte ich schon etwas Konkretes, um den Zeit- und Kostenaufwand zu rechtfertigen.«

»Ich bringe dich hin.«

»Halt die Klappe.«

»Wer ist außer Ihnen in Ihrem Büro? Sind Sie nicht allein?«, fragte Mirina mit zitternder Stimme.

»Roarke ist hier«, stieß Eve knurrend hervor. »Ms. Angelini –«

»Oh, das ist in Ordnung. Ich habe bereits versucht ihn zu erreichen. Könnten Sie vielleicht zusammen kommen? Mir ist bewusst, dass ich damit ziemlich viel von Ihnen verlange, Lieutenant. Ich lasse nur sehr ungern meine Beziehungen spielen, aber wenn nötig, werde ich es tun. Der Commander wird Ihnen die Reise ganz sicher genehmigen.«

»Das glaube ich auch«, murmelte Eve verärgert. »Ich werde kommen, sobald er mir die Genehmigung erteilt hat. Ich werde mich bei Ihnen melden und Sie wissen lassen, wann ich in Rom ankomme.« Sie brach die Übertragung ab. »Ich kann diese verwöhnten Kinder reicher Leute einfach nicht ausstehen.«

»Trauer und Sorge kennen keine wirtschaftlichen Grenzen«, erklärte Roarke mit ruhiger Stimme.

»Ach, halt die Klappe«, zischte sie und trat übellaunig gegen ihren Tisch.

»Rom wird dir gefallen«, erwiderte Roarke und sah sie lächelnd an.

Und Rom gefiel ihr wirklich. Zumindest das Wenige, was sie während der kurzen Fahrt vom Flughafen zu Mirinas Apartment unweit der Spanischen Treppe zu sehen bekam: Brunnen und Verkehrsgetümmel und Ruinen, die so alt wirkten, dass es kaum zu glauben war.

Vom Rücksitz der privaten Limousine starrte Eve verwundert auf die zahlreichen modisch gekleideten Fußgänger. Offenbar waren wehende Gewänder – voluminöse, weich fallende Capes in allen Schattierungen zwischen blütenweiß und dunkler Bronze – der allerletzte Schrei. Juwelenbestückte Gürtel hingen den Leuten locker um die Hüften und wurden bei Frauen wie bei Männern durch ebenfalls mit Steinen besetzte flache Schuhe und kleine, glittergeschmückte Täschchen komplettiert. Es war, als schritten lauter Könige und Königinnen durch die Straßen dieser wundervollen Stadt.

Roarke hätte nicht gedacht, dass sie derart Maulaffen feilhalten würde, doch es freute ihn, dass sie ihre Arbeit lange genug vergessen konnte, um mit großen Augen die herrliche Umgebung zu genießen. Es war eine Schande, dachte er, dass sie nicht ein oder zwei Tage frei machen konnten, um sich gemeinsam die Wunder der Ewigen Stadt genauer anzusehen.

Er bedauerte es, dass der Wagen bereits nach kurzer Zeit am Straßenrand zum Stehen kam und sie damit in die Wirklichkeit zurückholte.

»Ich hoffe nur, dass wir nicht umsonst gekommen sind.« Ohne darauf zu warten, dass der Chauffeur ihr beim Aussteigen half, sprang sie eilig auf den Gehweg, und als Roarke nach ihrem Ellbogen griff und sie in das Gebäude führte, runzelte sie übellaunig die Stirn. »Stört es dich kein bisschen, dass du nur für ein Gespräch über den verdammten Ozean zitiert wirst?«

»Meine Liebe, ich reise häufig für viel weniger viel weiter. Wobei ich auch noch auf deine charmante Begleitung verzichten muss.«

Sie schnaubte und hätte beinahe ihre Dienstmarke gezückt, um sie dem Sicherheitsdroiden unter die Nase zu halten, als sie sich darauf besann, wo sie sich befand. »Eve Dallas und Roarke. Wir möchten zu Mirina Angelini.«

»Sie werden bereits erwartet, Eve Dallas und Roarke.« Der Droide glitt in Richtung eines vergoldeten Fahrstuhlgitters und drückte einen Knopf.

»Du könntest dir so einen Kerl besorgen.« Ehe sich die Fahrstuhltüren schlossen, nickte Eve in Richtung des Droiden. »Und Summerset an die Luft setzen.«

»Summerset hat seinen ganz eigenen Charme.«

Sie schnaubte noch lauter als zuvor. »Ja. Davon bin ich überzeugt.«

Die Türen glitten auf, und die beiden betraten ein gold- und elfenbeinfarbenes Foyer, in dessen Mitte ein kleiner, mit einer Meerjungfrau bestückter Brunnen plätscherte.

»Himmel«, wisperte Eve beim Anblick der Palmen und der uralten Gemälde. »Ich hätte nicht gedacht, dass außer dir noch andere Menschen in einem solchen Ambiente leben.«

»Willkommen in Rom.« Randall Slade kam ihnen entgegen. »Danke, dass Sie gekommen sind. Bitte treten Sie doch ein. Mirina ist im Wohnzimmer.«

»Sie hat nichts davon gesagt, dass Sie auch hier sein würden, Mr. Slade.«

»Wir haben gemeinsam beschlossen, Sie hierher zu bitten.«

Eve ging an ihm vorbei. Eine der Wände des Wohnzimmers bestand durchgehend aus Glas. Glas, durch das man, wie Eve annahm, nur in eine Richtung sehen konnte, denn das Gebäude war nur sechs Stockwerke hoch. Trotzdem bot die Wohnung einen wunderbaren Ausblick über die alte Stadt.

Mirina saß auf einem mit reichem Schnitzwerk verzierten Holzstuhl und hob mit leicht zitternder Hand eine Teetasse an ihren Mund.

Wenn überhaupt möglich, wirkte sie in ihrer modernen, eisblauen Robe noch blasser und zerbrechlicher als in dem schwarzen Kleid, in dem sie an dem Gedenkgottesdienst für ihre Mutter teilgenommen hatte. Ihre Füße waren nackt, ihre Zehennägel passend zu ihrer Garderobe lackiert, und in ihrem zu einem strengen Knoten frisierten Haar steckte ein kleiner, juwelenbesetzter Kamm. Eve fand, dass sie aussah wie eine antike römische Göttin, auch wenn ihre Kenntnisse der Mythologie zu dürftig waren, um sich auf einen Namen festlegen zu können.

Mirina blieb bei ihrer Ankunft sitzen, stellte ohne zu lächeln ihre Tasse auf den Tisch, griff nach einer schlanken weißen Kanne und schenkte ihren Gästen ein.

»Ich hoffe, Sie mögen Tee.«

»Dies ist kein Höflichkeitsbesuch, Ms. Angelini.«

»Nein, aber Sie sind gekommen, und dafür bin ich Ihnen dankbar.«

»Lass mich das machen.« Mit einer Geschmeidigkeit und Grazie, die das Zittern von Mirinas Händen beinahe überdeckte, nahm Slade ihr die beiden Tassen ab. »Bitte nehmen Sie doch Platz«, bot er den Gästen an. »Auch wenn wir Ihnen nicht mehr Zeit als nötig rauben wollen, machen Sie es sich doch bitte möglichst bequem.«

»Ich habe hier keine polizeilichen Befugnisse«, eröffnete Eve, während sie sich auf einen gepolsterten Stuhl mit einer niedrigen Rückenlehne setzte, den offiziellen Teil ihres Besuchs. »Aber mit Ihrer Zustimmung würde ich unsere Unterhaltung trotzdem gern aufnehmen.«

»Ja, natürlich.« Mirina blickte auf Slade, biss sich auf die Lippe und räusperte sich, als Eve den Recorder aus der Tasche zog und zwischen ihnen auf den Tisch stellte. »Sie wissen von den ... Schwierigkeiten, die Randy vor mehreren Jahren in Sektor 38 hatte.«

»Ja«, bestätige Eve. »Allerdings sagte man mir, Sie wüssten nichts davon.«

»Randy hat es mir gestern erzählt.« Mirina tastete blind nach seiner Hand. »Sie sind eine starke, selbstbewusste Frau, Lieutenant. Vielleicht fällt es Ihnen schwer, diejenigen zu verstehen, die weniger stark sind als Sie. Randy hat mir vorher nichts von der Sache erzählt, weil er Angst hatte, ich käme nicht damit zurecht. Wissen Sie, ich habe nicht gerade die allerbesten Nerven.« Sie zuckte mit ihen schmalen Schultern. »Geschäftliche Krisen setzen bei mir ungeahnte Energien frei, aber private Krisen machen mich ganz einfach fertig. Die Ärzte bezeichnen es als eine Tendenz, den Dingen möglichst auszuweichen. Und tatsächlich gehe ich privaten Schwierigkeiten grundsätzlich am liebsten aus dem Weg.«

»Du bist einfach eine zarte Person«, erklärte Slade und drückte ihre Hand. »Da ist nichts, dessen du dich schämen müsstest.«

»Auf alle Fälle ist das hier eine Sache, der ich mich stellen muss. Sie waren dort«, sagte sie zu Roarke, »als sich der Zwischenfall ereignet hat.«

»Ich war in der Raumstation, wahrscheinlich im Kasino«, bestätigte er ihr.

»Und die Sicherheitsleute des Hotels, die Sicherheitsleute, die Randy angerufen hat, gehörten zu Ihnen.«

»Das ist richtig. Jeder dort hat private Sicherheitsleute engagiert. Strafsachen werden an die Gerichte weitergeleitet – wenn man sie nicht privat bereinigen kann.«

»Sie meinen durch Bestechung.«

»Natürlich.«

»Randy hätte demnach die Sicherheitsleute einfach bestechen können. Aber er hat es nicht getan.«

»Mirina.« Abermals drückte er ihr begütigend die Hand. »Ich habe sie deshalb nicht bestochen, weil ich nicht klar genug denken konnte. Wenn ich hätte klar genug denken können, wäre es nicht zur Verhandlung gekommen, und dann bräuchten wir jetzt nicht über die Sache zu sprechen.«

»Die Mordanklage wurde fallen gelassen«, sagte Eve. »Und für die anderen Anklagepunkte wurden Sie mit der Mindeststrafe belegt.«

»Außerdem wurde mir versichert, dass die ganze Sache nicht ans Licht käme. Doch so hat es sich eindeutig nicht verhalten. Ich hätte jetzt lieber etwas Stärkeres als Tee. Roarke?«

»Whiskey, wenn Sie haben, zwei Finger breit.«

»Sag es Ihnen, Randy«, wisperte Mirina, während er an die Bar trat und sie auf zwei Whiskeys programmierte.

Er nickte, brachte Roarke sein Glas und leerte sein eigenes in einem schnellen Zug. »Cicely rief mich an dem Abend vor ihrer Ermordung deswegen an.«

Eves Kopf fuhr in die Höhe wie der Jagdhund, der Blut wittert. »Auf ihrem Link gab es keine Aufzeichnung eines solchen Gesprächs. In der Tat war überhaupt kein ausgehender Anruf dort verzeichnet.«

»Sie hat von einem öffentlichen Telefon aus angerufen. Ich weiß nicht, von welchem. Es war kurz nach Mitternacht nach ihrer Zeit. Sie war erregt, wütend.«

»Mr. Slade, während unseres offiziellen Gesprächs haben Sie behauptet, Sie hätten in jener Nacht keinen Kontakt zu Staatsanwältin Towers gehabt.«

»Ich habe gelogen. Ich hatte ganz einfach Angst.«

»Und jetzt wollen Sie Ihre frühere Aussage zurücknehmen.«

»Ich möchte sie berichtigen. Ich sitze hier ohne Anwalt, Lieutenant, und es ist mir durchaus bewusst, dass es strafbar ist, bei einer polizeilichen Befragung die Unwahrheit zu sagen. Deshalb sage ich Ihnen jetzt, dass sie mich kurz vor ihrer Ermordung angerufen hat. Was mir, wenn Sie so wollen, natürlich gleichzeitig ein Alibi verschafft, denn schließlich wäre es so gut wie unmöglich für mich gewesen, innerhalb der kurzen Zeit zwischen dem Gespräch und ihrem Tod quer durch das ganze Land zu reisen. Natürlich können Sie zur Überprüfung meiner jetzigen Aussage meine Aufzeichnung des Anrufs abhören.«

»Sie können sicher sein, dass ich das auch tun werde. Was wollte sie von Ihnen?«

»Sie hat mich gefragt, ob es wahr sei. Nur das. Ich war abgelenkt, weil ich gerade mit meiner Arbeit beschäftigt war. Es dauerte einen Augenblick, bis mir ihre Erregung bewusst wurde, und dann wurde sie auch schon deutlicher, erwähnte direkt den Sektor 38. Ich wurde panisch, brachte ein paar Ausreden an. Aber Cicely konnte man einfach nicht belügen. Sie drängte mich mit dem Rücken an die Wand, ich wurde ebenfalls wütend, und wir fingen an zu streiten.«

Er machte eine Pause, und sein Blick wanderte hinüber zu Mirina. Er sah sie an, dachte Eve, als warte er darauf, dass sie zersprang wie dünnes Glas.

»Sie haben miteinander gestritten, Mr. Slade?«, wiederholte Eve den letzten Satz.

»Ja. Über das, was damals passiert war, darüber, wie es dazu hatte kommen können. Ich wollte wissen, wie sie es herausgefunden hatte, aber sie fiel mir einfach ins Wort. Lieutenant, sie war außer sich vor Zorn. Sie sagte, sie würde die Sache um ihrer Tochter willen regeln. Und dann würden wir weitersehen. Sie hat das Gespräch abrupt beendet, und ich habe mich in eine Bar verzogen, um nachzudenken und etwas zu trinken.«

Er trat neben seine Verlobte und legte eine Hand auf ihre Schulter. »Es war früher Morgen, kurz vor Anbruch der Dämmerung, als ich in den Nachrichten hörte, dass sie ermordet worden war.«

»Und vorher hatte sie Sie nie auf den Vorfall in Sektor 38 angesprochen.«

»Nein. Wir hatten ein sehr gutes Verhältnis. Sie wusste von meiner Spielsucht, die sie zwar nicht billigte, aber von David gewohnt war. Ich glaube nicht, dass sie tatsächlich wusste, wie tief wir in der Sache drinsteckten.«

»Doch, sie wusste es«, verbesserte Roarke mit nüchterner Stimme. »Sie hat mich gebeten, Ihnen beiden Hausverbot in meinen Lokalen zu erteilen.«

»Ah.« Slade lächelte in sein leeres Glas. »Das ist also der Grund, weshalb ich in Ihr Kasino auf Vegas II nicht reingekommen bin.«

»Genau das ist der Grund.«

»Warum jetzt?«, wollte Eve wissen. »Warum sind Sie ausgerechnet jetzt auf die Idee gekommen, Ihre bisherige Aussage zu revidieren?«

»Ich hatte das Gefühl, dass die Sache allmählich eng würde. Ich wusste, wie sehr es Mirina verletzen würde, wenn sie die Geschichte von jemand anderem erfuhr. Ich musste es ihr selbst sagen. Es war ihre Entscheidung, Sie zu kontaktieren.«

»Es war unsere gemeinsame Entscheidung.« Wieder tastete Mirina Hilfe suchend nach seiner Hand. »Ich kann meine Mutter nicht wieder zum Leben erwecken, und ich weiß, dass es meinen Vater schwer treffen wird, wenn wir ihm sagen, dass Randy dazu benutzt wurde, um ihr wehzutun. Aber das sind Dinge, mit denen zu leben ich ganz einfach lernen muss. Und ich werde es schaffen, wenn ich weiß, dass, wer auch immer Randy und dadurch auch mich derart benutzt hat, eines Tages dafür bezahlen wird. Sie hätte niemals ihre Wohnung verlassen, sie wäre niemals in diese üble Gegend hinausgefahren, außer um mich zu beschützen.«

Auf dem Rückflug Richtung Westen ging Eve nervös in der komfortablen Kabine auf und ab. »Familien.« Sie vergrub die Daumen in den Gesäßtaschen ihrer abgewetzten Jeans. »Roarke, denkst du jemals über Familien nach?«

»Hin und wieder.« Da sie anscheinend reden wollte, schaltete er den Monitor, auf dem er die jüngsten Geschäftsnachrichten überflogen hatte, mit einem leisen Seufzer aus.

»Slade und Mirina sind offenbar der Überzeugung, dass Cicely Towers in ihrer Rolle als Mutter in der Nacht ihrer Ermordung noch einmal aus dem Haus gegangen ist. Das Glück ihres Kindes wurde von jemandem bedroht. Sie wollte die Sache klären. Selbst wenn sie Slade anschließend die Leviten lesen wollte, hatte sie die Absicht, die Sache vorher irgendwie ins Reine zu bringen.«

»Das ist es, was allgemein als natürlicher Elterninstinkt bezeichnet wird.«

Sie verzog das Gesicht. »Wir beide wissen es besser.«

»Ich würde nicht behaupten, dass das, was wir beide erlebt haben, der Norm entspricht.«

»Okay.« Nachdenklich setzte sie sich auf die Lehne seines Sessels. »Wenn es also normal ist, dass eine Mutter versucht, ihr Kind um jeden Preis vor Schwierigkeiten zu bewahren, dann hat Towers genau das getan, was ihr Mörder erwartet hat. Er hat sich demnach ziemlich gut in sie hineinversetzen und ihren Charakter ziemlich gut beurteilen können.«

»Ich würde sogar sagen, hervorragend.«

»Aber gleichzeitig war sie Staatsanwältin, und als solche wäre es nicht nur ihre Pflicht gewesen, sondern hätte es auch ihrem Instinkt entsprechen müssen, die Behörden einzuschalten, jede Drohung oder jeden Erpressungsversuch umgehend zu melden.«

»Die Liebe einer Mutter ist stärker als jedes Gesetz.«

»Ihre auf jeden Fall, und wer auch immer sie ermordet hat, hat das genau gewusst. Wer kannte sie so gut? Ihr Geliebter, ihr Ex-Mann, ihr Sohn, ihre Tochter, Slade.«

»Und andere, Eve. Sie war eine starke, engagierte Verfechterin nicht nur der Mutterschaft, sondern allgemein der Rechte der Familie. Im Verlauf der Jahre gab es Dutzende von Stories über sie, in denen ihr persönlicher Einsatz für ihre eigene Familie hervorgehoben wurde.«

»Es wäre ein ziemlich großes Risiko gewesen, wenn sich der Täter einzig auf die Medien verlassen hätte. Sie sind selten objektiv und verdrehen die Tatsachen oft so, wie es ihnen gerade in den Kram passt. Ich denke, ihr Mörder wusste es, er nahm es nicht nur an, sondern er wusste es genau. Entweder, weil er sie persönlich kannte oder aufgrund ausführlicher Recherchen.«

»Was das Feld kaum einengt.«

Eve ging achtlos über den Einwand hinweg. »Und dasselbe gilt für Metcalf. Sie trifft eine Verabredung, ohne denjenigen, den sie treffen will, speziell in ihrem Terminkalender zu erwähnen. Woher weiß ihr Killer das? Weil er ihre Gewohnheiten kennt. Meine Aufgabe ist es nun, die Gewohnheiten des Mörders genauestens zu studieren. Weil es andernfalls nicht bei diesen beiden Morden bleibt.«

»Bist du dir da so sicher?«

»Ich bin mir sicher, und Mira hat es mir bestätigt.«

»Dann hast du also mit ihr gesprochen.«

Rastlos stand sie wieder auf. »Er – gehen wir der Einfachheit halber mal von einem Er aus – beneidet und verabscheut gleichzeitig starke Frauen, auch wenn sie ihn faszinieren. Frauen, die im Rampenlicht stehen, Frauen, die etwas bewirken. Mira denkt, die Morde werden vielleicht durch ein Bedürfnis nach Kontrolle ausgelöst, aber da bin ich mir nicht so sicher. Vielleicht überschätzen wir ihn da. Vielleicht geht es ihm ganz einfach um den Kick. Darum, das Ganze zu planen, seine Opfer zu verfolgen und sie dann in die Falle zu locken. Nur, wen verfolgt er im Augenblick?«

»Hast du in letzter Zeit mal in den Spiegel gesehen?«

»Hmm?«

»Ist dir klar, wie oft dein Gesicht im Fernsehen und in den Zeitungen erscheint?« Er unterdrückte seine Besorgnis, erhob sich aus seinem Sessel, nahm sie bei den Schultern und sah ihr fragend ins Gesicht. »Du hast also selbst auch schon daran gedacht?«

»Ich habe es mir eher gewünscht«, verbesserte sie ihn. »Denn ich wäre für ihn bereit.«

»Du machst mir wirklich Angst«, brachte er mühsam hervor.

»Du hast gesagt, ich wäre die Beste.« Grinsend tätschelte sie seine Wange. »Entspann dich, Roarke, ich werde schon nichts Unüberlegtes tun.«

»Oh, jetzt kann ich natürlich ruhig schlafen.«

»Wie lange dauert es noch bis zur Landung?« Ungeduldig trat sie an eines der Fenster.

»Ich schätze, noch etwa eine halbe Stunde.«

»Ich brauche Nadine.«

»Was hast du vor, Eve?«

»Ich? Oh, ich habe die Absicht, dafür zu sorgen, dass mein Bekanntheitsgrad noch steigt.« Sie fuhr sich mit den Fingern durch ihr ungekämmtes Haar. »Gibt es nicht vielleicht irgendwelche tollen Empfänge oder Bälle, wie die Medien sie lieben, die wir zusammen besuchen könnten?«

Er seufzte leise auf. »Ich nehme an, ein paar Einladungen könnte ich durchaus organisieren.«

»Fantastisch. Dann wäre das also geklärt.« Sie warf sich in einen Sessel und trommelte mit den Fingern auf ihrem Knie herum. »Ich schätze, ich könnte vielleicht sogar so weit gehen und mir zu diesem Anlass ein paar neue Kleider zulegen.«

»Das wäre sicher kein Fehler.« Er zog sie auf seinen Schoß. »Aber ich bleibe die ganze Zeit in deiner Nähe, Lieutenant.«

»Ich arbeite nicht mit Zivilisten zusammen.«

»Ich sprach von deinen Einkäufen.«

Sie kniff die Augen zusammen, als er eine seiner Hände langsam unter ihr Hemd schob. »Sollte das gerade ein Seitenhieb sein?«

»Ja.«

»Okay.« Sie drehte sich um, bis sie rittlings auf ihm saß. »Ich wollte nur ganz sicher gehen.«

10

»Erst spreche ich ein paar einleitende Sätze.« Nadine sah sich in Eves Büro um und zog eine Braue in die Höhe. »Nicht gerade ein Prunksaal.«

»Wie bitte?«

Vorsichtig drehte Nadine Eves Monitor ein wenig herum, wobei ein lautes Quietschen zu hören war. »Bisher haben Sie diesen Raum wie ein Heiligtum gehütet. Dennoch hätte ich etwas mehr erwartet als eine Besenkammer mit einem Schreibtisch und ein paar abgenutzten Stühlen.«

»Trotzdem bin ich hier zu Hause«, erklärte Eve mit nachsichtiger Stimme und lehnte sich bequem auf einem der abgenutzten Stühle zurück.

Bisher hatte Nadine Klaustrophobie nur dem Wort nach gekannt, doch innerhalb der beigefarbenen Wände herrschte eine derart bedrückende Enge, dass ein Gefühl der Beklemmung sie überkam. Und das winzige Fenster war zwar bestimmt kugelsicher, doch war es noch nicht einmal getönt, sodass man durch das kleine Viereck optisch und auch akustisch den ganzen Tag lang dem regen Luftverkehr über dem nahe gelegenen kleinen Transportzentrum ausgeliefert war.

Auf alle Fälle herrschte in der kleinen Kammer für Nadines Empfinden ein furchtbares Gedränge, wenn man es so ausdrücken wollte.

»Ich hätte gedacht, dass Sie spätestens nach dem erfolgreichen Abschluss des Falles DeBlass im letzten Winter ein etwas komfortableres Büro bekommen hätten. Mit einem richtigen Fenster und vielleicht sogar mit einem kleinen Teppich.«

»Sind Sie als Innenarchitektin oder als Journalistin hergekommen?«

»Auch die Geräte sind einfach erbärmlich.« Beim Anblick von Eves Computer schnalzte Nadine abschätzig mit der Zunge. »Eine uralte Kiste wie die hier würde man für gewöhnlich doch bestenfalls irgendeiner niedrigrangigen Drohne oder eher noch irgendeinem Wohltätigkeitsverein für irgendwelche Umschüler überlassen.«

Sie würde nicht die Stirn runzeln, sagte sich Eve. Das würde sie nicht tun. »Vielleicht denken Sie daran, wenn Sie das nächste Mal um eine Spende für den Polizei- und Sicherheitsdienst gebeten werden.«

Lächelnd lehnte sich Nadine gegen den Schreibtisch. »Bei uns im Sender haben selbst die Drohnen ihren eigenen Auto-Chef.«

»Allmählich fange ich an Sie zu hassen, Nadine.«

»Ich versuche lediglich, Sie ein bisschen in Stimmung zu bringen. Wissen Sie, was mir gefallen würde, Dallas? Ein persönliches Gespräch, ein in die Tiefe gehendes Interview mit der Frau, die sich hinter der Dienstmarke versteckt. Das Leben und die Lieben von Eve Dallas, Mitglied des New Yorker Polizei- und Sicherheitsdepartments. Die persönliche Seite der Dienerin der Öffentlichkeit.«

Eve konnte nicht umhin, die Stirn zu runzeln. »Treiben Sie es lieber nicht zu weit, Nadine.«

»Oh, darin bin ich eine wahre Meisterin.« Nadine ließ sich

auf einen der Stühle fallen und rutschte ein wenig darauf herum. »Wie ist der Winkel, Pete?«

Der Kameramann hielt sich die handflächengroße Kamera ans Auge. »Okay.«

»Pete ist ein Mann weniger Worte«, erklärte Nadine. »Genau, wie es mir gefällt. Wollen Sie Ihre Haare vielleicht noch einmal kämmen?«

Um ein Haar wäre sich Eve tatsächlich mit den Händen durch das Haar gefahren. Sie hasste es, vor einer Kamera zu sitzen, hasste es mehr als alles andere. »Nein.«

»Das können Sie natürlich halten, wie Sie wollen.« Nadine nahm eine kleine Schminkschatulle aus ihrer riesengroßen Tasche, klappte den Spiegel auf, tupfte sich etwas auf die Augen und überprüfte ihre Zähne auf Lippenstiftflecken. »In Ordnung.« Sie ließ die Schatulle wieder in die Tasche fallen, kreuzte lässig ihre Beine und blickte in die Kamera. »Los.«

»Los.«

Eve verfolgte fasziniert, wie sich Nadines Gesicht mit einem Mal veränderte. Sobald das rote Lämpchen glühte, wurde ihre Miene strahlender, ihr Blick leuchtender, und ihre Stimme, die zuvor hell und leicht geklungen hatte, bekam einen tieferen, eindringlicheren Klang.

»Hier spricht Nadine Furst, live aus dem Büro von Lieutenant Eve Dallas, Kommissarin beim New Yorker Morddezernat. Bei unserem Exklusiv-Interview geht es um die brutalen, bisher ungeklärten Morde an Staatsanwältin Cicely Towers und an der preisgekrönten Schauspielerin Yvonne Metcalf. Lieutenant, gibt es eine Verbindung zwischen diesen beiden Fällen?«

»Höchstwahrscheinlich ja. Dem Bericht des Pathologen zufolge wurden beide Opfer von demselben Täter mit derselben Waffe ermordet.«

»Daran besteht kein Zweifel?«

»Nein. Beiden Frauen wurde mit einem dünnen, scharfkantigen, zweiundzwanzig Zentimeter langen, von hinten nach vorn spitz zulaufenden Messer die Kehle durchgeschnitten. In beiden Fällen wurde das Opfer von vorne angegriffen und mit einem einzigen, leicht schräg von rechts nach links geführten Schnitt getötet.«

Eve nahm einen Kugelschreiber vom Schreibtisch, holte aus, und Nadine zuckte erschrocken zusammen, als sie wenige Millimeter vor ihrem Hals Halt machte. »So.«

»Ich verstehe.«

»Beide Male wurde die Halsschlagader durchtrennt und das Opfer durch den dramatischen Blutverlust sofort außer Gefecht gesetzt, sodass es weder um Hilfe rufen noch sich anderweitig zur Wehr setzen konnte. Der Tod muss innerhalb weniger Sekunden eingetreten sein.«

»Mit anderen Worten, der Mörder brauchte nur sehr wenig Zeit. Ein Angriff von vorn, Lieutenant. Lässt das nicht darauf schließen, dass die Opfer ihren Mörder gekannt haben?«

»Nicht unbedingt, aber es gibt andere Beweise, die den Schluss zulassen, dass die Opfer ihren Mörder kannten oder zum Zeitpunkt ihrer Ermordung zumindest jemanden erwarteten. Zum Beispiel das Fehlen jeglicher Verletzungen, die auf versuchte Gegenwehr schließlich lassen könnten. Wenn ich so auf Sie zukäme …« Wieder holte Eve mit dem Kugelschreiber aus, und sofort hob Nadine eine Hand an ihren Hals. »Sehen Sie, in Erwartung eines Angriffs würde man automatisch versuchen sich zu schützen.«

»Interessant«, erklärte Nadine und musste sich beherrschen, um nicht die Stirn zu runzeln. »Trotzdem wissen wir zwar über die Morde selbst recht genau Bescheid, haben aber keine Ahnung, wer sie aus welchem Motiv begangen haben könnte. Welche Verbindung gibt es zwischen Staatsanwältin Towers und der Schauspielerin Yvonne Metcalf?«

»Wir verfolgen mehrere Spuren.«

»Der Mord an Staatsanwältin Towers liegt inzwischen drei Wochen zurück, Lieutenant, und dennoch haben Sie bisher noch nicht einmal irgendwelche Verdächtigen?«

»Wir verfügen zum momentanen Zeitpunkt nicht über die Beweise, die eine Verhaftung rechtfertigen würden.«

»Dann gibt es also doch irgendwelche Verdächtigen?«

»Wir treiben die Ermittlungen schnellstmöglichst voran.«

»Und das mögliche Motiv?«

»Menschen bringen einander aus allen möglichen Gründen um. Das haben sie bereits vor Urzeiten getan.«

»Der Bibel nach ist Mord das älteste Verbrechen«, bemerkte Nadine.

»Man kann zumindest sagen, dass Mord eine lange Tradition des Mordes hat. Vielleicht sind wir inzwischen in der Lage, gewisse unerwünschte Neigungen durch Genetik, chemische Behandlung oder Beta-Scans herauszufiltern, und vielleicht gelingt es uns tatsächlich, einige potenzielle Mörder durch die Androhung der Verbannung in Strafkolonien und des Entzugs der Freiheit abzuschrecken, aber die grundlegende Natur des Menschen können wir nicht ändern.«

»Sie meinen die grundlegenden Motive für Gewaltanwendung, die von der Wissenschaft nicht herausgefiltert werden können: Liebe, Hass, Habgier, Neid und Zorn.«

»Durch sie unterscheiden wir uns von den Droiden, oder etwa nicht?«

»Und sind gleichzeitig empfänglich für Freude, Leid und Leidenschaft. Aber diese Debatte überlassen wir vielleicht besser den Wissenschaftlern und den Intellektuellen. Was uns augenblicklich interessiert, ist die Frage, welchem dieser Motive Cicely Towers und Yvonne Metcalf zum Opfer gefallen sind.«

»Sie sind einem Menschen zum Opfer gefallen, Ms. Furst. Und dessen Motiv ist uns bisher nicht bekannt.«

»Aber sicher wurde inzwischen ein psychologisches Täterprofil erstellt.«

»Natürlich«, bestätigte Eve. »Und wir werden es ebenso wie alle anderen uns zur Verfügung stehenden Hilfsmittel benutzen, um den Mörder ausfindig zu machen. Ich werde ihn ausfindig machen«, erklärte Eve im Brustton der Überzeugung und blickte dabei starr in die Kamera. »Und sobald die Gefängnistür hinter ihm ins Schloss gefallen ist, wird vollkommen egal sein, aus welchem Motiv heraus er die Morde begangen hat. Alles, was dann noch zählt, ist, dass er seine gerechte Strafe für die Verbrechen erfährt, die er verübt hat.

»Das klingt wie ein Versprechen, Lieutenant. Wie ein persönliches Versprechen.«

»Das ist es auch.«

»Die New Yorker werden sich darauf verlassen, dass Sie dieses Versprechen halten. Das war Nadine Furst mit einem Bericht für Channel 75.« Sie wartete eine Sekunde und nickte dann zufrieden mit dem Kopf. »Nicht übel, Dallas. Gar nicht übel. Das Ganze wird noch mal um sechs, um elf und in einer Zusammenfassung um Mitternacht gebracht.«

»Gut. Gehen Sie mal ein bisschen frische Luft schnappen, Pete.«

Der Kameramann zuckte mit den Schultern und verließ den Raum.

»Ich hätte noch eine inoffizielle Frage«, wandte sich Eve an Nadine. »Wie viel Sendezeit können Sie mir verschaffen?«

»Zu welchem Zweck?«

»Publicity. Ich möchte, dass man mich so oft wie möglich auf dem Bildschirm sieht.«

»Ich hatte mir bereits gedacht, dass Ihre Bereitschaft, mir ein Interview zu geben, mit irgendeinem Hintergedanken verbunden war.« Nadine atmete hörbar aus. »Allerdings muss ich sagen, dass Sie mich enttäuschen, Dallas. Dass Sie derart publicitygeil sind, hätte ich niemals gedacht.«

»In ein paar Stunden muss ich im Fall Mondell meine Aussage machen. Können Sie eine Kamera vorbeischicken?«

»Sicher. Ist keine besonders große Sache, aber ’ne kurze Meldung ist er wert.« Sie zückte ihren Kalender und gab den Termin dort ein.

»Und dann besuche ich heute Abend diese Veranstaltung

im New Astoria. Eins dieser Dinner, bei denen man von goldenen Tellern isst.«

»Der Astoria Dinner Ball, sicher.« Das Lächeln der Journalistin wurde eindeutig verächtlich. »Ich arbeite nicht für die Klatschspalte, Dallas, aber ich kann Bescheid sagen, dass einer der anderen dort erscheint. Sie und Roarke sind immer für ein paar Zeilen gut. Es geht doch um Sie beide, oder etwa nicht?«

»Ich werde es Sie wissen lassen, wo Sie mich in den nächsten paar Tagen erreichen«, ging Eve über die Beleidigung hinweg. »Und außerdem werde ich Sie über die Ermittlungen auf dem Laufenden halten, sodass Sie mit Ihren Berichten immer auf dem neuesten Stand sind.«

»Fein.« Nadine erhob sich. »Vielleicht stolpern Sie auf Ihrem Weg zum Ruhm ja zufällig irgendwo über den Mörder. Haben Sie schon einen Agenten?«

Eve ließ schweigend ihre Fingerspitzen gegeneinander trommeln. »Ich dachte, Ihr Job wäre es, Sendezeit zu füllen und dem Anspruch der Öffentlichkeit auf Information gerecht zu werden, statt den Moralapostel zu spielen.«

»Und ich dachte, Ihr Job wäre es, den Menschen zu dienen und sie zu beschützen, statt Kohle zu scheffeln.« Nadine schnappte sich wütend ihre Tasche. »Ich sehe Sie dann auf dem Bildschirm, Lieutenant.«

»Nadine.« Zufrieden lehnte sich Eve auf ihrem Stuhl zurück. »Sie haben vorhin eins der Grundmotive für zwischenmenschliche Gewalt vergessen. Den Kick, den eine Gewalttat manchen Menschen verschafft.«

»Ich werde es mir notieren.« Nadine zerrte an der Tür und ließ dann die Klinke wieder los. Als sie sich zu Eve umdrehte, war ihr Gesicht unter dem Kamera-Make-up kreidebleich. »Sind Sie vollkommen wahnsinnig geworden? Sie wollen den Köder spielen? Sie wollen den verdammten Köder spielen?«

»Sie waren eben ganz schön sauer, stimmt's?« Lächelnd legte Eve die Füße auf die Platte ihres Schreibtischs. Dank ihrer spontanen Reaktion war Nadine in ihrer Achtung erheblich gestiegen. »Der Gedanke daran, dass ich darauf geil wäre, ständig im Fernsehen zu erscheinen, und dass ich die Sendezeit tatsächlich kriege, hat Sie wütend gemacht. Und auch den Täter wird es wütend machen. Können Sie sich nicht vorstellen, was er dazu sagen wird, Nadine? ›Jetzt kriegt diese verdammte kleine Polizistin die ganze Publicity, die eigentlich ich verdient hätte.‹«

Nadine kehrte zu ihrem Stuhl zurück und setzte sich vorsichtig wieder hin. »Sie haben mich wirklich zum Narren gehalten, Dallas. Ich will Ihnen keineswegs vorschreiben, wie Sie Ihren Job zu machen haben –«

»Dann tun Sie es auch nicht.«

»Habe ich Sie richtig verstanden? Sie gehen davon aus, dass die Morde zumindest teilweise begangen wurden, weil der Täter in die Medien kommen wollte. Wenn man ein paar normale Bürger umbringt, kommt man zwar auch in die Presse, aber nur vorübergehend, nur am Rande.«

»Wenn man hingegen zwei prominente Bürger umbringt, zwei bekannte Gesichter, dann gibt es praktisch keine Grenzen mehr.«

»Also wollen Sie sich selbst zur Zielscheibe machen.«

»Es ist nur so eine Idee.« Nachdenklich kratzte sich Eve am Knie. »Könnte auch sein, dass ich am Ende nichts weiter als jede Menge idiotischer Nachrichten auf meinem Bildschirm habe.«

»Oder aber ein Messer an der Kehle.«

»Himmel, Nadine, allmählich fange ich tatsächlich an zu glauben, dass Ihnen etwas an mir liegt.«

»Ich glaube, mir liegt wirklich was an Ihnen.« Sie sah Eve ins Gesicht. »Ich arbeite schon ziemlich lange mit, für oder gegen irgendwelche Polizisten. Da bekommt man unweigerlich einen Sinn dafür, welcher Cop sich wirklich engagiert, wer sich auch nur einen Hauch für die Opfer interessiert. Wissen Sie, was mir Angst macht, Dallas? Ihr Engagement und Ihr Interesse sind beinahe zu groß.«

»Das gehört zu meinem Job«, erklärte Eve mit derart ernster Miene, dass Nadine laut auflachte.

»Ganz offensichtlich haben Sie außerdem zu viele alte Videos gesehen. Tja, schließlich geht es – im wahrsten Sinn des Worts – um Ihren Kopf. Ich werde dafür sorgen, dass er möglichst häufig auf dem Bildschirm erscheint.«

»Danke. Ach, und noch was«, fügte sie hinzu, als sich Nadine erneut von ihrem Platz erhob. »Falls ich mit meiner Theorie richtig liege, dann hält er sich auch in Zukunft an erfolgreiche, aus den Medien bekannte Frauen. Also passen besser auch Sie auf Ihren hübschen Kopf auf, Nadine.«

»Lieber Gott.« Erschaudernd fuhr sich Nadine mit der Hand über ihre Kehle. »Danke, dass Sie mich darauf aufmerksam gemacht haben, Dallas.«

»War mir ein Vergnügen.« Als die Tür ins Schloss fiel, hatte Eve gerade noch genügend Zeit zu grinsen, ehe der Anruf des Commanders kam.

Offenbar hatte er bereits von dem Live-Interview gehört.

Immer noch etwas gereizt rannte sie die Stufen des Gerichtsgebäudes hinauf. Wie Nadine versprochen hatte, waren die Kameras schon da. Ebenso wie abends vor dem New Astoria, als sie aus Roarkes Limousine stieg und versuchte so zu tun, als amüsiere sie sich prächtig.

Nachdem sie zwei Tage lang kaum drei Schritte hatte machen können, ohne über eine Kamera zu stolpern, war sie ehrlich überrascht, nicht auch über ihrem Bett eine zu finden.

»Darling, du hast es so gewollt«, antwortete Roarke, als sie in den Resten des dreiteiligen Cocktailkostüms, das sie auf seine Empfehlung hin zum Empfang im Haus des Gouverneurs getragen hatte, rittlings auf ihm saß. Die glitzernde schwarz-goldene Weste war bereits bis zum Nabel geöffnet.

»Trotzdem muss es mir ja nicht gefallen. Wie hältst du das nur aus? Du stehst ständig derart im Rampenlicht. Ist das nicht manchmal unheimlich?«

»Man lernt die Kameras zu ignorieren.« Er öffnete den nächsten Knopf. »So zu tun, als wären sie nicht da. Es hat mir gefallen, wie du heute Abend ausgesehen hast.« Er spielte mit dem Diamanten, der zwischen ihren Brüsten baumelte. »Wobei mir dein momentanes Aussehen natürlich noch besser gefällt.«

»Ich werde mich nie daran gewöhnen. An all diese Eleganz. An all diesen Smalltalk, all diese aufgetakelten Gesichter. Und die Kleider passen ganz einfach nicht zu mir.«

»Vielleicht passen sie nicht zu dir als Polizistin, aber sie passen zu dir als Frau. Du kannst problemlos beides sein.« Er verfolgte, wie sich ihre Pupillen verengten, als er seine Hände über ihre Brüste gleiten ließ. »Und das Essen hat dir, wie es schien, durchaus geschmeckt.«

»Tja, sicher, aber …« Sie begann zu stöhnen, als seine Daumen ihre Nippel rieben. »Ich glaube, ich wollte noch etwas sagen. Aber sicher wäre es klüger, nicht zu reden, während ich mit dir im Bett bin.«

»Das ist ein ausgezeichneter Gedanke.« Er richtete sich auf und ersetzte seinen Daumen durch seine Zähne.

Stunden später weckte er sie aus einem tiefen, traumlosen Schlaf und – ganz Cop – fuhr sie eilig auf.

»Was?« Trotz ihrer Nacktheit tastete sie nach ihrer Waffe. »Was ist passiert?«

»Tut mir Leid.« Als er sich über das Bett beugte, um sie zu küssen, verriet das Beben seines Körpers, dass er lachte.

»Das ist nicht lustig. Wenn ich bewaffnet gewesen wäre, stündest du jetzt nicht mehr da.«

»Da habe ich ja wirklich Glück gehabt.«

Geistesabwesend schob sie Galahad, der beschlossen hatte, sich auf ihren Kopf zu setzen, ein wenig zur Seite. »Warum bist du angezogen? Was ist los?«

»Ich habe einen Anruf bekommen. Ich werde umgehend auf FreeStar One gebraucht.«

»Das Olympus Resort. Licht an«, befahl sie und sah ihm blinzelnd ins Gesicht. Gott, dachte sie, er hatte das Aussehen eines Engels. Eines gefallenen, eines gefährlichen Engels. »Gibt es dort irgendein Problem?«

»Anscheinend. Aber nichts, was nicht geregelt werden könnte.« Roarke nahm den Kater, streichelte ihn zärtlich und setzte ihn dann auf den Boden. »Aber ich muss mich persönlich darum kümmern. Könnte ein paar Tage dauern, bis ich wieder da bin.«

»Oh.« Es lag nur daran, dass sie noch nicht ganz wach war, sagte sie sich, dass sie bei diesen Worten ein Gefühl der Niedergeschlagenheit empfand. »Tja, dann sehen wir uns eben nach deiner Rückkehr.«

Er legte einen Finger auf das Grübchen in ihrem Kinn. »Ich werde dir fehlen.«

»Vielleicht. Ein bisschen.« Angesichts seines Lächelns musste sie sich geschlagen geben. »Ja.«

»Hier, zieh den an.« Er drückte ihr einen Morgenmantel in die Hand. »Es gibt da etwas, was ich dir noch zeigen möchte, bevor ich fliege.«

»Du fliegst sofort?«

»Der Transporter steht schon vor der Tür. Aber er kann ruhig noch etwas warten.«

»Ich nehme an, ich sollte mit runterkommen und dir einen Abschiedskuss geben«, murmelte sie, während sie die Arme in den Morgenmantel schob.

»Das wäre natürlich nett, aber alles hübsch der Reihe nach.« Er nahm ihre Hand und zog sie von der Plattform, auf der das Bett stand, in Richtung des Lifts. »Es besteht keine Notwendigkeit, dass du dich hier unwohl fühlst, während ich nicht da bin.«

»Genau.«

Als sich der Fahrstuhl lautlos in Bewegung setzte, legte er ihr die Hände auf die Schultern und sah ihr ins Gesicht. »Eve, das hier ist jetzt dein Zuhause.«

»Ich habe sowieso zu tun.« Sie spürte einen leichten Ruck, als der Lift in die Horizontale umschwenkte. »Fahren wir denn nicht ganz runter?«

»Noch nicht.« Er legte einen Arm um ihre Schultern, als sich die Türen öffneten und sie einen Raum betraten, den sie noch nie gesehen hatte.

Wahrscheinlich, dachte sie, gab es Dutzende von Räumen, die sie in dem labyrinthartigen Gebäude noch nicht gesehen hatte. Doch es bedurfte nur eines kurzen Blickes, um zu wissen, dass dies ihr Zimmer war.

Die wenigen Dinge, die in ihrem Apartment je für sie von Wert gewesen waren, bildeten zusammen mit ein paar neuen Stücken eine hübsche und zugleich praktische Einheit. Sie löste sich aus Roarkes Umarmung und ging durch den Raum.

Auf dem schimmernden Parkett lag ein stahlblau-moosgrün gemusterter Webteppich – wahrscheinlich aus einer seiner Fabriken im Osten –, auf der kostbaren Wolle stand ihr alter, zerkratzter Schreibtisch mitsamt ihrem Computer und ihrem übrigen Arbeitsmaterial, und hinter einer Wand aus Milchglas fand sich eine kleine, bestens ausgestattete Küche, die auf eine Terrasse hinausführte.

Natürlich war das noch nicht alles. Bei Roarke gab es immer noch etwas mehr. Ein Kommunikationsbord gestattete ihr Gespräche mit Teilnehmern in allen anderen Zimmern, das Unterhaltungszentrum bot Musik, Video, einen Hologrammschirm mit Dutzenden von Visualisierungsmöglichkeiten, und unterhalb des Bogenfensters, durch das man den Anbruch der Morgendämmerung verfolgen konnte, blühten zahllose farbenfrohe Blumen.

»Natürlich kannst du austauschen, was dir nicht gefällt«, erklärte er, als ihre Hand über den weichen Rücken eines komfortablen Liegesessels strich. »Alles wurde auf deine Stimme und deinen Handabdruck progammiert.«

»Sehr praktisch.« Sie räusperte sich leise. »Und obendrein sehr hübsch.«

Überrascht von seiner eigenen Nervosität vergrub er die Hände in den Hosentaschen. »Du brauchst ein eigenes Arbeitszimmer. Das ist mir klar. Du brauchst deinen eigenen Raum, deine eigene Privatsphäre. Mein Büro liegt dort drüben, im Westflügel. Aber die Durchgangstür lässt sich von beiden Seiten abschließen.«

»Ich verstehe.«

Allmählich wurde seine Nervosität durch heißen Zorn ersetzt. »Wenn du dich im Haus nicht wohl fühlst, während ich unterwegs bin, kannst du dich ja hier in diesem Apartment einsperren. Ebenso wie du dich hier auch einsperren kannst, wenn ich zu Hause bin. Die Entscheidung liegt allein bei dir.«

»Ja, das stimmt.« Sie atmete tief ein und drehte sich zu ihm herum. »Das hast du für mich getan.«

Er nickte verärgert mit dem Kopf. »Es scheint nicht viel zu geben, was ich nicht für dich tun würde.«

»Ich glaube, allmählich fange ich an das zu verstehen.« Nie zuvor hatte jemand ihr etwas derart Perfektes geschenkt. Nie zuvor, wurde ihr klar, hatte jemand ein derartiges Verständnis für ihre Bedürfnisse gezeigt. »Ich habe ziemliches Glück mit dir, nicht wahr?«

Er öffnete den Mund und unterdrückte die gehässige Bemerkung, die ihm auf den Lippen lag. »Verdammt«, sagte er stattdessen. »Jetzt muss ich wirklich los.«

»Roarke, nur eins noch.« Wohl wissend, dass er vor Wut beinahe platzte, trat sie auf ihn zu. »Ich habe dir noch keinen Abschiedskuss gegeben«, murmelte sie und presste ihren Mund so leidenschaftlich auf seine Lippen, dass ihm schwindelig wurde. »Danke.« Ehe er etwas erwidern konnte, küsste sie ihn noch einmal. »Danke dafür, dass du immer weißt, was mir wichtig ist.«

»Nichts zu danken.« Mit einer besitzergreifenden Geste ließ er seine Hand durch ihr zerzaustes Haar gleiten. »Ich hoffe nur, dass du mich, während ich unterwegs bin, ordnungsgemäß vermisst.«

»Das tue ich schon jetzt.«

»Geh keine unnötigen Risiken ein.« Er packte eine Strähne ihres Haares. »Dich zu bitten, auch die nötigen zu vermeiden, wäre schließlich völlig sinnlos.«

»Dann lass es besser einfach bleiben.« Als er ihre Hand an seinen Mund hob, setzte ihr Herzschlag aus. »Gute Reise«, wünschte sie ihm, als er in den Lift stieg. Diese Form des Abschieds war derart neu für sie, dass sie wartete, bis die Türen beinahe geschlossen waren, ehe sie ein leises »Ich liebe dich« hauchte.

Und als Letztes sein breites Grinsen zu sehen bekam.

»Was hast du gefunden, Feeney?«

»Ich kann es noch nicht genau sagen.«

Es war erst kurz nach acht am Morgen nach Roarkes Abreise in Richtung FreeStar One, aber Feeney wirkte bereits derart erschöpft, dass Eve zwei doppelt starke Kaffee bei ihrem AutoChef bestellte.

»Wenn du zu dieser frühen Stunde in meinem Büro erscheinst und aussiehst, als hättest du die ganze Nacht in diesem Anzug vor dem Computer zugebracht, dann muss ich ja wohl davon ausgehen, dass du etwas entdeckt hast. Und als ausgezeichnete Kriminalistin verfüge ich über einen Spürsinn, der mich nur selten trügt.«

»Also. Ich bin so, wie du es wolltest, noch mal die Familien, die Freunde und engen Bekannten der Opfer durchgegangen.«

»Und?«

Er hob seine Tasse an die Lippen, kramte seine Tüte mit gezuckerten Nüssen aus der Tasche und kratzte sich hinter dem Ohr. »Ich habe dich gestern Abend in den Nachrichten gesehen. Eigentlich eher meine Frau. Sie meinte, du machst eine echt hippe Figur. So nennen es die Kinder. Wir versuchen eben immer auf dem Laufenden zu bleiben.«

»Dann lass mich dir sagen, dass du Schwachsinn laberst,

Feeney. Das ist auch ein Ausdruck, den die Kinder gebrauchen. Soll heißen, dass du um den heißen Brei herumredest und mich unnötig auf die Folter spannst.«

»Ich weiß, was das heißt. Scheiße. Das, was ich gefunden habe, ist pikant. Es ist wirklich pikant.«

»Was der Grund ist, weshalb du hierher gekommen bist statt mir die Sache über den Computer zu schicken. Dann schieß mal endlich los.«

»Okay.« Er atmete keuchend aus. »Ich habe mich ein bisschen näher mit Towers' Sohn befasst. Vor allem mit seinen Finanzen. Wir wussten, dass er Spielschulden bei irgendwelchen Knochenbrechern hatte. Er hat sie immer wieder hingehalten, hat ihnen immer mal wieder eine kleine Summe gezahlt. Könnte sein, dass er dazu in die Firmenkasse gegriffen hat, aber dafür gibt es bisher keinerlei Beweise. Er hält seinen Arsch hübsch bedeckt.«

»Dann werden wir ihn eben bloßlegen. Die Namen der Knochenbrecher kriege ich problemlos heraus«, erklärte sie und dachte dabei an Roarke. »Wir müssten rauskriegen, ob er ihnen irgendwas versprochen hat – wie zum Beispiel, dass er bald reich erbt.« Sie runzelte die Stirn. »Wenn da nicht die Sache Metcalf wäre, könnte ich mir durchaus vorstellen, dass einer seiner Gläubiger versucht hat, die Sache durch Towers Ermordnung zu beschleunigen.«

»Vielleicht ist es tatsächlich auch bei Metcalf so simpel. Sie hatte ebenfalls ein hübsches Sümmchen auf dem Konto. Zwar habe ich bisher keinen Erben ausfindig gemacht, der schnelles Geld gebraucht hätte, aber das heißt nicht, dass es einen solchen Erben nicht doch irgendwo gibt.«

»Okay, arbeite weiter in der Richtung. Aber das, was du bisher erzählt hast, ist sicher nicht der Grund, weshalb du so nervös mit deinen Nüssen spielst.«

Beinahe hätte er gelacht. »Hübsch formuliert. Okay, jetzt kommt's. Ich habe auch die Frau des Commanders überprüft.«

»Langsam, Feeney. Wie bitte?«

Es hielt ihn nicht länger auf seinem Platz. Er sprang auf die Füße und stapfte in dem kleinen Zimmer auf und ab. »David Angelini hat in den letzten vier Monaten ein paar wirklich nette Summen auf sein privates Konto eingezahlt. Viermal fünfzigtausend. Die letzte Einzahlung erfolgte zwei Wochen vor dem Mord an seiner Mutter.«

»Also gut, dann hat er innerhalb von vier Monaten zweihundert Riesen in die Hand gekriegt und wie ein braver Junge alles auf die Bank getragen. Aber woher hatte er das Geld? Verdammt.« Sie wusste es bereits.

»Ja. Genau, von seiner Patin. Ich habe mir die elektronischen Transaktionen angesehen. Sie hat das Geld auf sein New Yorker Konto überwiesen, und er hat es von dort auf sein Konto in Mailand umgeschichtet, bevor er es bar an einem Geldautomaten auf Vegas II abgehoben hat.«

»Großer Gott, warum hat sie mir das nur nicht erzählt?« Eve presste sich ihre geballten Fäuste an die Schläfen. »Warum zum Teufel hat sie uns danach suchen lassen?«

»Es war nicht so, dass sie versucht hätte, es vor uns zu verbergen«, schränkte Feeney eilig ein. »Als ich mich in ihre Konten eingeklinkt habe, war alles fein säuberlich dort aufgelistet. Sie verfügt über ein eigenes Konto, genau wie der Commander.« Als Eve ihn reglos anstarrte, räusperte er sich. »Ich musste einfach nachsehen, Dallas. Er hat keine ungewöhnlichen Transaktionen vorgenommen, weder von seinem persönlichen noch von ihrem gemeinsamen Konto. Aber sie hat ihr Vermögen durch die Überweisungen an Angelini locker auf die Hälfte reduziert. Himmel, er hat sie ausgenommen wie eine Weihnachtsgans.«

»Erpressung«, spekulierte Eve und bemühte sich verzweifelt, weiter klar zu denken. »Vielleicht hatten sie ein Verhältnis. Vielleicht hatte sie eine Schwäche für den Bastard.«

»Oh Mann, oh Gott.« Feeneys Magen zog sich schmerzlich zusammen. »Der Commander.«

»Ich weiß. Wir müssen damit zu ihm gehen.«

»Ich wusste, dass du das sagen würdest.« Traurig zog Feeney eine Diskette aus der Tasche. »Ich habe alles hier. Wie willst du die Sache angehen?«

»Am liebsten würde ich direkt nach White Plains fahren und Mrs. Whitney ihr perfektes Hinterteil versohlen. Aber da das leider nicht erlaubt ist, gehen wir am besten zum Commander und breiten die Fakten vor ihm aus.«

»Unten im Lager liegen noch ein paar alte kugelsichere Westen«, erklärte Feeney, als sich Eve von ihrem Platz erhob.

»Gute Idee.«

Sie hätten die Westen wirklich brauchen können. Zwar kletterte Whitney weder über seinen Schreibtisch, um ihnen ein paar Fausthiebe zu verpassen, noch zog er seinen Stunner, doch der Blick aus seinen Augen richtete bereits genügend Schaden an.

»Sie haben sich also Zugang zu den persönlichen Konten meiner Frau verschafft, Feeney.«

»Ja, Sir, das habe ich getan.«

»Und haben die auf diese Weise erlangten Informationen an Lieutenant Dallas weitergegeben.«

»Wie es bei uns üblich ist.«

»Wie es bei Ihnen üblich ist«, wiederholte Whitney. »Und jetzt kommen Sie damit zu mir.«

»Zu Ihnen als unserem direkten Vorgesetzten«, setzte Feeney an, ehe er sich unterbrach. »Verdammt, Jack, hätte ich die Sache vielleicht einfach unter den Teppich kehren sollen?«

»Sie hätten damit zuerst zu mir kommen können. Stattdessen …« Whitney ließ den Satz unbeendet und wandte sich mit kaltem Blick an Eve. »Und welche Position haben Sie in dieser Sache, Lieutenant?«

»Mrs. Whitney hat David Angelini innerhalb von vier Monaten eine Summe von insgesamt zweihunderttausend Dollar überwiesen. Davon hat sie in keinem unserer bisherigen Gespräche auch nur einen Ton gesagt. Es ist erforderlich, der Sache auf den Grund zu gehen –« Sie sah ihm ins Gesicht. »Wir müssen einfach wissen, weshalb sie das getan hat, Commander.« Bei genauem Hinsehen hätte er bemerken müssen, dass sie ihn mit ihrem Blick um Verzeihung bat. »Wir müssen wissen, weshalb sie ihm das Geld bezahlt hat, und weshalb es nach Cicely Towers' Tod keine weiteren Zahlungen gab. Außerdem muss ich in meiner Funktion als Ermittlungsleiterin fragen, ob Sie über die Transaktionen und die Gründe dafür Bescheid wussten, Commander.«

Sein Magen schmerzte, ein Zeichen von unbehandeltem, unbewältigtem Stress. »Diese Frage werde ich beantworten, nachdem ich mit meiner Frau gesprochen habe.«

»Sir.« In Eves Stimme lag ein leises Flehen. »Sie wissen, dass wir Ihnen nicht erlauben dürfen, mit Mrs. Whitney zu sprechen, bevor wir sie befragt haben. Die Tatsache, dass wir vorher hierher gekommen sind, birgt bereits das Risiko, dass die Ermittlungen dadurch unterminiert werden. Tut mir Leid, Commander.«

»Sie werden meine Frau nicht vorladen.«

»Jack –«

»Verdammt, Feeney, sie wird nicht wie eine Kriminelle hierher geschleift werden.« Unter der Schreibtischplatte ballte er die Fäuste und kämpfte mühsam darum, dass er nicht vollends die Beherrschung verlor. »Befragen Sie sie zu Hause, in Anwesenheit unserer Anwältin. Das müsste ja wohl möglich und legal sein, oder etwa nicht, Lieutenant Dallas?«

»Natürlich, Sir. Bei allem gebührenden Respekt, Commander, werden Sie uns zu dem Gespräch begleiten?«

»Bei allem gebührenden Respekt, Lieutenant«, erwiderte er bitter. »Nichts und niemand könnte mich davon abhalten.«

11

Die zitternden Hände fest im Schoß verschränkt, empfing Anna Whitney die drei Beamten an der Tür. »Jack, was geht hier vor sich? Linda ist hier. Sie hat gesagt, du hättest sie angerufen und ihr gesagt, ich bräuchte ihren Beistand.« Ihr Blick flog von Eve zu Feeney und dann wieder zurück zu ihrem Mann. »Weshalb sollte ich eine Anwältin brauchen?«

»Es ist alles in Ordnung.« Beschützend legte er eine Hand auf ihre Schulter. »Lass uns hineingehen, Anna.«

»Aber ich habe nichts getan«, protestierte sie mit nervösem Lachen. »Ich habe in letzter Zeit noch nicht mal einen Strafzettel wegen Falschparkens bekommen.«

»Setz dich, meine Liebe. Linda, danke, dass du so schnell gekommen bist.«

»Kein Problem.«

Die Anwältin der Whitneys war jung, hatte wache, intelligente Augen und wirkte wie auf Hochglanz poliert. Eve brauchte einen Augenblick, bis ihr wieder einfiel, dass sie außerdem die Tochter des Commanders und seiner Gattin war.

»Lieutenant Dallas, nicht wahr?« Linda bedachte sie mit einem durchdringenden Blick. »Ich erkenne Sie wieder.« Bevor ihre Eltern daran dachten, deutete sie in Richtung eines Stuhls. »Bitte nehmen Sie doch Platz.«

»Captain Feeney, Abteilung für elektronische Ermittlungen.«

»Ja, mein Vater hat oft von Ihnen gesprochen, Captain Feeney. Nun.« Sie legte eine Hand auf den Arm ihrer Mutter. »Was hat das alles zu bedeuten?«

»Es sind ein paar Dinge ans Tageslicht gekommen, die einer weiteren Klärung bedürfen.« Eve zog ihren Recorder aus der Tasche und hielt ihn Linda zur Überprüfung hin. Sie versuchte, nicht daran zu denken, wie sehr Linda mit ihrer karamellfarbenen Haut und den kühlen Augen ihrem Vater glich. Fragen nach Genetik und Vererbung faszinierten sie und machten ihr zugleich eine Heidenangst.

»Ich gehe davon aus, dass Sie wegen eines förmlichen Verhörs hierher gekommen sind.« Vorsichtig stellte Linda den Recorder auf den Tisch und zog ihren eigenen hervor.

»Das ist richtig.« Eve nannte Datum und Uhrzeit. »Vernehmende Beamtin, Lieutenant Eve Dallas. Außerdem anwesend Commander Jack Whitney und Captain Ryan Feeney. Vernommene Person Anna Whitney, vertreten durch ihre Anwältin.«

»Linda Whitney. In Kenntnis ihrer Rechte hat meine Mandantin dem Zeitpunkt und dem Ort der Vernehmung zugestimmt. Ihre Anwältin behält sich das Recht zur vorzeitigen Beendigung der Vernehmung vor. Bitte fahren Sie fort, Lieutenant.«

»Mrs. Whitney«, setzte Eve vorsichtig an. »Sie waren mit der verstorbenen Cicely Towers bekannt.«

»Ja, natürlich. Geht es hier um Cicely? Jack –«

Ohne die Hand von ihrer Schulter zu nehmen, schüttelte er stumm den Kopf.

»Außerdem sind Sie mit der Familie der Verstorbenen bekannt. Mit ihrem geschiedenen Mann Marco Angelini, ihrem Sohn David und ihrer Tochter Mirina.«

»Ich bin mit ihnen mehr als nur bekannt. Ihre Kinder sind für mich wie ein Teil meiner eigenen Familie. Himmel, es gab sogar mal eine Zeit, in der Linda mit –«

»Mama«, fiel ihr Linda lächelnd ins Wort. »Es reicht vollkommen, wenn du die Frage beantwortest.«

»Aber das ist einfach lächerlich.« Ein Teil von Annas Verwirrung machte plötzlich echter Verärgerung Platz. Schließlich war dies ihr Zuhause, ihre Familie, um die es anscheinend ging. »Lieutenant Dallas kennt die Antwort auf die Frage bereits.«

»Tut mir Leid, wenn ich mich wiederhole, Mrs. Whitney. Würden Sie mir bitte trotzdem Ihre Beziehung zu David Angelini etwas genauer beschreiben?«

»Meine Beziehung zu David? Nun, ich bin seine Patentante. Ich kenne ihn, seit er auf die Welt gekommen ist.«

»Sie wissen, dass David Angelini vor dem Tod seiner Mutter in finanziellen Schwierigkeiten steckte.«

»Ja, er war ...« Ihre Augen wurden so groß wie Untertassen. »Sie glauben doch wohl nicht ernsthaft, dass David ... das ist einfach schrecklich.« Ihre Lippen bildeten eine schmale, rote Linie. »Diese Frage beantworte ich nicht.«

»Mir ist bewusst, dass Sie das Bedürfnis haben, Ihr Patenkind zu schützen, Mrs. Whitney. Mir ist bewusst, dass Sie dabei ziemlich weit gehen und es sich vor allem auch einiges kosten lassen würden. Um genau zu sein, zweihunderttausend Dollar.«

Selbst unter dem teuren Make-up war zu erkennen, dass Anna blass wurde. »Ich weiß nicht, was Sie damit sagen wollen.«

»Mrs. Whitney, wollen Sie leugnen, dass Sie David Angelini in einem Zeitraum von vier Monaten – zwischen Februar und Mai dieses Jahres – einen Gesamtbetrag von zweihunderttausend Dollar in vier Raten zu je fünfzigtausend Dollar haben zukommen lassen?«

»Ich ...« Sie umklammerte die Hand ihrer Tochter und wich den Blicken ihres Mannes aus. »Muss ich darauf antworten, Linda?«

»Geben Sie mir bitte einen Augenblick, um mich mit meiner Mandantin zu beraten.« Entschieden legte Linda einen Arm um ihre Mutter und führte sie ins Nebenzimmer.

»Sie sind sehr gut, Lieutenant«, erklärte Whitney mit gepresster Stimme. »Es ist einige Zeit her, dass ich zum letzten Mal dabei war, als Sie einen Verdächtigen vernommen haben.«

»Jack.« Feeney seufzte. »Sie macht nur ihre Arbeit.«

»Ja, das tut sie. Schließlich ist ihre Arbeit das, was sie am besten kann.« Er wandte den Kopf, als seine Frau wieder in den Raum trat.

Die Blässe in ihrem Gesicht und das leichte Zittern ihrer Hände verstärkten noch die Magenschmerzen, von denen er seit dem Augenblick, in dem Eve und Feeney zu ihm gekommen waren, gequält wurde.

»Wir werden mit dem Verhör fortfahren«, erklärte Linda nüchtern, bedachte Eve jedoch zugleich mit einem kämpferischen Blick. »Meine Mandantin möchte eine Erklärung abgeben. Fang ruhig an, Mama, es ist alles in Ordnung.«

»Es tut mir Leid.« In ihren Wimpern sammelten sich Tränen. »Jack, es tut mir Leid. Ich konnte es nicht ändern. Er war in Schwierigkeiten. Ich weiß, was du gesagt hast, aber ich konnte es nicht ändern.«

»Schon gut.« Resigniert nahm er ihre Hand, die hilfesuchend nach der seinen tastete, und baute sich schützend neben seiner Gattin auf. »Sag Lieutenant Dallas die Wahrheit. Wir kommen schon damit zurecht.«

»Ich habe ihm das Geld gegeben.«

»Hat er Sie bedroht, Mrs. Whitney?«

»Was?« Vor lauter Entsetzen versiegten die Tränen, ehe sie auch nur mit dem Weinen angefangen hatte. »Oh, mein Gott. Natürlich hat er mich nicht bedroht. Er war in Schwierigkeiten«, wiederholte sie, als ob dadurch bereits alles gesagt wäre. »Er schuldete den falschen Leuten eine Menge Geld. In seinem Unternehmen – dem Teil des Unternehmens seines Vaters, für den er verantwortlich war – gab es kurzfristige Probleme. Und zugleich versuchte er, ein neues Projekt zum Laufen zu bringen. Er hat mir die ganze Sache ausführlich erklärt«, fügte sie mit einer abwinkenden Handbewegung hinzu. »Ich kann mich nicht mehr genau erinnern. Ich habe kein besonderes Interesse an wirtschaftlichen Dingen.«

»Mrs. Whitney, Sie haben ihm viermal fünfzigtausend Dollar überwiesen, und in keinem unserer bisherigen Gespräche haben Sie diese Tatsache auch nur mit einem Wort erwähnt.«

»Weshalb hätte ich das tun sollen?« Sie richtete sich auf, sodass sie plötzlich hart und kalt wie eine Statue auf dem Sofa saß. »Es war mein Geld, und mit diesem meinem Geld habe ich meinem Patenkind ein persönliches Darlehen gewährt.«

»Einem Patenkind«, erklärte Eve, um Geduld bemüht, »das ebenso wie Sie von uns als Zeuge in einem Mordfall befragt wurde.«

»Dem Mord an seiner Mutter. Wenn Sie ihn verdächtigen, können Sie ebenso gut behaupten, ich hätte sie umgebracht.«

»Nur, dass Sie keinen beachtlichen Teil ihres Vermögens geerbt haben.«

»Jetzt hören Sie mir mal gut zu.« Der Zorn stand ihr erstaunlich gut. Mit glühenden Wangen beugte sie sich vor. »Der Junge hat seine Mutter angebetet und sie ihn. Ihr Tod hat ihn zutiefst erschüttert. Ich weiß es. Ich habe bei ihm gesessen und versucht ihn zu trösten.«

»Sie haben ihm zweihunderttausend Dollar gegeben.«

»Es war mein Geld, und damit konnte ich machen, was ich wollte.« Sie biss sich auf die Lippen. »Niemand wollte ihm helfen. Seine Eltern hatten sich geweigert. Sie waren übereingekommen, ihm ihre Hilfe dieses Mal zu verwehren. Ich habe vor Monaten mit Cicely darüber gesprochen. Sie war eine wunderbare Mutter, und sie liebte ihre Kinder, aber zugleich war sie der felsenfesten Überzeugung, dass man ohne Disziplin einfach nicht weiterkommt. Sie war fest entschlossen, ihn seine Probleme allein, ohne ihre und auch ohne meine Hilfe, lösen zu lassen. Aber als er völlig verzweifelt zu mir kam, was hätte ich da tun sollen? Was hätte ich machen sollen?«, fragte sie und wandte sich an ihren Mann. »Jack, ich weiß, dass du gesagt hast, ich sollte mich da raushalten, aber er hatte solche Angst, entsetzliche Angst, dass sie ihn zum Krüppel machen oder sogar umbringen würden. Was, wenn es Linda oder Steven so ergangen wäre? Hättest du nicht gewollt, dass ihnen jemand hilft?«

»Anna, du hilfst ihm nicht, indem du seine Sucht noch unterstützt.«

»Er wollte mir das Geld zurückzahlen«, beharrte sie. »Er wollte es nicht verspielen. Er hatte es mir versprochen. Er brauchte es nur, um ein bisschen Zeit zu gewinnen. Ich konnte ihn einfach nicht abweisen.«

»Lieutenant Dallas«, meldete sich Linda zu Wort. »Meine Mandantin hat einem Familienmitglied von ihrem eigenen Geld ein Darlehen gewährt. Das ist ja wohl kein Verbrechen.«

»Ihre Mandantin wurde auch keines Verbrechens beschuldigt.«

»Haben Sie meine Mandantin in einem der vorherigen Gespräche direkt nach möglichen Geldgeschäften mit der Familie der Verstorbenen gefragt? Haben Sie meine Mandantin danach gefragt, ob sie David Angelini Geld geliehen hat?«

»Nein, das habe ich nicht.«

»Dann können Sie ihr wohl kaum vorhalten, dass sie Ihnen diese Informationen nicht aus freien Stücken gegeben hat. Schließlich waren sie persönlicher Natur und hatten ihres Wissens nach mit den Ermittlungen nicht das Mindeste zu tun.«

»Sie ist die Frau eines Polizisten«, widersprach Eve müde. »Sie hätte sich also zumindest denken können, dass solche Dinge für uns von Interesse sind. Mrs. Whitney, hat Cicely Towers mit ihrem Sohn wegen des Geldes, seiner Spielsucht, seiner Schulden und ihrer Begleichung gestritten?«

»Sie hat sich furchtbar darüber aufgeregt. Natürlich haben sie deshalb gestritten. Wie es in Familien nun mal üblich ist. Aber sie hätten einander ganz sicher niemals wehgetan.«

Vielleicht nicht in der behaglichen kleinen Welt der Whitneys, der Towers' und der Angelinis, dachte Eve erbost. »Wann hatten Sie zum letzten Mal Kontakt zu Ihrem Patensohn?«

»Vor einer Woche. Er rief an, um mich zu fragen, ob mit mir und Jack alles in Ordnung ist. Wir sprachen über Pläne zur Gründung eines Stipendienfonds im Gedenken an seine Mutter. Das war seine Idee, Lieutenant«, erklärte sie, und wieder sammelten sich in ihren Augen große, glitzernde Tränen. »Er will, dass sie den Menschen in Erinnerung bleibt.«

»Was wissen Sie über seine Beziehung zu Yvonne Metcalf?«

»Die Schauspielerin.« Anna betupfte sich die Augen und sah Eve überrascht an. »Hat er sie denn überhaupt gekannt? Mir gegenüber hat er ihren Namen nie erwähnt.«

Es war ein Schuss ins Dunkle gewesen, und er hatte sein Ziel verfehlt. »Danke.« Eve griff nach ihrem Recorder, sprach einen Vermerk über das Ende des Verhörs, erhob sich von ihrem Platz und wandte sich an die Tochter und Anwältin von Anna Whitney: »Sie sollten Ihre Mandantin darüber aufklären, dass es in ihrem eigenen Interesse ist, mit niemandem über dieses Gespräch oder über Teile des Gesprächs zu reden.«

»Ich bin die Frau eines Polizisten«, wiederholte Anna gehässig die Worte, die Eve ihr vorgehalten hatte. »Wie Sie selbst schon sagten, sind mir die Spielregeln demnach durchaus bekannt.«

Das Letzte, was Eve beim Verlassen des Hauses vom Commander sah, war, dass er seine Frau und seine Tochter eng an seine Brust zog.

Eve sehnte sich nach einem Drink. Bis sie sich endlich aus dem Büro verabschieden konnte, hatte sie den Großteil des Nachmittags mit der Suche nach David Angelini zugebracht. Immer hatte er entweder einen geschäftlichen Termin, war gerade nicht zu sprechen oder aber gar nicht dort, wo sie ihn suchte, und in Ermangelung einer Alternative hatte sie an allen möglichen Stellen auf dem Planeten Nachrichten für ihn hinterlassen und konnte nun nur darauf hoffen, dass er sie noch vor dem nächsten Tag zurückrief.

Bis sie von ihm hören würde, saß sie in einem riesengroßen, leeren Haus zusammen mit einem Butler, der schon die Luft, die sie ausatmete, verabscheute.

Als sie durch das Tor fuhr, kam ihr jedoch eine Idee. Sie schnappte sich ihr Auto-Link und gab Mavis' Nummer ein.

»Du hat doch heute deinen freien Abend, oder nicht?«, fragte sie, sobald Mavis' Gesicht auf dem Bildschirm erschien.

»Und ob. Irgendwann muss man seinen Stimmbändern schließlich eine Pause gönnen.«

»Und, hast du schon irgendwelche Pläne?«

»Nichts, was nicht wieder verworfen werden könnte. Woran hast du denn gedacht?«

»Roarke ist unterwegs. Willst du vielleicht rüberkommen, dich ordnungsgemäß mit mir betrinken und dann bei mir übernachten?«

»Ich soll mich in Roarkes Palast betrinken und dann auch noch dort nächtigen? Bin schon unterwegs.«

»Warte, warte. Am besten begehen wir den Abend von Anfang an im großen Stil, indem ich dir einen Wagen vorbeischicke.«

»Eine Limousine?« Mavis vergaß ihre Stimmbänder und quietschte vor Vergnügen. »Himmel, Dallas, sorg am besten noch dafür, dass der Chauffeur so was wie eine Uniform trägt. Dann werden den Leuten aus meinem Haus, die ständig an den Fenstern hängen, vor Neid die Augen übergehen.«

»In fünfzehn Minuten ist er da.« Eve brach das Gespräch ab und tanzte vor Vergnügen beinahe die Stufen zur Haustür hinauf. Wie erwartet, lauerte Summerset bereits auf sie, und mit einstudiertem hochmütigem Nicken schritt sie hoheitsvoll an ihm vorbei. »Ich habe heute Abend einen Gast. Schicken Sie also bitte einen Wagen mit Chauffeur in die Avenue C, 28.«

»Einen Gast.« Seine Stimme verriet deutlich seinen Argwohn.

»Genau, Summerset.« Sie glitt bereits die Treppe in Richtung Schlafzimmer hinauf. »Einen sehr, sehr lieben Gast. Sagen Sie also bitte dem Koch, dass wir zu zweit essen und dass er sich besondere Mühe geben soll.«

Glücklicherweise war sie bereits außer Hörweite, als sie fröhlich zu prusten begann. Summerset ging eindeutig davon aus, dass sie Roarke betrügen wollte. Doch wenn er erst Mavis sah, wäre das in seinen Augen sicher ein noch viel größerer Skandal.

Mavis enttäuschte sie nicht, obgleich ihre Aufmachung für ihre Verhältnisse als beinahe konservativ hätte bezeichnet werden müssen. Ihre zur Zeit beinahe biederen goldfarbenen Haare hatte sie entsprechend der gängigen Mode zu einer so genannten Halbschaukel frisiert, das hieß, dass eine Seite bis knapp zum Ohr reichte, während die andere bis auf die Schulter fiel.

Außerdem trug sie höchstens ein halbes Dutzend Ringe – und zwar alle in den Ohren, was für Mavis Freestone gleichbedeutend war mit dezenter Eleganz.

Sie trat aus einem wolkenbruchartigen Frühlingsregen durch die Tür, drückte dem sprachlosen Summerset ihren transparenten, mit winzigen Lämpchen bestückten Umhang in die Hand und drehte sich dreimal im Kreis. Eher, wie Eve dachte, aus Bewunderung für das Foyer als aus Stolz auf ihren hauteng anliegenden roten Catsuit.

»Wow.«

»Genau das denke ich auch«, erklärte Eve. Sie hatte sich im Flur herumgedrückt, damit Mavis Summerset nicht alleine gegenübertreten musste, doch diese Strategie war offensichtlich unnötig gewesen, denn der für gewöhnlich stets herablassende Butler war zur Salzsäule erstarrt.

»Wahnsinn«, hauchte Mavis mit ehrfürchtiger Stimme. »Echter Wahnsinn. Und du hast die Hütte ganz für dich allein.«

Eve bedachte Summerset mit einem kühlen Blick. »Beinahe.«

»Wirklich anständig.« Mavis flatterte mit ihren mehrere Zentimeter langen Wimpern und streckte ihre mit zwei verwobenen Herzen tätowierte rechte Hand aus. »Und Sie müssen Summerset sein. Ich habe schon viel von Ihnen gehört.«

Summerset ergriff die Hand und hätte sie in seiner Verwirrung beinahe an seinen Mund gehoben, ehe er sich auf seine Position besann und sich auf ein steifes »Madam« beschränkte.

»Oh, nennen Sie mich einfach Mavis. Toller Platz zum Arbeiten, oder etwa nicht? Aber sicher ganz schön stressig.«

Unsicher, ob er entsetzt oder entzückt sein sollte, trat Summerset vorsichtig einen Schritt zurück, machte eine halbe Verbeugung und verschwand, den tropfnassen Umhang in der Hand, in einem der angrenzenden Räume.

»Ein Mann weniger Worte.« Mavis zwinkerte, kicherte, trottete auf ihren fünfzehn Zentimeter hohen, aufblasbaren Absätzen den Korridor entlang und begann bereits beim Anblick des ersten Zimmers wollüstig zu stöhnen. »Ihr habt einen richtigen Kamin.«

»Ich schätze, es sind ungefähr ein Dutzend.«

»Himmel, treibt ihr es etwa vor dem Feuer? Wie in den alten Filmen?«

»Das überlasse ich ganz deiner Fantasie.«

»Ich kann es mir gut vorstellen. Himmel, Dallas, dieser Wagen, den du mir geschickt hast. Eine echte Limousine, ein echter Klassiker. Nur blöd, dass es gerade regnen musste.« Mit tanzenden Ohrringen wirbelte sie zu ihrer Freundin herum. »Deshalb hat nur ungefähr die Hälfte der Leute, die ich beeindrucken wollte, am Fenster gehangen. Was machen wir als Erstes?«

»Wir könnten etwas essen.«

»Ich bin halb verhungert, aber vorher muss ich mir die Hütte noch ein bisschen genauer ansehen. Zeig mir, was es hier so alles gibt.«

Eve dachte kurz nach. Die Dachterrasse war unglaublich, aber es schüttete immer noch wie aus Kübeln. Die Waffenkammer war, ebenso wie der Schießstand, für Dritte tabu. Eve war der Ansicht, dass nur Roarke entscheiden konnte, wer dort Zutritt bekam. Natürlich gab es noch zahllose andere wunderbare Räume. Eve bedachte Mavis' Schuhe mit einem unsicheren Blick.

»Kannst du wirklich in den Dingern laufen?«

»Es ist, als schwebe man auf Luft. Ich spüre kaum, dass ich sie anhabe.«

»Also gut, dann nehmen wir die Treppe. Auf diese Weise bekommst du mehr zu sehen.«

Zuerst führte sie Mavis in das Solarium und freute sich darüber, dass ihr beim Anblick der exotischen Pflanzen, der glitzernden Wasserfälle und der zwitschernden Vögel die Kinnlade herunterfiel. Durch die geschwungene Glaswand blitzten die Lichter von New York.

Im Musikzimmer gab Eve eine Trash Band in die Anlage ein, und Mavis unterhielt sie mit einem schrillen Medley ihrer momentanen Lieblingssongs, und anschließend verbrachten sie eine Stunde im Spielzimmer, kämpften gegen den Computer, gegeneinander und gegen Hologramm-Gegner aus der Freizone und von Apocalypse.

Die diversen Schlafzimmer entlockten Mavis eine Reihe lauter Ahs und Ohs, ehe sie sich unter Qualen für eine der Suiten als Nachtquartier entschied.

»Und ich kann mir wirklich ein Feuer machen, wenn ich will?« Mavis strich mit den Fingerspitzen über den aus leuchtendem Lapislazuli gehauenen Kamin.

»Sicher, aber es ist beinahe Juni.«

»Mir egal, selbst wenn ich röste.« Mit ausgestreckten Armen ging sie durch das Zimmer, blickte durch das große Oberlicht in den dunklen Himmel und warf sich auf das überdimensionale, mit weichen, silbrigen Kissen übersäte Bett. »Ich fühle mich wie eine Königin. Nein, nein, wie eine Kaiserin.« Sie rollte sich auf der wogenden Matratze hin und her. »Wie schaffst du es, an einem solchen Ort normal zu bleiben?«

»Keine Ahnung. Schließlich lebe ich noch nicht allzu lange hier.«

Mavis rollte immer noch über die luftgefüllten Kissen und erklärte lachend: »Mir wird diese eine Nacht genügen, um nie mehr dieselbe zu sein.« Sie robbte sich in Richtung des gepolsterten Kopfbretts und drückte ein paar Knöpfe. Sofort blitzten und blinkten mehrere kleine Lichter im Rhythmus der einsetzenden Musik, und aus dem Nebenzimmer drang das Rauschen von Wasser an ihr Ohr.

»Was ist das?«

»Du hast die Badewanne angestellt«, erklärte Eve.

»Huch. Dafür ist es noch viel zu früh.« Mavis stellte das Wasser wieder ab, drückte vorsichtig einen anderen Knopf, und sofort glitt das Paneel an der Wand gegenüber dem Bett zur Seite, sodass ein riesiger Videobildschirm zum Vorschein kam. »Wirklich anständig. Und, wollen wir jetzt essen?«

Während es sich Eve zusammen mit Mavis im Esszimmer gemütlich machte, um ihren ersten freien Abend seit Wochen zu genießen, saß Nadine Furst mit gerunzelter Stirn über dem Zusammenschnitt für ihre nächste Sendung.

»Das hier hätte ich gern ein bisschen größer. Fokus auf Dallas«, wies sie die Technikerin an. »Ja, ja, bring sie ganz nach vorne. Sie macht sich verdammt gut vor der Kamera.«

Sie lehnte sich zurück und studierte die fünf Bildschirme, während die Cutterin die Finger über die Tasten des Schaltbretts fliegen ließ. Einzig das Murmeln der Stimmen auf den Bildschirmen durchbrach die Stille im Schneideraum eins. Für Nadine war das Zusammenschneiden der Beiträge ebenso erregend wie eine Runde guter Sex. Die meisten Journalisten überließen diese Arbeit lieber den Leuten von der Technik, aber Nadine wollte wie an allen Dingen auch an diesem Vorgang aktiv beteiligt sein.

In dem ein Stockwerk tiefer gelegenen Nachrichtenraum herrschte mal wieder vollkommenes Chaos. Auch daran fand sie durchaus Gefallen. Die Eile, mit der man versuchte, die neuesten Töne sowie die aktuellsten und spannendsten Bilder vor der Konkurrenz herauszubringen, die Hektik, mit der die Reporter versuchten, über ihre Links von irgendwelchen Gesprächspartnern noch eine letzte zitatwürdige Aussage zu bekommen oder ihren Computern die allerneuesten Daten zu entlocken – all das sprach sie an.

Konkurrenz kam nicht nur von außen. Es gab mehr als genug auch innerhalb des Nachrichtenstudios von Channel 75.

Jeder wollte die ganz große Story, das ganz große Bild, die ganz hohen Einschaltquoten. Im Augenblick war sie diejenige, die all das bekam. Und sie hatte nicht die Absicht, diese Dinge wieder zu verlieren.

»Da, halt dort an, wo ich auf Metcalfs Terrasse stehe. Ja, und jetzt versuch, den Bildschirm zu splitten und die Stelle danebenzuschieben, an der ich auf dem Gehweg stehe, wo es Towers erwischt hat. Hm-hmmm.« Mit zusammengekniffenen Augen betrachtete sie eingehend das Bild. Sie sah gut aus, dachte sie zufrieden. Würdevoll und ernst. Ganz wie die unerschrockene, klar sehende Journalistin bei der Begehung der Tatorte zweier grausiger Verbrechen.

»Okay.« Sie stützte ihr Kinn auf die verschränkten Hände. »Jetzt fehlt nur noch der Ton.«

Zwei Frauen, talentiert, engagiert, unschuldig. Zwei Leben, denen brutal ein Ende gesetzt wurde. Die Stadt ist außer sich vor Trauer und Entsetzen, jeder blickt ängstlich über die Schulter und fragt sich nach dem Warum. Die Familien trauern, fordern über den Gräbern ihrer Lieben, dass man den Täter seiner gerechten Strafe überführt, und tatsächlich gibt es einen Menschen, der sich um die Erfüllung dieser Forderung bemüht.

»Halt«, befahl Nadine. »Fokus auf Dallas vor dem Gerichtssaal. Und jetzt bringst du den Ton.«

Eve und Nadine tauchten nebeneinander in Lebensgröße auf dem Bildschirm auf. Das war gut, dachte Nadine. Das Bild erweckte den Eindruck, als arbeiteten sie eng zusammen, als wären sie ein Team. Das konnte sicherlich nicht schaden. Eine milde Brise zerzauste ihre Haare, und hinter ihnen ragte das Gerichtsgebäude in den Himmel, ein Mahnmal des Rechts, dessen Fahrstühle geschäftig hoch- und runterglitten und in dessen gläsernen Korridoren sich wahre Menschenmassen drängten.

Mein Job ist es, einen Mörder zu finden, und ich nehme diesen Job sehr ernst. Wenn ich meine Arbeit getan habe, fängt die Arbeit der Gerichte an.

»Perfekt.« Nadine ballte die Faust. »Oh ja, einfach perfekt. Dann kannst du langsam ausblenden und ich übernehme live. Wie lang ist der Schnitt?«

»Drei Minuten fünfundvierzig.«

»Louise, ich bin ein Genie, und du bist ebenfalls nicht schlecht. Druck den Bericht so aus.«

»Schon erledigt.« Louise wandte sich vom Schaltbrett ab und räkelte sich. Sie und Nadine arbeiteten seit drei Jahren zusammen und waren gute Freundinnen. »Das ist ein guter Bericht, Nadine.«

»Allerdings, das ist er.« Nadine neigte ihren Kopf zur Seite und sah die Cutterin fragend an. »Aber?«

»Okay.« Louise löste ihren Pferdeschwanz und fuhr sich mit der Hand durch die dichten, dunklen Locken. »Es wirkt beinahe wie eine Wiederholung. Wir haben schon seit ein paar Tagen nichts Neues mehr gebracht.«

»Ebenso wenig wie die anderen. Aber ich habe zumindest Dallas.«

»Die bereits für sich genommen ein guter Quotenfänger ist.« Louise war eine hübsche Frau mit einem sanften Gesicht und leuchtenden Augen. Sie war direkt vom College zum Sender gekommen, und nach weniger als einem Monat hatte Nadine sie auf den Posten der Chef-Cutterin gehievt. Ein Arrangement, das für sie beide durchaus von Vorteil war. »Sie hat eine solide Ausstrahlung, eine hervorragende Stimme, der Roarke-Faktor verleiht ihr den nötigen Glamour, und davon abgesehen hat sie als Polizistin einen wirklich guten Ruf.«

»Also?«

»Also denke ich«, fuhr Louise unbekümmert fort, »dass du, so lange du keine Neuigkeiten hast, vielleicht ein bisschen was über den Fall DeBlass bringen könntest. Dass du die Leute daran erinnern könntest, dass unsere werte Lieutenant Dallas einen der ganz Großen unseres Staats zu Fall gebracht und sich durch nichts und niemanden von der Erfüllung ihrer Pflicht hat abbringen lassen. Auf diese Weise würde das Vertrauen in sie gestärkt.«

»Ich will nicht von den laufenden Ermittlungen ablenken.«

»Vielleicht solltest du gerade das tun«, widersprach Louise. »Zumindest, solange es keine neue Spur oder kein neues Opfer gibt.«

Nadine grinste. »Ein bisschen frisches Blut würde die Sache natürlich noch mal anheizen. Noch ein paar Tage, und wir alle fallen ins Juniloch. Okay, ich werde es mir überlegen. Vielleicht hast du ja Lust, ein bisschen was zusammenzustellen.«

Louise zog eine Braue in die Höhe. »Habe ich das?«

»Und wenn ich es verwende, du ehrgeizige Ziege, wird dein Name live erwähnt.«

»Abgemacht.« Louise klopfte auf die Tasche ihrer Weste. »Meine Kippen sind alle.«

»Du solltest damit aufhören. Du weißt, wie es unsere hohen Damen und Herren finden, wenn ihre Angestellten Gesundheitsrisiken eingehen.«

»Immerhin bleibt es ja bei dem Zeug.«

»Zeug ist genau der passende Ausdruck. Aber wenn du schon Zigaretten holen gehst, bring mir doch bitte welche mit.« Zumindest besaß Nadine den Anstand, bei diesen Worten verlegen zu grinsen. »Und behalt es bitte für dich. Mit uns Journalisten gehen sie wesentlich härter ins Gericht als mit euch Technikern.«

»Du hast doch noch ein bisschen Zeit vor deinem Mitternachtsauftritt. Willst du heute keine Pause machen?«

»Nein, ich muss noch ein paar Telefongespräche führen. Außerdem gießt es draußen wie aus Eimern.« Nadine betastete ihre perfekte Frisur. »Also würde ich sagen, dass du gehst«, sie griff bereits in ihre Tasche, »und dass ich dafür bezahle.«

»Das ist ja wohl das Mindeste, denn schließlich muss ich den ganzen Weg bis in die Zweite hetzen, um einen Laden mit Tabaklizenz zu finden.« Resigniert erhob sie sich von ihrem Platz. »Ich nehme deinen Regenmantel.«

»Kein Problem.« Nadine drückte ihr ein paar Kreditchips in die Hand. »Lass meine Kippen einfach in meiner Tasche, okay? Ich bin im Nachrichtenraum.«

Sie verließen gemeinsam den Schnittraum, und Louise hüllte sich in den eleganten blauen Mantel. »Tolles Material.«

»Von dem fließt das Wasser ab wie von einer Ente.«

Sie passierten eine Reihe von Schneide- und Produktionsräumen und gingen in Richtung eines hinabgleitenden Laufbands. Da der allgemeine Lärm beständig zunahm, musste Nadine beinahe brüllen, als sie fragte: »Und, habt ihr, du und Bongo immer noch die Absicht, den großen Schritt zu wagen?«

»Wir haben sogar schon angefangen, uns Wohnungen anzusehen. Wir wollen den traditionellen Weg gehen, das heißt, erst wollen wir ein Jahr lang das Zusammenleben ausprobieren, und wenn das funktioniert, wollen wir heiraten.«

»Lieber du als ich«, erklärte Nadine voller Inbrunst. »Ich wüsste keinen einzigen Grund, weshalb ein rational denkender Mensch sich derart fest an einen anderen rational denkenden Menschen binden sollte.«

»Liebe.« In einer dramatischen Geste legte Louise die Hand auf ihr Herz. »Sie sorgt dafür, dass man jede Vernunft und Rationalität ganz einfach vergisst.«

»Du bist jung und frei, Louise.«

»Und wenn ich Glück habe, werde ich eines Tages alt und an Bongo gefesselt sein.«

»Wer zum Teufel will an jemanden gefesselt sein, der Bongo heißt?«, murmelte Nadine.

»Ich. Bis später dann.« Während Nadine in Richtung des Nachrichtenraumes abbog, fuhr Louise alleine auf dem Laufband weiter in Richtung des Foyers, wobei sie sich fragte, ob sie es schaffen würde, vor eins zu Hause zu sein.

Heute Abend waren sie und Bongo in ihrer kleinen Wohnung. Wenn sie erst ein passendes Apartment hätten, bräuchten sie nicht mehr ständig zwischen ihren beiden Behausungen zu pendeln; eine wirkliche Erleichterung.

Gedankenverloren blickte sie auf einen der zahlreichen Monitore an den Wänden, auf denen die aktuellen Sendungen von Channel 75 gezeigt wurden. Im Augenblick lief eine populäre Seifenoper, eine bis vor ein paar Jahren tote Serie, die erst durch Talente wie Yvonne Metcalf zu neuem Leben erweckt worden war.

Louise schüttelte den Kopf und begann zu grinsen, als der lebensgroße Schauspieler auf dem Bildschirm groteske Grimassen für die Zuschauer schnitt.

Nadine mochte mit den Nachrichten verheiratet sein, sie selbst jedoch hatte eine Vorliebe für reine Unterhaltung und freute sich immer auf die seltenen Abende, an denen sie und Bongo es sich vor der Glotze gemütlich machen konnten.

Im weitläufigen Foyer von Channel 75 gab es weitere Monitore, Sicherheitsstationen, eine hübsche, von Hologrammen der Stars des Senders umgebene Sitzecke und natürlich einen Souvenirshop, in dem es T-Shirts, Hüte, signierte Becher und nochmals Hologramme der größten Stars des Hauses zu kaufen gab.

Zweimal am Tag, zwischen zehn und vier, wurden Touren durch den Sender angeboten. Louise hatte selbst als Kind an einer solchen Führung teilgenommen, sich alles mit großen Augen angesehen und, wie sie sich lächelnd erinnerte, den Entschluss gefasst, einmal hier zu arbeiten.

Sie winkte dem Wachmann am Vordereingang zu und bog ab in Richtung des am östlichen Ende des Foyers gelegenen Seiteneingangs für Angestellte, durch den man am schnellsten in die Zweite Straße kam. Sie legte ihre Hand auf den Scanner, um das Schloss zu öffnen, und blickte, als die Tür aufschwang, erschaudernd in den Regen. Beinahe hätte sie es sich anders überlegt.

Waren es ein paar heimliche Züge an einer Zigarette wert, dass sie bei Kälte und Regen einen Sprint über zwei Blöcke in Kauf nahm? Und ob, dachte sie und zog sich die Kapuze so tief wie möglich in die Stirn. In dem guten, teuren Regenmantel blieb sie sicher halbwegs trocken, und vor allem würde sie anschließend noch über eine Stunde mit Nadine im Schneideraum festsitzen.

Mit hochgezogenen Schultern sprang sie durch die Tür.

Der Wind schlug ihr derart hart entgegen, dass sie gerade lange genug stehen blieb, um den Gürtel des Mantels zuzubinden. Ihre Schuhe waren bereits durchnässt, ehe sie den Fuß der Treppe erreicht hatte, und als sie auf sie hinabsah, stieß sie einen leisen Fluch aus.

»Verdammte Scheiße.«

Dies waren ihre letzten Worte.

Aus dem Augenwinkel bemerkte sie eine Bewegung, hob eilig den Kopf und blinzelte sich den Regen aus den Augen. Ehe sie jedoch das Messer sehen konnte, sauste es bereits auf sie herab und fuhr ihr quer über den Hals.

Der Mörder bedachte sein Opfer, das in einer Fontäne leuchtend roten Bluts wie eine von den Schnüren abgeschnittene Marionette in sich zusammensackte, mit einem kurzen Blick. Er empfand erst Schock, dann Ärger und dann einen kurzen Anflug von Angst. Das besudelte Messer tief in einer Tasche seines dunklen Mantels versteckt, rannte er eilig durch den Regen davon.

»Ich glaube, so könnte ich durchaus leben.« Nach der Mahlzeit aus seltenem Montana-Rindfleisch und mit isländischem Hummer, den sie mit französischem Rotwein hinuntergespült hatte, räkelte sich Mavis splitternackt und leicht betrunken in der üppig begrünten Lagune neben dem Solarium. »Und du lebst tatsächlich so.«

»So in etwa.« Etwas weniger freizügig als Mavis, saß Eve in einem eng anliegenden Einteiler auf einem glatten Steinsitz und nahm einen Schluck aus ihrem Glas. Sie konnte sich beim besten Willen nicht daran erinnern, wann sie sich zum letzten Mal derart entspannt hatte. »Ich habe nicht allzu viel Zeit für diesen Teil des Lebens.«

»Du solltest sie dir nehmen, Baby.« Mavis tauchte unter, und als sie wieder an der Wasseroberfläche erschien, glänzten ihre perfekten runden Brüste in dem einprogrammierten, schimmernd blauen Licht. Lässig ließ sie sich in Richtung einer Wasserlilie treiben und schnupperte daran. »Himmel, das Ding ist wirklich echt. Weißt du, was du hier hast, Dallas?«

»Ein überdachtes Schwimmbecken?«

»Was du hier hast«, begann Mavis und paddelte in Richtung des schwimmenden Tabletts, auf dem sie ihr Glas abgestellt hatte. »Ist besser als jede Fantasie. Besser als alles, was du von der besten Virtual-Reality-Brille geboten bekommst.« Sie nippte genüsslich an ihrem eiskalten Champagner. »Und du wirst ja wohl hoffentlich nicht so dämlich sein und alles kaputt machen, oder?«

»Wovon redest du?«

»Ich kenne dich. Du bist jemand, der immer alles in seine Einzelteile zerpflückt, alles hinterfragt und genau analysiert.« Als sie merkte, dass Eves Glas leer war, schenkte sie ihr schwungvoll nach. »Tja, ich gebe dir einen guten Ratschlag. Tu es lieber nicht.«

»Ich zerpflücke nichts und niemanden.«

»Du bist die Meisterin im Au, im Au – Himmel, im Auseinanderpflücken. Wow. Versuch mal, das Wort fünfmal zu sagen, wenn deine Zunge von all dem Prickelwasser halb betäubt ist.« Mit ihrer nackten Hüfte schob sie Eve ein Stück zur Seite und quetschte sich neben sie auf den gewärmten Stein. »Er ist vollkommen verrückt nach dir, nicht wahr?«

Eve zuckte mit den Schultern und nahm einen weiteren Schluck aus ihrem Glas.

»Er ist reich, ich meine, er ist megareich, er ist supernett und er hat einen Körper –«

»Was weißt du von seinem Körper?«

»Ich habe Augen im Kopf, die ich tatsächlich gelegentlich benutze. Ich kann mir ziemlich gut vorstellen, wie er ohne Kleider aussieht.« Als sie das Blitzen in Eves Augen sah, leckte sie sich amüsiert die Lippen. »Wenn du mir das, was ich nicht weiß, erzählen möchtest, bin ich natürlich ganz Ohr.«

»Du bist eben eine wahre Freundin.«

»Allerdings. Tja, auf alle Fälle ist er eindeutig nicht übel. Und dann auch noch so mächtig. Er verströmt den Geruch der Macht wie andere Männer den Geruch ihres Rasierwassers.« Sie untermalte die Feststellung, indem sie mit ihrer Hand aufs Wasser schlug, sodass es spritzte. »Und er sieht dich an, als würde er dich am liebsten bei lebendigem Leib auffressen. Mit großen … gierigen … Bissen. Scheiße, allein davon zu reden macht mich heiß.«

»Lass deine Pfoten, wo sie sind.«

Mavis schnaubte. »Wenn du nicht willst, verführe ich vielleicht ganz einfach Summerset.«

»Ich glaube nicht, dass der überhaupt einen Schwanz hat.«

»Wetten, das könnte ich herausfinden?« Aber im Augenblick war sie dazu viel zu faul. »Du bist in ihn verliebt, nicht wahr?«

»In Summerset? In der Tat muss ich mich immer total zusammenreißen, um mich ihm nicht an den Hals zu werfen.«

»Sieh mir in die Augen. Los.« Mavis packte Eves Kinn und drehte ihr Gesicht zu sich herum. »Du bist in Roarke verliebt.«

»Sieht ganz so aus. Aber ich will nicht darüber nachdenken.«

»Gut. Dann lass es einfach. Ich habe schon immer gesagt, dass du zu viel nachdenkst.« Sie hob ihr Glas über den Kopf und versank erneut in der Lagune. »Können wir vielleicht die Sprudelanlage anstellen?«

»Sicher.« Vom Champagner leicht umnebelt, tastete Eve nach dem richtigen Knopf. Sobald das Wasser zu sprudeln begann, seufzte Mavis wohlig auf.

»Himmel, welche Frau braucht einen Mann, wenn sie so was hat? Komm schon, Eve, mach die Musik ein bisschen lauter. Ich will mit dir feiern.«

Gehorsam verdoppelte Eve die Lautstärke des aus den Wänden und aus dem Wasser steigenden Gejaules der Rolling Stones, Mavis' Lieblingsklassikern, lehnte sich zurück, verfolgte lachend, wie Mavis ein paar Tanzschritte improvisierte, und wollte gerade den Servierdroiden nach einer neuen Champagnerflasche schicken, als sie plötzlich eine Stimme vernahm.

»Ich bitte um Verzeihung.«

»Was?« Mit glasigen Augen sah Eve auf die schimmernd schwarzen Schuhe, die am Rand der Lagune aufgetaucht waren, und langsam glitt ihr Blick an der rauchfarbenen, mit Bügelfalte versehenen Hose und der kurzen, steifen Jacke hinauf bis zu Summersets steinernem Gesicht. »He, wollen Sie vielleicht auch ein kurzes Bad nehmen?«

»Kommen Sie schon, Summerset.« Das Wasser plätscherte um Mavis' Hüften und tropfte unbekümmert von ihren wohlgeformten Brüsten, als sie dem Butler winkte. »Je mehr wir sind, um so fröhlicher wird unsere Party.«

Er schnaubte und verzog verächtlich das Gesicht, doch auch wenn er aus reiner Gewohnheit mit eisiger Stimme sprach, wanderte sein Blick doch unweigerlich zurück zu der herumwirbelnden Mavis.

»Da ist ein Anruf für Sie, Lieutenant. Offenbar hatte ich mit meinen bisherigen Versuchen, Sie davon in Kenntnis zu setzen, keinen Erfolg.«

»Was? Okay, okay.« Kichernd paddelte sie in Richtung des am Rand des Beckens aufgebauten Links. »Wer ist es? Roarke?«

»Nein.« Es unterminierte seine Würde, dass er schreien musste, doch verbot es ihm sein Stolz, die Lautstärke der Musik zu dämpfen. »Es ist die Polizeizentrale.«

Noch ehe Eve das Link erreichte, strich sie sich fluchend die Haare aus der Stirn und brachte mit einem unfreundlichen

»Musik aus« Mick und seine Mannen zum Verstummen. »Mavis, sieh zu, dass du nicht auf dem Bildschirm erscheinst«, bat sie die Freundin, atmete tief ein und öffnete das Link. »Dallas.«

»Zenrale, Lieutenant Eve Dallas. Stimmabdruck verifiziert. Wir haben eine Leiche in der Broadcast Avenue neben dem Gebäude des Channel 75.«

Eve gefror das Blut in den Adern, und sie umklammerte Hilfe suchend den Rand des Schwimmbeckens. »Der Name des Opfers?«

»Diese Information darf ich zum jetzigen Zeitpunkt nicht über das Link weitergeben. Bitte bestätigen Sie den Erhalt des Einsatzbefehls, Lieutenant Eve Dallas.«

»Einsatzbefehl erhalten. Geschätzte Ankunftszeit in zwanzig Minuten. Schicken Sie bitte auch Captain Feeney von der Abteilung für elekronische Ermittlungen zum Tatort.«

»Verstanden. Ende.«

»Oh Gott, oh Gott.« Schlaff vor Trunkenheit und Schuldgefühlen lehnte Eve den Kopf gegen den Rand des Pools. »Verdammt, ich habe sie auf dem Gewissen.«

»Hör auf.« Mavis schwamm zu ihr hinüber und legte eine Hand auf ihre Schulter. »Vergiss es, Eve«, erklärte sie brüsk.

»Er hat den falschen Köder geschluckt, den falschen Köder, Mavis, und jetzt ist sie tot. Eigentlich hätte er mich nehmen sollen.«

»Ich habe gesagt, du sollst aufhören.« Mavis packte sie bei den Schultern und schüttelte sie sanft. »Jetzt komm mal wieder zu dir, Dallas.«

Hilflos presste Eve eine Hand an ihren schwirrenden Schädel. »Oh, mein Gott, ich bin völlig betrunken. Na, wunderbar.«

»Da kann ich dir helfen. Ich habe noch ein paar Ernüchterungstabletten in der Tasche.« Als Eve stöhnte, schüttelte sie sie noch einmal. »Ich weiß, dass du Tabletten hasst, aber sie ziehen innerhalb von zehn Minuten jeden Alkohol aus deinem Blut. Nun komm schon, nimm eins von den Dingern.«

»Fein. Okay.« Dann bin ich wenigstens nüchtern, wenn ich sie mir ansehen muss.«

Sie wollte die Treppe hinaufgehen, geriet ins Schwanken und wurde zu ihrer Überraschung von einer festen Hand gepackt.

»Lieutenant.« Summersets Stimme klang immer noch kühl, aber er reichte ihr ein Handtuch und half ihr die Treppe vom Beckenrand hinauf. »Ich lasse Ihren Wagen vorfahren.«

»Ja, vielen Dank.«

12

Mavis' Tabletten wirkten wahre Wunder. Trotz des fauligen Geschmacks im Mund war Eve tatsächlich völlig nüchtern, als sie vor dem schlanken, silbrigen Gebäude des Senders aus ihrem Wagen stieg.

Das Haus war Mitte der Zwanzigerjahre errichtet worden, als der Medienboom derart astronomische Höhen erreicht hatte, dass man damit größere Gewinne erzielte als mit der gesamten Wirtschaft eines kleinen Landes. In dem elegantesten und größten Gebäude der Broadcast Avenue gab es mehrere Tausend Angestellte, fünf hochmoderne Studios einschließlich des luxuriösesten Nachrichtenraums der gesamten Ostküste sowie genügend Strom, um Übertragungen in jeden Winkel des Planeten und zu sämtlichen Stationen in der Erdumlaufbahn zu ermöglichen.

Der Ostflügel, in dessen Richtung Eve dirigiert wurde, ging auf die Third Avenue hinaus, deren vornehme Büro- und Apartmenthäuser speziell nach den Bedürfnissen der Medienindustrie angelegt waren.

Wegen des dichten Luftverkehrs hatte sich die Kunde von dem neuen Mordfall bereits wie ein Lauffeuer verbreitet. Die Sicherung des Tatorts würde somit sicher ein ziemliches Problem. Noch während Eve um das Gebäude herumfuhr, telefonierte sie mit der Zentrale und forderte Luftbarrikaden und zusätzliche Schutzschirme für den Boden an. Die Ermittlungen in einem Mordfall direkt vor der Haustür eines der größten Sender würde bereits schwierig, ohne dass sich die Schaulustigen wie die Geier auf den Ort des Verbrechens stürzten.

Sie verdrängte ihre Schuldgefühle, stieg aus ihrem Wagen und näherte sich ruhigen Schritts dem Tatort. Die uniformierten Beamten hatten ganze Arbeit geleistet, wie sie erleichtert feststellte. Sie hatten die Umgebung geräumt und den Seiteneingang des Gebäudes umgehend versiegelt. Natürlich wimmelte es bereits von Reportern und Kameraleuten. Sie ließen sich einfach nicht fernhalten. Doch zumindest blieb ihr genügend Raum zum Atmen.

Sie hatte sich bereits ihre Dienstmarke an die Jacke gesteckt und ging durch den Regen in Richtung der Plane, die irgendein weiser Kopf über dem Leichnam ausgebreitet hatte.

Die Regentropfen fielen mit einem geradezu melodiösen Geräusch auf das feste, durchsichtige Plastik.

Sie erkannte den Regenmantel, kämpfte tapfer gegen das instinktive Bedürfnis sich zu übergeben, fragte, ob der Tatort bereits gefilmt worden war und ging, als jemand nickte, neben der Plane in die Hocke.

Mit ruhigen Händen griff sie nach der Kapuze, die dem Opfer über die Augen gefallen war. Sie ignorierte das Blut, das eine klebrige Pfütze vor den Spitzen ihrer Stiefel bildete, und unterdrückte das Keuchen und den Schauder, als sie die Kopfbedeckung aus dem Gesicht einer vollkommen Fremden schob.

»Wer in aller Welt ist das?«, wollte sie von den anderen wissen.

»Das Opfer wurde als Louise Kirski identifiziert, Cutterin beim Channel 75.« Die uniformierte Beamtin zog ein Notebook aus der Tasche ihres schwarzen Regenmantels. »Sie wurde gegen elf Uhr fünfzehn von C. J. Morse entdeckt. Er hat dort drüben sein Abendessen von sich gegeben«, fuhr sie mit leichter Verachtung für die Empfindsamkeit von Zivilisten fort. »Dann rannte er schreiend durch diese Tür ins Haus. Der Sicherheitsdienst hat seine Geschichte überprüft und sie uns umgehend gemeldet. Die Zentrale nahm den Anruf um elf Uhr zweiundzwanzig entgegen, und ich war um elf Uhr siebenundzwanzig hier.«

»Sie waren ziemlich schnell, Officer …?«

»Peabody, Lieutenant. Ich war gerade in der First Avenue unterwegs. Ich habe festgestellt, dass es sich um einen Mord zu handeln schien, habe die Nebentür des Hauses gesichert und um Verstärkung gebeten.«

Eve nickte in Richtung des Gebäudes. »Haben die irgendwas davon gefilmt?«

Peabodys Lippen verzogen sich zu einer schmalen Linie. »Bei meiner Ankunft habe ich ein Kamerateam von hier verscheucht. Aber ich würde sagen, dass sie bereits ziemlich viel im Kasten hatten, bevor ich den Tatort absperren konnte.«

»Okay.« Eve besprühte ihre Hände und begann, die Leiche zu durchsuchen. Sie fand ein paar Kreditchips, ein paar Münzen und ein am Gürtel befestigtes kostspieliges Mini-Link. Keine Verletzungen, die auf versuchte Gegenwehr hätten schließen lassen, kein Zeichen eines Kampfes oder eines Angriffs.

Pflichtgemäß sprach sie all diese Dinge in ihren Recorder. Ihre Gedanken überschlugen sich. Ja, sie erkannte den Regenmantel, dachte sie und richtete sich nach Beendigung der ersten Untersuchung langsam wieder auf.

»Ich gehe rein. Captain Feeney müsste jeden Augenblick erscheinen. Schicken Sie ihn mir dann bitte sofort nach. Sie kann abtransportiert werden.«

»Zu Befehl, Lieutenant.«

»Sie bleiben hier, Peabody«, beschloss Eve spontan. Die Polizistin hatte einen guten, entschiedenen Stil. »Halten Sie die Journalisten weiterhin in Schach.« Eve blickte über ihre Schulter. »Geben Sie keinen Kommentar, keine auch noch so kurze Erklärung ab«, sagte sie, ohne auf die gebrüllten Fragen und die glitzernden Kameralinsen zu achten.

»Ich habe diesen Typen nichts zu sagen.«

»Gut. Sehen Sie zu, dass es so bleibt.«

Eve öffnete das Siegel an der Tür, betrat das Gebäude und versiegelte den Eingang neu. Im Foyer herrschte gähnende Leere. Peabody oder einer ihrer Kollegen hatte alle außer den Sicherheitsleuten aus dem Raum verscheucht. Eve wandte sich an den Wachmann, der hinter der Hauptkonsole stand. »Ich will zu C. J. Morse.«

»Sechster Stock, Sektion acht. Ein paar von Ihren Leuten haben ihn dorthin gebracht.«

»Ich erwarte noch einen Kollegen. Schicken Sie ihn bitte zu mir rauf.« Mit diesen Worten bestieg Eve eins der Gleitbänder, über die man in die oberen Etagen gelangte.

Hier und da sah sie ein paar Menschen. Einige von ihnen drängten sich zusammen, andere standen vor irgendwelchen Leinwänden und sprachen eifrig in die Kameras. Der Geruch von Kaffee stieg ihr in die Nase, abgestanden und leicht angebrannt, genau wie in ihrem eigenen Büro. Zu einem anderen Zeitpunkt hätte ihr dieser Gedanken vielleicht ein Lächeln entlockt.

Der Lärmpegel schwoll immer stärker an, hatte jedoch anscheinend im Nachrichtenraum in der sechsten Etage seinen vorläufigen Höhepunkt erreicht.

Zwischen den Rücken an Rücken stehenden Konsolen schlängelten sich schmale Gänge. Wie bei der Polizei hatte man auch im Nachrichtenmetier Tag und Nacht zu tun, und selbst um diese Uhrzeit waren mehr als ein Dutzend Arbeitsplätze besetzt.

Der Unterschied war der, dass Cops überarbeitet, zerknittert, ja sogar verschwitzt waren, während das Erscheinungsbild der Leute hier einfach perfekt war. Ihre Kleider wirkten frisch gebügelt, ihr Schmuck war kamerafreundlich gewählt, ihre Gesichter tadellos geschminkt.

Jeder schien zu tun zu haben. Einige der Journalisten saßen vor den Bildschirmen ihrer Links und speisten, wie Eve annahm, sicher die allerneuesten Nachrichten in die Satelliten ein. Andere bellten ihre Computer an oder wurden von ihnen angebellt, während sie Informationen abfragten, eingaben oder an die gewünschten Partner übermittelten.

Das alles wirkte vollkommen normal, nur mischte sich in das Aroma des schlechten, abgestandenen Kaffees der klebrige Geruch der Angst.

Ein oder zwei der Journalisten hatten sie kommen sehen und wollten sich gerade mit ihren Fragen an sie wenden, als sie sie mit einem derart harten, kalten Blick bedachte, dass sie wortlos an ihre Plätze zurückkehrten.

Sie marschierte in Richtung der mit zahllosen Bildschirmen bestückten Wand. Roarke verfügte über eine ähnliche Ausstattung, und sie wusste, dass auf den Monitoren entweder verschiedene, gleiche oder aber teils verschiedene und teils gleiche Bilder aufgerufen werden konnten. Im Augenblick jedoch sah sie überall Nadine, die vor der vertrauten dreidimensionalen New Yorker Skyline live zu den Zuschauern sprach.

Auch sie sah perfekt aus. Sie schien Eve direkt in die Augen zu sehen, als diese etwas näher trat, um zu hören, was sie sagte.

»Und so kam es heute Nacht erneut zu einem neuen, völlig sinnlosen Mord. Louise Kirski, eine Angestellte unseres Senders, wurde nur wenige Schritte vor dem Gebäude, aus dem ich zu Ihnen spreche, getötet.«

Eve machte sich gar nicht erst die Mühe zu fluchen, als Nadine ein paar weitere Einzelheiten nannte, ehe sie das Mikrofon an das kleine Frettchen übergab. Schließlich hatte sie nichts anderes erwartet.

»Ein ganz normaler Abend«, erklärte Morse mit klarer Stimme. »Ein regnerischer Abend in der City. Aber wieder einmal kam es trotz der angestrengten Bemühungen der Polizei zu einem brutalen Mord. Lassen Sie mich ihnen erzählen, welchen Horror, welchen Schock, welches Entsetzen ein solcher Mord einem Menschen, der ihn beinahe hautnah miterlebt, zufügen kann.«

Er machte eine kunstvolle Pause, während derer sein Gesicht in Großaufnahme auf dem Monitor erschien. »Ich habe Louise Kirskis Leiche gefunden. Sie lag zusammengekrümmt und blutüberströmt am Fuß der Treppe des Gebäudes, in dem sie und ich viele Nächte gearbeitet haben. Ihre Kehle war durchtrennt, und ihr Blut ergoss sich auf dem nassen Gehweg. Ich schäme mich nicht zu sagen, dass ich vor Schreck erstarrte, dass mir übel wurde, dass der Geruch des Todes mir den Atem nahm. Ich stand da und war unfähig zu glauben, was ich mit eigenen Augen sah. Wie konnte das sein? Eine Frau, die ich kannte, eine Frau, mit der ich häufig ein paar freundliche Worte gewechselt hatte, eine Frau, mit der ich gelegentlich hatte zusammenarbeiten dürfen. Wie konnte es sein, dass sie plötzlich vollkommen reglos vor mir auf der Erde lag?«

Sein bleiches, ernstes Gesicht wurde auf dem Bildschirm durch eine grässliche Aufnahme des Leichnams ersetzt.

Sie hatten wirklich nichts verpasst, dachte Eve und wandte sich angewidert an den nächstbesten Reporter. »Wo ist das Studio?«

»Wie bitte?«

»Ich habe gefragt, wo das verdammte Studio ist?« Sie zeigte mit dem Daumen auf den Bildschirm.

»Tja, nun ...«

Wütend beugte sie sich vor und stützte ihre Hände links und rechts des armen Kerls auf der Schreibtischplatte ab. »Wollen Sie sehen, wie schnell ich den ganzen Laden hier dicht machen lassen kann?«

»Zwölfter Stock, Studio A.«

Sie wirbelte herum, und genau in diesem Augenblick kam Feeney durch die Tür. »Du hast dir ganz schön Zeit gelassen.«

»He, ich war zu Besuch bei Verwandten in New Jersey.«

Ohne irgendeine Frage zu stellen, passte er sich einfach an ihre schnellen Schritte an.

»Ich brauche ein sofortiges Sendeverbot.«

»Tja.« Er kratzte sich am Kopf. »Wir könnten uns die Genehmigung zur Beschlagnahmung der Bilder vom Tatort holen.« Er zuckte mit den Schultern, als Eve ihn fragend ansah. »Auf dem Weg hierher habe ich einen Teil des Berichts gesehen. Sie kriegen das Material sicher zurück, aber zumindest für ein paar Stunden könnten wir es aus dem Verkehr ziehen.«

»Dann sieh am besten zu, dass du diese Genehmigung möglichst umgehend bekommst. Außerdem brauche ich sämtliche Informationen über das Opfer. Sicher gibt es hier eine Akte über sie.«

»Wird sofort erledigt.«

»Schick sie mir einfach ins Büro, ja? Ich werde in Kürze dorthin zurückfahren.«

»Kein Problem. Sonst noch was?«

Eve trat von dem Gleitband und blickte mit gerunzelter Stirn auf die dicken weißen Türen des Studio A. »Vielleicht brauche ich hier ein bisschen Unterstützung.«

»Mit dem größten Vergnügen.«

Die Türen waren abgeschlossen, und an der Wand leuchtete das »Achtung. Sendung!«-Schild. Eve kämpfte gegen das verzweifelte Bedüfnis, einfach ihre Waffe zu ziehen und die Sicherheitspaneele in Stücke zu schießen. Stattdessen drückte sie einfach den Notfallknopf und wartete auf eine Reaktion.

»Im Moment wird ein Live-Bericht für die Nachrichten von Channel 75 gesendet«, erklärte eine beruhigende elektronische Stimme.»Was haben Sie für ein Problem?«

»Polizei.« Sie hielt ihren Dienstausweis vor den kleinen Scanner.

»Wenn Sie sich bitte einen Augenblick gedulden würden, Lieutenant Dallas.«

»Nein, das werde ich nicht«, erklärte Eve mit mühsam ruhiger Stimme. »Entweder öffnen Sie auf der Stelle diese Tür, oder ich werde sie gemäß Artikel 83B, Absatz J des Gesetzes zur Nationalen Sicherheit ganz einfach aufbrechen.«

Es gab ein leises Summen und ein elektronisches Zischen, als müsste der Computer nachdenken, ehe die Stimme ärgerlich erklärte: »Die Türen werden geöffnet. Bitte verhalten Sie sich ruhig und bleiben Sie hinter der weißen Linie. Vielen Dank.«

Im Inneren des Studios sank die Temperatur bei ihrem Eintreten um mindestens zehn Grad. Eve stapfte direkt in Richtung der gläsernen Trennwand und klopfte so laut an, dass der Nachrichtendirektor vor Entsetzen blass wurde. Verzweifelt legte er einen Finger an die Lippen, doch Eve zückte zur Antwort einfach ihren Ausweis.

Widerwillig öffnete er den beiden Beamten die Tür und winkte sie zu sich herein. »Das ist eine Live-Sendung«, schnauzte er sie mit gedämpfter Stimme an, bevor er sich wieder der Aufnahme zuwandte. »Kamera drei auf Nadine. Im Hintergrund das Bild von Louise. Stillhalten.«

Die Roboter gehorchten ihm aufs Wort. Eve beobachtete, wie die kleine in der Luft hängende Kamera sich drehte und wie auf dem Kontrollbildschirm ein Foto der fröhlich lächelnden Louise Kirski erschien.

»Mach langsamer, Nadine. Du brauchst nichts zu überstürzen. C. J. fertig in zehn.«

»Gehen Sie auf Werbung«, befahl Eve dem Regisseur.

»Während der Nachrichtensendung gibt es keine Werbung.«

»Gehen Sie auf Werbung«, wiederholte sie. »Oder Sie senden überhaupt nichts mehr.«

Er runzelte die Stirn und straffte seine Schultern. »Jetzt hören Sie mir mal gut zu –«

»Nein, Sie hören mir zu.« Sie bohrte ihren Zeigefinger in seine aufgeblähte Brust. »Sie haben meinen Augenzeugen hier. Sie tun, was ich Ihnen sage, oder Ihre Konkurrenten werden traumhafte Einschaltquoten mit der Story erzielen, dass

Channel 75 die polizeilichen Ermittlungen im Mord an einer seiner eigenen Angestellten bewusst unterminiert.« Sie zog eine Braue in die Höhe. »Und vielleicht komme ich obendrein zu dem Ergebnis, dass Sie wie ein Verdächtiger aussehen. Was meinst du, Feeney, kommt er dir nicht auch vor wie der Prototyp des kaltblütigen Killers?«

»Genau das habe ich auch gerade gedacht. Vielleicht sollten wir ihn besser mit auf die Wache nehmen und uns dort, nachdem man ihn eingehend durchsucht hat, ein bisschen ausführlicher mit ihm unterhalten.«

»Warten Sie. Warten Sie.« Er fuhr sich mit der Hand über den Mund. Was konnte eine kurze neunzigsekündige Werbepause dem Sender schon schaden? »Bei zehn geht ihr auf den Zippy-Spot. C. J., warte noch ein bisschen. Gebt Musik ein. Kamera eins, Schwenk zurück. Stillhalten.«

Er atmete hörbar aus. »Ich werde mich in dieser Sache an unseren Anwalt wenden.«

»Tun Sie das.« Eve ging hinüber zu der langen, schwarzen Konsole, hinter der Morse und Nadine dicht nebeneinander saßen.

»Wir haben das Recht –«

»Ich werde Ihnen sagen, welche Rechte Sie haben«, unterbrach Eve den Protest des Frettchens. »Sie haben das Recht Ihren Anwalt anzurufen und zu bitten, dass er zu Ihnen aufs Revier kommt.«

Er wurde kreidebleich. »Sie verhaften mich. Gütiger Himmel, sind Sie jetzt vollkommen übergeschnappt?«

»Du bist ein Zeuge, Arschloch. Und du wirst keine weiteren Erklärungen abgeben, so lange du nicht ausfuhrlich mit mir gesprochen hast. Und zwar offiziell.« Sie bedachte auch Nadine mit einem kalten Blick. »Den Rest der Sendung werden Sie sich wohl allein duchschlagen müssen.«

»Ich möchte mitkommen.« Zitternd trat Nadine einen Schritt vor, zerrte sich, um die verzweifelten Rufe der Regie nicht länger mit anhören zu müssen, den Knopf aus dem Ohr und warf ihn zu Boden. »Wahrscheinlich war ich die Letzte, die mit ihr gesprochen hat.«

»Fein. Reden wir also auch darüber.« Eve führte die beiden aus dem Raum und blieb nur kurz stehen, um dem Regisseur mit einem gehässigen Grinsen zu erklären: »Vielleicht füllen Sie die Sendezeit einfach mit ein paar Wiederholungen von *New York Police Department, NYPD Blue.* Ein echter Klassiker.«

»Tja, C. J.« Bei allem Elend konnte Eve trotzdem den Augenblick genießen. »Endlich habe ich dich dort, wo ich dich schon immer haben wollte. Und, hast du es wenigstens einigermaßen bequem?«

Obgleich er ein wenig grün war, gelang ihm doch ein leises Schnauben, als er sich in dem Verhörraum umsah. »Ihr könntet einen Dekorateur gebrauchen.«

»Wir versuchen verzweifelt, die Kosten dafür in unserem Budget unterzubringen.« Sie setzte sich an den einzigen Tisch. »Aufnahme. Erster Juni – Himmel, wo ist der Mai geblieben? – Vernommene Person C. F. Morse, Gesprächsraum C, Vernehmung durchgeführt von Lieutenant Eve Dallas, im Mordfall Louise Kirski. Zeit: null Uhr fünfundvierzig. Mr. Morse, Sie wurden über Ihre Rechte aufgeklärt. Wünschen Sie während dieses Gesprächs die Anwesenheit Ihres Anwalts?«

Er griff nach seinem Wasserglas und hob es an seinen Mund. »Werde ich irgendeines Verbrechens beschuldigt?«

»Noch nicht.«

»Dann fangen wir doch einfach an.«

»Erzählen Sie, C. J. Erzählen Sie mir genau, was passiert ist.«

»Fein.« Er trank nochmals einen Schluck. »Ich kam gerade zum Sender. Ich war zweiter Sprecher bei den Spätnachrichten.«

»Um wie viel Uhr genau kamen Sie an?«

»Gegen viertel nach elf. Ich ging zum Seiteneingang, den

die meisten von uns benutzen, weil man durch ihn schneller zu den Nachrichtenräumen gelangt. Es regnete, also bin ich gerannt. Dann sah ich etwas am Fuß der Treppe liegen. Zuerst konnte ich nicht erkennen, was es war.«

Er machte eine Pause und fuhr sich mit den Händen übers Gesicht. »Ich konnte es nicht sehen«, fuhr er schließlich fort, »bis ich praktisch unmittelbar davor stand. Ich dachte – ich weiß wirklich nicht mehr, was ich dachte. Überall war Blut.«

»Sie haben das Opfer nicht erkannt?«

»Die – die Kapuze.« Er fuchtelte hilflos mit den Händen. »Sie war ihr ins Gesicht gerutscht. Ich habe mich gebückt, um die Kapuze nach hinten zu ziehen.« Er erschauderte. »Dann sah ich das Blut – ihr Hals. Das Blut«, wiederholte er und bedeckte seine Augen.

»Haben Sie die Leiche berührt?«

»Nein, ich glaube nicht – nein. Sie lag einfach dort, und in ihrer Kehle klaffte ein riesengroßes Loch. Ihre Augen. Nein, ich habe sie ganz sicher nicht berührt.« Mühsam um Beherrschung ringend, ließ er die Hände wieder sinken. »Mir wurde schlecht. Das können Sie wahrscheinlich nicht verstehen, Dallas. Es war einfach eine normale menschliche Reaktion. All das Blut, ihre Augen. Gott. Mir wurde schlecht, dann bekam ich plötzlich Angst und rannte ins Haus. Zum Wachmann. Ich habe es ihm sofort gesagt.«

»Sie kannten das Opfer?«

»Natürlich habe ich sie gekannt. Louise hatte ein paar meiner Berichte zusammengeschnitten. Meistens hat sie mit Nadine zusammengearbeitet, aber ab und zu hat sie auch von mir und anderen ein paar Sachen übernommen. Sie war gut, wirklich gut. Schnell, mit einem Blick für das Wesentliche. Eine der Besten. Himmel.« Er griff nach dem Wasserkrug und schüttete beim Füllen seines Glases etwas von der Flüssigkeit über den Tisch.

»Es gab keinen Grund, sie zu ermorden. Nicht den geringsten Grund.«

»Hat sie den Seiteneingang öfter um diese Zeit benutzt?«

»Keine Ahnung. Nein, ich glaube nicht – sie hätte im Schneideraum sein sollen«, erklärte er in beinahe leidenschaftlichem Ton.

»Standen Sie beide sich persönlich nahe?«

Er hob den Kopf und sah Eve aus zusammengekniffenen Augen an. »Sie versuchen, mir die Sache in die Schuhe zu schieben, stimmt's? Es würde Ihnen wirklich gefallen, wenn ich es getan hätte.«

»Antworten Sie nur auf meine Fragen, C. J. Hatten Sie ein Verhältnis mit dem Opfer?«

»Sie hatte einen Freund, sprach immer mal wieder über einen Typen namens Bongo. Wir haben zusammengearbeitet, Dallas. Das war alles.«

»Sie kamen um viertel nach elf am Sender an. Und vorher?«

»Vorher war ich zu Hause. Wenn ich die Spätnachrichten mache, schlafe ich immer vorher ein paar Stunden. Ich hatte keinen eigenen Bericht, also gab es auch nicht viel vorzubereiten. Ich hätte nur ein paar Sachen lesen und Ereignisse des Tages zusammenfassen sollen. Gegen sieben habe ich mit ein paar Freunden zu Abend gegessen, und gegen acht bin ich nach Hause gefahren und habe mich schlafen gelegt.«

Er stützte seine Ellenbogen auf den Tisch und vergrub den Kopf zwischen den Händen. »Um zehn hat mein Wecker geklingelt, und kurz vor elf habe ich mich auf den Weg gemacht. Wegen des Wetters bin ich extra etwas früher losgefahren. Mein Gott, mein Gott, mein Gott.«

Hätte Eve ihn nicht wenige Minuten, nachdem er die Leiche entdeckt hatte, vor der Kamera gesehen, hätte sie vielleicht tatsächlich so etwas wie Mitgefühl gehabt. »Haben Sie am Tatort oder in der Nähe irgendjemanden gesehen?«

»Nur Louise. Um diese Uhrzeit sind nicht mehr viele Leute unterwegs. Nein, ich habe niemanden gesehen. Nur Louise. Nur Louise.«

»Okay, C. J., das wär's für heute.«

Er stellte das Glas abrupt auf den Tisch. »Soll das heißen, ich kann gehen?«

»Vergessen Sie nicht, dass Sie ein Zeuge sind. Falls Sie irgendwelche Informationen zurückhalten oder sich vor der Kamera an irgendwas einnern, was Sie während dieses Gesprächs vergessen haben, zeige ich Sie wegen Unterschlagung von Beweismaterial und Behinderung polizeilicher Ermittlungen an.« Sie schenkte ihm ein Lächeln. »Oh, und geben Sie mir doch bitte noch die Namen Ihrer Freunde, C. J. Es überrascht mich, dass Sie anscheinend welche haben.«

Sie ließ ihn gehen und blieb grübelnd sitzen, während nach Nadine geschickt wurde. Das Szenario war klar. Mit dieser Erkenntnis kamen die Schuldgefühle mit aller Macht zurück. Um sie nicht wieder abebben zu lassen, schlug sie die Akte auf, sah sich die Fotos von Louise Kirskis Leiche an und drehte sie erst um, als Nadine in der Tür erschien.

Jetzt sah sie nicht mehr perfekt aus. Der strahlende Kameraprofi hatte sich in eine bleiche, erschütterte Frau verwandelt, deren Augen vom Weinen rot und geschwollen waren und deren Lippen bebten. Wortlos winkte Eve in Richtung eines Stuhls und schob ein frisches Wasserglas über den Tisch.

»Sie haben ziemlich schnell über die Sache berichtet«, erklärte sie mit kühler Stimme.

»Das ist nun mal mein Job.« Statt das Glas zu nehmen, verschränkte Nadine die Hände fest in ihrem Schoß. »Sie machen Ihren Job, und ich mache den meinen.«

»Genau. Und wir beide stehen stets im Dienst der Öffentlichkeit, nicht wahr?«

»Es interessiert mich nicht besonders, was Sie im Moment von mir denken, Dallas.«

»Um so besser, denn im Moment halte ich von Ihnen nicht besonders viel.« Zum zweiten Mal schaltete sie den Recorder ein und sprach die vor Gesprächsbeginn erforderlichen Informationen auf das Band. »Wann haben Sie Louise Kirski zum letzten Mal lebend gesehen?«

»Wir haben zusammen im Schneideraum gesessen und einen Beitrag für die Spätnachrichten zusammengestellt. Es dauerte nicht so lange, wie wir gedacht hatten. Louise war gut, wirklich gut.« Nadine atmete tief ein und starrte weiter reglos auf einen Flecken oberhalb von Eves Schulter. »Wir unterhielten uns noch kurz. Sie und der Mann, mit dem sie seit ein paar Monaten zusammen war, suchten gemeinsam eine Wohnung. Sie war glücklich. Louise war ein fröhlicher, umgänglicher Mensch, sie hat gern und oft gelacht.«

Sie musste aufhören, musste einfach aufhören. Ihr Atem stockte, und sie holte zweimal tief und langsam Luft. »Tja, sie hatte keine Zigaretten mehr. Zwischen den einzelnen Aufträgen, die sie bekam, hat sie immer mal gern ein paar Züge geraucht. Alle haben so getan, als würden sie es nicht bemerken, wenn sie in irgendeiner Abstellkammer verschwand und sich ihren Glimmstengel angezündet hat. Ich habe sie gebeten, mir auch ein paar Zigaretten mitzubringen und ihr ein paar Kreditchips gegeben. Wir fuhren zusammen runter, und ich ging in den Nachrichtenraum. Ich musste noch ein paar Anrufe erledigen. Andernfalls hätte ich sie begleitet. Andernfalls wäre ich bei ihr gewesen.«

»Sind Sie beide regelmäßig gemeinsam vor den Spätnachrichten noch aus dem Haus gegangen?«

»Nein. Normalerweise war ich diejenige, die eine kurze Pause machte, um in diesem kleinen Café in der Third Avenue noch in Ruhe einen Espresso zu trinken. Vor allem vor den Spätauftritten genieße ich es, wenn ich noch kurz aus dem Sender herauskomme. Wir haben ein Restaurant, Sitzecken und auch ein Café im Haus, aber manchmal habe ich, wenn auch nur für zehn Minuten, einfach gerne meine Ruhe.«

»Dann gehen also normalerweise Sie um diese Uhrzeit aus dem Haus.«

»Ja.« Nadine blickte zu Eve, wandte jedoch ihre Augen eilig wieder ab. »Normalerweise ja. Aber ich wollte diese Anrufe erledigen, und es hat fürchterlich geregnet, also … also bin ich nicht gegangen. Stattdessen habe ich Louise meinen Regenmantel geliehen, und sie hat sich auf den Weg zu dem Laden gemacht.« Wieder blickte sie auf Eve. Die Erschütterung war deutlich in ihren Augen zu sehen. »Sie ist an meiner Stelle gestorben. Das wissen Sie, und das weiß ich. Nicht wahr, Dallas?«

»Ich habe Ihren Regenmantel erkannt«, erwiderte Eve. »Ich dachte, Sie lägen dort auf der Straße.«

»Sie wollte doch nur ein paar Zigaretten holen gehen. Sie war einfach zur falschen Zeit am falschen Ort. Und dann auch noch im falschen Mantel.«

Sie war der falsche Köder, dachte Eve, sagte es jedoch nicht laut. »Wir sollten die Sache langsam angehen, Nadine. Eine Cutterin verfügt über ein gewisses Maß an Macht, sie hat ein gewisses Maß an Kontrolle über die Dinge, die am Schluss auf dem Bildschirm gebracht werden.«

»Nein.« Nadine schüttelte langsam den Kopf. Die Übelkeit, die sie verspürte, verursachte einen fauligen Geschmack in ihrem Mund. »Das, worum sich alles dreht, ist allein die Story, Dallas, und der Mensch vor der Kamera. Niemand außer den Reportern denkt jemals an die Arbeit der Cutter oder Cutterinnen, geschweige denn, dass er sie zu würdigen wüsste. Der Mörder hat nicht sie gemeint, Dallas. Also sollten wir besser auch gar nicht erst so tun.«

»Was ich denke und was ich weiß, sind zwei verschiedene Dinge, Nadine. Aber fahren wir fürs Erste mit den Dingen fort, die ich denke. Ich denke, Sie waren das auserkorene Opfer, und ich denke, dass der Mörder Louise ganz einfach mit Ihnen verwechselt hat. Sie hat eine andere Figur, aber es hat stark geregnet, sie trug Ihren Regenmantel und hatte obendrein noch die Kapuze im Gesicht. Entweder hatte der Mörder keine Zeit oder aber keine Wahl mehr, nachdem ihm sein Fehler klar wurde.«

»Was?« Die nüchterne Aufzählung der grauenhaften Fakten hatte Nadine regelrecht betäubt. »Was haben Sie gesagt?«

»Es ging alles furchtbar schnell. Ich habe den Zeitpunkt, zu dem sie das Gebäude verlassen hat, auf der Sicherheitsdiskette überprüft. Sie hat dem Wachmann noch gewinkt. Und Morse ist zehn Minuten später über ihre Leiche gestolpert. Entweder war das Ganze extrem geschickt getimt, oder unser Mörder war überraschend dreist. Außerdem können Sie wetten, dass er das Ganze in den Nachrichten sehen wollte, ehe die Leiche auch nur kalt war.«

»Dann sind wir ihm mit unserem Bericht ziemlich entgegengekommen, nicht wahr?«

»Ja.« Eve nickte. »Das kann man wohl sagen.«

»Meinen Sie vielleicht, es wäre leicht für mich gewesen?«, platzte es aus der Reporterin heraus. »Meinen Sie, es wäre leicht gewesen, dort zu sitzen und einen Bericht abzuliefern, während sie noch da draußen lag?«

»Keine Ahnung«, sagte Eve mit leiser Stimme. »War es leicht?«

»Sie war meine Freundin.« Nadine begann zu schluchzen, die Tränen strömten über ihre Wangen und hinterließen breite Spuren in dem Kamera-Make-up. »Ich habe sie wirklich gern gehabt. Verdammt, sie hat mir etwas bedeutet, mehr als eine bloße Story. Viel mehr als eine verfluchte Story.«

Mit ihren eigenen Schuldgefühlen ringend, schob Eve ihr das Glas über den Tisch. »Trinken Sie«, befahl sie. »Und nehmen Sie sich etwas Zeit, um sich zu beruhigen.«

Die Journalistin brauchte beide Hände, um nicht den gesamten Inhalt des Glases zu verschütten. Lieber hätte sie einen Brandy gehabt, aber der musste wohl noch ein wenig warten. »Ähnlich wie Sie habe ich ständig mit solchen Dingen zu tun.«

»Sie haben die Leiche gesehen«, fuhr Eve sie unsanft an. »Sie waren draußen am Tatort.«

»Ich musste sie mir ansehen.« Immer noch schwammen in ihren Augen Tränen, als sie Eve ins Gesicht sah. »Es war eine persönliche Sache, Dallas. Ich musste sie ganz einfach sehen. Ich wollte es einfach nicht glauben, als ich davon hörte.«

»Wie haben Sie davon gehört?«

»Jemand hatte mitbekommen, wie Morse dem Wachmann zurief, draußen läge eine Leiche, direkt vor der Tür hätte man jemanden ermordet. Er hat einen Riesenwirbel veranstaltet«, erklärte sie und rieb sich ihre Schläfen. »Und dann sprach sich die Sache in Windeseile im ganzen Haus herum. Ich hatte kaum meinen zweiten Anruf getätigt, als ich schon davon hörte. Also habe ich aufgelegt und bin runtergefahren. Und habe sie gesehen.« Ihr Lächeln war grimmig und freudlos. »Ich war schneller als die Kameras – und auch als die Cops.«

»Sie und Ihre Freunde hätten den Tatort kontaminieren können.« Eve fuhr mit einer ihrer Hände durch die Luft. »Aber das lässt sich jetzt nicht mehr ändern. Hat einer von Ihnen sie berührt? Haben Sie gesehen, dass jemand sie berührt hat?«

»Nein, so dumm war niemand. Es war offensichtlich, dass sie tot war. Man konnte es sehen – man sah es an der Wunde und an all dem Blut. Trotzdem haben wir einen Krankenwagen gerufen. Die erste Polizeieinheit war innerhalb weniger Minuten da, schickte uns zurück ins Haus und versiegelte die Tür. Ich habe mit jemandem gesprochen. Peabody hieß sie.« Wieder rieb sie sich die Schläfen, nicht, weil sie schmerzten, sondern weil sie völlig taub waren. »Ich habe ihr gesagt, dass es sich um Louise handelte, und dann bin ich wieder hochgefahren, um mich für die Sendung fertig zu machen. Und die ganze Zeit habe ich gedacht, *eigentlich hätte ich dort unten liegen sollen.* Ich lebte und stand im Begriff, vor die Kamera zu treten, während sie tot war. Dabei hätte eigentlich ich tot sein sollen.«

»Niemand hätte tot sein sollen.«

»Wir haben sie umgebracht, Dallas.« Nadines Stimme klang wieder halbwegs ruhig. »Sie und ich, wir haben sie umgebracht.«

»Ich schätze, damit müssen wir leben.« Eve atmete tief ein und beugte sich über den Tisch. »Und jetzt gehen wir die ganze Sache noch einmal von vorne durch, Nadine. Und zwar schön langsam, Schritt für Schritt.«

13

Manchmal, dachte Eve, machte sich die einförmige Routinearbeit der Polizei tatsächlich bezahlt. Wie das Spiel an einem Automaten, den man gewohnheitsmäßig, gedankenlos und monoton mit Münzen fütterte, sodass man beinahe schockiert war, wenn einem plötzlich der Jackpot in den Schoß fiel.

So wie ihr David Angelini plötzlich in den Schoß fiel.

Sie hatte noch über ein paar kleine Fragen im Fall Kirski nachgedacht, wie zum Beispiel die nach dem genauen Zeitpunkt, zu dem die Tat begangen worden war.

Nadine verzichtet auf ihre normale Pause, an ihrer Stelle geht Kirski vor die Tür, wobei sie um ungefähr 23.04 Uhr den Empfangstresen passiert. Sie tritt hinaus in den Regen und läuft direkt in ein Messer. Wenige Minuten später kommt Morse ein bisschen verspätet auf den Parkplatz, stolpert über die Leiche, übergibt sich und rennt ins Haus, um den Mord zu melden.

Also, dachte sie, war die Tat in Eile, ja beinahe hektisch vollbracht worden.

Nach kurzem Überlegen ließ sie die Disketten von der Sicherheitskamera an der Einfahrt zum Parkplatz durchlaufen. Natürlich war es unmöglich zu wissen, ob der Killer durch das Tor gefahren war, seinen Wagen auf dem Parkplatz abgestellt hatte, in Richtung des Eingangs geschlendert war, dort auf Nadine gewartet und versehentlich Louise die Kehle durchgeschnitten hatte und dann wieder davongefahren war.

Ebenso gut hätte er einfach zu Fuß von der Third Avenue herüberkommen können, so wie es Louise auch vorgehabt hatte. Schließlich hatte der Sender extra Wachleute angeheuert, die darauf achten sollten, dass die Parkplätze der Angestellten und Gäste nicht von den Fahrzeugen Fremder blockiert wurden, die sich in Ermangelung von Parkmöglichkeiten an der Straße dort einschlichen.

Trotzdem legte Eve die Disketten in das Laufwerk ein, teils aus Routine und teils in der Hoffnung, dass Morses Geschichte der Überprüfung nicht standhalten würde. Ganz sicher hätte das Frettchen Nadines Regenmantel erkannt, und ganz sicher hatte er gewusst, dass sie für gewöhnlich vor den Spätnachrichten noch kurz alleine vor die Tür ging.

Nichts hätte sie mehr genossen als die Möglichkeit, seinen knochigen Hintern an die Wand zu nageln, dachte sie, als sie plötzlich den schnittigen italienischen Zweisitzer geschmeidig wie eine Katze auf das Tor zugleiten sah. Sie hatte den Wagen schon einmal gesehen, vor dem Haus des Commanders, nach dem Gedenkgottesdienst für Staatsanwältin Towers.

»Halt«, befahl sie, und das Bild auf dem Monitor erstarrte. »Abschnitt zweiundzwanzig bis dreißig, volle Bildschirmgröße.« Die Maschine klickte, stotterte, und das Bild begann zu wackeln. Ungeduldig schlug Eve mit dem Handballen auf das Gerät und brachte es so wieder zum Laufen. »Verdammte Etatkürzungen«, murmelte sie, ehe sie den Mund zu einem langsamen, genüsslichen Lächeln verzog. »Aber hallo, der werte Mr. Angelini.«

Sie atmete tief ein, als Davids Gesicht auf dem Monitor erschien. Er wirkte ungeduldig, dachte sie. Unkonzentriert. Nervös.

»Was haben Sie denn da gemacht?«, murmelte sie und blickte auf die in der unteren linken Ecke eingeblendete Zeit. »Um dreiundzwanzig Uhr zwei und fünf Sekunden?«

Sie lehnte sich auf ihrem Stuhl zurück, wühlte, ohne das Bild aus den Augen zu lassen, mit einer Hand in der Schreibtischschublade herum und biss in den Schokoladenriegel, der als Frühstück auch an diesem Tag herhalten musste. Schließlich war sie noch nicht wieder zu Hause gewesen, seit sie an den Tatort gerufen worden war.

»Ausdruck«, befahl sie. »Dann zurück zum Originalbild.« Sie wartete geduldig, während die Maschine surrend mit der Arbeit begann. »Und anschließend in normalem Tempo weiter.«

Immer noch an ihrem Schokoriegel knabbernd, verfolgte sie, wie der kostspielige Sportwagen an der Kamera vorbeifuhr. Automatisch begann das Bild zu blinken. Im Gegensatz zur Polizei verfügte Channel 75 über ein Budget, das es erlaubte, sich die neuesten bewegungsaktivierten Sicherheitskameras zu leisten. Elf Minuten waren vergangen, als Morses Wagen auf der Bildfläche erschien.

»Interessant«, murmelte sie. »Kopien der Disketten zur Akte 47833-K, Mordfall Kirski, Louise, Akte 47801-T, Mordfall Towers, Cicely, und Akte 47815-M, Mordfall Metcalf, Yvonne.«

Sie wandte sich vom Bildschirm ab und betätigte ihr Link. »Feeney.«

»Dallas.« Er schob sich den Rest eines Sahnetörtchens in den Mund. »Ich arbeite dran. Himmel, es ist gerade mal sieben Uhr früh.«

»Ich weiß, wie spät es ist. Ich bin auf ein äußerst delikates Detail gestoßen, Feeney.«

»Verdammt.« Sein bereits faltiges Gesicht wurde noch zerknitterter. »Ich hasse es, wenn du das sagst.«

»Ich habe David Angelini auf den Sicherheitsdisketten von Channel 75. Er kam ungefähr zehn Minuten, bevor Louise Kirskis Leiche gefunden wurde, auf dem Parkplatz an.«

»Scheiße, Scheiße, Scheiße. Wer sagt es dem Commander?«

»Ich – nachdem ich mich mit Angelini unterhalten habe. Du musst mich so lange decken, Feeney. Außer den Bildern von Angelini werde ich dir alles schicken, was ich bisher habe. Dann kannst du es dem Commander bringen und ihm sagen, ich hätte ein paar Stunden freigemacht.«

»Als ob er mir das glauben würde.«

»Feeney, sag ihm, dass ich ein bisschen Schlaf brauche. Sag mir, dass du dem Commander Bericht erstatten wirst und dass ich nach Hause fahren und mich ein paar Stunden aufs Ohr legen soll.«

Mit einem lauten Seufzer sagte Feeney: »Dallas, du brauchst dringend etwas Schlaf. Ich werde dem Commander Bericht erstatten. Fahr nach Hause und leg dich ein bisschen aufs Ohr.«

»Jetzt kannst du wahrheitsgemäß behaupten, dass du mir gesagt hast, ich sollte ein paar Stunden freimachen«, erklärte sie und beendete grinsend das Gespräch.

Genau wie die Routinearbeit machte sich auch der Instinkt eines Cops gelegentlich bezahlt. Eves Instinkt sagte ihr, dass sich David Angelini sicher hinter seiner Familie verschanzen würde, also fuhr sie als Erstes zu Marcos elegantem Stadthaus, das in einem der wohlhabenden Viertel in der East Side lag.

Die Backsteingebäude in der Gegend waren kaum dreißig Jahre alt. Es handelte sich um Reproduktionen der Bürgerhäuser aus dem neunzehnten Jahrhundert, die man zu Beginn des einundzwanzigsten Jahrhunderts, als ein Großteil der New Yorker Infrastruktur zusammengebrochen war, abgerissen hatte. In der Umgebung waren zahlreiche Prachtbauten dem Erdboden gleichgemacht worden, doch nach langem Hin und Her hatte man die Gegend nach alter Tradition – einer Tradition, die sich nur die Superreichen hatten leisten können – wieder auferstehen lassen.

Nach zehnminütiger Suche fand Eve einen Parkplatz zwischen den teuren europäischen und amerikanischen Wagen. Über ihrem Kopf kreisten drei private Minishuttles auf der Suche nach einem Platz zum Landen.

Offensichtlich standen in dieser Gegend öffentliche Transportmittel nicht allzu hoch im Kurs, doch waren die Grundstückspreise derart gepfeffert, dass es sich niemand leisten konnte oder wollte, kostbaren Boden für eine Garage zu verschwenden.

Doch New York war nun mal New York, also schloss sie, ehe sie sich zum Gehen wandte, die Türen ihres zerbeulten Wagens vorsichtshalber ab. Dicht neben ihr sauste ein Teenager auf einem Airboard durch die Luft. Er nutzte die Gelegenheit, sein Ein-Frau-Publikum zu beeindrucken, in dem er ein paar komplizierte Manöver flog, ehe er nach einem langgezogenen Looping auf dem Gehweg landete. Statt ihn zu enttäuschen, spendete Eve ihm grinsend Applaus.

»Nicht übel.«

»Ist echt super«, erklärte er mit einer Stimme, die irgendwo zwischen Pubertät und unsicherer Männlichkeit angesiedelt war, während er über den Bürgersteig auf sie zu geglitten kam. »Wollen Sie mal 'ne Runde mitfliegen?«

»Nein. Ist mir zu gefährlich.« Als sie weiterging, lenkte er das Brett mit schnellen geschickten Schritten gekonnt um sie herum.

»Ich könnte Ihnen in nur fünf Minuten ein paar der leichten Sachen zeigen.«

»Vielleicht später. Weißt du, wer dort drüben in der Nummer einundzwanzig lebt?«

»In der einundzwanzig? Sicher, Mr. Angelini. Aber Sie sind ganz sicher keine seiner Torten.«

Sie blieb stehen. »Ach nein?«

»Also bitte.« Der Junge grinste und zeigte dabei zwei Reihen perfekter, strahlend weißer Zähne. »Er steht eher auf den würdigen, etwas älteren Typ.« Er machte mit dem Brett einen schnellen Satz zur Seite. »Wie eine Hausangestellte sehen Sie auch nicht gerade aus, und außerdem hat er dafür normalerweise eher Droiden.«

»Hat er denn viele Torten?«

»Hin und wieder taucht schon mal eine auf. Sie kommen immer in Privatwagen. Manchmal bleiben sie bis morgens, meistens aber nicht.«

»Und woher willst du das alles wissen?«

Wieder sah er sie grinsend an. »Ich wohne da drüben.« Er zeigte auf das Haus direkt gegenüber. »Und ich halte einfach gern die Augen auf.«

»Okay, dann kannst du mir ja sicher auch erzählen, ob letzte Nacht jemand vorbeikam.«

Er machte eine Drehung. »Wieso sollte ich das tun?«

»Weil ich von der Polizei bin.«

Sie zückte ihren Dienstausweis, und er riss verblüfft die Augen auf. »Wow. Nicht übel. He, meinen Sie vielleicht, er hätte seine Ex um die Ecke gebracht? Schließlich ist man bei diesen Dingen ja immer gerne auf dem neuesten Stand.«

»Das hier ist kein Quiz. Und? Hast du nun gestern Nacht die Augen aufgehalten? Wie heißt du überhaupt?«

»Barry. Ich habe gestern Abend einfach rumgehangen, ’n bisschen ferngesehen, ’n bisschen Musik gehört. Eigentlich hätte ich für die monstermäßige Abschlussprüfung in Computertechnik büffeln sollen.«

»Und warum bist du heute nicht in der Schule?«

»He, Sie sind doch wohl nicht von der Abteilung für Schulschwänzer?« Sein Grinsen wurde leicht nervös. »Der Unterricht hat noch nicht angefangen, und außerdem brauche ich nur dreimal die Woche hin und mache den Rest zu Hause vor dem Bildschirm.«

»Okay. Was ist nun mit gestern Abend?«

»Während ich so ’rumhing, sah ich, wie Mr. Angelini aus dem Haus ging. Ich schätze, es war so gegen acht. Dann später, wahrscheinlich gegen Mitternacht, kommt dieser andere tolle Schlitten angebraust. Der Fahrer ist eine ganze Zeit lang sitzen geblieben, als könnte er sich nicht entscheiden, ob er aussteigen oder weiterfahren soll.«

Barry machte einen schnellen Looping und tänzelte ans Ende seines Boards. »Dann ist er doch reingegangen. Hat ziemlich geschwankt. Ich dachte, er hätte ein paar Bierchen gekippt. Ging einfach rein, also hat er den Zugangscode gekannt. Mr. Angelini habe ich nicht zurückkommen sehen. Wahrscheinlich habe ich zu dem Zeitpunkt längst geratzt. Sie wissen schon, Augen zu und schnarch.«

»Ja, du hast geschlafen. Ich verstehe. Und, hast du heute Morgen vielleicht jemanden das Haus verlassen sehen?«

»Nein, aber der tolle Wagen ist immer noch da.«

»Verstehe. Danke.«

»He.« Er rollte ihr weiter hinterher. »Wie ist denn so das Leben eines Cops?«

»Mal so, mal so.« Sie erklomm die Stufen zu Angelinis Haus und nannte auf Anfrage des kühlen Empfangsscanners ihren Rang und ihren Namen.

»Tut mir Leid, Lieutenant, es ist niemand zu Hause. Falls Sie eine Nachricht hinterlassen, werden Sie schnellstmöglich kontaktiert.«

Eve blickte direkt in den Scanner. »Bitte geben Sie folgende Nachricht weiter. Falls niemand zu Hause ist, gehe ich jetzt zurück zu meinem Wagen und erbitte einen Durchsuchungsbefehl. Der müsste in spätestens zehn Minuten da sein.«

Sie rührte sich nicht vom Fleck, und nach weniger als zwei Minuten kam David Angelini an die Tür.

»Lieutenant.«

»Mr. Angelini. Hier oder auf der Wache? Sie haben die Wahl.«

»Kommen Sie herein.« Er trat einen Schritt zurück. »Ich bin erst gestern Abend nach New York zurückgekommen, und ich bin heute Morgen leider noch ein bisschen desorientiert.«

Er führte sie in ein in dunklen Tönen gehaltenes, hohes Wohnzimmer und bot ihr höflich einen Kaffee an, den sie ebenso höflich ablehnte. Er trug eine eng anliegende cremefarbene Hose, wie sie sie so häufig in den Straßen Roms gesehen hatte, ein ebenfalls cremefarbenes Seidenhemd mit weiten Ärmeln und Schuhe in demselben Ton, die so weich aussahen, als könnte man mit einer Fingerspitze eine Delle hineindrücken.

Sein Blick jedoch war unruhig, und seine Hände trommelten rhythmisch auf die Lehnen des Sessels, in den er sich sinken ließ.

»Haben Sie neue Informationen zum Fall meiner Mutter?«

»Sie wissen, weshalb ich hier bin.«

Er fuhr sich mit der Zunge über die Lippen, rutschte in seinem Sessel hin und her, und Eve dachte, dass sie gut verstand, weshalb er an den Spieltischen beinahe immer verlor. »Wie bitte?«

Sie stellte den Recorder gut sichtbar auf den Tisch. »David Angelini, Sie sind nicht verpflichtet, eine Aussage zu machen. Falls Sie eine Aussage machen, wird Sie aufgenommen und kann und wird vor Gericht gegen sie verwendet werden. Sie haben das Recht, einen Anwalt zu dem Gespräch hinzuzuziehen und sich von ihm beraten zu lassen.«

Während sie mit der Aufzählung seiner Rechte fortfuhr, atmete er keuchend ein. »Wessen klagen Sie mich an?«

»Bisher hat noch niemand Anklage gegen Sie erhoben. Haben Sie verstanden, was ich Ihnen erklärt habe?«

»Natürlich.«

»Wollen Sie Ihren Anwalt kontaktieren?«

Er öffnete den Mund und atmete zitternd wieder aus. »Noch nicht. Ich nehme an, dass Sie mir den Grund für dieses erneute Verhör noch nennen werden, Lieutenant.«

»Ich denke, der Grund für das Gespräch wird Ihnen sofort klar werden. Mr. Angelini, wo waren Sie am 31. Mai dieses Jahres zwischen dreiundzwanzig Uhr und Mitternacht?«

»Gestern Nacht? Wie ich bereits sagte, bin ich eben erst nach New York zurückgekommen. Ich kam am Flughafen an und fuhr dann hierher nach Hause.«

»Sie kamen direkt vom Flughafen hierher?«

»Genau. Ich hatte noch einen Termin, aber den habe ich – den habe ich verschoben.« Er zerrte an seinem obersten Hemdknopf, als brauche er mehr Luft. »Ich habe ihn verlegt.«

»Um wie viel Uhr kamen Sie am Flughafen an?«

»Ich glaube, mein Flieger landete gegen zehn Uhr dreißig.«
»Und dann kamen Sie direkt hierher.«
»Das habe ich doch schon gesagt.«
»Ja, das haben Sie.« Eve neigte ihren Kopf ein wenig. »Sie sind ein Lügner. Und ein schlechter obendrein. Sie schwitzen, wenn Sie bluffen.«
Die dünne Schweißspur, die über seinen Rücken rann, war ihr nicht entgangen. Er erhob sich von seinem Platz. Statt wie beabsichtigt empört klang seine Stimme furchtsam, als er erklärte: »Ich glaube, jetzt werde ich doch meinen Anwalt kontaktieren, Lieutenant. Und auch Ihren Vorgesetzten. Ist es bei Ihnen üblich, unschuldige Menschen in ihren Häusern zu belästigen?«
»Wir tun eben immer das, was am besten funktioniert«, murmelte sie leise. »Aber Sie sind kein unschuldiger Mensch. Also rufen Sie Ihren Anwalt an, und dann fahren wir alle zusammen aufs Revier.«
Immer noch rührte er sich nicht vom Fleck. »Ich habe nichts getan.«
»Ach nein? Sie haben beispielsweise während eines offiziellen Verhörs gelogen. Los, rufen Sie endlich Ihren Anwalt an.«
»Halt, warten Sie.« Er fuhr sich mit der Hand über den Mund und begann im Zimmer auf und ab zu gehen. »Das ist nicht nötig. Es ist nicht nötig, diese Sache auf die Spitze zu treiben.«
»Das können Sie halten, wie Sie wollen. Würden Sie Ihre vorherige Aussage vielleicht gerne korrigieren?«
»Es handelt sich um eine ziemlich delikate Angelegenheit, Lieutenant.«
»Seltsam, ich persönlich habe Mord nie als etwas Delikates angesehen.«
Immer noch ging er im Raum umher und rang verzweifelt seine Hände. »Sie müssen verstehen, dass unsere geschäftliche Situation augenblicklich etwas angespannt ist und dass gewisse Transaktionen durch die falsche Art von Publicity beein-

trächtigt werden könnten. Aber in ein, zwei Wochen sind all diese Dinge sicherlich geklärt.«

»Und Sie meinen, ich sollte meine Ermittlungen auf Eis legen, bis Sie Ihren finanziellen Engpass überwunden haben?«

»Ich wäre durchaus bereit, Sie für Ihre Geduld und Diskretion entsprechend zu entlohnen.«

»Ach ja?« Eve machte große Augen. »An was für eine Entlohnung haben Sie denn so gedacht, Mr. Angelini?«

»Zehntausend könnte ich ganz sicher locker machen.« Er kämpfte um ein Lächeln. »Oder sogar das Doppelte, wenn Sie die ganze Sache dauerhaft vergessen.«

Eve kreuzte die Arme vor der Brust und sprach in den Recorder. »David Angelini hat der Ermittlungsleiterin Lieutenant Eve Dallas Schweigegeld geboten, was von dieser abgelehnt wurde.«

»Hexe«, flüsterte er mit erstickter Stimme.

»Allerdings. Warum waren Sie gestern Abend bei Channel 75?«

»Ich habe nie behauptet, dass ich dort gewesen bin.«

»Ersparen wir uns doch das sinnlose Geplänkel. Auf der Überwachungsdiskette ist eindeutig zu sehen, wie Sie auf den Parkplatz des Senders fahren.« Sie öffnete ihre Tasche, zog das ausgedruckte Bild von seinem Gesicht hervor und warf es vor ihn auf den Tisch.

»Die Überwachungskamera.« Seine Beine schienen zu versagen, und er ließ sich kraftlos zurück in seinen Sessel sinken. »Daran habe ich gar nicht gedacht – das kam mir nicht auch nur für eine Sekunde in den Sinn. Ich war einfach in Panik.«

»Das ist, nachdem man einem anderen Menschen die Halsschlagader durchgeschnitten hat, eine durchaus verständliche Reaktion.«

»Ich habe sie nicht angerührt. Ich war noch nicht einmal in ihrer Nähe. Großer Gott, sehe ich vielleicht aus wie ein kaltblütiger Mörder?«

»Leider gibt es keinen Prototyp des kaltblütigen Mörders.

Sie waren dort. Dafür gibt es Beweise. Ihre Hände«, sagte sie mit schneidender Stimme und griff bereits nach ihrem Stunner. »Lassen Sie die Hände, wo sie sind.«

»Um Himmels willen, glauben Sie ernsthaft, ich laufe mit einem Messer in der Tasche durch die Gegend?« Langsam zog er ein Taschentuch hervor und betupfte sich die Brauen. »Ich habe diese Louise Kirski noch nicht einmal gekannt.«

»Aber Sie kennen ihren Namen.«

»Ich habe ihn in den Nachrichten gehört.« Er schloss erschöpft die Augen. »Ich habe sie in den Nachrichten gesehen. Und ich habe gesehen, wie er sie ermordet hat.«

Eves Schultermuskeln zuckten, doch im Gegensatz zu David wäre sie eine gute Spielerin gewesen, denn ihr Gesicht und ihre Stimme verrieten nichts von dem, was sie bei diesem Satz empfand. »Tja dann, warum erzählen Sie mir dann nicht ganz genau, was dort auf dem Parkplatz vorgefallen ist?«

Er trug zwei schwere Goldringe – einen mit einem Rubin –, die klirrend gegeneinander stießen, als er erneut die Hände rang.

»Sie müssen meinen Namen aus der Sache raushalten.«

»Nein«, erkläre sie mit leichter Stimme. »Das muss ich nicht. Ich mache keine derartigen Geschäfte. Ihre Mutter war Staatsanwältin, Mr. Angelini. Sie sollten also wissen, dass mögliche Abkommen nicht mit mir, sondern höchstens mit der Staatsanwaltschaft getroffen werden können. Sie haben bereits einmal während unseres Gesprächs gelogen.« Immer noch klang ihre Stimme ruhig, denn wenn man es mit einem nervösen Verdächtigen zu tun hatte, war es das Beste, ihn in Sicherheit zu wiegen. »Ich gebe Ihnen die Möglichkeit, diese Falschaussage zu korrigieren und erinnere Sie zugleich noch einmal daran, dass Sie das Recht haben, sich jederzeit, auch während des Verhörs, mit Ihrem Anwalt in Verbindung zu setzen. Wenn Sie aber mit mir sprechen wollen, dann tun Sie es jetzt. Um es Ihnen leichter zu machen, werde ich einfach anfangen. Was wollten Sie gestern Abend noch bei Channel 75?«

»Ich hatte dort einen Termin. Ich habe Ihnen doch bereits gesagt, dass ich einen Termin hatte, den ich dann allerdings verlegt habe. Es ging uns, das heißt mir, um einen Deal zur Ausweitung unserer bisherigen Beteiligungen an der Unterhaltungsindustrie. Wir entwickeln Projekte, Programme, Serien. Carlson Young, der Leiter der Unterhaltungsabteilung des Senders, hat ziemlich viel zum Erfolg dieser Projekte beigetragen. Mit ihm hatte ich einen späten Termin in seinem Büro.«

»Etwas sehr spät für Geschäfte, finden Sie nicht auch?«

»In der Unterhaltungsbranche gelten nun einmal nicht die normalen Arbeitszeiten. Unser beider Terminkalender waren ziemlich voll, sodass uns beiden dieser Zeitpunkt durchaus gelegen kam.«

»Und warum haben Sie Ihre Unterhaltung nicht einfach über das Link geführt?«

»Ein Großteil unserer Geschäfte geht tatsächlich übers Link. Aber wir hatten beide das Gefühl, dass es an der Zeit wäre für ein persönliches Gepräch. Wir hatten und haben immer noch die Hoffnung, dass das erste Projekt im Herbst auf Sendung gehen wird. Wir haben das Script«, fuhr er fort, wenn auch inzwischen beinahe zu sich selbst, »das Produktionsteam ist zusammengestellt, und wir haben bereits einige der Schauspieler unter Vertrag.«

»Dann hatten Sie also einen spätabendlichen Termin mit Carlson Young vom Channel 75.«

»Ja. Der Regen hatte mich etwas aufgehalten. Ich war ziemlich spät dran.« Plötzlich hob er den Kopf. »Ich habe ihn von meinen Wagen aus angerufen. Das konnen Sie gerne überprüfen. Als mir klar wurde, dass ich es nicht pünktlich schaffen würde, habe ich mit ihm telefoniert. Das muss kurz vor elf gewesen sein.«

»Wir werden das alles überprüfen, Mr. Angelini. Darauf können Sie sich verlassen.«

»Ich fuhr direkt zum Haupttor. Ich war abgelenkt, ich

dachte an … an ein paar Probleme bei der Besetzung einiger Rollen. Dann habe ich gewendet. Ich hätte direkt zum Haupteingang gehen sollen, aber ich war in Gedanken woanders. Ich hielt an, weil mir klar wurde, dass ich ein Stück zurückfahren musste, und dann sah ich –« Er fuhr sich mit dem Taschentuch über die schweißbedeckte Oberlippe. »Dann sah ich, wie jemand aus einer Tür kam. Und dann war da plötzlich noch jemand anders. Jemand, der dort in der Dunkelheit gestanden und gewartet haben musste. Er bewegte sich so schnell. Es ging alles so schnell. Sie drehte sich um, und ich sah ihr Gesicht. Nur für eine Sekunde sah ich ihr Gesicht im Licht einer Lampe. Er riss den Arm über den Kopf. Schnell, sehr schnell. Und … großer Gott. Das Blut. Es spritzte wie aus einer Fontäne. Ich verstand das alles nicht. Ich konnte es nicht glauben – es spritzte einfach in hohem Bogen aus ihr heraus. Sie fiel auf die Erde, und er rannte, rannte einfach weg.«

»Und was haben Sie getan?«

»Ich – ich blieb einfach sitzen. Ich habe keine Ahnung, wie lange ich dasaß. Und dann fuhr ich davon. Ich erinnere mich noch nicht einmal daran. Ich fuhr, und alles war wie in einem Traum. Der Regen und die Lichter der entgegenkommenden Wagen. Dann war ich hier. Ich habe keine Ahnung, wie ich hierher gekommen bin. Aber ich saß draußen in meinem Wagen. Ich rief Young an und sagte, ich wäre erneut aufgehalten worden, wir müssten unseren Termin umlegen. Ich kam herein, es war niemand da. Also nahm ich ein Beruhigungsmittel und ging sofort ins Bett.«

Eve ließ die Stille ein wenig andauern. »Lassen Sie mich sehen, ob ich alles richtig verstanden habe. Sie waren auf dem Weg zu einer geschäftlichen Besprechung, sind unterwegs einmal falsch abgebogen, haben mit angesehen, wie eine Frau brutal ermordet wurde, fuhren davon, sagten die Besprechung ab und gingen ins Bett. Ist das richtig?«

»Ja. Ja, ich nehme an, dass das richig ist.«

»Der Gedanke, aus dem Wagen zu steigen und zu sehen, ob

Sie der Frau helfen könnten, kam Ihnen nicht? Oder vielleicht über Ihr Link die Polizei zu verständigen oder einen Krankenwagen zu rufen?«

»Ich konnte nicht klar denken. Ich war vollkommen erschüttert.«

»Sie waren so erschüttert, dass Sie direkt hierher gefahren sind, Tablette eingenommen und sich ins Bett gelegt haben.«

»Genau so war es«, schnauzte er sie an. »Und jetzt brauche ich etwas zu trinken.« Mit schweißnassen Fingern nestelte er an der Konsole neben seinem Sessel und bestellte einen Wodka. »Und zwar gleich die ganze Flasche.«

Eve ließ ihn schmoren, bis der Servierdroide mit einer Flasche Stoli und einem kleinen, dickwandigen Glas im Wohnzimmer erschien und er sich den ersten Schluck genehmigte.

»Es gab nichts, was ich hätte tun können«, setzte er – wie beabsichtigt durch ihr Schweigen dazu verführt – von sich aus erneut an. »Ich hatte nichts damit zu tun.«

»Ihre Mutter wurde vor wenigen Wochen auf dieselbe Weise ermordet, wie Sie es mir eben beschrieben haben. Und trotzdem hatten Sie nichts damit zu tun?«

»Genau das war ein Teil meines Problems.« Er schenkte sich nach, hob das Glas erneut an seine Lippen und schauderte. »Ich war geschockt und – verängstigt. Gewalt gehört nicht zu meinem Leben. Sie gehörte zum Leben meiner Mutter, war ein Teil, den ich nie verstanden habe. Sie jedoch hat Gewalt verstanden«, erklärte er mit leiser Stimme. »Sie kannte sich damit aus.«

»Und hat Sie das gestört, Mr. Angelini? Hat es Sie gestört, dass Ihre Mutter etwas von Gewalt verstand, dass sie stark genug war, sich ihr auszusetzen und dagegen anzukämpfen?«

Sein Atem ging unnatürlich flach. »Ich habe meine Mutter geliebt. Als ich sah, dass diese Frau genauso ermordet wurde wie zuvor meine Mutter, konnte ich nur noch daran denken, so schnell wie möglich wegzulaufen.«

Er machte eine Pause und nahm einen letzten hastigen

Schluck von seinem Wodka. »Meinen Sie, ich wüsste nicht, dass Sie mich unter die Lupe genommen, dass Sie allen möglichen Leuten alle möglichen Fragen über mein berufliches und privates Leben gestellt haben? In Ihren Augen war ich doch von Anfang an verdächtig. Wie viel schlimmer kann es für mich denn wohl noch kommen, nachdem ich jetzt auch noch direkt habe mit ansehen müssen, wie ein neuer Mord geschah?«

Eve erhob sich von ihrem Platz und wandte sich zum Gehen. »Das werden Sie bald herausfinden.«

14

Eve vernahm ihn noch einmal in der weniger tröstlichen Umgebung des Verhörraums C. Inzwischen hatte er sein Recht auf anwaltlichen Beistand wahrgenommen, sodass nun zwei kalt dreinblickende Herren sowie eine Dame in Nadelstreifen neben ihrem Schützling an dem schlichten Tisch saßen.

Insgeheim hatte Eve die drei mit den Spitznamen Moe, Larry und Curly versehen.

Moe war eindeutig der Boss. Sie trug einen strengen Pagenschnitt und vertrat mit harter Stimme die Interessen ihres Mandanten, während ihre beiden Partner ernste Gesichter machten und hin und wieder gewichtig etwas auf die gelben Blöcke kritzelten, ohne die die Anwaltszunft nicht auszukommen schien.

Darüber hinaus drückte Curly gelegentlich mit gerunzelter Stirn ein paar Knöpfe seines Organizers und murmelte Larry verschwörerisch etwas ins Ohr.

»Lieutenant Dallas.« Moe legte ihre gefalteten Hände so vor sich auf den Tisch, dass man ihre gefährlichen, mehrere Zentimeter langen, scharlachrot lackierten Nägel überdeutlich sah. »Mein Mandant ist mehr als bereit, mit Ihnen zu kooperieren.«

»Wie Sie selbst durch das erste Gespräch bestätigt sehen, war er das bisher nicht«, erwiderte Eve mit ruhiger Stimme. »Erst nachdem seine ursprüngliche Geschichte widerlegt wurde, hat er zugegeben, dass er einen Tatort verließ, ohne das Verbrechen ordnungsgemäß zu melden.«

Der Seufzer, den Moe ausstieß, klang müde und enttäuscht. »Natürlich können Sie Mr. Angelini diesen Lapsus vorhalten, doch dann werden wir uns auf beschränkte Zurechnungsfähigkeit wegen des Schocks und des durch den Tod der Mutter erlittenen emotionalen Traumas berufen. Durch dieses Geplänkel würde die kostbare Zeit der Gerichte und das Geld der Steuerzahler unnötig vergeudet.«

»Bisher habe ich diesen … Lapsus Ihres Mandanten noch gar nicht zur Anzeige gebracht. Im Grunde geht es hier schließlich um viel Größeres.«

Curly kritzelte etwas auf seinen Block, schob ihn Larry hinüber, und wieder murmelten die beiden einander mit ernsten Mienen ein paar Worte zu.

»Sie haben bestätigt bekommen, dass mein Mandant am fraglichen Abend tatsächlich einen Termin beim Sender hatte.«

»Ja, er hatte einen Termin, den er um elf Uhr fünfunddreißig abgesagt hat. Nur seltsam, dass er trotz seiner beschränkten Zurechnungsfähigkeit und seines emotionalen Traumas dazu in der Lage war.« Ehe Moe etwas erwidern konnte, wandte sich Eve an Angelini und bedachte ihn mit einem kalten, harten Blick. »Sie kennen Nadine Furst?«

»Ich weiß, wer sie ist. Ich habe sie in den Nachrichten gesehen.« Er zögerte, beugte sich zu Moe hinüber, um sich mit ihr zu beraten, und nickte schließlich mit dem Kopf. »Wir sind uns hin und wieder auf irgendwelchen Parties über den Weg gelaufen, und nach dem Tod meiner Mutter habe ich kurz mit ihr gesprochen.«

All das war Eve hinlänglich bekannt. »Ich bin sicher, dass Sie auch ihre Reportagen gesehen haben. Schließlich hatten Sie ein berechtigtes Interesse daran, sie sich anzusehen, denn schließlich ging es darin um die jüngsten Mordfälle und somit auch um den Mord an Ihrer eigenen Mutter.«

»Lieutenant, was hat das Interesse meines Mandanten an der Berichterstattung über den Tod seiner Mutter mit dem Mord an Ms. Kirski zu tun?«

»Das frage ich mich auch. Sie haben also in den letzten Wochen regelmäßig die Berichte von Ms. Furst gesehen, Mr. Angelini.«

»Natürlich habe ich das.« Inzwischen hatte er sich weit genug erholt, um verächtlich die Mundwinkel zu verziehen. »Sie selbst kamen ziemlich häufig darin vor, Lieutenant.«

»Stört Sie das?«

»Ich finde, es ist peinlich, dass eine Beamtin, die von der Stadt bezahlt wird, danach strebt, durch eine Tragödie persönlichen Ruhm zu erlangen.«

»Klingt ganz so, als würde Sie das ziemlich stören.« Eve zuckte mit den Schultern. »Ms. Furst hat durch diese Geschichte ebenfalls einigen Ruhm erlangt.«

»Daraus lernt man, nichts anderes zu erwarten, als dass ein Mensch wie Sie das Elend anderer nutzt, um selbst weiterzukommen.«

»Dann hat Ihnen ihre Berichterstattung also nicht gefallen?«

»Lieutenant«, erklärte Moe mit erzwungener Geduld. »Was sollen diese Fragen?«

»Noch sind wir nicht vor Gericht. Ich kann also alles fragen, was ich möchte, ohne einen bestimmten Grund dafür haben zu müssen. Also, haben Sie sich über die Berichte geärgert, Mr. Angelini? Waren Sie wütend?«

»Ich –« Moe warf ihm einen strengen Blick zu, und er fuhr vorsichtiger fort. »Ich komme aus einer ziemlich bekannten Familie. Da ist man so etwas gewohnt.«

»Vielleicht könnten wir allmählich wieder zum eigentlichen Thema der Befragung zurückkommen«, verlangte Moe.

»Das gehört alles dazu. Louise Kirski hatte, als sie ermordet wurde, Nadine Fursts Regenmantel an. Wissen Sie, was ich denke, Mr. Angelini? Ich denke, der Mörder hat die falsche Frau erwischt. Ich denke, er hat auf Nadine gewartet, und Louise kam ganz einfach im falschen Moment durch die Tür.«

»Trotzdem hat das alles nichts mit mir zu tun.« Er blickte Hilfe suchend auf das Anwaltstrio. »Das alles hat nichts mit mir zu tun. Ich habe gesehen, wie es passierte. Das ist alles.«

»Sie haben gesagt, dass es ein Mann war. Wie sah der Mann aus?«

»Ich weiß es nicht. Ich habe ihn nur undeutlich gesehen, er hatte mir den Rücken zugewandt. Es ging alles so entsetzlich schnell.«

»Aber Sie haben genug gesehen, um zu wissen, dass es ein Mann war.«

»Das habe ich einfach angenommen.« Er brach ab und rang, während Moe ihm etwas ins Ohr flüsterte, mühsam nach Luft. »Es hat geregnet.«

»Sie haben gesagt, Sie hätten das Gesicht des Opfers gesehen.«

»Das Licht, sie hat ihr Gesicht ins Licht gedreht, als er – als der Mörder – auf sie zuging.«

»Und dieser Mörder, der vielleicht ein Mann war und der plötzlich aus dem Nichts vor ihr auftauchte – war er groß, klein, alt, jung?«

»Ich weiß nicht. Es war dunkel.«

»Sie haben gesagt, es hätte Licht gegeben.«

»Nur einen kleinen Lichtkreis. Er hatte sich im Schatten versteckt. Er trug schwarze Kleidung«, platzte es aus ihm heraus, als hätte er eine plötzliche Eingebung gehabt. »Einen langen schwarzen Mantel – und einen Hut, einen Schlapphut, den er tief ins Gesicht gezogen hatte.«

»Wie praktisch. Er trug also schwarze Kleidung. Wie originell.«

»Lieutenant, ich kann meinem Mandanten nicht empfehlen, weiterhin mit Ihnen zu kooperieren, wenn Sie derart sarkastisch sind.«

»Ihr Klient steckt bis über beide Ohren in einem dreifachen Mordfall. Mein Sarkasmus sollte eine seiner geringsten Sorgen sein. Drei der ganz großen Fragen wurden bereits positiv beantwortet: ein Motiv, die Mittel und die Gelegenheit zur Durchführung der Taten.«

»Sie haben nichts außer dem Eingeständnis meines Mandanten, dass er Zeuge eines Verbrechens war. Darüber hinaus«, Moe trommelte mit ihren Fingernägeln auf der Tischplatte herum, »haben Sie nicht das Geringste, was ihn mit den anderen Morden in Verbindung bringen würde. Was Sie haben, Lieutenant, ist ein frei herumlaufender Irrer und das verzweifelte Bedürfnis, Ihre Vorgesetzten und die Öffentlichkeit zu beruhigen, indem Sie endlich eine Verhaftung vornehmen. Aber mein Mandant wird Ihnen dafür nicht zur Verfügung stehen.«

»Das werden wir ja sehen. Aber jetzt –« Das zweimalige Piepsen ihres Handys war ein Signal von Feeney. »Entschuldigen Sie mich, ich bin sofort wieder da.« Hinter einem kühlen Lächeln verbarg sie die plötzliche Erregung, mit der sie das Verhörzimmer verließ. »Ich brauche gute Nachrichten, Feeney. Ich will diesen Hurensohn festnageln.«

»Gute Nachrichten?« Feeney rieb sich das Kinn. »Tja, vielleicht ist ja das hier eine gute Nachricht. Yvonne Metcalf hat mit unserem Freund Verhandlungen geführt. Heimliche Verhandlungen.«

»Und worum ging es?«

»Um die Hauptrolle in irgendeinem Film. Die Verhandlungen wurden wegen ihres Vertrages für *Schalten Sie sich ein* im stillen Kämmerchen geführt. Endlich habe ich ihren Agenten drangekriegt. Für die Rolle hätte sie die Talkshow an den Nagel gehängt. Aber nur, wenn die Rahmenbedingungen gestimmt hätten. Sie wollte einen Garantievertrag über zwei Fortsetzungen, internationale Ausstrahlung und Vierundzwanzig-Stunden-Dauerwerbung.«

»Klingt, als hätte sie ganz schön viel verlangt.«

»Sie hat ihn geradezu ausgequetscht. Nach allem, was der Agent gesagt hat, hätte Angelini Metcalf gebraucht, um einen Teil der Finanzierung abzusichern, aber sie wollte anscheinend schon im Vorfeld einen ziemlichen Batzen sehen. Heißt, unser guter Angelini hätte sich ganz schön abgestrampelt, um die Kohle zusammenzubekommen und sein Projekt dadurch zu retten.«

»Er hat sie gekannt. Und sie hatte ihn in der Hand.«

»Ihrem Agenten zufolge hat er Metcalf mehrere Male persönlich aufgesucht. Sie hatten ein paar nette Abende zu zweit in ihrer Wohnung. Er scheint etwas sauer gewesen zu sein wegen ihrer hohen Forderungen, aber sie hat offenbar nur darüber gelacht und darauf gebaut, dass er sich früher oder später wieder beruhigen und tun würde, was sie von ihm verlangte.«

»Ich liebe es, wenn plötzlich jedes Mosaiksteinchen schön brav an seinen Platz fällt, du nicht auch?« Sie drehte sich um und studierte Angelini durch die Scheibe des Verhörraums. »Jetzt haben wir eine Verbindung, Feeney. Er hat sie alle drei gekannt.«

»Als es Metcalf erwischt hat, war er angeblich an der Westküste.«

»Um wie viel wollen wir wetten, dass er ein Privatflugzeug besitzt? Weißt du, was ich gelernt habe, seit ich Roarke kenne, Feeney? Flugpläne sind vollkommen bedeutungslos, wenn man genügend Geld und einen eigenen Flieger hat. Nein, wenn er mir nicht zehn Zeugen nennen kann, die ihm gerade den Arsch geküsst haben, als Metcalf getötet wurde, dann habe ich ihn endlich, wo ich ihn haben will. Sieh ruhig zu, wenn ich ihn zum Schwitzen bringe«, murmelte sie, kehrte in den Nebenraum zurück, setzte sich auf ihren Platz, verschränkte ihre Arme auf dem Tisch und blickte Angelini in die Augen. »Sie kannten Yvonne Metcalf.«

»Ich –« David zupfte nervös am Kragen seines Hemdes. »Natürlich, ich … jeder kannte sie.«

»Sie hatten geschäftlich mit ihr zu tun und haben sie mehrere Male in ihrer Wohnung aufgesucht.«

Dies war auch für Moe offensichtlich neu, denn sie bleckte ihre Zähne und hob eilig eine Hand. »Einen Augenblick, Lieutenant. Ich würde gern ungestört mit meinem Mandanten sprechen.«

»Kein Problem.« Wieder verließ Eve den Raum, blickte von außen durch die Scheibe und fand es höchst bedauerlich, dass die Nutzung der Mithöranlage in solchen Fällen per Gesetz verboten war.

Nun, zumindest konnte sie optisch verfolgen, wie Moe David mit Fragen bombardierte und wie dieser sich stotternd um Antworten bemühte, während Larry und Curly mit grimmigen Mienen wütend auf ihren Blöcken herumkritzelten.

Auf eine von Davids Antworten schüttelte Moe vehement den Kopf und rammte einen ihrer todbringenden roten Nägel in seine Brust. Dann hob sie die Hand und winkte die lächelnde Eve in das Verhörzimmer zurück.

»Mein Mandant ist bereit zu bestätigen, dass er beruflich Kontakt zu Yvonne Metcalf hatte.«

»Uh-huh.« Statt sich auf ihren Stuhl zu setzen, lehnte sich Eve gegen den Tisch. »Yvonne Metcalf hat Ihnen das Leben ziemlich schwer gemacht, nicht wahr, Mr. Angelini?«

»Wir standen miteinander in Verhandlungen.« Wieder rang er seine Hände. »Es ist normal, dass der Star eines Projekts die Sterne vom Himmel verlangt. Aber wir … waren im Begriff uns zu einigen.«

»Sie haben sie in ihrer Wohnung aufgesucht. Gab es dort irgendwelchen Streit?«

»Wir – ich – wir haben uns an mehreren Orten getroffen. Ihre Wohnung war einer von ihnen. Wir sprachen über die Vertragsbedingungen.«

»Mr. Angelini, wo waren Sie in der Nacht, in der Yvonne Metcalf ermordet worden ist?«

»Um das sagen zu können, müsste ich in meinem Terminkalender nachsehen«, erklärte er in überraschend ruhigem Ton. »Aber ich glaube, ich war in New Los Angeles, im Planet Hollywood. Dort wohne ich immer, wenn ich in der Stadt bin.«

»Und wo könnten Sie in der Zeit zwischen neunzehn Uhr und Mitternacht gewesen sein? Westküstenzeit.«

»Das kann ich nicht sagen.«

»Ich bin sicher, dass Sie es mir sagen werden wollen, Mr. Angelini.«

»Höchstwahrscheinlich in meinem Zimmer. Ich hatte noch jede Menge zu erledigen. Das Script musste noch überarbeitet werden.«

»Das Script, das Sie auf Ms. Metcalf zurechtgeschnitten hatten.«

»Ja, genau.«

»Und Sie haben allein daran gearbeitet?«

»Ich bin lieber allein, wenn ich schreibe. Wissen Sie, das Drehbuch stammte von mir.« Eine leichte Röte überzog sein Gesicht. »Ich habe eine Menge Zeit und Mühe in die Vorbereitung investiert.«

»Sie haben ein eigenes Flugzeug?«

»Ein Flugzeug. Natürlich, so oft, wie ich unterwegs bin, brauche ich –«

»War Ihr Flugzeug an jenem Abend in New Los Angeles?«

»Ja, ich –« Als ihm bewusst wurde, was Eve mit der Frage andeuten wollte, starrte er sie entgeistert an. »Das können Sie doch wohl nicht ernsthaft glauben!«

»David, setzen Sie sich wieder hin«, wies ihn Moe entschieden an, als er von seinem Stuhl sprang. »Sie haben im Augenblick nichts mehr zu sagen.«

»Sie denkt, ich hätte die Frauen umgebracht. Das ist vollkommen verrückt. Um Himmels willen, eine von ihnen war meine eigene Mutter. Was für einen Grund sollte ich dafür gehabt haben? Was für einen Grund sollte ich, um Gottes willen, dafür gehabt haben?«

»Oh, ich kann mir durchaus ein paar Gründe vorstellen.

Wir werden sehen, ob die Psychologin mit mir übereinstimmt.«

»Mein Mandant ist nicht verpflichtet, sich einem psychologischen Gutachten zu unterziehen.«

»Ich denke, Sie werden ihm trotzdem raten, genau das zu tun.«

»Das Gespräch ist beendet«, verkündete Moe in schnippischem Ton.

»Fein.« Eve drückte sich vom Tisch ab und blickte David triumphierend in die Augen. »David Angelini, Sie sind verhaftet. Ihnen wird vorgeworfen, von einem Tatort geflüchtet zu sein, die Arbeit der Polizei behindert und versucht zu haben, eine Ermittlungsbeamtin zu bestechen.«

Er machte einen Satz und legte seine Hände ausgerechnet um ihren nackten Hals. Sie wartete, bis sich seine Finger um ihre Kehle schlossen und seine Augen vor Zorn aus ihren Höhlen quollen, ehe sie ihn niederschlug und sich, ohne auf das Brüllen seiner Anwältin zu reagieren, über ihn beugte.

»Wir werden uns die Mühe sparen, die Liste der Vorwürfe um den Angriff auf eine Polizeibeamtin und Widerstand gegen die Festnahme zu erweitern. Ich glaube nicht, dass wir das brauchen werden. Nehmen Sie ihn mit«, fuhr sie die beiden Uniformierten an, die durch die Tür geschossen kamen.

»Gute Arbeit, Dallas«, gratulierte Feeney, als sie gemeinsam verfolgten, wie David abgeführt wurde.

»Lass uns hoffen, dass die Staatsanwaltschaft die Sache so sieht wie wir, damit er nicht gegen Kaution freigelassen wird. Wir müssen ihn hier festhalten und schmoren lassen. Ich will ihn wegen Mordes verurteilt sehen, Feeney. Ich will es unbedingt.«

»Wir stehen dicht davor.«

»Wir brauchen Beweise. Wir brauchen die verdammte Waffe, Blut, die Andenken, die der Täter von den Tatorten mitgenommen hat. Miras psychiatrisches Gutachten wird sicher helfen, aber ohne handfeste Beweise kommen wir mit der Sache ganz sicher nicht durch.« Ungeduldig sah sie auf ihre Uhr. »Auch wenn seine Anwältin versuchen wird, uns alle möglichen Steine in den Weg zu legen, dürfte es nicht allzu lange dauern, bis wir Durchsuchungsbefehle für seine diversen Domizile kriegen.«

»Wie lange bist du eigentlich schon auf den Beinen?«, wollte er plötzlich wissen. »Inzwischen hast du mehr Ringe unter den Augen, als ich zählen kann.«

»So lange, dass es nichts mehr ausmacht, wenn noch ein paar Stunden dazu kommen. Wie wäre es, wenn ich dir einen Drink spendieren würde, bis wir den Durchsuchungsbefehl haben?«

Mit einer väterlichen Geste legte er ihr die Hand auf die Schulter, und sie wandten sich zum Gehen. »Ich glaube, einen Drink werden wir nachher beide brauchen können. Der Commander hat nämlich Wind von der Sache bekommen. Er will uns sehen, Dallas. Und zwar jetzt.«

Sie presste einen Finger zwischen ihre Brauen. »Dann begeben wir uns vielleicht am besten gemeinsam in die Höhle des Löwen. Und anschließend genehmigen wir uns nicht einen, sondern gleich mehrere Drinks.«

Whitney verlor keine Zeit. In dem Augenblick, als Eve und Feeney sein Büro betraten, fixierte er beide mit einem langen, kalten Blick. »Sie haben David zum Verhör hierher gebracht.«

»Das habe ich, ja, Sir.« Um Feeney ein wenig aus der Schusslinie zu bringen, trat Eve noch einen Schritt nach vorn. »Wie die Überwachungsdiskette des Parkplatzes von Channel 75 beweist, war er zum Zeitpunkt von Louise Kirskis Ermordung unmittelbar am Tatort.« Ohne eine Pause zu machen führte sie ihren Bericht mit fester Stimme fort.

»David sagt, er hätte den Mord gesehen.«

»Er behauptet, er hätte gesehen, wie jemand, wahrscheinlich ein Mann mit einem langen schwarzen Mantel und einem

Schlapphut, Kirski angegriffen hat und dann in Richtung Third Avenue davongelaufen ist.«

»Und dann ist er in Panik ausgebrochen«, fügte Whitney mühsam beherrscht hinzu. Seine Hände lagen unnatürlich ruhig auf seinem Schreibtisch. »Und er hat den Tatort verlassen, ohne den Vorfall zu melden.« Auch wenn er innerlich fluchte und wenn sein Sodbrennen stärker war als jemals zuvor, blieben seine Augen hart und kühl. »Was eine nicht untypische Reaktion von Zeugen von Gewaltverbrechen ist.«

»Er hat geleugnet, dass er überhaupt am Tatort war«, entgegnete Eve mit ruhiger Stimme. »Er hat sogar versucht mich zu bestechen, damit ich die Sache nicht weiter verfolge. Er hatte die Gelegenheit, Commander. Und es gibt Verbindungen zwischen ihm und allen Opfern. Er kannte Metcalf, stand mit ihr in Verhandlungen über ein gemeinsames Projekt, war in ihrer Wohnung.«

Whitney ballte die Fäuste und öffnete sie wieder. »Und welches Motiv hätte er haben sollen, Lieutenant?«

»Vor allem Geld«, erklärte sie. »Die finanziellen Schwierigkeiten, in denen er steckt, werden durch das, was er von seiner Mutter erbt, auf einen Schlag beseitigt. Die Opfer, oder im dritten Fall das beabsichtigte Opfer, waren alle starke Frauen, die im Rampenlicht standen. Die ihm alle in irgendeiner Weise Kummer bereiteten. Wenn sich seine Anwälte nicht widersetzen, wird Doktor Mira ihn eingehend testen, um zu ergründen, in welchem emotionalen und mentalen Zustand er sich zum Zeitpunkt der Taten befunden haben könnte, und wie groß die Wahrscheinlichkeit ist, dass er zu Gewaltausbrüchen neigt.«

Sie dachte an den Druck seiner Hände um ihren nackten Hals und konnte sich vorstellen, dass die Wahrscheinlichkeit sehr hoch war.

»Als die beiden ersten Morde geschahen, war er gar nicht in New York.«

»Sir.« Eilig unterdrückte sie das aufkommende Mitleid. »Er

hat ein Privatflugzeug. Er kann fliegen, wann und wohin er will. Es ist geradezu jämmerlich einfach, Flugpläne zu manipulieren. Wegen der Morde kann ich ihn noch nicht festsetzen, aber ich möchte, dass er hier bleibt, bis wir mehr Beweise gegen ihn in der Hand haben.«

»Sie haben ihn demnach wegen Verlassens des Tatorts und versuchter Bestechung in eine Zelle bringen lassen?«

»Die Verhaftung war durchaus gerechtfertigt, Commander. Augenblicklich warte ich auf die Durchsuchungsbefehle. Wenn wir erst die Beweise haben –«

»Falls«, verbesserte Whitney. Unfähig, noch länger ruhig dazusitzen, erhob er sich von seinem Stuhl. »Das ist ein sehr großer Unterschied, Dallas. Ohne Beweise bricht die Anklage sowieso in sich zusammen.«

»Was der Grund dafür ist, dass er nicht wegen des Mordverdachts festgenommen wurde.« Sie legte einen Ausdruck vor ihn auf den Tisch. Sie und Feeney hatten sich die Zeit genommen, kurz in ihrem Büro vorbeizugehen und an ihrem Computer zu errechnen, mit welcher Wahrscheinlichkeit Angelini der Mörder der drei Frauen war. »Er kannte die ersten beiden Opfer und auch Nadine Furst, hatte Kontakt zu ihnen, war erwiesenermaßen am Tatort, als der letzte Mord geschah. Wir nehmen an, dass Towers jemanden decken wollte, als sie den letzten Anruf von ihrem Link gelöscht hat. Für ihren Sohn hätte sie das ganz sicher getan. Obgleich ihre Beziehung wegen seiner Spielsucht und ihrer Weigerung, seine Schulden für ihn zu begleichen, durchaus angespannt war. Unseren bisherigen Informationen zufolge liegt die Wahrscheinlichkeit, dass er der Täter ist, bei dreiundachtzig Komma eins Prozent.«

»Wobei Sie außer Acht gelassen haben, dass er einfach nicht in der Lage ist, diese Art von Gewalt auszuüben.« Whitney legte seine Hände an die Kante seines Schreibtischs und beugte sich vor. »Diesen Faktor haben Sie in Ihre Berechnungen nicht mit einbezogen, stimmt's, Lieutenant? Ich kenne David Angelini, Dallas. Ich kenne ihn so gut wie meine eigenen Kinder. Er ist kein Mörder. Vielleicht ist er ein Narr. Vielleicht ist er schwach. Aber ein kaltblütiger Mörder ist er ganz sicher nicht.«

»Manchmal sind es gerade die Schwachen und die Narren, die sich durch solche Taten gegen ihre Umwelt zur Wehr setzen. Es tut mir Leid, Commander, aber ich kann ihn einfach nicht laufen lassen.«

»Haben Sie eine Vorstellung davon, was es für einen Mann wie David bedeutet, verhaftet zu werden? Zu wissen, dass er unter Verdacht steht, seine eigene Mutter getötet zu haben?« Whitney kam zu der Überzeugung, dass er keine andere Wahl hatte, als sich auf diese Weise für seinen Patensohn einzusetzen. »Ich kann nicht leugnen, dass er verwöhnt ist. Sein Vater wollte für ihn und für Mirina immer nur das Beste, und er hat dafür gesorgt, dass sie es auch bekamen. David war es von Kindheit an gewohnt, um etwas zu bitten und es in seinen Schoß fallen zu sehen. Ja, sein Leben war leicht, privilegiert, vielleicht sogar luxuriös. Er hat Fehler gemacht, Menschen und Situtionen falsch beurteilt, und die daraus resultierenden Probleme haben stets andere für ihn gelöst. Aber er ist weder boshaft noch gewalttätig, Dallas. Das weiß ich, denn ich kenne ihn genau.«

Whitneys Stimme wurde zwar nicht lauter, doch er sprach mit einer Inbrunst, die Eve zutiefst erschütterte. »Sie werden mich nie davon überzeugen, dass David zu einem Messer gegriffen und seiner eigenen Mutter damit die Kehle durchgeschnitten hat. Ich bitte Sie, dies zu bedenken, seine Verhaftung auszusetzen und seine Entlassung zu empfehlen, wenn er sich schriftlich verpflichtet, zur Verhandlung zu erscheinen.«

Feeney wollte etwas sagen, doch Eve schüttelte den Kopf. Auch wenn er einen höheren Rang inne hatte als sie, war sie in diesem Fall die Ermittlungsleiterin und somit diejenige, die die Entscheidungen traf. »Wir haben drei tote Frauen, Commander, und wir haben einen Verdächtigen verhaftet. Ich kann nicht tun, worum Sie mich bitten. Und weil Sie das wussten, haben Sie mich in diesem Fall zur Ermittlungsleiterin ernannt.«

Er wandte sich ab und starrte aus dem Fenster. »Mitgefühl ist nicht gerade eine Ihrer Stärken, oder?«

Sie zuckte zusammen.

»Das war ein Schlag unter die Gürtellinie, Jack«, erklärte Feeney zornig. »Und falls Sie ihr einen versetzen, dann versetzen Sie am besten auch mir einen, denn ich bin auf ihrer Seite. Wir haben genug Dinge, weswegen wir ihn festhalten können, und genau das ist es, was wir tun.«

»Sie werden ihn ruinieren.« Whitney wandte sich den beiden wieder zu. »Aber das ist ja nicht Ihr Problem. Sie werden den Durchsuchungsbefehl bekommen und können sein Haus auf den Kopf stellen, so lange Sie wollen. Aber als Ihr Vorgesetzter befehle ich Ihnen, den Fall noch nicht abzuschließen, sondern weiter auch andere mögliche Täter in Betracht zu ziehen. Um Punkt vierzehn Uhr will ich Ihre Berichte auf meinem Schreibtisch sehen.« Er bedachte Eve mit einem letzten eisigen Blick. »Und jetzt können Sie gehen.«

Mit Beinen wie aus Glas verließ sie sein Büro. Glas, so dünn und so zerbrechlich, dass eine achtlose Berührung bereits genügt hätte, um sie zerspringen zu lassen.

»Er wusste nicht mehr, was er sagt, Dallas.« Feeney hielt sie am Arm zurück. »Er leidet und hat dich zum Sündenbock für seine Not gemacht.«

»Nicht so schlimm.« Ihre Stimme klang ungewöhnlich krächzend. »Mitgefühl ist eben nicht meine Stärke. Ich habe eben keine Ahnung von familiären Bindungen und von Loyalität.«

Unbehaglich trat Feeney von einem Bein aufs andere. »Komm schon, Dallas, du nimmst das, was er gesagt hat, ja wohl nicht persönlich.«

»Ach nein? Er hat sich bereits oft genug hinter mich gestellt. Und jetzt bittet er mich einmal, mich hinter ihn zu stellen, und ich muss sagen, tut mir Leid, keine Chance. Das ist ja wohl verdammt persönlich.« Sie schüttelte die Hand des Freundes ab. »Lass uns das mit den Drinks verschieben. Ich bin gerade nicht in der Stimmung für einen gemütlichen Kneipenbesuch.«

Feeney vergrub die Hände in den Hosentaschen. In der einen Richtung marschierte Eve davon, in der anderen Richtung saß der Commander hinter der verschlossenen Tür seines Büros, und er selbst stand unglücklich dazwischen.

Eve überwachte persönlich die Durchsuchung von Marco Angelinis städtischer Residenz. Sie wurde nicht gebraucht, denn die Leute von der Spurensicherung kannten ihren Job, und ihre Geräte waren so gut, wie es das Budget erlaubte. Trotzdem besprühte sie ihre Hände und Stiefel und ging auf der Suche nach irgendetwas, was mit dem Fall in Verbindung stehen könnte, durch das dreistöckige Haus. Sie brauchte einfach irgendetwas, was Davids Schuld oder – wenn sie an Whitneys unglückliche Miene dachte – seine Unschuld eindeutig bewies.

Marco Angelini war die ganze Zeit in ihrer Nähe. Als Eigentümer des Hauses und Vater des Verdächtigen war er dazu befugt. Eve verdrängte den Gedanken daran, das er mit kalten azurblauen Augen und angespannter Miene jeden Schritt genau verfolgte, den sie unternahm.

Während einer der Männer von der Spurensicherung mit einem tragbaren Sensor in Davids begehbarem Schrank nach blutbefleckter Kleidung suchte, ging Eve methodisch den Rest des Zimmers durch.

»Vielleicht hat er die Waffe ja ganz einfach weggeworfen«, bemerkte der Kollege von der Spurensicherung. Er war ein alter Veteran, der wegen seiner riesigen Schneidezähne den Spitznamen Beaver, Biber, verpasst bekommen hatte. Augenblicklich führte er den Sensor, dessen Trageschlaufe über seiner linken Schultern hing, an einem Tausend-Dollar-Sportmantel herab.

»Er hat für alle drei Frauen dasselbe Messer benutzt«, erwiderte Eve, wobei sie mehr zu sich selbst als zu Beaver sprach.«Das wurde vom Labor bestätigt. Weshalb also hätte er es plötzlich wegwerfen sollen?«

»Vielleicht war seine Arbeit beendet.« Der Sensor begann zu piepsen. »Nur ein bisschen Salatöl«, verkündete Beaver. »Kalt gepresste Olive. Mitten auf einer seiner hübschen Krawatten. Wie gesagt, vielleicht war seine Arbeit einfach beendet«, wiederholte er seine Vermutung.

Er bewunderte Kommissare und hatte früher einmal selbst darauf gehofft, einer zu werden. Er hatte es allerdings nur bis zur Spurensicherung gebracht, doch er kannte sämtliche Kriminalromane, die es auf Diskette gab.

»Wissen Sie, drei ist eine magische Zahl. Eine wichtige Zahl.« Die Augen hinter seiner getönten Brille wurden groß, als er einen winzigen Fleck Talkumpuder auf einem Jackenärmel sah. Während er den Sensor weiterführte, fuhr er mit seinen Ausführungen fort. »Also macht der Typ drei Frauen alle, drei Frauen, die er kennt, die er die ganze Zeit auf dem Bildschirm sieht. Vielleicht hat eine von ihnen ihn ja mal abblitzen lassen?«

»Das erste Opfer war seine eigene Mutter.«

»Je.« Beaver hielt lange genug in seiner Arbeit inne, um Eve anzusehen. »Haben Sie noch nie etwas von Ödipus gehört? Sie wissen schon, dieser griechische Jüngling, der heiß auf seine Mama ist. Aber wie dem auch immer sei, er bringt die drei Frauen um und schmeißt anschließend die Waffen und die Kleider weg, die er während der Taten trug. Er hat sowieso genug Klamotten für mindestens sechs Mann.«

Stirnrunzelnd betrat Eve den geräumigen Schrank und blickte auf die automatischen Kleiderstangen und die motorisierten Regale. »Dabei lebt er noch nicht mal hier.«

»Der Typ hat einiges an Kohle, richtig?« Was in Beavers Augen bereits alles erklärte. »Er hat ein paar Anzüge hier hängen, die er noch nie getragen hat. Außerdem eine ganze Reihe funkelnagelneuer, noch nie getragener Schuhe.« Er bückte sich, griff nach einem halbhohen Lederstiefel und drehte ihn um. »Nichts, sehen Sie?« Er führte den Sensor über die makellose Sohle. »Kein Schmutz, kein Staub, kein Müll, nicht die allerkleinste Faser.«

»Verschwendung gilt nicht als Verbrechen. Verdammt, Beaver, finden Sie irgendwo Blutflecke.«

»Ich arbeite dran. Auch wenn er die Sachen, die er während der Taten anhatte, wahrscheinlich wirklich einfach weggeschmissen hat.«

»Sie sind ein wahrer Optimist, Beaver.«

Entnervt trat sie an einen lackierten u-förmigen Schreibtisch und wühlte in den Schubladen herum. Die Disketten würde sie einstecken und an ihrem eigenen Computer durchgehen. Vielleicht hatten sie ja Glück und fanden irgendwelche Korrespondenz zwischen David Angelini und seiner Mutter oder Metcalf. Oder vielleicht irgendein Tagebuch, in dem er die Morde ausführlich beschrieb.

Wo, zum Teufel, hatte er den Regenschirm versteckt? Wo, verdammt noch mal, den Schuh? Sie fragte sich, ob die Hausdurchsuchungen in New Los Angeles oder in Europa erfolgreicher verliefen. Der Gedanke, sämtliche gemütlichen kleinen Apartments und luxuriösen Verstecke David Angelinis ausfindig machen zu müssen, bereitete ihr schwere Bauchschmerzen.

Dann fand sie das Messer.

Es war überraschend einfach. Sie hatte nur die mittlere Schublade seiner Arbeitskonsole aufzuziehen brauchen, und es lag einfach da. Lang, schmal, tödlich. Es hatte einen hübschen, vielleicht aus echtem Elfenbein geschnitzten Griff, der es zu einer Antiquität oder zum Gegenstand eines internationalen Verbrechens werden ließ. Angesichts des drohenden Aussterbens der Elefanten hatte man den Handel mit Elfenbein bereits vor über fünfzig Jahren auf der ganzen Welt verboten.

Eve hatte weder ein Faible für Antiquitäten noch war sie eine Expertin für Umweltverbrechen, doch sie hatte genügend Ahnung von Forensik, um zu wissen, dass die Länge und die Form der Klinge passten.

»Aber hallo.« Ihre Bauchschmerzen wurden sofort von einem Hochgefühl verdrängt. »Vielleicht war für ihn drei doch nicht die magische Zahl.«

»Er hat das Ding behalten? Verdammt.« Enttäuscht von der Dummheit dieses Mörders schüttelte Beaver den Kopf. »Der Typ ist ein Idiot.«

»Überprüfen Sie das Ding«, befahl sie, als sie mit dem Messer vor den Sensor trat.

Beaver wechselte das Programm, vertauschte die Linsen, führte das Gerät an der Klinge des Messers entlang, und sofort piepste es los.

»Irgendwas ist dran«, murmelte Beaver, während er seine dicken Fingerspitzen wie die eines Konzertpianisten über die Tasten fliegen ließ.

»Fasern – vielleicht Papier. Irgendein Klebstoff. Fingerabdrücke am Griff. Woll'n Sie von denen einen Ausdruck?«

»Ja.«

»Okay.« Der Sensor spuckte ein Blatt mit Fingerabdrücken aus. »Drehen Sie das Ding mal um. Bingo. Da haben Sie Ihr Blut. Allerdings nicht gerade viel.« Stirnrunzelnd führte er den Sensor über die Kante der Klinge. »Sie müssen schon ziemliches Glück haben, damit es für eine ungefähre Bestimmung oder sogar für eine DNA-Analyse reicht.«

»Sie sind einfach ein unverbesserlicher Optimist, Beaver. Wie alt ist das Blut?«

»Also bitte, Lieutenant.« Er riss die Augen hinter den Brillengläsern auf. »Sie wissen, dass ich Ihnen das nicht sagen kann. Dafür müssen wir das Zeug schon ins Labor bringen. Meine Kleine hier kann die Materialien lediglich identifizieren. Keine Haut«, erklärte er. »Wäre besser, wenn wir ein bisschen Haut hätten.«

»Mir genügt das Blut.« Als sie das Messer in eine Plastiktüte schob, nahm sie aus dem Augenwinkel eine Bewegung wahr. Sie hob den Kopf und blickte in die dunklen, feindseligen Augen von Marco Angelini.

Er starrte auf das Messer, dann wieder auf sie, und in seinem bemüht reglosen Gesicht zuckte ein kleiner Muskel.

»Ich würde gern kurz mit Ihnen sprechen, Lieutenant Dallas.«

»Ich habe nur sehr wenig Zeit.«

»Es wird nicht lange dauern.« Er blickte auf Beaver und dann erneut auf das Messer, das Dallas in ihre Tasche gleiten ließ. »Vielleicht könnten wir unter vier Augen miteinander reden.«

»In Ordnung.« Sie nickte dem uniformierten Beamten zu, der sich hinter Angelini aufgebaut hatte. »Es soll noch jemand von der Spurensuche raufkommen und die Durchsuchung dieses Zimmers zu Ende bringen«, wies sie Beaver an und folgte Angelini in den Korridor hinaus.

Er ging in Richtung einer schmalen, mit einem Teppich ausgelegten Treppe und legte eine Hand auf das schimmernde Geländer, während er eilig die Stufen erklomm. Oben angekommen, wandte er sich nach rechts und trat durch eine Tür.

Dahinter verbarg sich ein sonnendurchflutetes Büro. Die hellen Strahlen fielen auf die Oberfläche der Kommunikationsgeräte, tanzten auf der glatten, schwarzen, halbkreisförmigen Arbeitskonsole und bildeten leuchtende Pfützen auf dem schimmernden Parkett.

Als ärgere er sich über das warme, helle Licht, drückte Angelini auf einen kleinen, runden Kopf. Sofort wurden die Scheiben der Fenster bernsteinfarben getönt, und weiche, goldgerandete Schatten senkten sich über den Raum.

Angelini trat an eine Wandkonsole, bestellte einen Bourbon on the rocks, schwenkte das viereckige Glas in seiner Hand und hob es vorsichtig an seinen Mund.

»Sie glauben, dass mein Sohn seine Mutter und zwei andere Frauen ermordet hat.«

»Ihr Sohn wurde in dieser Sache vernommen, Mr. Angelini. Er ist ein Verdächtiger. Falls Sie Zweifel an unserer Vorgehensweise haben, sollten Sie sich an seine Anwälte wenden.«

»Das habe ich bereits getan.« Er nippte erneut an seinen Glas. »Sie glauben, es bestehen gute Chancen, dass er zwar unter Anklage gestellt, am Ende jedoch freigesprochen wird.«

»Diese Entscheidung liegt bei den Geschworenen.«

»Aber Sie denken, dass er verurteilt werden wird.«

»Mr. Angelini, falls ich Ihren Sohn wegen dreifachen Mordes festnehmen und der Staatsanwaltschaft übergeben sollte, dann nur, weil ich glaube, die nötigen Beweise zusammengetragen zu haben, damit er für schuldig befunden und verurteilt wird.«

Er blickte auf die Tasche, in der sie einen dieser Beweise mit sich herumtrug. »Ich habe mich über Sie informiert, Lieutenant Dallas.«

»Ach ja?«

»Ich weiß gerne, mit wem ich es zu tun habe«, erklärte er mit einem flüchtigen, freudlosen Lächeln. »Commander Whitney respektiert Sie. Und ich respektiere ihn. Meine Ex-Frau hat Ihre Zähigkeit und Gründlichkeit bewundert, und sie war niemand, der so leicht zu beeindrucken war. Sie hat ab und zu von Ihnen gesprochen, wussten Sie das?«

»Nein, das wusste ich nicht.«

»Sie war beeindruckt von Ihrer Intelligenz. Von der wachen, sauberen Intelligenz der Polizistin, wie sie es genannt hat. Sie machen Ihre Arbeit wirklich gut, nicht wahr, Lieutenant?«

»Ja, ich mache meine Arbeit gut.«

»Aber hin und wieder unterlaufen Ihnen Fehler.«

»Ich versuche, sie auf ein Mindestmaß zu reduzieren.«

»Durch einen wenn auch noch so kleinen Fehler bei ihrer Arbeit können Sie unschuldigen Menschen unglaublichen Schmerz zufügen.« Er sah sie ausdruckslos an. »Sie haben ein Messer im Zimmer meines Sohnes gefunden.«

»Darüber kann ich nicht mit Ihnen sprechen.«

»Er ist so gut wie nie in diesem Haus«, setzte Angelini mit ruhiger Stimme an. »Vielleicht drei- oder viermal im Jahr. Wenn er in New York ist, wohnt er lieber in unserem zweiten Wohnsitz auf Long Island.«

»Das mag sein, Mr. Angelini, aber in der Nacht, in der Louise Kirski ermordet wurde, war er in diesem Haus.« Voller Ungeduld, das Beweisstück endlich im Labor zu wissen, zuckte Eve mit ihren Schultern. »Mr. Angelini, ich kann wirklich nicht mit Ihnen über den Fall reden –«

»Aber Sie sind zuversichtlich, dass es zur Anklage und Verurteilung meines Sohnes kommen wird«, fiel er ihr ins Wort und sah ihr, als sie darauf schwieg, forschend ins Gesicht.

Schließlich leerte er sein Glas und stellte es zur Seite. »Aber Sie irren sich, Lieutenant. Sie haben den Falschen.«

»Sie glauben an die Unschuld Ihres Sohnes, Mr. Angelini. Das kann ich durchaus verstehen.«

»Ich glaube nicht, Lieutenant, ich weiß, dass er unschuldig ist. Nicht mein Sohn hat diese Frauen getötet.« Ähnlich einem Taucher vor dem Sprung ins Wasser holte er tief Luft. »Ich habe es getan.«

15

Eva hatte keine Wahl. Sie nahm ihn mit und drehte ihn durch die Mangel. Nach einer vollen Stunde hatte sie bohrende Kopfschmerzen, und noch immer erklärte Marco Angelini mit ruhiger Bestimmtheit, er hätte drei Frauen getötet.

Er weigerte sich, einen Anwalt anzurufen, und war gleichzeitig entweder nicht willens oder nicht in der Lage, die Taten oder ihre Begleitumstände näher zu erläutern.

Jedes Mal, wenn Eve ihn fragte, weshalb er die Morde begangen hatte, starrte er sie ausdruckslos an und sagte, er hätte es aus einem Impuls heraus getan. Er erklärte, das intime Verhältnis zwischen seiner Frau und ihrem Geschäftspartner hätte ihn gestört. Da er sie nicht hatte zurückbekommen können, hätte er sie am Ende getötet, und diese Tat hätte ihn auf den Geschmack gebracht.

Es klang alles simpel und war Eves Meinung nach hundertprozentig einstudiert. Sie konnte sich vorstellen, wie er die Zeilen im Kopf formuliert und perfektioniert hatte, ehe er mit dem angeblichen Geständnis zu ihr gekommen war.

»Das ist doch alles vollkommener Unsinn«, sagte sie mit einem Mal und schob ihren Stuhl von dem kleinen Tisch zurück. »Sie haben niemanden getötet.«

»Ich sage, ich habe es getan.« Seine Stimme war gespenstisch ruhig. »Sie haben mein Geständnis aufgenommen.«

»Erzählen Sie mir trotzdem die ganze Geschichte noch einmal von vorne.« Sie ließ ihre Hände auf den Tisch krachen und beugte sich vor. »Warum haben Sie Ihre Frau ins Five Moons bestellt?«

»Es sollte an einem Ort passieren, der mit keinem von uns in Verbindung gebracht würde. Wissen Sie, ich dachte wirklich, ich käme damit durch. Ich habe behauptet, es gäbe Probleme mit Randy. Sie wusste nicht, wie schlimm seine Spielsucht wirklich war. Ich wusste darüber Bescheid. Also ist sie natürlich gekommen.«

»Und dann haben Sie ihr die Kehle aufgeschlitzt.«

»Ja.« Sein Gesicht wurde eine Spur bleicher als zuvor. »Es ging sehr schnell.«

»Was haben Sie dann gemacht?«

»Ich fuhr nach Hause.«

»Wie?«

Er blinzelte verwirrt. »Mit dem Wagen. Ich hatte ihn ein paar Blöcke vom Five Moons entfernt geparkt.«

»Was war mit dem Blut?« Sie blickte auf seine Pupillen. »Es muss doch jede Menge Blut gegeben haben. Es ist aus ihr herausgespritzt wie aus einer Fontäne.«

Seine Pupillen verengten sich ein wenig, doch seine Stimme blieb vollkommen ruhig. »Ich trug einen wasserabweisenden Regenmantel, den ich unterwegs entsorgt habe.« Er verzog den Mund zu einem Lächeln. »Schätze, irgendjemand hat ihn gefunden und Verwendung dafür gehabt.«

»Was haben Sie vom Tatort mitgenommen?«

»Natürlich das Messer.«

»Sonst nichts?« Sie wartete einen Moment. »Nichts, um es aussehen zu lassen wie einen Raubüberfall?«

Er zögerte, und sie glaubte beinahe zu sehen, wie seine Hirnzellen auf Hochtouren arbeiteten. »Ich war ziemlich erschüttert. Ich hatte nicht erwartet, dass es derart unschön würde. Ich hatte ihre Tasche und ihren Schmuck mitnehmen wollen, aber dann habe ich all das vollkommen vergessen und bin nur noch gerannt.«

»Sie sind davongerannt, ohne etwas mitzunehmen, aber waren noch gewitzt genug, um sich Ihres blutbespritzten Regenmantels zu entledigen.«

»Das ist richtig.«

»Und dann haben Sie sich Metcalf als Opfer ausgesucht.«

»Das war mehr oder weniger Zufall. Ich hatte immer wieder von der Tat geträumt, und ich wollte so etwas noch einmal erleben. Es war so unglaublich leicht.« Sein Atem ging vollkommen gleichmäßig, und seine Hände lagen völlig ruhig auf dem Tisch. »Sie war ehrgeizig und zugleich ziemlich naiv. Ich wusste, dass David ein Drehbuch für einen Film geschrieben hatte, in dem sie seinen Vorstellungen nach die Hauptrolle spielen sollte. Er war fest entschlossen, dieses Projekt erfolgreich abzuschließen, ich jedoch war dagegen. Es hat mich geärgert, und es hätte die Firma Gelder gekostet, die sie im Augenblick einfach nicht hat. Also beschloss ich sie zu töten. Ich rief sie an, und natürlich war sie bereit, sich mit mir zu treffen.«

»Was hatte sie an?«

»Was sie anhatte?« Er dachte einen Augenblick nach. »Darauf habe ich nicht geachtet. Es war unwichtig. Sie hat gelächelt und kam mit ausgestreckten Händen auf mich zu. Und dann habe ich es getan.«

»Warum sind Sie plötzlich bereit, diese Taten zu gestehen?«

»Wie gesagt, ich dachte, ich käme damit durch. Vielleicht wäre mir das auch tatsächlich gelungen. Ich hätte nie erwartet, dass mein Sohn an meiner Stelle festgenommen würde.«

»Dann sind Sie also hier, um ihn zu schützen?«

»Ich habe die Frauen getötet, Lieutenant. Was wollen Sie mehr?«

»Warum haben Sie das Messer in seinem Zimmer, in einer Schublade seiner Arbeitskonsole versteckt?«

Er senkte seinen Blick, sah Eve jedoch sofort wieder an. »Wie gesagt, er ist nur selten dort. Ich dachte, dort wäre die Waffe sicher. Und dann kamen Sie mit dem Durchsuchungsbefehl, und ich hatte keine Zeit mehr, das Messer zu entsorgen.«

»Erwarten Sie allen Ernstes, dass ich Ihnen das abkaufe? Sie denken, Sie könnten ihm helfen, indem Sie mit diesem lahmen Geständnis kommen und uns eine Zeit lang verwirren. Sie denken, er ist schuldig.« Sie senkte ihre Stimme auf ein Flüstern und betonte jedes einzelne Wort. »Aus lauter Panik, dass Ihr Sohn tatsächlich ein Mörder sein könnte, wollen Sie für ihn hinter Gitter gehen, statt ihn selbst die Folgen seines Tuns ausbaden zu lassen. Wollen Sie, dass noch eine Frau stirbt, Angelini? Oder zwei oder drei, bevor Sie die Wahrheit endlich schlucken?«

Seine Lippen bebten, doch er hatte sich sofort wieder in der Gewalt. »Das, was ich zu sagen hatte, habe ich gesagt.«

»Sie haben nichts als einen Haufen Müll von sich gegeben.« Eve machte auf dem Absatz kehrt und verließ den Raum. In dem Versuch sich zu beruhigen, stand sie draußen im Flur und blickte feindselig durch die Scheibe auf Marco Angelini, der das Gesicht zwischen seinen Händen vergrub.

Natürlich würde sie ihn kleinkriegen. Dennoch bestand die

Gefahr, dass bis dahin publik würde, dass es ein Geständnis von einem anderen als dem Hauptverdächtigen gab.

Als sie Schritte hörte, drehte sie sich um und erstarrte. »Commander.«

»Lieutenant. Und? Irgendwelche Fortschritte?«

»Er bleibt bei seiner Geschichte. Dabei hat sie Löcher, die so groß sind, dass man Raketen durchschießen könnte. Ich habe ihm die Möglichkeit gegeben, die Andenken an die ersten beiden Morde zu erwähnen. Aber er hat nicht angebissen.«

»Ich würde gerne mit ihm reden. Unter vier Augen, Lieutenant, ohne dass es aufgenommen wird.« Ehe sie etwas sagen konnte, hob er abwehrend die Hand. »Ich weiß, dass das nicht der üblichen Vorgehensweise entspricht. Ich bitte Sie darum, dass Sie mir persönlich diesen Gefallen tun.«

»Und wenn er sich oder seinen Sohn während des Gesprächs belastet?«

Whitneys Miene wurde starr. »Gottverdammt, Dallas, ich bin immer noch ein Polizist.«

»Ja, Sir.« Sie öffnete die Tür, und nach kurzem Zögern verdunkelte sie das Fenster und stellte die Mithöranlage aus. »Falls Sie mich brauchen, ich bin in meinem Büro.«

»Danke.« Er betrat den Raum und bedachte sie mit einem letzten Blick, ehe er die Tür schloss und sich mit einem langen Seufzer an den Mann wandte, der zusammengesunken ihm gegenüber auf einem Stuhl hockte. »Marco. Was zum Teufel meinst du, was du hier machst?«

»Jack.« Marco bedachte ihn mit einem dünnen Lächeln. »Ich habe mich schon gefragt, ob du wohl vorbeikommst. Wir haben es nie geschafft, wie geplant mal miteinander Golf zu spielen.«

»Sprich mit mir.« Whitney sank schwerfällig auf einen Stuhl.

»Hat deine tüchtige und hartnäckige Mitarbeiterin dich etwa noch nicht auf den neuesten Stand gebracht?«

»Der Recorder ist ausgeschaltet«, erklärte Whitney mit

überraschend scharfer Stimme. »Wir sind allein. Sprich mit mir, Marco. Wir beide wissen, dass du weder Cicely noch irgendjemand anderen ermordet hast.«

Einen Moment lang blickte Marco grüblerisch in Richtung der Decke des Verhörraums. »Man kennt andere Menschen nie so gut wie man glaubt. Nicht einmal die Menschen, die man liebt. Ich habe sie geliebt, Jack. Ich habe niemals aufgehört, sie zu lieben. Aber sie hat mich nicht mehr geliebt. Ein Teil von mir hat immer darauf gewartet, dass sie wieder anfängt mich zu lieben. Aber das hätte sie nie getan.«

»Verdammt, Marco, erwartest du allen Ernstes, dass ich glaube, du hättest ihr die Kehle durchgeschnitten, weil sie sich vor zwölf Jahren von dir scheiden ließ?«

»Vielleicht dachte ich, sie hätte möglicherweise Hammett geheiratet. Er hätte es gewollt«, erklärte Marco ruhig. »Ich konnte sehen, dass er es gewollt hätte. Doch Cicely hat noch gezögert.« Seine Stimme klang nach wie vor leise, ruhig, ja fast ein wenig wehmütig. »Sie hat ihre Unabhängigkeit genossen, aber es tat ihr Leid, Hammett zu enttäuschen. Leid genug, dass sie vielleicht am Ende nachgegeben und ihn geheiratet hätte. Dann wäre es wirklich vorbei gewesen.«

»Du hast Cicely getötet, weil sie vielleicht einen anderen Mann geheiratet hätte?«

»Sie war meine Frau, Jack. Ganz gleich, was die Gerichte und die Kirche sagten.«

Whitney saß einen Augenblick schweigend auf seinem Stuhl. »Ich habe im Verlauf der Jahre zu oft mit dir gepokert, Marco. Du bist kein so guter Spieler, wie du vielleicht denkst.« Er faltete die Arme auf der Tischplatte und beugte sich nach vorn. »Wenn du bluffst, trommelst du mit dem Finger auf deinem Knie herum.«

Der Finger hielt im Trommeln inne. »Jack, das hier ist etwas völlig anderes als Poker.«

»Du kannst David so nicht helfen. Du musst den Dingen ihren Lauf lassen.«

»David und ich … in den letzten Monaten gab es ziemlich viele Spannungen zwischen uns beiden. Sowohl privat als auch geschäftlich.« Zum ersten Mal seit seinem überraschenden Geständnis entfuhr ihm ein abgrundtiefer Seufzer. »Aber wegen solcher Lappalien sollten sich Vater und Sohn nicht voneinander entfernen.«

»Das hier ist wohl kaum der richtige Weg, um dich mit ihm zu versöhnen, Marco.«

Plötzlich waren Angelinis Augen wieder kalt und hart. »Lass mich dir eine Frage stellen, Jack. Wenn es um eines deiner Kinder ginge, wenn auch nur die kleinste – die allerkleinste – Chance bestünde, dass es wegen Mordes verurteilt würde, würdest du dann nicht ebenfalls versuchen, ihm mit allen dir zur Verfügung stehenden Mitteln behilflich zu sein?«

»Mit deinem schwachsinnigen Geständnis hilfst du David nicht.«

»Wer sagt, dass es schwachsinnig ist?« Aus Angelinis Mund klang das Wort geradezu kultiviert. »Ich habe es getan, und ich gestehe, weil ich nicht damit leben kann, dass mein eigenes Kind für meine Verbrechen bezahlen soll. Jetzt sag mir, Jack, würdest du dich in einem solchen Fall schützend vor deinen Jungen stellen oder dich hinter ihm verstecken?«

»Verdammt, Marco«, war alles, was Whitney dazu einfiel.

Er blieb zwanzig Minuten im Verhörraum, aber brachte nichts mehr aus dem Freund heraus.

Eine Zeit lang bemühte er sich um ein Gespräch über alltägliche Themen wie das letzte Golfturnier oder die Erfolge beziehungsweise Misserfolge der Baseballmannschaft, an der Marco beteiligt war, das er immer wieder geschmeidig und geschickt wie eine Schlange mit nüchternen, bedeutsamen Fragen zu den Mordfällen durchbrach.

Doch Marco Angelini war ein erfahrener Verhandlungsführer, hatte bereits alles gesagt, was er zu sagen bereit war und gab nichts weiter von sich preis.

Schuldgefühle, Trauer und allmählich auch echte Angst

brodelten in Whitneys Magen, als er nach der Unterhaltung Eves Büro betrat. Sie hockte vor ihrem Computer, überflog die auf dem Monitor erscheinenden Daten und rief weitere Informationen ab.

Zum ersten Mal seit Tagen vergaß er seine eigene Erschöpfung und nahm die seiner Mitarbeiterin wahr. Sie war bleich, hatte schwarze Ringe unter den Augen, ihr Mund war eine grimmige, schmale Linie, und ihre Haare standen derart wirr zu Berge, als hätte sie sie in den letzten Stunden zahllose Male vor Verzweiflung gerauft. Während er sie ansah, fuhr sie sich erneut mit den Händen durch die kurzen, braunen Stoppeln und presste dann die Finger an die Augen, als würde es ihr größte Mühe bereiten, sie offen zu halten.

Er erinnerte sich an den Morgen in seinem Büro, den Morgen, nachdem Cicely ermordet worden war, und an die Verantwortung, die er ihr aufgebürdet hatte.

»Lieutenant.«

Sie straffte ihre Schultern, hob den Kopf und bedachte ihn mit einem bemüht neutralen Blick.

»Commander.« Sie erhob sich von ihrem Platz. *Nahm Haltung ein,* dachte Whitney und empfand Ärger über diese steife, unpersönliche Formalität.

»Wir können Marco achtundvierzig Stunden festhalten, ohne Anklage gegen ihn zu erheben. Ich dachte, es wäre das Beste, ihn eine Zeit lang hinter Gittern schmoren zu lassen. Er weigert sich immer noch, seinen Anwalt anzurufen.«

Whitney trat einen Schritt näher und blickte sich um. Er war nicht gerade oft in diesem Abschnitt des Gebäudes. Für gewöhnlich kamen seine Mitarbeiter zu ihm. Was einer der Nachteile der hierarchischen Strukturen seiner Behörde war.

Sie hätte ein größeres Büro bekommen können. Sie hätte es verdient. Aber sie schien lieber in einem Raum zu arbeiten, der so klein war, dass drei Menschen, die sich in ihm drängten, unweigerlich in sündiger Beziehung zueinander stünden.

»Gut, dass Sie nicht unter Klaustrophobie leiden«, bemerkte er, doch sie gab keine Antwort, verzog noch nicht mal das Gesicht.

Ihm entfuhr ein Fluch. »Hören Sie zu, Dallas –«

»Sir«, unterbrach sie spröde. »Die Waffe, die ich in David Angelinis Zimmer gefunden habe, wird gerade untersucht. Allerdings sagte man mir im Labor, dass es eine Weile dauern könnte, bis die Ergebnisse kommen, weil die Blutmenge, die von der Spurensuche ausfindig gemacht wurde, so gering ist, dass eine genaue Bestimmung oder gar eine DNA-Analyse schwierig werden wird.«

»Das wurde mir bereits mitgeteilt, Lieutenant.«

»Die Fingerabdrücke auf der Waffe wurden mit denen von David Angelini verglichen. In meinem Bericht –«

»Wir kommen gleich zu Ihrem Bericht.«

Sie reckte das Kinn. »Sehr wohl, Sir.«

»Verdammt, Dallas, ziehen Sie endlich den verdammten Stock aus Ihrem Hintern und setzen Sie sich wieder hin.«

»Ist das ein Befehl, Commander?«

»Ach, verdammt –«, setzte er an.

In diesem Augenblick platzte Mirina Angelini, eingehüllt in raschelnde Seide, auf klappernden Absätzen durch die Tür des winzigen Büros. »Weshalb versuchen Sie, meine Familie zu zerstören?«, wandte sie sich fauchend an Eve und schüttelte Slade, der hinter ihr stand und versuchte, sie ein wenig zu besänftigen, wie eine lästige Fliege ab.

»Mirina, das bringt doch nichts.«

Sie riss sich von ihm los und baute sich drohend vor Eve auf. »Ist es nicht genug, dass meine Mutter auf offener Straße ermordet worden ist? Ermordet, weil amerikanische Cops zu sehr damit beschäftigt sind, irgendwelchen Phantomen hinterher zu jagen und sinnlose Berichte zu verfassen, um unschuldige Bürger zu beschützen?«

»Mirina«, sagte Whitney. »Komm mit in mein Büro. Wir werden dort miteinander reden.«

»Reden?« Geschmeidig wie eine Raubkatze drehte sie sich

mit blutrünstig gebleckten Zähnen zu ihm um. »Wie könnte ich je wieder mit dir reden? Ich habe dir vertraut. Ich dachte, du hättest mich, David, uns alle gern. Trotzdem hast du zugelassen, dass sie erst David und jetzt noch meinen Vater in eine Zelle sperrt.«

»Mirina, Marco kam freiwillig hierher. Wir werden darüber reden. Ich werde dir alles erklären.«

»Da gibt es nichts zu erklären.« Sie drehte ihm den Rücken zu und starrte Eve aus hasserfüllten Augen an. »Ich war im Haus meines Vaters. Er wollte, dass ich in Rom bleibe, aber dort habe ich es einfach nicht ausgehalten. Nicht, während der Name meines Bruders in jeder Nachrichtensendung aufs Neue durch den Dreck gezogen wird. Als wir ankamen, hat mir einer der Nachbarn voller Schadenfreude erzählt, dass inzwischen auch mein Vater von der Polizei verhaftet worden ist.«

»Ich kann dafür sorgen, dass Sie mit Ihrem Vater und auch mit Ihrem Bruder sprechen dürfen, Ms. Angelini«, erklärte Eve kühl.

»Und ob Sie dafür sorgen werden. Und zwar auf der Stelle. Wo ist mein Vater?« Ehe Whitney oder Slade sie zurückhalten konnten, stieß sie Eve mit beiden Händen hart gegen die Wand. »Du Hexe, was hast du mit ihm gemacht?«

»Nehmen Sie Ihre Hände besser weg«, warnte Eve mit gezwungen ruhiger Stimme. »Allmählich habe ich von Ihrer ganzen Sippe die Nase gestrichen voll. Ihr Vater sitzt hier in einer Zelle, und Ihr Bruder sitzt im Gefängnis von Rikers. Ihren Vater können Sie sofort sehen, und falls Sie zu Ihrem Bruder wollen, wird man Sie hinbringen.« Sie blickte zu Whitney. »Aber wahrscheinlich können Sie aufgrund Ihrer guten Beziehungen hier dafür sorgen, dass man ihn für eine Stunde hierher aufs Revier bringt.«

»Ich weiß, was Sie vorhaben.« Mirina war nicht länger das kleine, zarte Pflänzchen. Urplötzlich war sie eine Frau, die vor Kraft und Energie zu vibrieren schien. »Sie brauchen einen Sündenbock. Sie brauchen eine Verhaftung, um sich die Medien vom Hals zu schaffen. Sie benutzen meinen Bruder und sogar meine ermordete Mutter, damit Sie Ihren Job nicht verlieren.«

»Ja, einen wirklich angenehmen Job.« Eve bedachte die Furie mit einem säuerlichen Lächeln. »Wo sonst könnte ich täglich unschuldige Leute ins Kittchen bringen und dafür noch Lorbeeren einheimsen?«

»Zumindest bleiben Sie auf diese Weise im Gespräch, oder nicht?« Mirina warf ihre prachtvolle blonde Mähne über ihre Schultern. »Wie viel Publicity hat Ihnen die Leiche meiner Mutter inzwischen gebracht?«

»Es reicht, Mirina.« Whitneys Stimme klang wie ein Peitschenhieb. »Geh in mein Büro und warte dort auf mich.« Er blickte über die Schulter auf den armen Slade. »Schaffen Sie sie raus.«

»Mirina, das ist doch völlig sinnlos«, murmelte Slade und versuchte, ihren Arm zu packen. »Lass uns besser gehen.«

»Lass mich los«, fuhr sie ihn an und schüttelte ihn ab. »Ich gehe. Aber Sie werden für das Leid bezahlen, das Sie über meine Familie gebracht haben, Lieutenant. Sie werden dafür bezahlen.«

Sie stapfte hinaus, und Slade folgte ihr eilig mit einer gemurmelten Entschuldigung.

Whitney trat einen Schritt nach vorn. »Ist alles in Ordnung?«

»Ich habe schon Schlimmeres erlebt.« Eve zuckte mit den Schultern. Sie fühlte sich hundeelend vor Zorn und Schuldgefühlen. Derart elend, dass sie sich danach sehnte, endlich allein zu sein. »Wenn Sie mich jetzt entschuldigen würden, Commander. Ich möchte den Bericht hier gerne noch zu Ende lesen.«

»Dallas – Eve.« Seine Stimme klang derart erschöpft, dass sie argwöhnisch den Kopf hob. »Mirina ist erregt, was durchaus verständlich ist. Trotzdem hat sie sich daneben benommen und zwar auf eine nicht mehr zu entschuldigende Art.«

»Wahrscheinlich stand es ihr durchaus zu, einen Teil ihres

Ärgers an mir auszulassen.« Um ihre Hände nicht an ihre pochenden Schläfen zu pressen, vergrub sie sie in den Taschen ihrer Jeans. »Schließlich habe ich heute die beiden Menschen festgenommen, die nach Cicelys Tod noch von ihrer Familie übrig sind. An wem hätte sie sich wohl sonst abreagieren sollen? Ich komme schon damit zurecht.« Der Blick ihrer Augen blieb ausdruckslos und kühl. »Schließlich bin ich sowieso kein besonders gefühlsbetonter Mensch.«

Er nickte langsam mit dem Kopf. »Diese Retourkutsche habe ich sicherlich verdient. Ich habe Sie auf diesen Fall angesetzt, Dallas, weil Sie einfach die Beste sind. Sie sind intelligent, verfügen über einen sicheren Instinkt, und Sie haben Gefühl. Sie fühlen mit den Opfern.« Er atmete hörbar aus und fuhr sich mit einer Hand durch das dichte dunkle Haar. »Heute Morgen in meinem Büro war ich nicht ich selbst. Seit dieser ganze Mist begonnen hat, war ich Ihnen gegenüber zahllose Male nicht ich selbst. Dafür möchte ich mich in aller Form bei Ihnen entschuldigen.«

»Es ist egal.«

»Ich wünschte, es wäre tatsächlich egal.« Er sah ihr forschend ins Gesicht. »Aber das ist es einfach nicht. Ich werde mich um Mirina kümmern und dafür sorgen, dass sie die Besuchserlaubnis kriegt.«

»Sehr wohl, Sir. Und dann würde ich gerne die Befragung von Marco Angelini fortführen.«

»Morgen«, sagte Whitney und knirschte mit den Zähnen, als es ihr nicht gelang, ihr verächtliches Schnauben völlig zu unterdrücken. »Sie sind erschöpft, Lieutenant, und erschöpfte Polizisten machen Fehler. Gleich morgen früh können Sie mit dem Verhör fortfahren.« Er wandte sich zum Gehen, fluchte leise und blieb noch einmal stehen. »Um Himmels willen, sehen Sie zu, dass Sie ein bisschen Schlaf kriegen«, riet er ihr, ohne sich noch einmal umzudrehen. »Und nehmen Sie was gegen Ihre Kopfschmerzen. Sie sehen hundeelend aus.«

Sie widerstand dem Bedürfnis, die Tür hinter ihm ins

Schloss zu knallen, weil es kleinlich und unprofessionell gewesen wäre. Stattdessen setzte sich sich wieder vor den Bildschirm und versuchte zu verdrängen, dass ihr Schädel wahrscheinlich jeden Augenblick zerbarst.

Als wenige Momente später ein Schatten auf ihren Schreibtisch fiel, hob sie kampflustig den Kopf.

»Nun«, sagte Roarke mit leiser Stimme, beugte sich nach vorn und küsste sie auf den verächtlich verzogenen Mund. »Das ist ein Empfang, wie ich ihn liebe.« Er klopfte sich auf die Brust. »Blute ich vielleicht?«

»Haha.«

»Du kannst dir gar nicht vorstellen, wie sehr mir dein Humor und deine Fröhlichkeit gefehlt haben.« Er setzte sich auf den Rand des Schreibtischs und blickte auf den Bildschirm, um zu sehen, was der Grund für ihren Zorn war. »Nun, Lieutenant, wie haben Sie den Tag verbracht?«

»Lass mich überlegen. Zuerst habe ich den Lieblingspatensohn meines Vorgesetzten wegen Behinderung polizeilicher Ermittlungen und anderer Kleinigkeiten festgenommen, dann habe ich die mögliche Mordwaffe in einer Schublade seiner Arbeitskonsole im Stadthaus der Familie gefunden, habe ein Geständnis des Vaters meines Hauptverdächtigen bekommen und dann ein paar Schüsse zwischen die Augen von der Schwester verpasst gekriegt, die mich für eine mediengeile Schlampe hält.« Sie bemühte sich zu lächeln. »Davon abgesehen war es ziemlich ruhig. Und wie war es bei dir?«

»Teils mehr und teils weniger erfolgreich«, erklärte er milde und betrachtete sie sorgenvoll. »Nichts, was auch nur annähernd so aufregend wie die Polizeiarbeit gewesen wäre.«

»Ich war mir nicht sicher, ob du heute Abend schon zurückkommen würdest.«

»Ich mir auch nicht. Aber die Arbeiten am Resort gehen recht gut voran, und fürs Erste müsste es genügen, wenn ich die Dinge von hier aus regele.«

Sie versuchte, nicht ganz so erleichtert darüber zu sein. Es ärgerte sie, dass sie sich innerhalb von wenigen Monaten derart an seine Gegenwart gewöhnt hatte, ja, dass sie sogar anfing, sie zu brauchen. »Ich nehme an, das ist gut so.«

»Mm.« Er konnte in ihr lesen wie in einem Buch. »Was kannst du mir über den Fall erzählen?«

»Auf sämtlichen Kanälen wird von nichts anderem mehr berichtet. Such dir also einfach einen aus.«

»Ich würde es aber lieber von dir hören.«

Im Telegrammstil brachte sie ihn auf den neuesten Stand: mit knappen, präzisen Sätzen, in denen sie sich auf die Tatsachen beschränkte und persönlicher Wertungen enthielt. Anschließend, stellte sie fest, fühlte sie sich deutlich besser. Roarkes Art des Zuhörens half ihr, selbst deutlicher zu hören, worum es ihr tatsächlich ging.

»Du glaubst, es ist der junge Angelini.«

»Er hätte die Mittel, die Gelegenheit und durchaus ein Motiv gehabt. Wenn das Messer passt … Tja, erst mal werde ich morgen Dr. Mira treffen, um zu sehen, ob es dem Täterprofil entspricht.«

»Und Marco? Was hältst du von seinem Geständnis?«

»Es ist eine gute Möglichkeit, die Tatsachen zu verdrehen und die Ermittlungen gegen David zu erschweren. Er ist clever, und er wird einen Weg finden, die Sache bei den Medien durchsickern zu lassen.« Sie runzelte die Stirn. »Auf diese Weise stiftet er Verwirrung, was uns Geld und kostbare Zeit kostet. Aber trotzdem werden wir am Ende den wahren Täter vor Gericht stellen.«

»Du denkst, er hätte die Morde gestanden, um die Ermittlungen zu verkomplizieren?«

»Genau.« Sie sah ihm in die Augen und zog eine Braue hoch. »Du hast anscheinend eine andere Theorie.«

»Es ist wie die Geschichte von dem Kind, das in den reißenden Fluss gefallen ist«, murmelte Roarke. »Der Vater denkt, dass sein Sohn am Ertrinken ist und springt eilig ins

Wasser. Sein Leben für das Leben seines Kindes. Liebe, Eve.« Er legte eine Hand unter ihr Kinn. »Liebe kennt keine Grenzen. Marco denkt, sein Sohn ist schuldig und deshalb will er sich opfern, damit sein Kind den Preis für seine Sünden nicht bezahlen muss.«

»Wenn er weiß oder auch nur glaubt, dass David diese Frauen tatsächlich ermordet hat, dann wäre es doch Wahnsinn, ihn derart zu schützen.«

»Nein, es wäre der Ausdruck seiner Liebe. Wahrscheinlich gibt es keine stärkere Liebe als die eines Vaters oder einer Mutter gegenüber einem Kind. Du und ich haben keinerlei Erfahrung auf diesem Gebiet, aber das heißt nicht, dass es das nicht gibt.«

Sie schüttelte den Kopf. »Selbst wenn das Kind alles andere als perfekt ist?«

»Vielleicht besonders dann. Als ich ein Junge in Dublin war, gab es dort eine Frau, deren Tochter bei einem Unfall einen Arm verloren hatte. Sie hatten kein Geld für eine Prothese. Die Frau hatte fünf Kinder und liebte sie alle. Aber vier waren gesund und eines war behindert. Sie hat ein Schutzschild um dieses Kind errichtet, um es vor den neugierigen Blicken, dem Flüstern und dem Mitleid der anderen zu schützen. Es war das behinderte Mädchen, das sie zu Höchstleistungen antrieb, dem sie sich mit besonderer Hingabe widmete. Weißt du, die anderen Kinder haben sie einfach nicht so sehr gebraucht wie die Kleine mit dem fehlenden Arm.«

»Aber es gibt einen Unterschied zwischen einer körperlichen Behinderung und einem seelischen oder geistigen Defekt«, beharrte Eve.

»Ich frage mich, ob ein Vater oder eine Mutter das genauso sieht.«

»Aus welchen Gründen auch immer Marco Angelini die Tat gestanden haben mag, wir werden am Ende doch die Wahrheit herausfinden.«

»Das werdet ihr bestimmt. Wann ist deine Schicht vorbei?«

»Was?«

»Deine Schicht«, wiederholte er geduldig. »Wann ist sie vorbei?«

Sie blickte auf den Bildschirm und bemerkte die Uhrzeit in der unteren Ecke. »Seit etwa einer Stunde.«

»Gut.« Er erhob sich und reichte ihr die Hand. »Dann komm mit.«

»Roarke, es gibt da noch ein paar Dinge, die ich unbedingt erledigen sollte. Ich will das Verhör mit Marco Angelini noch einmal durchgehen. Vielleicht stoße ich dann endlich auf irgendwelche Ungereimtheiten.«

Er blieb geduldig, da er keinen Zweifel daran hatte, dass er am Ende seinen Willen durchsetzen würde. »Eve, du bist so müde, dass du noch nicht mal mehr bemerken würdest, wenn er dir statt seines eigenen einen völlig fremden Namen genannt hätte.« Er ergriff entschieden ihre Hand und zog sie auf ihre Füße. »Also kommst du besser mit.«

»Also gut, vielleicht kann ich wirklich eine kurze Pause brauchen.« Knurrend schaltete sie den Computer aus. »Ich muss den Typen im Labor mal ein bisschen Feuer unterm Hintern machen. Sie brauchen ewig mit dem Messer.« Seine Hand fühlte sich gut an. Sie machte sich noch nicht einmal Gedanken über die Frotzeleien der Kollegen, die sie im Flur oder im Fahrstuhl sehen könnten. »Wohin gehen wir?«

Er hob ihre verschlungenen Hände an seine Lippen und sah sie lächelnd an. »Das habe ich noch nicht entschieden.«

Schließlich fiel seine Wahl auf Mexiko. Es war ein kurzer Flug, und seine Villa an der turbulenten Westküste war stets empfangsbereit. Im Gegensatz zu seinem Haus in New York wurde es zwar nur bei längeren Aufenthalten von menschlichem Personal geführt, doch während der übrigen Zeit war es durchgehend automatisiert.

Auch wenn Roarke Droiden und Computer eher unpersönlich fand, reichten sie für diesen Kurzbesuch vollkommen aus.

Er wollte Eve für sich allein, er wollte sie entspannt, er wollte sie glücklich lächeln sehen.

»Himmel, Roarke.«

Sie blickte auf das hoch aufragende, mehrstöckige Haus am Rand der Klippe und rang nach Luft. Als wären die durchgängigen gläsernen Wände von der Witterung poliert, wirkte es wie eine Verlängerung der Felsen, auf denen es stand. In den terrassenförmig angelegten Gärten verströmten exotische Gewächse in unzähligen Formen und Schattierungen ihren schweren, süßen Duft.

Am Himmel, der sich langsam verdunkelte, herrschte keinerlei Verkehr. Außer weißen Wattewolken und den blitzenden Schwingen lautlos dahingleitender Vögel war dort nichts zu sehen. Eve kam sich vor wie in einer völlig fremden Welt.

Während des Fluges hatte sie tief und fest geschlafen und die Augen erst geöffnet, als der Flieger am Fuß der im Zickzack die hoch aufragenden Klippen erklimmenden steinernen Stufen aufgesetzt hatte. Doch sie war noch derart benommen, dass sie automatisch nach der Virtual-Reality-Brille tastete, die er ihr – da war sie sich ganz sicher – im Schlaf auf die Nase geschoben hatte.

»Wo sind wir?«

»In Mexiko«, kam die schlichte Antwort.

»Mexiko?« Verblüfft versuchte sie, sich den Schlaf und den Schock aus den Augen zu reiben, und Roarke dachte zärtlich, dass sie aussah, wie ein quengeliges Kind, das unsanft aus dem Mittagsschlaf gerissen worden war. »Aber ich kann nicht einfach nach Mexiko reisen. Ich muss –«

»Fahren oder laufen?«, fragte er und zerrte sie wie einen starrsinnigen Welpen einfach hinter sich her.

»Ich muss –«

»Fahren«, entschied er kurzerhand für sie. »Du bist immer noch nicht wach.«

Die Klettertour und die Aussicht auf das Meer und auf die Klippen könnte sie auch später noch genießen. Jetzt stellte er sie neben sich in den kleinen Wagen, griff persönlich nach dem Steuer und ließ sie so schnell nach oben schießen, dass der Rest ihrer Müdigkeit auf einen Schlag verflog.

»Himmel, nicht so schnell.« Instinktiv umklammerte sie das Haltegeländer und zuckte zusammen, als der Fels, die Blumen und das Wasser an ihnen vorbeizischten, ehe er mit dröhnendem Gelächter das kleine Gefährt auf der vorderen Terrasse des Hauses abstellte.

»Und, Liebling, bist du jetzt wach?«

Allmählich bekam sie wieder Luft. »Für diese Fahrt werde ich dich umbringen, sobald ich sicher bin, dass sämtliche Organe noch an ihrem Platz sind. Was zum Teufel machen wir in Mexiko?«

»Eine kurze Arbeitspause. Ich brauche ein wenig Erholung.« Er stieg aus dem Wagen und ging um ihn herum auf ihre Seite. »Und du ganz sicher auch.« Da sie sich immer noch an dem Geländer festhielt, öffnete er zärtlich ihre Fäuste, zog sie in seine Arme und trug sie über die unregelmäßig geformten Steine in Richtung der Tür.

»Vergiss es. Ich kann durchaus selber laufen.«

»Hör auf zu jammern.« Er drehte seinen Kopf, suchte ihre Lippen und küsste sie mit einer solchen Inbrunst, dass sie schließlich nicht mehr auf seinen Schultern herumtrommelte, sondern ihre Fingerspitzen begehrlich in seinem Fleisch vergrub.

»Verdammt«, murmelte sie. »Wie kommt es, dass du mich immer wieder rumkriegst?«

»Ich schätze, ich habe einfach Glück. Roarke, öffnen.« Das hübsche Gitter glitt lautlos zur Seite, die dahinter verborgene Haustür aus mit reichem Schnitzwerk versehenem Holz und reizvoll geätztem Glas schwang einladend zurück, und er trat über die Schwelle. »Sichern.« Sofort glitten Tür und Gitter wieder zu.

Eine Wand des Eingangsbereichs bestand durchgehend aus Glas, sodass Eve ungehindert auf den Ozean blicken konnte.

Sie sah den Pazifik – das friedliche Meer – zum allerersten Mal und fragte sich, weshalb er, obgleich er regelrecht zu brodeln schien, einen solchen Namen trug.

Sie waren gerade rechtzeitig zum Sonnenuntergang erschienen, und sie konnte völlig überwältigt mit ansehen, wie der Himmel in wilden Farben explodierte, während die fette, rote Sonne langsam, doch unvermeidlich am blauen Horizont versank.

»Es wird dir hier gefallen«, murmelte er leise.

Die Schönheit des ausklingenden Tages machte sie beinahe sprachlos. Es war, als hätte die Natur mit dem Beginn des wunderbaren Schauspiels absichtlich gewartet, bis sie Zuschauer bekam. »Es ist herrlich. Trotzdem kann ich nicht bleiben.«

»Nur ein paar Stunden.« Er drückte einen Kuss auf ihre Schläfe. »Nur diese eine Nacht. Und wenn wir einmal mehr Zeit haben, kommen wir zurück und machen es uns ein paar Tage schön.«

Ohne sie abzusetzen trat er dichter an die Glaswand, bis Eve das Gefühl bekam, als gäbe es nichts mehr außer dem schäumenden Meer und dem in leuchtende Farben getauchten Firmament.

»Ich liebe dich, Eve.«

Sie wandte den Blick von der Sonne und dem Ozean ab und sah ihm in die Augen. Es war einfach wunderbar und im Augenblick erstaunlich einfach.

»Ich habe dich vermisst.« Sie schmiegte ihr Gesicht an seine Wange und schlang ihm die Arme um den Hals. »Ich habe dich wirklich vermisst. Ich hatte die ganze Zeit über eins von deinen Hemden an.« Jetzt, in seiner Nähe, während sie ihn riechen und berühren konnte, gelang es ihr, über sich selbst zu lachen. »Ich bin tatsächlich an deinen Schrank gegangen und habe eins von deinen Hemden mitgehen lassen – eins der schwarzen Seidendinger, von denen du ein paar Dutzend hast. Ich habe es angezogen und mich wie eine Diebin aus dem

Haus geschlichen, damit Summerset mich nicht damit erwischt.«

Lächerlich gerührt vergrub er sein Gesicht an ihrem Hals. »Und ich habe in jeder Nacht unsere Gespräche abgespult, nur um dich ansehen und deine Stimme hören zu können.«

»Wirklich?« Das Kichern, das ihr bei der Frage entfuhr, war aus ihrem Mund ein seltenes Geräusch. »Gott, Roarke, uns beide scheint es ganz schön erwischt zu haben.«

»Was am besten unser Geheimnis bleibt.«

»Abgemacht.« Sie lehnte sich ein Stück zurück und sah ihm ins Gesicht. »Ich muss dich etwas fragen. Es ist eine ziemlich blöde Frage, aber trotzdem.«

»Was?«

»War es jemals ...« Sie zuckte zusammen und wünschte sich, sie könnte das Bedürfnis, diese Frage zu stellen, unterdrücken. »War es jemals vorher, mit irgendeiner anderen –«

»Nein.« Er küsste ihre Braue, ihre Nase, das Grübchen an ihrem Kinn. »Nie, mit keiner anderen.«

»Für mich auch nicht.« Sie atmete ihn ein. »Fass mich an. Ich will deine Hände spüren.«

»Kein Problem.«

Und während die Sonne wie ein rot glühender Ball hinter dem dunklen Ozean entschwand, sank er mit ihr zusammen in die seidig weichen Kissen auf dem Boden und bedeckte ihre Lippen mit seinem wunderbaren Mund.

16

Eine Pause zusammen mit Roarke war etwas anderes, als wenn man für einen schnellen vegetarischen Salat und Sojakaffee ein Schnellrestaurant betrat. Sie war sich nicht ganz sicher, wie er es anstellte, aber die Menge Geld, die er besaß, sprach eine Sprache, die man eindeutig überall verstand.

Zum Abendessen speisten sie gegrillten, vor echter, sahniger Butter triefenden Hummer, nippten an Champagner, der so kalt war, dass er in Eves Hals gefror, und labten sich an einer Symphonie exotischer Früchte, die in sorgsam aufeinander abgestimmten Geschmacksnoten auf der Zunge zergingen.

Lange vor ihrer Liebe zu ihm hatte sich Eve die Tatsache eingestehen können, dass sie süchtig war nach den kulinarischen Genüssen, die er je nach Bedarf aus dem Handgelenk zu schütteln schien.

Sie badete nackt in einer kleinen, von mondbeschienenen Palmen gesäumten Lagune, entspannte ihre von dem heißen Wasser und dem ausgiebigen Sex geschmeidigen Muskeln und lauschte dem Gesang der Nachtvögel – keiner Simulation, sondern tatsächlichem Gesang –, der sich tränengleich aus der duftenden Luft über ihr ergoss.

Im Moment, für diese eine Nacht, war der Druck der Arbeit Lichtjahre von ihr entfernt.

Dieses Wunder vollbrachte einzig Roarke. Ihm gelang es, sie in kleine Nischen des Friedens zu entführen aus ihrer grundsätzlich eher kalten, von Gewalt geprägten Welt.

Roarke beobachtete sie, froh darüber, dass die Anspannung einzig dadurch, dass er sie ein wenig verwöhnte, aus ihrem Blick verschwand. Er liebte es, sie weich und sinnlich zu erleben, zu gelassen, um Schuldgefühle zu empfinden, weil sie den Luxus, den er ihr bot, genoss. Ebenso wie er es liebte, sie auf Hochtouren zu sehen, wenn sich ihre Gedanken überschlugen, wenn sie in voller *action* war.

Nein, nie zuvor hatte er mit irgendeiner anderen Frau etwas Ähnliches erlebt. Von allen Frauen, die er je gekannt hatte, war sie die einzige, die das geradezu zwanghafte Bedürfnis in ihm weckte, mit ihr zusammen zu sein und mit ihr zu schlafen. Doch neben dem körperlichen Verlangen, neben der ursprünglichen, offenbar unstillbaren Lust, die sie in ihm weckte, faszinierten ihn ihr Verstand, ihr Herz, die Geheimnisse und die Narben, die sie mit sich herumtrug.

Er hatte einmal zu ihr gesagt, sie wären zwei verlorene Seelen. Jetzt war er sich sicher, dass das die Wahrheit war. Doch in ihrem Zusammensein hatten sie etwas gefunden, was ihnen Halt, was ihnen Wurzeln gab.

Da er Zeit seines Lebens vor Cops auf der Hut gewesen war, war es geradezu verblüffend zu erkennen, dass sein Glück inzwischen von einem Cop abhing.

Amüsiert glitt er neben ihr ins Wasser, und sie brachte gerade genügend Energie auf, um die Augen halb zu öffnen und zu murmeln: »Ich glaube nicht, dass ich mich noch bewegen kann.«

»Dann lass es einfach sein.« Er reichte ihr ein frisch gefülltes Glas Champagner und wickelte ihre Finger um den Stil.

»Ich bin viel zu entspannt, um mich zu betrinken.« Trotzdem fand ihr Mund den Rand des Glases. »Das Leben ist wirklich seltsam. Dein Leben«, verbesserte sie sich. »Ich meine, du kannst alles haben, tun und lassen, was du willst und überall hingehen, wo du willst. Du willst einen Abend freimachen, nach Mexiko rüberfliegen und dort Hummer und – was war das noch mal für ein Zeug, das du auf die Cracker gestrichen hast?«

»Gänseleber.«

Sie zuckte zusammen. »So hast du es aber nicht genannt, als du es mir in den Mund geschoben hast. Da klang es viel netter.«

»Foie gras. Was allerdings dasselbe ist.«

»Trotzdem klingt es besser.« Sie schlang ihre Beine um seine beiden Knie. »Tja, die meisten Leute sehen sich ein Video an, machen einen kurzen Ausflug mit ihren Virtual-Reality-Brillen oder werfen ein paar Kreditchips in eine Simulationszelle am Time Square. Aber du machst immer alles wirklich.«

»Ich ziehe eben die Wirklichkeit vor.«

»Ich weiß. Das ist ebenfalls seltsam an dir. Du hast Gefallen an allen möglichen alten Sachen. Du liest lieber ein Buch, als eine Diskette zu scannen, du machst dir lieber die Mühe, tatsächlich hierher zu fliegen, statt einfach eine Simulation in dein Hologramm einzuprogrammieren.« Sie verzog den Mund zu einem träumerischen Lächeln. »Aber das gefällt mir –«

»Das ist praktisch.«

»Als du ein Kind warst und als alles eher beschissen für dich lief, hast du da von einem Leben, wie du es jetzt führst, geträumt?«

»Ich habe davon geträumt, zu überleben und aus dem ganzen Elend rauszukommen. Selbst die Kontrolle über mein Leben zu übernehmen. Du nicht?«

»Ich schätze, ja.« Zu viele ihrer Träume waren wirr und düster. »Zumindest, nachdem ich in das Kinderheim gekommen war. Schon damals wollte ich unbedingt Polizistin werden. Eine gute Polizistin. Eine clevere Polizistin. Was wolltest du werden?«

»Reich und satt.«

»Dann haben wir beide mehr oder weniger bekommen, was wir uns gewünscht haben.«

»Du hattest Albträume, während ich weg war.«

Sie brauchte die Augen nicht zu öffnen, um zu wissen, dass er sie besorgt ansah. Sie hörte es bereits an seiner Stimme. »Sie sind nicht so schlimm. Sie kommen in letzter Zeit nur einfach regelmäßiger.«

»Eve, wenn du dich mit Doktor Mira zusammensetzen würdest –«

»Ich bin noch nicht bereit mich zu erinnern. Nicht an alles. Spürst du jemals die Narben der Wunden, die dein Vater dir zugefügt hat?«

Unruhig rutschte er auf seinem Platz herum und versank schließlich tiefer in dem heißen, schaumgekrönten Wasser. »An ein paar der Schläge, die er mir verpasst hat, an ein paar der Grausamkeiten, zu denen er fähig war. Aber weshalb sollte das heute noch von Bedeutung für mich sein?«

»Du tust diese Dinge also mit einem Schulterzucken ab.« Jetzt öffnete sie die Augen und sah in sein nachdenkliches Gesicht. »Aber sie haben dich zu dem gemacht, der du heute bist, oder etwa nicht? Das, was damals war, hat den heutigen Roarke geformt.«

»Ich nehme an, das könnte man so sagen.«

Sie nickte und bemühte sich um einen beiläufigen Ton, als sie fragte: »Roarke, glaubst du, dass Menschen, die, weil ihnen etwas fehlt, ihre Kinder misshandeln – so wie wir misshandelt worden sind? Dass dieser Mangel vererbt wird? Glaubst du?«

»Nein.«

»Aber –«

»Nein.« Er legte eine Hand um ihre Wade und drückte zärtlich zu. »Langfristig machen wir uns selbst zu den Menschen, die wir sind. Du und ich haben das getan. Wenn das nicht so wäre, würde ich meine Tage als Trunkenbold in irgendeinem Slum in Dublin verbringen und mir irgendwelche Schwächeren suchen, um sie zu drangsalieren. Und du, Eve, wärst eine kalte, spröde, mitleidlose Frau.«

Wieder schloss sie ihre Augen. »Manchmal bin ich das ja auch.«

»Nein, das bist du nie. Du bist stark, du hast einen extrem ausgeprägten Sinn für Moral, und manchmal machst du dich vor lauter Mitleid mit den unschuldigen Opfern von irgendwelchen Verbrechen richtiggehend krank.«

Ihre Augen begannen zu brennen. »Ein Mensch, den ich bewundere und respektiere, hat mich um Hilfe gebeten, hat mich gebeten, ihm einen Gefallen zu erweisen. Und ich habe ihn eiskalt abgewiesen. Wozu macht mich das?«

»Zu einer Frau, die eine Entscheidung fällen musste.«

»Roarke, die letzte der ermordeten Frauen, Louise Kirski. Sie geht mir nicht mehr aus dem Kopf. Sie war vierundzwanzig, eine talentierte, eifrige Cutterin, in einen zweitklassigen Musiker verliebt. Sie hatte eine voll gestopfte Ein-Zimmer-Wohnung in der sechsundzwanzigsten Straße und eine Vorliebe für cinesisches Essen. Ihre Familie, die in Texas lebt, wird nie wieder so sein wie vor dem Verbrechen. Sie war unschuldig, Roarke, und sie verfolgt mich bis in meine Träume.«

Erleichtert atmete sie aus. »Das habe ich bisher niemandem erzählen können. Ich war mir nicht sicher, ob ich es überhaupt jemals laut aussprechen könnte.«

»Es freut mich, dass du es mir erzählt hast. Und jetzt hör mir zu.« Er stellte sein Glas ab, beugte sich zu ihr hinüber und umfasste mit beiden Händen ihr Gesicht. Ihre Haut war weich, ihre Augen nicht mehr als zwei dunkle, bernsteinbraune Schlitze. »Es ist das Schicksal, das am Ende über uns bestimmt, Eve. Wir gehen durchs Leben, schmieden Pläne und machen unsere Arbeit, und dann mischt sich plötzlich lachend das Schicksal ein und macht einen Narren aus uns allen. Manchmal können wir das Schicksal austricksen oder ihm zuvorkommen, aber meistens steht es einfach fest. Und das Schicksal mancher Menschen wird aus Blut geschrieben. Das heißt nicht, dass wir uns ihm blind ergeben sollen, aber es bedeutet, dass wir uns nicht immer dadurch trösten können, dass wir uns selbst oder anderen Vorwürfe machen.«

»Ist es das, was du denkst? Dass ich versuche, mich zu trösten?«

»Es ist leichter, sich die Schuld an etwas zu geben, als sich eingestehen zu müssen, dass man eine Sache einfach nicht hatte ändern können. Du bist eine arrogante Frau, Eve. Eine weitere Eigenschaft, die mir sehr an dir gefällt. Es ist arrogant, die Verantwortung für etwas zu übernehemen, das außerhalb unserer Kontrolle liegt.«

»Ich hätte es kontrollieren müssen.«

»Ah, ja.« Er sah sie lächelnd an. »Natürlich.«

»Das ist keine Arroganz«, beharrte sie erbost auf ihrem Standpunkt, »sondern ganz einfach Teil meiner Arbeit.«

»In der Erwartung, dass er es auf dich absehen würde, hast du dich ihm angeboten.« Da ihm bereits bei dem Gedanken übel wurde, verstärkte er den Griff um ihr schmales Gesicht.

»Und jetzt bist du beleidigt und verärgert, weil er die von dir aufgestellten Regeln einfach nicht befolgt.«

»Wie kannst du so etwas Schreckliches sagen. Verdammt, ich –« Sie brach ab und rang hörbar nach Luft. »Du versuchst nur, mich zu ärgern, damit ich mich nicht länger in Selbstmitleid ergehe.«

»Anscheinend hat es funktioniert.«

»Also gut.« Abermals schloss sie die Augen. »Also gut. Im Augenblick werde ich nicht länger darüber nachdenken. Vielleicht komme ich morgen besser damit zurecht. Du bist wirklich gut, Roarke«, gestand sie, und die Spur eines Lächelns huschte über ihr Gesicht.

»Das haben vor dir schon Tausend andere gesagt«, murmelte er, während er ihren Nippel zwischen Daumen und Zeigefinger rieb.

Die Schockwellen durchströmten ihren Körper bis hinab zu ihren Zehen. »Das habe ich nicht gemeint.«

»Ich aber.« Er zupfte leicht an ihrer Knospe und hörte, wie ihr Atem stockte.

»Wenn ich es schaffe, hier herauszukriechen, kann ich dieses durchaus interessante Angebot vielleicht annehmen.«

»Entspann dich einfach.« Er sah ihr ins Gesicht, schob eine seiner Hände zwischen ihre Beine und umfasste ihren Schritt. »Lass mich nur machen.« Gerade noch rechtzeitig fing er das Glas auf, das aus ihrer Hand fiel, und stellte es zur Seite. »Lass mich dich haben, Eve.«

Ehe sie etwas erwidern konnte, brachte er sie zu einem schnellen, erschütternden Orgasmus. Ihre Hüfte reckte sich ihm begehrlich entgegen, ritt auf seiner Hand, dann wurde sie schlaff.

Jetzt würde sie ganz sicher nicht mehr grübeln, dachte er zufrieden. Jetzt versank sie ganz in ihrer femininen Lust. Nie schien sie auf das gefasst zu sein, was unter seiner Berührung mit ihrem Innersten geschah. Und wie immer weckte ihre Überraschung, ihre süße, naive Reaktion in ihm eine geradezu mörderische Lust. Er hätte sie endlos beglücken können, einfach weil es ihm Freude machte zu erleben, wie sie begierig jede Liebkosung in sich aufsog und am Schluss mit wohligem Erschauern in sich zusammensank.

Also machte er sich die Freude, ihren langen, geschmeidigen Körper zu erforschen, an den kleinen, heißen, vom parfümierten Wasser duftig nassen Brustwarzen zu saugen, begierig den Atem einzufangen, der in schnellen Stößen über ihre Lippen kam.

Sie war wie betäubt, hilflos, versunken in einem Meer der Lust. Sie dachte, dass die Tatsache, dass sie ihm die vollkommene Kontrolle über ihren Leib und ihre Gefühle überließ, sie hätte schockieren sollen. Doch selbst in dem Moment, in dem er sie beinahe zum Schreien brachte, ehe sie erneut erschauernd ihren Kopf vornüber sinken ließ, war sie weder in der Lage noch überhaupt Willens, den Bann zu brechen, in den er sie durch seine Liebkosungen zog.

»Noch mal.« Gierig zog er ihren Kopf an den Haaren nach hinten, rammte seine Finger tief in sie hinein und traktierte sie so lange, bis sie ihre Hände kraftlos durch das Wasser treiben ließ. »Ich bin, wir sind alles, was es heute Abend gibt.« Sein Mund bahnte sich einen Weg von ihrem Hals zu ihren Lippen, und seine Augen brannten wie zwei strahlend blaue Sonnen. »Sag mir, dass du mich liebst. Sag es.«

»Ja. Ich liebe dich.« Aus ihrer Kehle drang ein Stöhnen, als er in sie hineinfuhr, ihre Hüfte in die Höhe zerrte und sich noch tiefer in sie schob.

»Sag es noch einmal.« Sie hielt ihn umklammert wie in einem Schraubstock, und er knirschte mit den Zähnen, sonst wäre er auf der Stelle explodiert. »Sag es mir noch einmal.«

»Ich liebe dich.« Zitternd umschlang sie ihn mit ihren Beinen, während er sie peitschend ins Delirium trieb.

Sie musste tatsächlich aus dem Pool herauskriechen. Sie war völlig kraftlos, und in ihrem Kopf schien sich alles zu drehen. »Ich fühle mich wie ein Wackelpudding.«

Roarke gab ihr einen Klaps auf den hübschen Hintern und

sah sie lächelnd an. »Dieses Mal trage ich dich nicht. Dann würden wir nämlich beide auf der Nase landen.«

»Vielleicht bleibe ich einfach hier liegen.« Selbst die Bewegung auf Händen und Knien war ihr im Augenblick zu viel.

»Hier auf den Fliesen würdest du dich nur erkälten.« Er sammelte seine verbleibenden Kräfte, zog sie auf die Füße, bis sie schwankend wie zwei Betrunkene voreinander standen.

Sie begann zu kichern. »Was zum Teufel hast du mit mir gemacht? Ich fühle mich, als hätte ich ein paar Freebirds geschluckt.«

Er legte einen Arm um ihre Hüfte. »Seit wann nimmst du verbotene Drogen zu dir?«

»Das gehört zur Standardausbildung bei der Polizei.« Sie biss sich zur Probe auf die Lippe, und tatsächlich war sie völlig taub. »Auf der Akademie müssen wir einen Kurs über illegale Drogen belegen. Die meisten der Dinger habe ich allerdings, statt sie wirklich einzunehmen, einfach ins Klo geschmissen. Ist dir auch so schwindelig?«

»Ich werde es dich wissen lassen, wenn ich oberhalb des Lendenbereichs wieder etwas fühle.« Er schob ihren Kopf zurück und gab ihr einen Kuss. »Warum versuchen wir nicht, irgendwie ins Haus zu kommen? Wir könnten ...« Plötzlich brach er ab und blickte mit zusammengekniffenen Augen über ihre Schulter.

Auch wenn sie angeschlagen war, war sie immer noch ein Cop, und so wirbelte sie instinktiv herum und schob sich schützend vor ihn. »Was? Was ist los?«

»Nichts.« Er räusperte sich. »Nichts«, wiederholte er. »Geh du einfach schon mal rein. Ich komme sofort nach.«

»Was ist los?« Immer noch sah sie sich suchend um.

»Nichts, wirklich. Ich ... ich habe einfach vergessen, die Sicherheitskamera abzuschalten. Sie wird, ah, durch Stimmen oder Bewegung aktiviert.« Nackt schlenderte er in Richtung einer niedrigen Steinmauer, legte einen Hebel um und zog eine Diskette aus dem Schlitz.

»Kamera.« Eve hob einen Finger in die Luft. »Dann wurden wir also die ganze Zeit, während wir hier draußen waren, gefilmt?« Mit zusammengekniffenen Augen starrte sie auf die Lagune. »Die ganze Zeit.«

»Was der Grund ist, weshalb ich für gewöhnlich menschliches Personal den Automaten vorziehe.«

»Wir sind auf der Diskette? Alles, was wir getan haben, ist auf der Diskette?«

»Ich werde die Sache schon regeln.«

Sie wollte etwas sagen, doch dann sah sie ihm genauer ins Gesicht und begann zu grinsen. »Verdammt, Roarke. Du wirst tatsächlich rot.«

»Bestimmt nicht.« Hätte er Kleider angehabt, hätte er in diesem Augenblick die Hände in die Hosentaschen stecken können. »Ich habe einfach nicht an die Kamera gedacht. Aber wie gesagt, ich werde die Sache regeln.«

»Lass uns das Ding mal zurückspulen.«

Er erstarrte und bereitete Eve das diebische Vergnügen tatsächlich zu stottern, als er fragte: »W-wie bitte?«

»Du bist verlegen.« Sie beugte sich vor, um ihn zu küssen, und riss ihm, während er abgelenkt war, die Diskette aus der Hand. »Das ist nett. Das ist wirklich nett.«

»Halt die Klappe. Gib mir sofort die Diskette zurück.«

»Ich glaube nicht, dass ich das möchte.« Sie tänzelte fröhlich einen Schritt zurück und hielt die Diskette außer seiner Reichweite. »Ich wette, das ist ein wirklich heißer Film. Bist du denn kein bisschen neugierig?«

»Nein.« Er streckte die Hand aus, aber sie war schneller. »Eve, gib mir die verdammte Diskette.«

»Faszinierend.« Sie ging rückwärts zur offenen Tür. »Der weltgewandte, abgeklärte Roarke kann tatsächlich rot werden.«

»Werde ich nicht.« Er hoffte bei Gott, dass er nicht wirklich rot geworden war. Das wäre der Gipfel. »Ich sehe einfach keinen Grund zu dokumentieren, wie wir uns lieben. Das ist eine reine Privatsache.«

»Ich werde den Film ja auch nicht Nadine Furst geben, damit sie ihn in den Nachrichten bringt. Ich will ihn mir einfach mal angucken. Und zwar sofort.« Sie rannte ins Haus, und er stürzte ihr fluchend hinterher.

Punkt neun Uhr früh trat sie beschwingt durch die Tür ihres Büros. Ihre Augen leuchteten, die dunklen Ringe hatten sich verflüchtigt, ihr Kopf war klar, und auch die Spannung zwischen ihren Schultern hatte sich über Nacht vollkommen gelöst. Beinahe hätte sie vor guter Laune noch gesummt.

»Da ist aber jemand gut drauf«, erklärte Feeney bei ihrem Anblick, ohne bei ihrem Eintreten die Füße von der Kante ihres Schreibtischs zu nehmen. »Ich gehe davon aus, dass Roarke wieder auf dem Planeten ist.«

»Ich habe einfach gut geschlafen«, erwiderte sie und schob seine Füße beiseite.

Er knurrte. »Dafür solltest du dankbar sein, denn heute wird bestimmt kein besonders angenehmer Tag. Der Laborbericht ist da. Das verdammte Messer passt nicht.«

Ihr Lächeln verflog. »Was willst du damit sagen, dass das Messer nicht passt?«

»Die Klinge ist zu dick. Einen Zentimeter. Verdammt, ob ein Zentimeter oder gleich ein ganzer Meter, ist sowieso egal.«

»Vielleicht liegt es einfach am Einstichwinkel oder an der Wucht, mit der der Täter zugestochen hat.« Ihre Erinnerung an Mexiko zerplatzte wie eine Seifenblase in der Luft. Nachdenklich stapfte sie auf und ab. »Was ist mit dem Blut?«

»Sie haben tatsächlich noch genug zusammenbekommen, um die DNA-Analyse machen zu können.« Seine Miene verdüsterte sich noch mehr. »Sie passt zu unserem Jungen. Das Blut stammt von David Angelini, Dallas. Das Labor sagt, es wäre mindestens sechs Monate alt. Den Fasern nach zu urteilen, die sie gefunden haben, sieht es aus, als hätte er das Messer benutzt, um Pakete zu öffnen, und sich dabei in den Finger geschnitten. Auf alle Fälle ist es nicht die Tatwaffe.«

»Verdammt.« Obgleich sie leise seufzte, weigerte sie sich, sich so schnell entmutigen zu lassen. »Wenn er ein Messer hatte, kann er problemlos auch zwei besessen haben. Wir werden warten, was die anderen Spurensucher sagen.« Sie fuhr sich mit den Händen übers Gesicht. »Hör zu, Feeney, wenn Marco mit einem falschen Geständnis zu uns kommt, müssen wir uns fragen, weshalb er so was tut. Er ist keiner dieser Verrückten, die versuchen, sich auf diese Weise in den Mittelpunkt zu stellen. Er versucht, seinen Sohn zu schützen. Also werden wir ihn weiter in die Mangel nehmen und zwar unerbittlich. Ich werde ihn zum Verhör holen und versuchen ihn zu knacken.«

»Genau das würde ich an deiner Stelle auch machen.«

»In ein paar Stunden habe ich einen Termin mit Dr. Mira. Bis dahin lassen wir unseren Hauptverdächtigen am besten einfach schmoren.«

»Während wir beten, dass die Spurensuche noch mit irgendetwas kommt.«

»Beten ist sicher kein Fehler. Denn jetzt kommt der größte Knaller, Feeney. Die Anwälte des Jungen haben von Marcos Geständnis Wind bekommen, und dadurch wird die Festnahme wegen der Bagatelldelikte so gut wie hinfällig, das heißt, die Staatsanwaltschaft stellt das Verfahren sicher wegen Geringfügigkeit ein.«

»Damit und ohne weitere Beweise wäre er also bald wieder ein freier Mann.«

»Ja. Dieser verdammte Hurensohn.«

Marco Angelini hielt sich wie ein Fels in der Brandung. Er zeigte sich einfach völlig unbewegt. Selbst nach zwei Stunden eingehender Befragung rückte er – obgleich er, wie Eve sich zu trösten versuchte, auch keines der Löcher hatte stopfen können – nicht von seiner Geschichte ab. Im Augenblick blieb ihr keine andere Wahl, als darauf zu hoffen, dass ihre These von David Angelinis Schuld von Miras Bericht untermauert werden würde.

»Ich kann Ihnen sagen«, erklärte Mira in ihrer typischen ruhigen Art, »dass David Angelini ein problembeladener und zugleich extrem verwöhnter junger Mann mit einem ausgeprägten Hang zum Selbstschutz ist.«

»Sagen Sie mir, dass er fähig ist, seiner Mutter die Kehle aufzuschlitzen.«

»Ah.« Mira lehnte sich zurück und faltete die sorgfältig manikürten Hände. »Was ich Ihnen sagen kann, ist, dass er meiner Meinung nach eher vor Schwierigkeiten davonläuft als sich ihnen zu stellen, und zwar in jeder Hinsicht. Auf der Murdock-Lowell- und der Synergie-Bewertungsskala stünde er –«

»Können wir vielleicht auf den Fachjargon verzichten, Doktor? Diese Dinge kann ich schließlich alle in Ihrem Bericht nachlesen.«

»Also gut.« Mira wandte sich von dem Bildschirm ab, auf dem sie die Skalen aufgerufen hatte. »Ich werde versuchen, mich fürs Erste möglichst einfach auszudrücken. Ihr Mann ist ein Lügner, der sich mühelos einredet, dass seine Lügen die Wahrheit sind, weil er nur so seine Selbstachtung bewahren kann. Er ist abhängig von der guten Meinung und vom Lob anderer und ist es gewohnt, dass er beides und obendrein stets seinen Willen bekommt.«

»Und wenn das mal nicht der Fall ist?«

»Dann gibt er anderen die Schuld. Nichts ist jemals seine Schuld, noch trägt er jemals für irgendetwas die Verantwortung. Er lebt wie auf einer Insel, Lieutenant, und zwar auf einer Insel, in der sich ständig alles nur um ihn dreht. Er hält sich für erfolgreich und für talentiert, und wenn er versagt, dann liegt es daran, dass jemand anderes einen Fehler gemacht hat. Er spielt, weil er nicht glaubt, dass er verlieren kann, und weil er den Kick des Risikos genießt. Dabei verliert er, weil er sich ständig hoffnungslos überschätzt.«

»Wie würde er auf das Risiko reagieren, dass ihm jemand wegen seiner Spielschulden die Knochen brechen könnte?«

»Er würde davonlaufen und sich verstecken, und da er extrem abhängig von seinen Eltern ist, würde er erwarten, dass sie die Sache für ihn in Ordnung bringen.«

»Und wenn sie sich weigern würden?«

Mira schwieg einen Moment. »Sie wollen, dass ich sage, er würde wütend, würde mit Gewalt, vielleicht sogar mit Mord auf eine solche Weigerung reagieren. Aber das kann ich nicht tun. Es ist natürlich eine Möglichkeit, die keiner von uns zur Gänze ausschließen kann. Kein Test, keine Beurteilung kann die Reaktion eines Individuums unter bestimmten Bedingungen hunderprozentig voraussagen. Aber statt jemals den vermeintlichen oder tatsächlichen Verursacher ihrer Probleme anzugreifen, hat unsere Testperson während der gesamten Untersuchung stets mit Verdrängung, Flucht und Schuldverschiebung reagiert.«

»Vielleicht hat er seine wahren Reaktionen ja zurückgehalten, um die Bewertung zu verfälschen.«

»Möglich, aber unwahrscheinlich. Tut mir Leid.«

Eve, die ruhelos im Zimmer auf und ab gegangen war, unterbrach ihre Wanderung und ließ sich auf einen Stuhl sinken. »Dann läuft der Mörder also Ihrer Meinung nach vielleicht immer noch irgendwo da draußen herum.«

»Ich fürchte, ja. Das macht Ihren Job natürlich umso schwieriger.«

»Wenn ich bisher an der falschen Seite gesucht habe«, sagte Eve zu sich selbst, »wo ist dann die richtige Stelle? Und welche Frau kommt dann als Nächste an die Reihe?«

»Unglücklicherweise ist bisher weder die Wissenschaft noch die Technik in der Lage, die Zukunft vorherzusagen. Sie können Möglichkeiten, ja sogar Wahrscheinlichkeiten mit ziemlicher Genauigkeit errechnen, aber Impulse oder Emotionen werden dabei völlig außer Acht gelassen. Steht Nadine Furst weiter unter Personenschutz?«

»So gut es nur geht.« Eve trommelte mit einem Finger auf ihr Knie. »Sie ist eine Einzelgängerin, und die Sache mit Louise Kirski geht ihr ziemlich an die Nieren.«

»Ebenso wie Ihnen.«

Eve sah Dr. Mira an, ehe sie widerwillig nickte. »Ja, das könnte man so sagen.«

»Trotzdem wirken Sie heute Morgen ungewöhnlich erholt.«

»Ich habe einfach gut geschlafen.«

»Traumlos?«

Eve zuckte mit den Schultern und schob Angelini und den Fall in eine Ecke ihres Gehirns, in dem er, wie sie hoffte, weiter ungestört vor sich hinköcheln würde. »Wie würden Sie über eine Frau urteilen, die anscheinend nur dann gut schlafen kann, wenn ein bestimmter Mann neben ihr im Bett liegt?«

»Ich würde sagen, dass sie vielleicht in ihn verliebt ist, und sich ganz sicher in positiver Hinsicht an ihn gewöhnt hat.«

»Sie würden ihr keine übermäßige Abhängigkeit attestieren?«

»Können Sie ohne ihn funktionieren? Fühlen Sie sich in der Lage, Entscheidungen zu treffen, ohne ihn vorher um seinen Rat, um seine Meinung, um eine Direktive zu bitten?«

»Natürlich, aber …« Sie machte sich bestimmt zur Närrin. Nun, aber wenn sie anscheinend das Bedürfnis hatte, sich wie eine Närrin zu benehmen, gab es dann einen geeigneteren Ort als das Sprechzimmer einer Seelenklempnerin? »Vorgestern, als er auf Reisen war, habe ich eins seiner Hemden bei der Arbeit angezogen. Das ist –«

»Wunderbar«, erklärte Mira mit einem leisen Lächeln. »Romantisch. Warum fürchten Sie sich vor Romantik?«

»Tue ich ja gar nicht. Ich – okay, auch wenn ich nicht weiß, warum, macht sie mir eine Heidenangst. Ich bin es nicht gewohnt, einen Menschen zu haben, der mich ansieht – so wie er es regelmäßig tut. Manchmal ist es wirklich beunruhigend.«

»Und weshalb?«

»Weil ich nichts getan habe, womit ich es verdient hätte, dass er mich so gern hat, wie es offenbar der Fall ist. Nein, nicht offenbar, ich weiß, dass es so ist.«

»Eve, bisher haben Sie Ihren Selbstwert ausschließlich an Ihrer Arbeit festgemacht. Jetzt werden Sie durch eine Beziehung gezwungen, sich auch als Frau zu beurteilen. Haben Sie Angst vor dem möglichen Ergebnis dieser Neubeurteilung?«

»Das kann ich noch nicht sagen. Bisher ging es mir immer und ausschließlich um meinen Job. Um die Höhen und Tiefen, die Hektik und die gelegentliche Langeweile, die damit verbunden sind. Meine Arbeit gab mir alles, was ich brauchte. Ich habe mir den Arsch aufgerissen, um Lieutenant zu werden, und ich denke, vielleicht bringe ich es, wenn ich weiterschwitze, noch bis zum Captain oder sogar weiter. Es war mir immer wichtig, die Beste zu sein, etwas zu bewirken, einen bleibenden Eindruck zu hinterlassen. Es ist mir immer noch wichtig, aber es ist nicht mehr das Einzige für mich.«

»Ich würde sagen, Eve, dass Sie dadurch zu einem noch besseren Cop und gleichzeitig zu einer noch besseren Frau werden. Wenn wir uns auf eine einzige Sache konzentrieren, engen wir uns selber dadurch ein und entwickeln häufig sogar eine Art Besessenheit. Für ein gesundes Leben braucht man mehr als nur ein Ziel, mehr als nur eine Leidenschaft.«

»Dann schätze ich, dass mein Leben gerade gesünder wird.«

Ihr klingelndes Handy erinnerte sie daran, dass sie im Dienst und somit augenblicklich vor allem Polizistin war. »Dallas.«

»Du solltest in Channel 75 reinschalten«, erklärte ihr Feeney. »Und dann solltst du zusehen, dass du so schnell wie möglich zurückkommst. Der neue Chief will uns nämlich gemeinsam den Arsch aufreißen.«

Eve beendete eilig das Gespräch und erblickte auf dem Bildschirm, den Mira bereits eingeschaltet hatte, das Frettchen, wie es die Mittagsnachrichten sprach.

»... fortgesetzte Probleme bei den Ermittlungen. Wie uns aus zuverlässiger Quelle bestätigt wurde, hat man David Angelini wegen Behinderung polizeilicher Ermittlungen gestern Morgen festgenommen. Er gilt als Hauptverdächtiger in den drei Mordfällen. Gleichzeitig jedoch hat Marco Angelini, der Vater des Beschuldigten, die Taten gestanden. Angelini senior, Präsident von Angelini Exports und Ex-Mann des ersten Opfers, Staatsanwältin Cicely Towers, stellte sich gestern Nachmittag der Polizei. Trotz seines Geständnisses wurde er bisher nicht unter Anklage gestellt, und die Polizei hält seinen Sohn David weiter als Verdächtigen fest.«

Morse machte eine Pause, wandte leicht den Kopf, und auf seinem hübschen, jungenhaften Gesicht spiegelte sich ein der Situation angemessener Ernst. »Einziger bisheriger Beweis gegen Angelini junior war ein Messer, das gestern bei einer Durchsuchung des Hauses der Familie sichergestellt wurde, bei dem es sich den Laboruntersuchungen zufolge jedoch unmöglich um die Tatwaffe handeln kann. Heute Morgen gab mir Ms. Mirina Angelini, Tochter der verstorbenen Cicely Towers, ein Exklusivinterview, in dem sie die Behörden sicher nicht zu Unrecht der Voreingenommenheit beschuldigt.«

Ein Film wurde eingeblendet, in dem man Mirinas hübsches, empörtes Gesicht in Großaufnahme sah. »Die Polizei verfolgt meine Familie. Ist es nicht genug, dass meine Mutter tot, dass sie auf offener Straße ermordet worden ist? Nein, in dem verzweifelten Versuch, das eigene Unvermögen zu kaschieren, hat die Polizei erst meinen Bruder und dann auch noch meinen Vater festgenommen, und es würde mich nicht besonders überraschen, wenn man auch mir in Kürze Handschellen anlegen würde.«

Eve knirschte mit den Zähnen, während Morse Mirina durch geschickte Fragen dazu brachte, wilde Anschuldigungen zu erheben und telegene Tränen in ihren Augen aufblitzen zu lassen. Als das Nachrichtenstudio wieder ins Bild kam, runzelte das Frettchen dort sorgenvoll die Stirn.

»Eine Familie unter Belagerung? Es gibt Gerüchte, dass gewisse Dinge vertuscht werden sollen. Ermittlungsleiterin Lieutenant Eve Dallas stand für ein Gespräch leider nicht zur Verfügung.«

»Dieser kleine Bastard. Dieser widerliche kleine Bastard«, murmelte Eve und wandte sich brüsk ab. »Er hat gar nicht versucht mit mir zu sprechen. Dabei hätte ich ihm bestimmt einiges zu sagen gehabt.« Wütend schnappte sie sich ihre Tasche und bedachte Mira mit einem letzten Blick. »Den sollten Sie mal genau analysieren«, erklärte sie und nickte mit dem Kopf in Richtung Bildschirm. »Dieses kleine Arschloch ist eindeutig größenwahnsinnig.«

17

Harrison Tibble hatte inzwischen fünfunddreißig Jahre bei der Truppe auf dem Buckel. Angefangen hatte er als kleiner Streifenpolizist in den Elendsvierteln in der West Side, als sowohl die Cops wie auch die schweren Jungs noch mit echten Schusswaffen herumgelaufen waren. Einmal hatte es ihn sogar erwischt: drei hässliche Kugeln in den Unterleib, die jeden Schwächeren umgebracht und ganz sicher die meisten normalen Polizisten dazu bewogen hätten, ihre Berufswahl noch einmal zu überdenken. Tibble jedoch hatte bereits sechs Wochen später wieder in den Straßen patrouilliert.

Er war ein hünenhafter Mann, einen Meter fündundneunzig groß und muskulöse hundertdreißig Kilo schwer, der seine Gegner nach dem Waffenverbot allein durch seine Masse und sein kaltes Grinsen in Angst und Schrecken versetzt hatte. Auch heute noch hatte er die Mentalität eines Streifenpolizisten, und seine Akte war so sauber, dass man problemlos hätte den Tee darauf servieren können.

Er hatte ein großes, kantiges Gesicht, Haut in der Farbe von poliertem Onyx, Hände in der Größe von Schaufelraddampfern und keinerlei Geduld oder Verständnis für dumme Faselei.

Eve fand ihn sympathisch, auch wenn sie insgeheim eine gewisse Furcht vor ihm empfand.

»In was für einen Scheiß haben wir uns da reingeritten, Lieutenant?«

»Sir.« Obgleich Feeney und Whitney sie flankierten, hatte Eve den Eindruck, dass sie im Augenblick völlig allein vor ihrem Vorgesetzten stand. »David Angelini war in der Nacht von Louise Kirskis Ermordung am Tatort. Als Beweis dafür gibt es eine Aufnahme der Sicherheitskamera des Senders. Er hat kein wasserdichtes Alibi für die beiden anderen Morde. Er hat einen Berg von Schulden bei ein paar wenig zimperlichen Typen, und durch den Tod seiner Mutter fällt ihm ein beträchtliches Erbe in den Schoß. Es wurde bestätigt, dass sie sich geweigert hätte, ihn bei seinen Gläubigern auszulösen.«

»Die Suche nach dem Geld ist eine bewährte und häufig erfolgreiche Ermittlungsmethode, Lieutenant. Aber wie steht es bei den beiden anderen Morden?«

Er weiß alles, dachte Eve und wäre um ein Haar vor Furcht zusammengezuckt. Er kannte jedes Wort in jedem der Berichte, die es zu den Fällen gab. »Er kannte Metcalf, war in ihrer Wohnung, stand mit ihr in Verhandlungen über ein gemeinsames Projekt. Er brauchte ihre verbindliche Zusage, aber sie hat sich geziert. Das dritte Opfer war ein Irrtum. Wir sind der festen Überzeugung, dass eigentlich Nadine Furst hätte ermordet werden sollen, die auf meinen Vorschlag hin und in enger Zusammenarbeit mit mir die Story absichtlich ganz groß herausgebracht hat. Außerdem kannte er sie persönlich.«

»Nicht schlecht.« Sein Stuhl quietschte unter seinem Gewicht, als er sich zurücklehnte. »Wirklich nicht schlecht. Sie haben den Beweis, dass er zur Tatzeit an einem der Tatorte war, haben in allen drei Fällen ein mögliches Motiv, haben die Verbindung zwischen ihm und allen drei Opfern hergestellt. Und jetzt wird es problematisch. Sie haben keine Waffe, Sie haben kein Blut, Sie haben nicht das geringste konkrete Beweismaterial.«

»Noch nicht.«

»Außerdem haben Sie ein Geständnis, nur dummerweise von einem anderen als unserem Verdächtigen.«

»Das Geständnis ist nichts weiter als ein Ablenkungsmanöver«, warf Whitney eilig ein. »Der Versuch eines Vaters, seinen Sohn zu schützen.«

»Das glauben Sie«, erwiderte Tibble milde. »Aber Tatsache ist, wir haben dieses Geständnis auf Band, und die Öffentlichkeit weiß darüber Bescheid. Das psychologische Gutachten passt nicht, die Waffe passt nicht, und meiner Meinung nach war die Staatsanwaltschaft mit der Ausstellung des Haftbefehls ein wenig voreilig. So etwas kann passieren, wenn das Opfer aus den eigenen Reihen kam.«

Bevor Eve etwas sagen konnte, hob er eine seiner Pranken. »Ich werde Ihnen sagen, was wir haben, und wie die Sache für all die braven Bürger, die zu Hause vor ihren Fernsehern sitzen, aussieht. Wir haben eine trauernde Familie, die von den Cops verfolgt wird, wir haben Indizienbeweise und drei Frauen mit aufgeschlitzter Kehle.«

»Seit David Angelini verhaftet wurde, wurde keiner Frau mehr die Kehle aufgeschlitzt. Und die Gründe seiner Festnahme waren vollkommen astrein.«

»Stimmt, aber sie werden ganz sicher nicht zu einer Verurteilung führen – nicht, wenn die Geschworenen Mitleid mit ihm haben und seine Anwälte dazu noch auf verminderte Schuldfähigkeit plädieren.«

Er wartete, sah in die Gesichter seiner Gegenüber und trommelte, als ihm niemand widersprach, mit den Fingern auf die Tischplatte. »Sie sind das Zahlengenie, Feeney, der Computerfreak. Wie stünden unsere Chancen, wenn wir den Jungen morgen wegen Behinderung polizeilicher Ermittlungen und versuchter Bestechung vor Gericht bringen würden?«

Feeney zuckte mit den Schultern. »Fifty-fifty«, erklärte er traurig. »Vor allem nach dem jüngsten Bericht dieses Idioten Morse.«

»Das genügt nicht. Lassen Sie ihn gehen.«

»Wir sollen ihn gehen lassen? Chief Tibble –«

»Alles, was wir erreichen werden, wenn wir ihn tatsächlich wegen dieser Dinge vor Gericht bringen, sind eine schlechte Presse und öffentliches Mitgefühl für den Sohn einer Märtyrerin des öffentlichen Rechts. Lassen Sie ihn laufen, Lieutenant, und graben Sie tiefer. Setzen Sie jemanden auf ihn an«, befahl er Whitney. »Und auch auf seinen Daddy. Ich will, dass die beiden noch nicht mal furzen, ohne dass wir etwas davon erfahren. Und finden Sie heraus, wo die undichte Stelle bei uns ist«, fügte er hinzu, und der Blick aus seinen Augen wurde kalt. »Ich will wissen, welches Arschloch diesem Idioten Morse die Informationen zugeschoben hat.« Plötzlich verzog er das Gesicht zu dem berühmt berüchtigten Grinsen, das einem das Blut in den Adern gefrieren ließ. »Und dann möchte ich persönlich ein Wörtchen mit ihm reden. Halten Sie Abstand zu den Angelinis, Jack. Dies ist nicht der rechte Zeitpunkt für die Pflege Ihrer Freundschaft.«

»Ich hatte gehofft, ich könnte mit Mirina sprechen. Vielleicht könnte ich sie dazu überreden, keine weiteren Interviews zu geben.«

»Für Schadensbegrenzung ist es wohl ein bisschen spät«, erklärte Tibble mit ruhiger Stimme. »Also, halten Sie sich auch ihr gegenüber bitte zurück. Ich habe hart dafür gearbeitet, den Gestank des Wortes *Vertuschung* aus diesem Büro zu vertreiben. Und ich will, dass er so schnell nicht wieder hier einzieht. Bringen Sie mir Blut. Und zwar, um Himmels willen, bevor noch jemandem die Kehle durchgeschnitten wird.«

Mit dröhnender Stimme gab er weitere Befehle aus: »Feeney, vollbringen Sie ein paar von Ihren Zaubertricks. Gehen Sie noch einmal die Namen in den Adressbüchern aller drei Opfer durch und vergleichen Sie sie mit den Namen der Bekannten von Furst. Finden Sie noch jemanden, der ein Interesse an allen drei Damen gehabt haben könnte. Das ist für heute alles. Meine Herren.« Er erhob sich von seinem Platz. »Lieutenant Dallas, bitte bleiben Sie noch ganz kurz hier.«

»Chief Tibble«, begann Whitney förmlich. »Als Lieutenant Dallas' Vorgesetzter bin ich der Überzeugung, dass die bisherigen Ermittlungen geradezu vorbildlich von ihr geleitet worden sind und dass sie trotz widriger beruflicher und teilweise von mir verschuldeter persönlicher Umstände hervorragende Arbeit geleistet hat.«

Tibble zog eine buschige Braue in die Höhe. »Lieutenant Dallas wird Ihre Beurteilung sicher zu schätzen wissen, Jack.« Mehr sagte er nicht, bis die beiden anderen Männer den Raum verlassen hatten.

»Jack und ich, wir kennen uns bereits seit einer halben Ewigkeit«, begann er dann im Plauderton. »Und jetzt denkt er, dass ich, weil ich auf dem Platz sitze, auf dem zuvor das korrupte Schweinsgesicht Simpson seinen Hintern breitgedrückt hat, Sie als Sündenbock benutzen werde, um Sie den Bluthunden von der Presse zum Fraß vorzuwerfen.« Er sah Eve in die Augen. »Nun, Dallas, denken Sie das auch?«

»Nein, Sir. Obwohl Sie das natürlich könnten.«

»Ja.« Er kratzte sich am Nacken. »Obwohl ich das natürlich könnte. Haben Sie die Ermittlungen versaut, Lieutenant?«

»Vielleicht.« Diese Frage war schwer zu verdauen. »Falls David Angelini unschuldig ist –«

»Über Schuld und Unschuld entscheiden die Gerichte«, fiel er ihr ins Wort. »Sie sammeln lediglich Beweise. Sie haben ein paar hübsche Beweise zusammengetragen, vor allem den, dass der Kerl am Tatort war, als Kirski umgebracht wurde. Wenn er sie nicht getötet hat, hat der Bastard einfach tatenlos mit angesehen, wie eine Frau abgeschlachtet wurde, und fuhr, ohne irgendetwas zu unternehmen, gelassen nach Hause. Mit diesem Verhalten kann er bei mir nichts erreichen.«

Tibble legte seine Finger gegeneinander und sah Eve ins Gesicht. »Wissen Sie, wann ich Sie von diesem Fall abziehen würde, Dallas? Wenn ich denken würde, dass die Sache Kirski Sie zu sehr belastet.« Sie öffnete den Mund, klappte ihn wieder zu, was er mit einem dünnen Lächeln quittierte.

»Ja, lassen Sie den Mund am besten zu. Sie haben einen Köder ausgelegt, sind ein persönliches Risiko eingegangen. Es bestand durchaus die Gefahr, dass er Sie ins Auge fassen würde. In meinen ruhmreicheren Tagen habe ich selbst ähnliche Dinge getan«, fügte er beinahe wehmütig hinzu. »Das Problem ist, er hat den Köder nicht geschluckt und stattdessen einer armen Frau, die ihrer Nikotinsucht wegen im falschen Moment durch die Tür kam, die Kehle aufgeschlitzt. Denken Sie, Sie wären dafür verantwortlich?«

Sie kämpfte mit der Lüge und gab schließlich der Wahrheit nach. »Ja.«

»Sie müssen darüber hinwegkommen«, wies er sie barsch zurecht. »Das Problem bei diesem Fall ist, dass zu viele Gefühle involviert sind. Jack kann seine Trauer nicht verwinden und Sie Ihre Schuldgefühle. Wodurch Sie beide praktisch nutzlos für uns werden. Wenn Sie sich in Schuldgefühlen aalen, wenn Sie sich in Frust ergehen wollen, dann warten Sie damit, bis Sie den Täter festgenagelt haben. Klar?«

»Zu Befehl, Sir.«

Zufrieden lehnte Tibble sich zurück. »Sobald Sie mein Büro verlassen, werden sich die Medientypen wie die Läuse an Ihr Fell hängen.«

»Mit denen werde ich schon fertig.«

»Da bin ich ganz sicher.« Er atmete zischend aus. »Ebenso wie ich, weshalb ich gleich eine verdammte Pressekonferenz abhalten werde, sodass Sie am besten gleich wieder verschwinden.«

Es gab nur einen Ort, an den sie gehen konnte, und der war dort, wo alles angefangen hatte. Eve stand vor dem Five Moons, starrte vor sich auf den Gehweg, ging den Weg des Opfers in Gedanken durch und schlenderte dann in Richtung des U-Bahn-Einganges.

Es hatte geregnet, erinnerte sie sich. *Ich an ihrer Stelle hätte also in einer Hand den Regenschirm gehalten und mit der anderen die Tasche, die über meiner Schulter hing. Schließlich befinde ich mich in einer ziemlich üblen Gegend. Ich gehe möglichst schnell und sehe mich gleichzeitig vorsichtig um, um zu sehen, ob jemand dasselbe Interesse an meiner Tasche haben könnte wie ich selbst.*

Sie betrat das Five Moons, ignorierte die Blicke der Gäste und das gleichgültige Gesicht des Droiden hinter der Theke, und versuchte, Cicely Towers Gedanken nachzuvollziehen.

Widerliche Spelunke. Schmutzig. Ich werde ganz sicher nichts trinken, am besten setze ich mich nicht mal irgendwo hin, sonst kommt sicher wer weiß was an mein teures Kostüm. Ich gucke auf die Uhr. Wo zum Teufel bleibt er? Am besten bringen wir die Sache so schnell wie möglich hinter uns. Warum in aller Welt habe ich mich überhaupt hier mit ihm verabredet? Dumm. Wirklich dumm. Ich hätte mein Büro nehmen sollen, dort wäre ich auf eigenem und somit sicherem Terrain.

Warum habe ich das nicht getan?

Weil es sich hier um eine Privatsache handelt, dachte Eve und schloss die Augen. *Um etwas Persönliches. Dort wären zu viele Menschen, die mir zu viele Fragen stellen könnten. Dies ist keine Sache für die Staatsanwältin. Dies ist eine Sache, die mich privat betrifft.*

Warum nicht in meiner Wohnung?

Weil ich ihn dort nicht haben wollte. Ich war einfach zu wütend – erregt – hektisch –, um etwas dagegen einzuwenden, als er den Ort und die Zeit nannte.

Nein, nur wütend und ungeduldig, beschloss Eve in Erinnerung an die Aussage des Droiden. *Cicely hatte immer wieder auf die Uhr gesehen, die Stirn gerunzelt, schließlich aufgegeben und das Lokal verlassen.*

Eve dachte an den Schirm und die Handtasche. *Schnelle Schritte mit klappernden Absätzen. Dort ist jemand. Sie bleibt stehen. Sieht sie ihn, erkennt sie ihn? Ganz sicher, denn schließlich stehen sie sich direkt gegenüber. Vielleicht sagt sie etwas zu ihm. »Sie kommen/du kommst ziemlich spät.«*

Er bringt die Sache schnell über die Bühne. Es ist eine üble Gegend. Nicht viel Verkehr, aber schließlich kann man nie wissen. Wie überall in der Umgebung ist das Licht der Lampen bestenfalls gedämpft. Aber niemand beschwert sich darüber, weil man bei den hier üblichen Geschäften im Dunkeln sicherer ist.

Aber vielleicht kommt jemand aus der Bar oder dem Club auf der anderen Straßenseite. Ein Schnitt, und sie liegt am Boden. Ihr Blut klebt an seinen Kleidern. Ihr verdammtes Blut klebt überall an seinen Kleidern.

Er nimmt ihren Schirm. Aus einem Impuls heraus oder zum Schutz. Geht mit schnellen Schritten weg. Nicht in Richtung U-Bahn. Schließlich ist er voller Blut. Selbst hier würde das den Menschen auffallen.

Eve klapperte zwei Blocks in jeder Richtung ab und befragte unterwegs jeden, den sie auf der Straße herumlungern sah. Die meisten antworteten mit gleichgültigem Schulterzucken oder feindseligen Blicken. Cops erfreuten sich im West End keiner allzu großen Popularität.

Stirnrunzelnd blickte sie einem Straßenhändler nach, der auf seinen Motorskates eilig um die Ecke bog und dessen Sortiment ganz sicher nicht nur aus billigen Plastikperlen und künstlichen Federn für das Haar bestand.

»Sie war'n schon mal hier in der Gegend.«

Eve drehe den Kopf. Die Frau, die sie angesprochen hatte, war so weiß, dass man beinahe durch sie hindurch zu blicken schien. Ihr Gesicht wirkte wie gebleichtes Wachs, ihre Haare waren so kurz geschnitten, dass darunter die kalkweiße Kopfhaut deutlich erkennbar war, und ihre Augen waren bis hin zu den stecknadelkopfkleinen Pupillen völlig farblos.

Der typische funky junkie, dachte Eve. Sicher warf das Mädchen regelmäßig die weißen Tabletten ein, die Pigmente bleichten und das Hirn vernebelten.

»Ja, ich war schon mal hier.«

»Cop.« Steifgliedrig wie ein lange nicht mehr gewarteter

Droide kam die Kleine auf sie zu. Ein Zeichen dafür, dass sie lange nichts mehr eingeworfen hatte. »Hab' gesehen, wie Sie vor 'ner Weile mit Crack geredet ham, 'n wirklich cooler Typ.«

»Ja, 'n wirklich cooler Typ. Warst du in der Nacht, als die Frau abgestochen wurde, auch hier auf der Straße?«

»Elegante Lady, 'ne reiche, elegante Lady. Hab's bei der Entgiftung im Fernsehen gesehn.«

Eve unterdrückte einen Fluch und stutzte. »Wenn du bei der Entgiftung warst, wie hast du mich dann mit Crack reden sehen können?«

»Ich ging erst an dem Tag rein. Oder vielleicht am nächsten. Zeit ist etwas Relatives, finden Sie nich' auch?«

»Vielleicht hast du ja dann auch die reiche, elegante Lady schon mal gesehen, bevor du sie auf dem Bildschirm entdeckt hast?«

»Nee.« Der Albino lutschte nachdenklich an seinem Finger. »Hab' ich ganz sicher nich'.«

Eve blickte auf das Gebäude hinter ihr und überlegte, was man von dort aus sah. »Lebst du hier in diesem Haus?«

»Aber sicher. Hab' in einer der oberen Etagen 'ne richtig hübsche Bude.«

»Warst du an dem Abend zu Hause, als die Lady abgestochen wurde?«

»Wahrscheinlich. Was soll man ohne Geld schon machen?« Sie lächelte, und ihrem mit winzigen, abgerundeten Zähnen bestückten Mund entströmte ein beißender Gestank. »Nich' viel los auf der Straße, wenn man keine Kohle hat.«

»Es hat geregnet«, erinnerte Eve sie.

»Oh ja. Ich mag es, wenn es regnet.« Ihre Muskeln zuckten noch immer, doch ihr Blick wurde verträumt. »Dann gucke ich immer aus dem Fenster.«

»Hast du dabei irgendjemanden auf der Straße gesehen?«

»Es kommen immer mal irgendwelche Leute vorbei«, erklärte sie mit leisem Singsang. »Manchmal kann man die Musik aus den Kneipen hören. Aber nicht an dem Abend. Der

Regen war zu laut. Die Leute sind gerannt, um möglichst schnell ins Trockene zu kommen. Als würden sie im Regen schmelzen oder so.«

»Du hast also jemanden durch den Regen laufen sehen.«

Die farblosen Augen wurden größer. »Vielleicht. Was wäre Ihnen meine Antwort denn so wert?«

Eve schob eine Hand in ihre Tasche. Sie hatte genügend kleine Kreditchips für einen schnellen, kleinen Schuss. Das Mädchen rollte mit den Augen und streckte gierig die Hand nach den Plastikmünzen aus.

»Was hast du gesehen?«, fragte Eve und hielt die Chips außer Reichweite.

»Ein Typ hat da drüben auf die Straße gepinkelt.« Sie zuckte mit den Schultern und starrte weiter auf Eves Hand. »Vielleicht hat er sich auch einen runtergeholt. Das konnte man nicht so genau erkennen.«

»Hatte er irgendwas dabei? Hatte er irgendetwas in der Hand?«

»Nur seinen Schwanz.« Vor lauter Lachen stiegen ihr Tränen in die Augen, und um ein Haar wäre sie vornüber gekippt. »Dann ging er weiter. In der Nacht war kaum jemand auf der Straße. Der Typ stieg in einen Wagen.«

»Derselbe wie der, der vorher gepinkelt hat?«

»Nee, ein anderer. Hatte den Wagen dort drüben stehen.« Sie winkte vage in eine Richtung. »Er war nicht aus der Gegend.«

»Warum nicht?«

»Der Wagen war frisch poliert. Hier in der Ecke sieht man sonst nie frisch polierte Autos. Wenn man überhaupt irgendwelche Autos sieht. Crack, der hat 'n Wagen und dieser kleine Pisser Reeve, der in derselben Etage wohnt wie ich. Aber die glänzen nich' so schön.«

»Erzähl mir von dem Typen, der in den Wagen eingestiegen ist.«

»Er stieg ein und fuhr weg.«

»Wann war das?«

»He, sehe ich vielleicht aus wie eine Uhr? Ticktack.« Wieder verfiel die Kleine in wieherndes Gelächter. »Es war dunkel. Im Dunkeln geht es mir am besten. Tagsüber tun mir die Augen immer weh«, erklärte sie mit jämmerlicher Stimme. »Hab' meine Sonnenbrille irgendwo verloren.«

Eve zog eine Sonnenbrille aus der Tasche. Da sie das verdammte Ding sowieso immer vergaß, drückte sie es dem Mädchen in die Hand, das es sofort aufsetzte.

»Billigding. Bullenzeug. Scheiße.«

»Was hatte er an? Der Typ, der in den Wagen stieg.«

»Verdammt, woher soll ich das wissen?« Sie spielte mit der Brille. Hinter den getönten Linsen brannten ihre Augen etwas weniger als sonst. »Vielleicht einen Mantel. Einen dunklen Mantel, der klatschte ihm immer um die Beine. Ja, er klatschte ihm um die Beine, als er den Regenschirm zugemacht hat.«

Eve hatte das Gefühl, als hätte ihr jemand in den Magen getreten. »Er hatte einen Schirm?«

»He, schließlich hat es geregnet. Manche Leute werden eben nicht so gerne nass. Hübsches Teil«, erklärte sie, und wieder bekam ihre Stimme einen träumerischen Klang. »Leuchtend.«

»Welche Farbe?«

»Leuchtend«, wiederholte der Albino. »Geben Sie mir jetzt endlich die Kreditchips?«

»Ja.« Doch statt der Bitte Folge zu leisten, nahm Eve sie zunächst wenig sanft am Arm, führte sie in Richtung der zerborstenen Eingangstreppe ihres Hauses und setzte sie auf eine Stufe. »Aber vorher reden wir beide noch ein bisschen.«

»Die Beamten haben sie bei der Befragung der Anwohner verpasst.« Eve stapfte durch ihr Büro, und Feeney machte es sich auf ihrem Schreibtischstuhl bequem. »Ich habe die Sache überprüft. Sie kam erst vor einer Woche wieder raus.«

»Ein drogensüchtiger Albino«, warf Feeney zweifelnd ein.

»Sie hat ihn gesehen, Feeney. Sie hat gesehen, wie er in einen

Wagen stieg, sie hat gesehen, dass er den Regenschirm dabei hatte.«

»Weißt du, wie gut ein *funkie junkie* sehen kann, Dallas? Im Dunkeln, bei Regen, über eine Entfernung von fast fünfzig Metern?«

»Sie hat von dem Regenschirm gesprochen. Verdammt, niemand wusste etwas von dem Schirm.«

»Und die Farbe war – ich zitiere – *leuchtend.*« Ehe Eve ihn anschnauzen konnte, hob er abwehrend die Hände. »Ich versuche lediglich, dir einen erneuten Reinfall zu ersparen. Wenn du wirklich eine Gegenüberstellung zwischen den Angelinis und so einem Geschöpf beantragst, werden dir ihre Anwälte gehörig auf die Finger klopfen, meine Kleine.«

Daran hatte sie ebenfalls bereits gedacht. Und genau deshalb hatte sie den Gedanken auch längst wieder verworfen. »Eine direkte Gegenüberstellung würde sie nicht überstehen. Das ist mir klar, schließlich bin ich nicht blöde. Aber es war ein Mann, dessen war sie sich vollkommen sicher. Er fuhr weg. Er hatte den Schirm. Er trug einen langen, dunklen Mantel.«

»Das hat David Angelini ebenfalls bereits gesagt.«

»Es war ein neuer Wagen. So viel habe ich aus ihr herausbekommen können. Ein auf Hochglanz polierter Wagen.«

»Das ist ebenso konkret wie ein leuchtender Schirm.«

»Also gut, sie hat eben keinen Blick für Farben«, knurrte Eve wütend. »Der Typ war allein, und es war ein kleiner Zweisitzer. Die Fahrerseite ging nicht seitwärts auf, sondern nach oben, und um überhaupt einsteigen zu können, musste er sich bücken.«

»Könnte ein Rocket gewesen sein, ein Midas, ein Spur oder eins der neueren Mitget-Modelle.«

»Sie sagte neu, und sie hat ein Faible für Autos. Sieht sie sich immer gerne an.«

»Also gut, ich werde der Sache nachgehen.« Er verzog den Mund zu einem säuerlichen Lächeln. »Hast du eine Vorstellung davon, wie viele dieser Modelle in den letzten beiden Jahren allein in unseren fünf Stadtbezirken verkauft wurden? Wenn sie wenigstens das Nummernschild oder auch nur einen Teil davon gesehen hätte –«

»Hör auf zu jammern. Ich war noch mal in der Wohnung von Metcalf. Allein in der Garage ihres Hauses stehen ungefähr ein Dutzend solcher Wagen.«

»Na, fantastisch.«

»Vielleicht ist der Täter ja ein Nachbar«, erklärte Eve mit einem Schulterzucken, stufte diese Möglichkeit jedoch als sehr gering ein. »Wo auch immer er lebt, er muss ein- und aussteigen können, ohne dass man ihn bemerkt. Vielleicht lässt er den Mantel ja im Wagen oder steckt ihn in eine Tüte, trägt ihn in seine Wohnung und macht ihn jedes Mal sauber. Auf alle Fälle wird in seinem Wagen und auch an dem Mantel Blut sein, Feeney, egal, wie sehr er schrubbt und sprüht. Und jetzt muss ich rüber zu Channel 75.«

»Bist du vollkommen wahnsinnig geworden?«

»Ich muss mit Nadine reden. Sie geht mir seit Tagen aus dem Weg.«

»Himmel, es zeugt entweder von Mut oder von Dummheit, dass du dich erneut allein in die Höhle des Löwen wagen willst.«

»Oh, keine Sorge.« Sie warf Feeney ein geradezu bösartiges Lächeln zu. »Ich gehe nicht allein. Ich nehme Roarke mit. Vor ihm haben sie jede Menge Respekt.«

»Wirklich nett, dass du mich darum gebeten hast, dich zu begleiten.« Roarke fuhr auf den Parkplatz des Senders und sah sie lächelnd an. »Ich bin regelrecht gerührt.«

»Also gut, ich bin dir etwas schuldig.« Der Mann ließ ihr einfach niemals etwas durchgehen, dachte Eve erbost, während sie aus dem Wagen stieg.

Er packte sie am Arm. »Am besten fängst du mit dem Begleichen deiner Schuld an, indem du mir sagst, weshalb du mich überhaupt mitgenommen hast.«

»Wie gesagt, wenn du mitkommst, sparen wir Zeit, die wir dringend brauchen, da du mich ja unbedingt mit in die Oper schleppen willst.«

Er musterte ihre staubbedeckte Hose und die abgetretenen Boots. »Meine liebe Eve, für mich siehst du natürlich immer gleichermaßen gut aus, aber in diesem Aufzug nehme ich dich ganz sicher nicht mit in die Oper. Wir müssen also sowieso noch zu Hause vorbei, damit du dich umziehen kannst.«

»Vielleicht will ich ja gar nicht in die Oper.«

»Das hast du bereits gesagt. Sogar mehrfach, glaube ich. Aber wir haben eine Abmachung.«

Sie senkte ihren Kopf und spielte mit einem der Knöpfe seines Hemdes. »Es ist doch nur Gesang.«

»Ich habe mich bereiterklärt, zwei Abende im Blue Squirrel zu ertragen, damit wir Mavis helfen können, endlich einen Vertrag bei einem der Studios zu bekommen. Und niemand – zumindest niemand, der nicht völlig taub ist – würde je auf den Gedanken kommen, das, was sie auf der Bühne von sich gibt, als Gesang zu bezeichnen.«

Sie atmete hörbar aus, aber eine Abmachung war nun mal eine Abmachung. »Okay, in Ordnung. Ich habe gesagt, ich komme mit.«

»Nachdem es dir so hervorragend gelungen ist, meiner ursprünglichen Frage auszuweichen, werde ich sie der Einfachheit halber am besten wiederholen. Weshalb bin ich hier?«

Sie hob den Kopf und sah ihm ins Gesicht. Wie immer verabscheute sie es, zugeben zu müssen, dass sie Hilfe brauchen konnte. »Feeney muss weiter seinen Computer bearbeiten. Er hat im Moment keine Zeit. Aber ich hätte gern ein zweites Paar Augen, ein zweites Paar Ohren, eine zweite Meinung.«

Er verzog den Mund zu einem Lächeln. »Dann bin ich also zweite Wahl.«

»Im Privatleben die erste. Du hast wirklich ein Talent, die Menschen zu durchschauen.«

»Das nehme ich als Kompliment. Außer, dass ich den Schoßhund spiele, könnte ich ja, wenn ich schon mal hier bin, Morse ein paar Knochen für dich brechen.«

Sie sah ihn grinsend an. »Ich mag dich, Roarke. Himmel, ich habe dich wirklich richtig gern.«

»Ich mag dich auch. Ist das ein Ja? Das würde mir wirklich Spaß machen.«

Sie lachte ironisch, doch idiotischerweise erwärmte sich ein Teil von ihr für den Gedanken, einen Rächer zu haben, der notfalls schützend für sie eintrat. »Ein schöner Gedanke, Roarke, aber das mache ich doch lieber selbst. Zur rechten Zeit am rechten Ort.«

»Darf ich dann wenigstens zusehen?«

»Sicher. Aber könntest du dich fürs Erste vielleicht darauf beschränken, der reiche, mächtige Roarke zu sein, meine persönliche Trophäe?«

»Ah, wie sexistisch. Die Vorstellung ist geradezu erregend.«

»Gut. Sieh zu, dass die Erregung anhält. Vielleicht können wir die Oper ja dann doch ausfallen lassen.«

Als sie gemeinsam durch den Haupteingang des Senders traten, hatte Roarke das Vergnügen zu erleben, wie sie urplötzlich wieder ganz zum Cop wurde. Sie zückte ihre Dienstmarke, erklärte dem Wachmann, dass er sich besser bedeckt hielte und marschierte entschlossen in Richtung des nach oben führenden Gleitbandes.

»Ich liebe es, dir bei der Arbeit zuzusehen«, murmelte er ihr ins Ohr. »Du bist so … kraftvoll«, entschied er, während er seine Hand über ihren Rücken in Richtung ihres Hinterns gleiten ließ.

»Vergiss es.«

»Siehst du? Genau das habe ich gemeint.« Er hielt sich den Bauch dort, wo er wenig sanft von ihrem Ellbogen getroffen worden war. »Schlag mich noch einmal, ich glaube, ich könnte mich daran gewöhnen.«

Nur mit Mühe schaffte sie es, ihr vergnügtes Lachen wie

ein verächtliches Schnauben klingen zu lassen. »Zivilisten«, war ihr einziger Kommentar.

Im Nachrichtenraum herrschten das gewohnte Treiben und der gewohnte Lärm. Mindestens die Hälfte der anwesenden Journalisten sprach in ihre Links, Headsets oder in ihre Computer. Auf den Monitoren blitzten die letzten Meldungen. Eine Reihe von Gesprächen wurde abrupt beendet, als Eve und Roarke durch die Tür kamen. Dann jedoch eilte ein Großteil der Anwesenden, ähnlich einer Meute Hunde, die alle dieselbe Witterung aufgenommen hatten, auf die beiden zu.

»Zurück«, befahl Eve derart energisch, dass ein besonders übereifriger Reporter rückwärts stolperte und einem seiner Kollegen schmerzhaft auf den Fuß trat. »Ich bin nicht gekommen, um irgendwelche Kommentare abzugeben. Keiner von Ihnen bekommt etwas zu hören, bis ich soweit bin.«

»Falls ich diesen Sender kaufe«, sagte Roarke gerade laut genug zu Eve, dass auch die anderen es hörten, »werde ich zwangsläufig ein paar Personaleinsparungen vornehmen.«

Diese Worte führten dazu, dass sofort ein Korridor gebildet wurde, durch den die beiden problemlos hindurchmarschieren konnten. Eve blickte in ein bekanntes Gesicht. »Rigley, wo ist Furst?«

»Hey, Lieutenant.« Ganz strahlend weiße Zähne, dichtes, blondes Haar und ungebrochener Ehrgeiz, winkte er in Richtung seiner Arbeitskonsole. »Kommen Sie doch in mein Büro.«

»Furst«, wiederholte sie mit einer Stimme, die klang wie ein Schuss. »Wo?«

»Ich habe sie den ganzen Tag noch nicht gesehen. Ich habe sogar ihren Vormittagsbericht übernehmen müssen.«

»Sie hat angerufen.« Strahlend kam Morse durch den Raum geschlendert. »Sie hat sich erst mal freigenommen«, erklärte er und wurde plötzlich ernst. »Die Sache mit Louise hat sie ganz schön mitgenommen. Uns andere natürlich auch.«

»Ist sie zu Hause?«

»Ich weiß nur, dass sie gesagt hat, sie bräuchte etwas Zeit für sich. Also hat sie Urlaub bekommen. Sie hatte noch ein paar Wochen gut. Ich übernehme so lange ihre Sachen.« Wieder blitzte sein breites Lächeln auf. »Wenn Sie sich also gerne öfter im Fernsehen sehen würden, Dallas, bin ich genau der richtige Mann.«

»Ihre Visage habe ich bereits viel zu häufig auf der Mattscheibe gesehen, Morse.«

»Tja, dann.« Mit einem noch strahlenderen Lächeln wandte er sich an Roarke. »Es ist mir ein Vergnügen, Sie endlich einmal persönlich kennen zu lernen. Es ist sehr schwer, Sie zu erreichen.«

Roarke übersah absichtlich seine ausgestreckte Hand. »Ich nehme mir nur Zeit für Menschen, die ich für interessant halte.«

Morse zog seine Hand zurück, behielt sein Lächeln jedoch bei. »Ich bin sicher, wenn Sie ein paar Minuten für mich erübrigen würden, fänden Sie schnell heraus, dass ich von einigem Interesse für Sie sein könnte.«

Roarkes bedachte ihn mit einem kalten Grinsen. »Sie sind wirklich ein Idiot.«

»Ruhig Blut, Junge«, murmelte Eve und tätschelte ihm begütigend den Arm. »Wer hat Sie mit vertraulichen Informationen aus dem Polizeipräsidium versorgt?«

Morse kämpfte offensichtlich noch mit Roarkes Angriff auf seine persönliche Würde, denn als er sie ansah, bemühte er sich krampfhaft um einen herablassenden Blick. »Also bitte, unsere Informanten sind geschützt. So steht es in unserer Verfassung.« In einer patriotischen Geste legte er die Hand aufs Herz. »Falls Sie jedoch einen Kommentar zu diesen Informationen abgeben, ihnen widersprechen oder neue Informationen hinzufügen möchten, stehe ich Ihnen gerne zur Verfügung.«

»Warum versuchen wir es nicht einfach anders?« Sie sah ihn

fragend an. »Sie haben Louise Kirskis Leiche gefunden – als sie noch nicht kalt war.«

»Das ist richtig.« Seine Lippen bildeten einen grimmigen, dünnen Strich. »In dieser Angelegenheit habe ich meine Aussage bereits gemacht.«

»Sie waren ganz schön fertig, stimmt's? Haben gezittert wie Espenlaub. Haben Ihr Abendessen auf die Straße gekotzt. Fühlen Sie sich inzwischen wieder besser?«

»Es ist etwas, was ich nie vergessen werde, aber, ja, ich fühle mich inzwischen wieder besser. Danke der Nachfrage.«

Sie trat einen Schritt vor und drückte ihn, ohne ihn zu berühren, mit dem Rücken an die Wand. »Immerhin haben Sie sich selbst an dem Abend bereits nach wenigen Minuten wieder so gut gefühlt, dass Sie dafür sorgen konnten, dass jemand mit einer Kamera rauslief, um Ihre tote Kollegin zu filmen.«

»Aktualität ist ein wichtiger Teil unseres Geschäfts. Ich habe getan, wofür ich ausgebildet bin. Das heißt nicht, dass ich dabei nichts empfunden hätte.«

In einem Anfall von Männlichkeit unterdrückte er das Zittern seiner Stimme. »Das heißt nicht, dass ich nicht jedes Mal, wenn ich abends versuche einzuschlafen, ihr Gesicht und ihre Augen vor mir sehe.«

»Haben Sie sich je gefragt, was passiert wäre, wenn Sie fünf Minuten früher da gewesen wären?«

Dies war ein Tiefschlag, und obgleich sie wusste, dass er böse und persönlich gemeint gewesen war, gestand sie sich ein, dass sie ihn durchaus genoss.

»Allerdings, das habe ich«, erklärte er in würdevollem Ton. »Vielleicht hätte ich den Täter gesehen oder sogar von der Tat abhalten können. Vielleicht wäre Louise noch am Leben, wenn ich nicht im Stau gestanden hätte. Aber diese Gedanken ändern nichts an den Tatsachen. Sie ist tot, und zwei andere Frauen auch. Und Sie haben bisher nichts Konkretes in der Hand.«

»Ist Ihnen noch nie der Gedanke gekommen, dass Sie ihm in die Hände spielen? Dass Sie ihm genau das geben, was er will?« Sie löste ihren Blick lange genug von Morse, um ihn durch den Raum mit all den gespannten Zuhörern ihres Gesprächs schweifen zu lassen. »Ganz sicher ist es ein Hochgenuss für ihn, all die Berichte zu sehen, in denen sämtliche Einzelheiten breitgetreten und die wildesten Spekulationen angestellt werden. Sie haben einen Star aus ihm gemacht.«

»Es ist unsere Pflicht zu berichten –«, setzte Morse zu seiner Verteidigungsrede an.

»Morse, Sie haben doch keinen blassen Schimmer, was Pflicht überhaupt ist. Alles, was Sie können, ist, die Minuten zu zählen, in denen Sie auf Sendung sind. Und je mehr Menschen sterben, umso höher sind die Einschaltquoten. Super. So, jetzt dürfen Sie mich gern zitieren.« Mit diesen Worten machte sie auf dem Absatz kehrt.

»Fühlst du dich jetzt besser?«, fragte Roarke, als sie wieder draußen waren.

»Nicht unbedingt. Und, welchen Eindruck hattest du?«

»Es herrscht das vollkommene Chaos. Zu viele Leute tun zu viele verschiedene Dinge. Sie sind alle nervös. Wie hieß noch mal der, den du nach Nadine gefragt hast?«

»Rigley. Ein kleiner Fisch. Ich glaube, sie haben ihn nur seiner Zähne wegen genommen.«

»Er hat an den Fingernägeln gekaut. Und einige andere wirkten bei deiner kleinen Rede recht beschämt. Sie haben sich abgewandt und getan, als wären sie beschäftigt, aber in Wirklichkeit haben sie überhaupt nichts getan. Ein paar andere wirkten durchaus nicht unzufrieden darüber, dass du Morse die Leviten gelesen hast. Ich glaube nicht, dass er allzu beliebt ist.«

»Was für eine Überraschung.«

»Aber er ist besser, als ich dachte.«

»Morse? Worin? Im Scheiße-Reden?«

»In seinem Auftreten«, verbesserte Roarke. »Was oft genug dasselbe ist. Er kann die gesamte Gefühlspalette nach Belieben abrufen. Auch wenn er nichts davon empfindet, drücken sein Gesicht und seine Stimme je nachdem, was ihm gerade passend erscheint, die verschiedensten Regungen aus. Er hat genau den richtigen Job und wird es sicher noch ziemlich weit bringen.«

»Gott steh uns bei.« Draußen angekommen, lehnte sie sich gegen den Wagen. »Glaubst du, dass er mehr weiß als er in seinen Sendungen preisgegeben hat?«

»Ich denke, das ist möglich oder sogar wahrscheinlich. Er genießt es, die Fäden in der Hand zu halten, vor allem nun, da er die Story endlich für sich hat. Und dich kann er nicht ausstehen.«

»Oh, das trifft mich aber tief.« Sie öffnete die Tür und drehte sich plötzlich noch mal zu Roake um. »Er kann mich nicht ausstehen?«

»Wenn er es könnte, würde er dich ruinieren. Sei also besser vor ihm auf der Hut.«

»Vielleicht kann er mich dastehen lassen wie eine kleine Närrin, aber mich zu ruinieren, das schafft er sicher nicht.« Sie schob sich auf ihren Sitz. »Wo zum Teufel steckt Nadine? Es sieht ihr gar nicht ähnlich, einfach freizumachen, Roarke. Ich kann verstehen, dass sie sich Vorwürfe macht wegen Louise, aber es passt ganz einfach nicht zu ihr, sich urplötzlich Urlaub zu nehmen, mir nichts davon zu sagen, und dann noch eine solche Riesenstory diesem Widerling zu überlassen.«

»Menschen reagieren nun einmal unterschiedlich auf Schock und Trauer.«

»Es ist dumm. Sie war das eigentliche Ziel des Täters. Vielleicht ist sie es immer noch. Wir müssen sie finden.«

»Ist das deine Art, die Oper zu umgehen?«

Eve streckte die Beine aus. »Nein, dass dadurch die Oper ausfällt, ist einfach eine angenehme Begleiterscheinung. Lass uns an ihrer Wohnung vorbeifahren, ja? Sie wohnt in den Achtzigsten zwischen der Zweiten und der Dritten.«

»Also gut. Aber der Cocktailparty morgen Abend entkommst du nicht.«

»Cocktailparty? Welcher Cocktailparty?«

»Der, zu der ich bereits vor einem vollen Monat eingeladen habe«, erinnerte er sie und schob sich neben ihr auf seinen Sitz. »Zur Eröffnung der Spendensammlung für das Kunstinstitut auf Raumstation Grimaldi. Der Cocktailparty, auf der du, wie du mir versprochen hast, als Hausherrin an meiner Seite Smalltalk halten wirst.«

Es fiel ihr wieder ein. Er hatte sogar bereits irgendein elegantes Kleid mitgebracht, das sie dort tragen sollte. »War ich nicht betrunken, als ich das versprochen habe? Das Wort einer Betrunkenen ist völlig wertlos.«

»Nein, du warst nicht betrunken.« Lächelnd lenkte er den Wagen vom Parkplatz auf die Straße. »Du warst nackt, hast vernehmlich gekeucht und standest, wie ich glaube, kurz davor, um Gnade zu winseln.«

»Schwein.« Sie kreuzte die Arme vor der Brust. Vielleicht stimmte es, was er sagte. Die Erinnerung an jenen Abend war einfach nicht ganz klar. »Okay, okay, ich werde dort sein, in einem Kleid herumstehen, für das du, gemessen an der Menge des verwendeten Materials, viel zu viel bezahlt hast, und möglichst dümmlich lächeln. Außer … es kommt etwas dazwischen.«

»Und was soll das bitte sein?«

Ihr entfuhr ein Seufzer. Er bat sie nur dann, an diesen dämlichen Empfängen teilzunehmen, wenn es ihm wirklich wichtig war. »Etwas, was mit dem Fall zu tun hat. Aber nur, wenn es wirklich wichtig ist. Andernfalls halte ich bis zum bitteren Ende durch.«

»Ich nehme nicht an, dass du versuchen könntest, ein wenig Spaß dabei zu haben?«

»Vielleicht.« Sie drehte ihren Kopf und hob eine Hand an seine Wange. »Ein ganz kleines bisschen.«

18

In Nadines Wohnung öffnete niemand, und als Eve bei ihr anrief, erklärte die Stimme des automatischen Anrufbeantworters mit freundlicher Stimme, dass sie, falls sie eine Nachricht hinterließe, schnellstmöglich zurückgerufen würde.

»Vielleicht sitzt sie da drin und grübelt«, überlegte Eve und wippte nachdenklich auf ihren Fersen auf und ab. »Oder sie ist in irgendeinem luxuriösen Hotel. Schließlich hat sie ihre Überwacher in den letzten paar Tagen öfter abgehängt. Unsere gute Nadine ist wirklich ziemlich gewitzt.«

»Aber dir ginge es wesentlich besser, wenn du wüsstest, wo sie ist.«

»Ja.« Mit gerunzelter Stirn erwog Eve, ob sie ihren offiziellen Notfallcode verwenden sollte, um die Sicherheitsschlösser an der Tür zu knacken. Doch dazu gab es keinen ausreichenden Grund. Sie ballte frustriert die Fäuste in den Taschen ihrer Jeans.

»Ethik«, meinte Roarke. »Es ist immer wieder lehrreich mit anzusehen, wie du mit deiner Ethik ringst. Lass mich dir helfen.« Er zog ein kleines Messer aus der Tasche und öffnete die kleine metallene Platte an der Wand.

»Himmel, Roarke, wenn du erwischt wirst, kriegst du dafür mindestens sechs Monate Hausarrest.«

»Um-hmm.« Gelassen studierte er die hinter der Platte verlaufenden Kabel. »Ich bin ein bisschen aus der Übung. Weißt du, dieses Modell wird in einer meiner Firmen hergestellt.«

»Setz das verdammte Ding wieder zusammen und wag es ja nicht –«

Doch er schloss die Kabel bereits kurz und zwar mit einem solchen Tempo und Geschick, dass sie beim bloßen Zusehen zusammenfuhr.

»Das nennst du außer Übung«, murmelte sie erschüttert, als das rote Licht erlosch und durch ein grünes ersetzt wurde.

»Ich hatte immer schon ein gewisses Talent für diese Dinge.« Die Tür glitt lautlos auf, und er zog sie über die Schwelle.

»Manipulation des Sicherheitscodes, Einbruch und unbefugtes Betreten einer privaten Wohnung. Oh, da kommt einiges zusammen.«

»Aber du wirst auf mich warten, oder etwa nicht?« Immer noch eine Hand auf ihrem Arm, betrachtete er das Wohnzimmer. Die Einrichtung war sauber, kühl und spärlich, zeugte jedoch von teurem, erlesenem Geschmack.

»Sie lebt nicht gerade schlecht«, stellte er beim Anblick des schimmernden Parketts und der wenigen, auf durchsichtigen Glaspodesten aufgebauten Kunstgegenstände fest. »Aber sie scheint nicht allzu oft zu Hause zu sein.«

Eve, die wusste, dass er ein gutes Auge hatte, nickte zustimmend. »Nein, sieht aus, als würde sie nicht wirklich hier wohnen, sondern höchstens ab und zu mal übernachten. Alles steht ordentlich an seinem Platz, und keins der Sofakissen weist auch nur die kleinste Delle auf.« Sie ging an ihm vorbei in die angrenzende Küche, trat vor den Autochef und klickte die Speisekarte an. »Sie hat auch nicht gerade viele Lebensmittel da. Fast nur Käse und Obst.«

Eve dachte an ihren leeren Magen, geriet kurzfristig in Versuchung, verwarf jedoch den Gedanken, sich einfach zu bedienen und ging stattdessen durch das große Wohnzimmer zurück in Richtung eines weiteren angrenzenden Raums. »Arbeitszimmer«, sagte sie und studierte den Computer, die Arbeitskonsole und den großen Monitor. »Anscheinend spielt sich doch ein Teil von ihrem Leben in dieser Wohnung ab. Unter der Konsole liegen Schuhe, neben dem Link ein einzelner Ohrring, und auf dem Tisch steht eine leere Tasse, aus der sie sicher Kaffee getrunken hat.«

Dann entdeckte Eve den Anzug, den Nadine in der Nacht von Louises Ermordung getragen hatte. Er lag achtlos unter einem Tisch, auf dem in einer Vase ein Strauß Tausendschönchen welkte.

Diese Zeichen des Schmerzes riefen mit einem Mal Mitleid in ihr wach. Trotzdem ging sie entschieden weiter bis zum Schrank und öffnete die Tür. »Himmel, woher soll ich wissen, ob sie etwas gepackt hat? Sie hat genug Klamotten für einen zehnköpfigen Model-Trupp.«

Dennoch ging sie die Kleider durch, während Roarke an das Link neben dem Bett trat und die Aufnahmediskette bis zum Anfang zurückspulte. Sie blickte über ihre Schulter, sah, was er tat und zuckte mit den Schultern.

»Wenn wir schon dabei sind, können wir ebenso gut auch den Rest ihrer Intimsphäre stören.«

Während Eve weiter nach irgendeinem Zeichen dafür suchte, dass Nadine auf Reisen war, lauschte sie mit halben Ohr auf die Anrufe und Nachrichten, die Roarke abhörte.

Einigermaßen amüsiert verfolgte sie das sinnliche Geplänkel zwischen Nadine und irgendeinem Typen namens Ralph. Nach zahllosen Anspielungen, direkten Avancen und fröhlichem Gelächter endete die Unterhaltung mit dem festen Versprechen sich zu treffen, wenn er in die Stadt kam.

Es waren auch andere Anrufe auf der Diskette: einige bezogen sich auf ihre Arbeit, in einem hatte Nadine offenbar bei einem nahe gelegenen Restaurant etwas zu Essen bestellt. Normale, alltägliche Gespräche.

Dann jedoch kam etwas Neues.

Am Tag nach dem letzten Mord hatte Nadine mit den Kirskis telefoniert. Sie alle hatten während der Unterhaltung geweint. Vielleicht hatte es sie getröstet, dachte Eve, als sie vor den Bildschirm trat. Vielleicht hatte es ihnen geholfen, die Tränen und den Schock teilen zu können.

Ich weiß nicht, ob es im Moment von Bedeutung für Sie ist, aber die Ermittlungsleiterin, Dallas – Lieutenant Dallas – sie wird nicht ruhen, bis sie herausgefunden hat, wer Louise das angetan hat. Sie wird nicht aufgeben.

»Oh, Mann.« Eve schloss ihre Augen, als das Gespräch vorbei war. Mehr kam nicht, der Rest der Diskette war leer, und sie öffnete ihre Augen wieder. »Wo ist der Anruf beim Sender?«, wollte sie wissen. »Wo ist der Anruf? Morse hat gesagt, sie hätte beim Sender angerufen und darum gebeten, dass man ihr ein paar Tage freigibt.«

»Vielleicht hat sie von ihrem Wagen oder von einem Handy aus telefoniert, oder vielleicht ist sie sogar persönlich bei ihren Vorgesetzten vorbeigegangen.«

»Das sollten wir sofort überprüfen.« Sie zerrte ihr Handy aus der Tasche. »Feeney. Ich brauche Marke, Modell und Nummernschild des Wagens von Nadine Furst.«

Es dauerte nicht lange, bis sie anhand der Informationen im Garagenplan nachgesehen und herausgefunden hatte, dass der Wagen am Vortag von seinem Stellplatz abgeholt und seither nicht wieder dorthin zurückgefahren worden war.

»Das gefällt mir nicht«, erklärte Eve mit sorgenvoller Stimme, als sie wieder neben Roarke in dessen Wagen saß. »Wenn sie in den Urlaub gefahren wäre, hätte sie mir eine Nachricht hinterlassen. Ich muss noch mal mit den Leuten beim Sender sprechen, um herauszufinden, mit wem sie dort gesprochen hat.« Sie wollte gerade Roarkes Auto-Link benutzen, als sie plötzlich innehielt. »Aber vorher muss ich noch ein anderes Gespräch führen.« Sie zog ihren Organizer aus der Tasche. »Kirski, Deborah und James, Portland, Maine.« Die Nummer blinkte auf, und sie gab sie weiter an das Link. Bereits nach zweimaligem Klingeln tauchte eine blonde Frau mit müden Augen auf dem Bildschirm auf.

»Mrs. Kirksi, hier ist Lieutenant Dallas von der New Yorker Polizei.«

»Ja, Lieutenant, ich erinnere mich an Sie. Gibt es etwas Neues?«

»Leider nichts, was ich Ihnen erzählen könnte. Tut mir Leid.« Verdammt, sie musste der Frau irgendetwas geben. »Aber wir gehen ein paar neuen Informationen nach, und wir haben durchaus die Hoffnung, dass sie uns etwas bringen werden, Mrs. Kirski.«

»Wir haben heute Abschied von Louise genommen.« Die Mutter des Opfers kämpfte um ein Lächeln. »Es war ein großer Trost zu sehen, wie vielen Menschen sie etwas bedeutet hat. Es waren viele Freunde und Freundinnen selbst aus der Schulzeit da, es gab jede Menge Blumen und zahllose Briefe von allen, mit denen sie in New York zusammengearbeitet hat.«

»Sie wird ganz sicher nicht vergessen werden, Mrs. Kirski. Könnten Sie mir vielleicht sagen, ob Nadine Furst den Gottesdienst besucht hat?«

»Wir hatten sie erwartet.« Der Blick aus den verquollenen Augen wirkte ein wenig verloren. »Erst vor ein paar Tagen hatte ich mit ihr telefoniert, um ihr zu sagen, wann genau die Beerdigung stattfindet. Sie sagte, sie würde kommen, aber dann scheint ihr doch etwas dazwischen gekommen zu sein.«

»Sie war also nicht da.« Eve fühlte, dass ihr schlecht wurde. »Und Sie haben nichts von ihr gehört?«

»Nein, schon seit ein paar Tagen nicht mehr. Wissen Sie, sie ist eine viel beschäftigte Frau. Natürlich muss sie mit ihrem Leben weitermachen. Was sollte sie schließlich sonst tun?«

Eve hätte sie nicht trösten können, ohne ihr dadurch eine neue Sorge aufzubürden, also sagte sie nur: »Es tut mir Leid, dass Sie Ihre Tochter verloren haben, Mrs. Kirski. Falls Sie irgendwelche Fragen oder einfach das Bedürfnis nach einem Gespräch mit mir haben, rufen Sie mich einfach an. Ich bin immer für Sie da.«

»Sie sind sehr freundlich. Nadine hat gesagt, Sie würden nicht eher ruhen, bis Sie den Kerl gefunden hätten, der meinem Mädchen das angetan hat. Sie werden ihn doch finden, nicht wahr, Lieutenant Dallas?«

»Ja, Ma'am, ich werde ihn finden.« Sie beendete die Unterhaltung, ließ den Kopf nach hinten sinken und schloss müde ihre Augen. »Ich bin nicht freundlich. Ich habe sie nicht angerufen, um ihr mein Beileid auszusprechen, sondern weil es hätte sein können, dass sie meine Frage nach dem Verbleib von Nadine beantworten kann.«

»Trotzdem hast du ehrliches Mitgefühl mit ihr.« Roarke ergriff zärtlich ihre Hand. »Und du warst sehr nett.«

»Die Menschen, die mir etwas bedeuten, kann ich ebenso wie die Menschen, denen ich etwas bedeute, problemlos an einer Hand abzählen. Wenn es der Bastard wie geplant auf mich abgesehen hätte, wäre ich mit ihm fertig geworden. Und falls nicht –«

»Halt den Mund.« Er drückte ihre Hand mit einer solchen Kraft, dass sie vor Schmerz zusammenzuckte, und warf ihr einen überraschend bösen Blick zu. »Halt einfach den Mund.«

Während er den Wagen zornig die Straße hinunterjagte, rieb sie sich geistesabwesend die Hand. »Du hast Recht, ich gehe die Sache völlig falsch an. Ich nehme sie persönlich, und das hilft niemandem weiter. In diesem Fall gibt es einfach zu viele Gefühle«, murmelte sie in Gedanken an die Warnung des Chiefs. »Ich habe den Tag damit angefangen, dass ich nüchtern nachgedacht habe, und so muss ich es weiter halten. Und jetzt müssen wir endlich Nadine finden.«

Sie rief in der Zentrale an und gab eine Beschreibung der Frau und ihres Fahrzeugs durch.

Auch Roarke begann sich zu beruhigen, verlangsamte das Tempo seines Wagens und sah sie von der Seite an. »Für wie viele Mordopfer bist du im Verlauf deiner illustren Karriere eingetreten, Lieutenant?«

»Eingetreten? Das ist eine seltsame Formulierung.« Sie zuckte mit den Schultern und beschwor vor ihrem Auge das Bild eines Mannes mit einem langen, dunklen Mantel und einem auf Hochglanz polierten, neuen Sportwagen herauf. »Keine Ahnung. Hunderte. Mord kommt anscheinend niemals aus der Mode.«

»Dann würde ich sagen, dass du sowohl die Zahl der Menschen, die dir etwas bedeuten, als auch die derer, denen du etwas bedeutest, ebenfalls in den Hunderten ansiedeln kannst. Du musst unbedingt was essen.«

Sie war zu hungrig, um zu widersprechen.

»Das Problem bei den Quervergleichen ist Metcalfs Tagebuch«, erklärte Feeney. »Es ist voller niedlicher kleiner Kürzel und Symbole. Und wir können kein Muster erarbeiten, weil sie sie außerdem ständig verändert hat. Wir haben Namen wie Süßer, Knackarsch oder blöder Arsch. Wir haben Initialen, Sternchen, Herzchen, kleine lächelnde oder grimmige Gesichter. Wir werden also jede Menge Zeit brauchen, um die Angaben mit denen in Nadines oder Cicelys Adressbuch zu vergleichen.«

»Das heißt also, dass ihr es nicht schafft.«

»Das habe ich nicht gesagt«, erklärte er beleidigt.

»Okay, tut mir Leid. Ich weiß, dass du dein Computerbudget dieser Sache wegen bereits überstrapazierst, aber ich weiß einfach nicht, wie viel Zeit uns bleibt. Ganz sicher ist bald die nächste an der Reihe. Und so lange wir Nadine nicht gefunden haben ...«

»Du denkst, er hätte sie sich geschnappt.« Feeney kratzte sich an der Nase und am Kinn und zog dann die Tüte mit gezuckerten Nüssen aus der Tasche. »Das hat er bisher noch nie gemacht. Und außerdem hat er bisher seine Opfer immer irgendwo liegen lassen, wo unweigerlich innerhalb kürzester Zeit jemand über sie gestolpert ist.«

»Dann hat er seine Vorgehensweise eben geändert.« Sie setzte sich auf die Kante ihres Schreibtischs, sprang jedoch sofort wieder auf, da sie zu nervös war, um stillzusitzen. »Hör zu, er ist sauer. Beim letzten Mal hat er sein Ziel verfehlt. Es verlief alles genau nach seinem Plan, aber dann hat er die Sache vermasselt, indem er die falsche Frau erwischte. Miras Meinung nach hat er jede Menge Aufmerksamkeit bekommen, ging es in zahllosen Fernseh- und Zeitungsberichten immer nur um ihn, und dann hat er versagt. Es ist eine Machtfrage.«

Sie wanderte in Richtung ihres kleinen Fensters und starrte auf einen Airbus, der in Augenhöhe wie ein linkischer, übergewichtiger Vogel an ihr vorbei rumpelte. Unter ihr eilten Menschen wie Ameisen über die Gehwege, die Rampen und die Gleitbänder dorthin, wo ihre Anwesenheit verlangt wurde.

So viele Menschen, dachte Eve. So viele potenzielle Opfer.

»Es ist eine reine Machtfrage«, wiederholte sie und blickte mit gerunzelter Stirn auf das Treiben der Fußgänger. »Diesen Frauen wurde jede Menge Aufmerksamkeit zuteil, sie waren berühmt. Diese Aufmerksamkeit, diesen Ruhm hat er ihnen missgönnt. Dadurch, dass er sie kalt gemacht hat, bekam plötzlich er die Publicity. Die Frauen sind weg, und das ist gut so. Sie haben versucht, alles nach ihren Vorstellungen zu lenken. Jetzt endlich konzentriert sich die Öffentlichkeit auf ihn. Alle Welt fragt sich, wer, was und wo er ist.«

»Du klingst genau wie Mira«, stellte Feeney fest. »Auch wenn du dich weniger geschwollen ausdrückst.«

»Vielleicht hat sie ihn tatsächlich ziemlich gut charakterisiert. Zumindest das was es ist. Sie denkt, dass der Täter männlich und ungebunden ist. Weil er mit Frauen ein Problem hat. Er kann einfach nicht zulassen, dass sie die Oberhand gewinnen, wie vielleicht seine Mutter oder eine andere wichtige weibliche Person in seinem Leben. Er ist recht erfolgreich, aber nicht erfolgreich genug. Er schafft es nicht bis ganz nach oben. Vielleicht, weil ihm eine Frau oder eine Reihe von Frauen im Weg steht.«

Sie kniff die Augen zusammen und schloss sie schließlich. »Frauen, die reden«, murmelte sie. »Frauen, die Worte benutzen, um Macht auszuüben.«

»Das ist ein neuer Aspekt.«

»Fiel mir einfach ein«, erklärte sie und wandte sich ihm wieder zu. »Er schneidet ihnen die Kehle durch. Er schlägt sie nicht zusammen, missbraucht sie nicht, verstümmelt sie nicht. Es geht nicht um sexuelle Macht, auch wenn es um Sex geht.

Sex insoweit, als dass das Geschlecht der Opfer eine Rolle spielt. Es gibt alle möglichen Arten zu töten, Feeney.«

»Wem sagst du das. Immer wieder erfindet irgendjemand irgendeine neue Art, um einen anderen kaltzumachen.«

»Er benutzt ein Messer, sozusagen als Verlängerung des Arms. Eine persönliche Waffe. Er könnte ihnen ins Herz stechen, ihnen die Eingeweide zerfetzen und herausziehen –«

»Okay. Okay.« Er bemühte sich, die Nuss zu schlucken, die er sich in den Mund geschoben hatte. »Genauer brauchte ich es nicht.«

»Towers hat sich vor Gericht in Szene gesetzt, wobei ihre Stimme ein mächtiges Werkzeug war. Metcalf sprach als Schauspielerin jede Menge Dialoge. Furst spricht zu den Zuschauern. Vielleicht ist das der Grund, weshalb er es nicht auf mich abgesehen hatte«, murmelte sie leise. »Meine Macht liegt nicht darin begründet, dass ich rede.«

»Tja, im Augenblick machst du aber als Rednerin deine Sache durchaus gut.«

»Egal«, sagte sie und schüttelte den Kopf. »Was wir haben, ist ein allein lebender Mann, der es auf der Karriereleiter nie bis ganz oben geschafft hat und der unter dem Einfluss einer starken, erfolgreichen Frau oder starker, erfolgreicher Frauen gestanden hat und vielleicht jetzt noch steht.«

»Passt durchaus auf David Angelini.«

»Ja, und auf seinen Vater, falls wir die Tatsache, dass seine Geschäfte gerade schlecht gehen, in unsere Überlegungen einbeziehen. Ebenso wie auf Slade. Mirina Angelini ist nicht das zarte Pflänzchen, für das ich sie ursprünglich hielt. Und dann ist da George Hammett. Er hat Towers geliebt, aber sie nahm ihn nicht ganz ernst. Was für ihn wie ein Tritt in die Eier gewesen sein könnte.«

Feeney rutschte auf seinem Stuhl herum und knurrte.

»Außerdem gibt es da draußen sicher noch ein paar Tausend frustrierte, wütende Männer mit einer Neigung zu Gewalt.« Eve atmete zischend aus. »Also, wo steckt Nadine?«

»Hör zu, bisher haben sie ihr Fahrzeug nicht gefunden. Aber so lange ist sie schließlich noch nicht weg.«

»Hat sie in den letzten vierundzwanzig Stunden irgendwo eine ihrer Kreditkarten benutzt?«

»Nein.« Feeney entfuhr ein Seufzer. »Aber falls sie beschlossen hat, den Planeten zu verlassen, dauert es ein bisschen länger, bis wir an die Daten herankommen.«

»Sie hat den Planeten nicht verlassen. Ganz sicher würde sie im Moment in der Nähe bleiben wollen. Verdammt, ich hätte wissen müssen, dass sie irgendeine Dummheit anstellt. Ich konnte sehen, wie fertig sie war. Ich konnte es in ihren Augen sehen.«

Frustriert fuhr sich Eve mit den Händen durch die Haare. Plötzlich erstarrte sie mitten in der Bewegung. »Ich konnte es in ihren Augen sehen«, wiederholte sie ganz langsam. »Oh, mein Gott. Die Augen.«

»Was? Was?«

»Die Augen. Er hat ihre Augen gesehen.« Sie sprang in Richtung ihres Links. »Geben Sie mir Peabody«, befahl sie. »Straßenpolizistin bei der – Scheiße, Scheiße, wo ist sie noch mal? Bei der vierhundertzweiten.«

»Was ist, Dallas?«

»Warten wir's ab.« Sie fuhr sich mit den Fingern über den Mund. »Warten wir es einfach ab.«

»Peabody.« Das genervte Gesicht der Polizistin erschien auf dem Bildschirm. Um sie herum herrschte ein Chaos aus Lärm, Stimmen und Musik.

»Himmel, Peabody, wo sind Sie?«

»Großveranstaltung.« Sie schnaubte verächtlich auf. »Parade in der Lexington. Irgendwas Irisches.«

»Gedenktag zur Freiheit der sechs Grafschaften«, erklärte Feeney mit einer Spur von Stolz. »Machen Sie sich nicht darüber lustig.«

»Können Sie irgendwohin, wo es etwas ruhiger ist?«, brüllte Eve über das Chaos hinweg.

»Sicher. Wenn ich meinen Posten verlasse und drei Blöcke weitergehe.« Dann entsann sie sich darauf, mit wem sie es zu tun hatte und fügte eilig ein höfliches »Ma'am« hinzu.

»Verdammt«, murmelte Eve und bat die Polizistin, tatsächlich drei Blöcke weiterzumarschieren. »Es geht um den Fall Kirski, Peabody. Ich werde Ihnen ein Foto der Leiche übermitteln. Sehen Sie es sich gut an.«

Eve rief die Akte auf, ging ein paar Seiten durch und übermittelte das Bild von Kirski, wie sie im Regen lag.

»Haben Sie sie so gefunden? Genau so?«

»Ja, Ma'am, ganz genau so.«

Eve holte das Bild zurück und verschob es in die linke untere Ecke ihres Bildschirms. »Mit der Kapuze über dem Gesicht? Oder hat irgendjemand sie ihr später über die Augen gezogen?«

»Nein, Ma'am. Wie ich bereits in meinem Bericht erklärt habe, machten, als ich ankam, ein paar Fernsehleute bereits Aufnahmen von ihr. Ich habe sie zurückgedrängt und die Tür versiegelt. Von ihrem Gesicht war nur der Mund zu sehen. Als ich am Tatort ankam, war sie noch nicht offiziell identifziert. Die Aussage des Zeugen, der die Leiche gefunden hatte, war ziemlich nutzlos. Er war vollkommen hysterisch. Sie haben die Aufnahme.«

»Ja, ich habe die Aufnahme. Danke, Peabody.«

»Tja«, meinte Feeney, nachdem Eve das Gespräch beendet hatte. »Und was sagt dir das jetzt?«

»Lass uns noch mal die Aufnahme von dem Gespräch mit Morse durchgehen. Von seiner allerersten Aussage.« Eve lehnte sich zurück, und Feeney klickte die Aufnahme des Frettchens an. Sein Gesicht war nass vom Regen, Schweiß und vielleicht Tränen. Er war kreidebleich, und seine Augen irrten unruhig hin und her.

»Der Kerl hatte eindeutig einen Schock«, bemerkte Feeney. »So geht es manchen Menschen, wenn sie über eine Leiche stolpern. Aber Peabody war wirklich gut«, fügte er, während er das Gespräch verfolgte, anerkennend hinzu. »Langsam und gründlich.«

»Ja, sie wird es sicher noch weit bringen«, antwortete Eve geistesabwesend, während sie bereits darauf lauschte, was Morse der Polizistin gegenüber gesagt hatte.

Dann sah ich, dass es ein Mensch war. Eine Leiche. Gott, all das Blut. Da war so viel Blut. Überall. Und ihre Kehle ... dann wurde mir schlecht. Man konnte es riechen – mir wurde einfach übel. Ich konnte nichts dagegen tun. Dann rannte ich ins Haus und rief um Hilfe.

»Das ist der Kern seiner Aussage.« Eve legte nachdenklich ihre Finger gegeneinander. »Okay, jetzt geh mal zu der Stelle, an der ich mit ihm gesprochen habe, nachdem die Mitternachtssendung abgebrochen wurde.«

Er war immer noch bleich, aber inzwischen hatte er wieder sein typisches herablassendes Lächeln auf den Lippen. Wie zuvor bereits Peabody hatte sie ihn aufgefordert, seine Erlebnisse genau zu schildern und beinahe identische Antworten bekommen. Mit ruhigerer Stimme, was – da eine gewisse Zeit vergangen war – nicht weiter überraschte.

Haben Sie die Leiche berührt?

Nein, ich – nein. Sie lag einfach dort, und in ihrer Kehle klaffte ein riesiges Loch. Ihre Augen. Nein, ich habe sie ganz sicher nicht berührt. Mir wurde schlecht. Das können Sie wahrscheinlich nicht verstehen, Dallas. Es war einfach eine normale menschliche Reaktion. All das Blut, ihre Augen. Gott.

»Beinahe dasselbe hat er gestern noch mal zu mir gesagt«, murmelte Eve. »Niemals würde er ihr Gesicht vergessen. Ihre Augen.«

»Tote Augen haben auch etwas Gespenstisches. Sie können einen verfolgen.«

»Ja, Louises verfolgen mich bis heute.« Eve sah Feeney ins Gesicht. »Aber in der Tatnacht hat niemand ihre Augen gesehen, bis ich bei ihr ankam, Feeney. Die Kapuze war ihr über das Gesicht geglitten. Niemand hat ihre Augen gesehen, bevor ich die Kapuze zurückgeschoben habe. Niemand außer dem Mörder.«

»Himmel, Dallas. Du glaubst doch wohl nicht ernsthaft, dass ein kleiner Fernsehtyp wie Morse in seiner Freizeit irgendwelchen Frauen die Kehle aufschlitzt. Wahrscheinlich hat er die Augen nur erwähnt, um mehr Eindruck zu schinden, um sich wichtig zu machen.«

Sie verzog den Mund zu einem Lächeln, das weniger amüsiert als vielmehr böse war. »Ja, er macht sich gerne wichtig, nicht wahr? Er steht gerne im Mittelpunkt. Was machst du als ehrgeiziger, skrupelloser, zweitrangiger Reporter, Feeney, wenn du keine gute Story hast?«

Er pfiff leise auf. »Du machst dir eine selber.«

»Lass ihn uns überprüfen. Lass uns nachsehen, wo der Knabe herkommt.«

Kurz darauf hatte Feeney den Lebenslauf des Frettchens zusammengestellt.

C. J. Morse war vor dreiunddreißig Jahren in Stamford, Connecticut, geboren. Das war die erste Überraschung. Eve hatte ihn deutlich jünger eingeschätzt. Seine verstorbene Mutter war Leiterin der Abteilung für Computerwissenschaften am Carnegie Melon gewesen, wo ihr Sohn auch mit einem Master sowohl in Journalistik wie auch in Computerwissenschaft graduiert hatte.

»Cleverer kleiner Scheißer«, bemerkte Feeney. »Zwanzigster in seiner Klasse.«

»Ich frage mich, ob das gut genug gewesen ist.«

Im Anschluss an das Studium hatte er die Sender gewechselt wie andere das Hemd. Ein Jahr in einer kleinen Klitsche in der Nähe von Stamford, dann sechs Monate bei einem Satellitensender in Pennsylvania, beinahe zwei Jahre bei einem angesehenen Kanal in New Los Angeles und schließlich ein kurzes Intermezzo bei einem halbgaren unabhängigen Sender in Arizona, ehe er in den Osten zurückgekehrt und dort nach einer kurzen Phase in Detroit nach New York gekommen war. Hier hatte er nach seinem Start bei All News 60 zu Channel 75 gewechselt und hatte dort den Aufstieg vom Klatschkolumnisten zu den Nachrichten geschafft.

»Der Gute hält es anscheinend nie lange irgendwo aus. Mit drei Jahren hält Channel 75 eindeutig den Rekord. Und nirgends in seinem Lebenslauf wird der Vater auch nur mit einem Wort erwähnt.«

»Nur die Mama«, meinte Feeney. »Eine erfolgreiche, angesehene Mama.«

Eine tote Mama, dachte Eve. Sie müssten sich die Zeit nehmen zu überprüfen, wie sie gestorben war.

»Wie sieht es mit seinem Strafregister aus?«

»Keins vorhanden«, erklärte Feeney und runzelte die Stirn. »Ein durch und durch sauberer Bursche.«

»Und wie steht's mit Jugendsünden? Aber hallo«, entfuhr es ihr, als sie die Daten las. »Die Akte ist versiegelt, Feeney. Was, meinst du, hat unser sauberer Bursche in seiner Jugend angestellt, dass sich jemand mit Einfluss dazu veranlasst gesehen haben könnte, die Akte versiegeln zu lassen?«

»Wird nicht lange dauern, das herauszufinden.« Es juckte ihm bereits in den Fingern, sie über das Keyboard fliegen zu lassen. »Allerdings bräuchte ich dazu mein eigenes Gerät und grünes Licht vom Commander.«

»Das kriegst du ganz sicher. Und sieh dir auch sämtliche Jobs noch mal genauer an, um herauszufinden, welche Probleme es dort unter Umständen gab. Ich glaube, ich selbst fahre noch mal beim Sender vorbei und bitte den Burschen noch mal um ein Gespräch.«

»Um ihn einzubuchten, werden wir mehr brauchen als die mögliche Übereinstimmung mit dem psychologischen Täterprofil.«

»Dann sehen wir doch einfach zu, dass wir mehr bekommen.« Sie legte ihr Schulterhalfter an. »Weißt du, wenn ich nicht derart persönlich im Clinch mit ihm gelegen hätte, hätte ich es vielleicht schon viel früher gesehen. Wer hat von den Morden profitiert? Die Medien.« Sie schob ihren Stunner in das Halfter. »Und der erste Mord geschah, als Nadine passenderweise wegen einer Reportage unterwegs war. Morse konnte die Sache also sofort übernehmen.«

»Und Metcalf?«

»Der Schweinehund war beinahe schneller als ich am Tatort. Das hat mich zwar genervt, aber es hat einfach nicht geklickt. Er war so verdammt cool. Und wer hat Kirskis Leiche gefunden? Wer war innerhalb von Minuten mit einem persönlichen Bericht auf Sendung?«

»Das macht ihn noch nicht zu einem Mörder. Zumindest ist es das, was die Staatsanwaltschaft dazu sagen wird.«

»Sie wollen eine Verbindung. Einschaltquoten«, erklärte sie im Gehen. »Die verdammte Verbindung zwischen den Mordfällen besteht ganz einfach aus den hohen Einschaltquoten, die er damit erzielt.«

19

Eve schlenderte lässig durch den Nachrichtenraum des Senders und blickte auf die Monitore. Morse war nirgendwo zu sehen, doch das beunruhigte sie nicht. Es war ein riesiges Gebäude. Er hatte keinen Grund sich zu verstecken, keinen Grund zur Sorge, und sie hatte nicht die Absicht, ihm einen zu geben.

Der Plan, den sie während der Fahrt entworfen hatte, war zwar nicht ganz so befriedigend wie der, ihn an seinem telegenen Schopf zu packen und hinter sich ins Kittchen zu zerren, dafür jedoch vollkommen simpel.

Sie würde ihn auf Nadine ansprechen und während der Unterhaltung durchblicken lassen, dass sie in Sorge um die Freundin war. Und dann würde sie die Sprache vollkommen natürlich auf Kirski bringen. Um einer guten Sache willen war sie durchaus bereit, in die Rolle des guten Bullen zu schlüpfen. Sie würde ihn bedauern wegen des erlittenen Traumas, würde eine Geschichte von ihrer eigenen ersten Begegnung mit einem Toten einflechten. Vielleicht würde sie ihn sogar darum bitten, Bilder von Nadine und ihrem Fahrzeug zu senden. Und sie würde sich bereit erklären, mit ihm zu kooperieren.

Natürlich nicht übertrieben freundlich, dachte sie. Sie müsste knurrig wirken, müsste deutlich machen, dass ihr die Sache, auch wenn sie ihr wichtig war, nicht unbedingt gefiel. Wenn sie ihn richtig einschätzte, würde es ihm ausgesprochen gut gefallen, dass sie ihn endlich brauchte, und dass er sie benutzen konnte, um noch mehr Sendezeit zu kriegen.

Andererseits war Nadine, wenn sie ihn ebenfalls richtig einschätzte, vielleicht schon lange tot.

Diesen Gedanken musste sie verdrängen. Sie könnte, was geschehen war, nicht ändern, und später wäre für Trauer und für Reue jede Menge Zeit.

»Suchen Sie etwas Bestimmtes?«

Eve wandte sich um. Die Frau war so perfekt, dass Eve um ein Haar nach ihrem Puls getastet hätte. Ihr Gesicht wirkte wie aus Alabaster, ihre Augen sahen aus, als wären sie aus flüssigem Smaragd, und ihre Lippen wirkten wie aus gemahlenem Rubin. Es war allgemein bekannt, dass Moderatoren und Moderatorinnen häufig ihre ersten drei Jahresgehälter für kosmetische Verschönerungen ausgaben.

Eve ging davon aus, dass ihr Gegenüber, wenn es nicht unter einem besonderen Glücksstern auf die Welt gekommen war, locker die Bezüge der ersten fünf Jahre in sein Aussehen investiert hatte. Die bronzefarbenen Haare mit den goldenen Spitzen waren elegant aus dem betörenden Gesicht gestrichen, und ihre Stimme war ein kehliges Schnurren, aus dem man bereits nach den ersten Worten auf besondere sexuelle Fähigkeiten schloss.

»Klatschspalte, nicht wahr?«

»Gesellschaftskolumne. Larinda Mars.« Sie bot Eve eine perfekte, langfingrige Hand mit spitz zulaufenden scharlachroten Nägeln. »Und Sie sind Lieutenant Dallas.«

»Mars. Kommt mir irgendwie bekannt vor.«

»Das sollte es auch.« Falls es Larinda störte, dass Eve sie nicht sofort erkannte, verbarg sie ihren Ärger geschickt hinter einem strahlenden, mehr als zahnpastawerbungstauglichen Lächeln und einem Akzent, der dezent nach britischer Oberklasse klang. »Ich versuche schon seit Wochen, Sie und Ihren faszinierenden Partner zu einem Interview zu bewegen. Allerdings haben Sie bisher keinen meiner Anrufe erwidert.«

»Es ist sicher einfach eine schlechte Angewohnheit von mir, aber ich vertrete nun einmal die Auffassung, dass mein Privatleben privat ist.«

»Wenn Sie eine Beziehung zu einem Mann wie Roarke haben, wird Ihr Privatleben automatisch zum Gegenstand öffentlichen Interesses.« Sie fixierte ihren Blick an einer Stelle direkt zwischen Eves Brüsten. »Aber hallo, das ist mal ein hübscher Klunker. Ein Geschenk von Roarke?«

Eve unterdrückte einen Fluch und schloss ihre Finger um den Diamanten. Sie hatte es sich angewöhnt, beim Nachdenken mit ihm zu spielen, und hatte ganz einfach vergessen, ihn wieder unter dem Hemd zu verstecken, ehe sie aus dem Wagen gestiegen war.

»Ich suche C. J. Morse.«

»Hmmm.« Larinda hatte bereits die Größe und den Wert des Edelsteins geschätzt. Gäbe sicher eine nette Randbemerkung in einem ihrer Beiträge. Kleiner Cop läuft mit teurem Schmuckstück von einem Milliardär um den Hals in der Gegend herum. »Vielleicht kann ich Ihnen weiterhelfen. Wenn Sie mir dafür im Gegenzug einen kleinen Gefallen erweisen. Heute Abend findet bei Roarke eine kleine Soiree statt.« Sie flatterte mit ihren unglaublichen, zweilagigen, zweifarbigen Wimpern. »Und irgendwie scheint meine Einladung unterwegs verloren gegangen zu sein.«

»Das ist Roarkes Sache. Also wenden Sie sich wohl besser an ihn.«

»Oh.« Larinda lehnte sich zurück. »Dann ist also er der Boss im Haus. Ich nehme an, wenn ein Mann es derart gewohnt ist, die Entscheidungen zu treffen, bespricht er sich vorher nicht erst mit seinem kleinen Frauchen.«

»Ich bin niemandes kleines Frauchen«, fauchte Eve, ehe sie sich zurückhalten konnte. Sie atmete tief ein und dachte, dass sie das überirdisch schöne Gesicht ihres Gegenübers eindeutig unterschätzt hatte. »Gut gezielt, Larinda.«

»Allerdings. Also, wie sieht es aus mit meiner Einladung? Ich kann Ihnen bei der Suche nach Morse eine Menge Zeit ersparen«, fügte sie hinzu, als sich Eve mit zusammengekniffenen Augen im Raum umblickte.

»Beweisen Sie es, und dann werden wir sehen.«

»Ein paar Minuten vor Ihrem Eintreffen ist er aus dem Haus gegangen.« Ohne auch nur auf ihr Link zu blicken, schickte Larinda den ankommenden Anruf per Knopfdruck in die Warteschleife. Wozu sie statt ihrer teuren Fingernägel praktischerweise einen schlanken Pointer nahm. »Und ich würde sagen, dass er es ziemlich eilig hatte, denn um ein Haar hätte er mich vom Gleitband geschubst. Sah richtig gehend krank aus. Armes Baby.«

Das Gift, das Larindas Stimme bei dieser Aussage versprühte, nahm Eve vollends für sie ein. »Sie scheinen ihn nicht sonderlich zu mögen.«

»Er ist ein hinterhältiger kleiner Wichser«, erklärte die Journalistin mit ihrer melodiösen Stimme. »In diesem Geschäft herrscht eine harte Konkurrenz, und ich habe nichts dagegen, ab und zu jemandem auf die Füße zu treten, um selbst voranzukommen. Aber Morse gehört zu der Art Leute, die dir auf die Füße treten, sich umdrehen und dir dann noch einen kräftigen Tritt zwischen die Beine verpassen, ohne auch nur mit der Wimper zu zucken. Er hat es auch bei mir versucht, als wir zusammen im Klatschressort waren.«

»Und wie sind Sie damit zurechtgekommen?«

Sie zuckte mit ihen wohlgeformten Schultern. »Meine Liebe, Zwerge wie ihn verspeise ich zum Frühstück. Aber er war nicht übel, ist ein fantastischer Researcher und ziemlich telegen. Nur, dass er sich einfach für zu männlich hielt, um längerfristig die Klatschtante zu spielen.«

»Den Gesellschaftsreporter«, verbesserte Eve mit einem schmalen Lächeln.

»Genau. Wie auch immer, ich habe es nicht unbedingt bedauert, als er zu den Nachrichten übergewechselt ist. Wenn Sie sich ein bisschen umhören, werden Sie dahinterkommen, dass er auch dort nicht gerade viele Freunde hat. Zum Beispiel versucht er ständig, Nadine aus dem Rennen zu werfen.«

»Was?« In Eves Kopf schrillten sämtliche Alarmglocken.

»Er will unbedingt Hauptmoderator werden. Jedes Mal, wenn er neben ihr die Nachrichtensendung moderiert, wirft er ihr irgendwelche Knüppel zwischen die Beine. Übernimmt einfach ein paar von ihren Sätzen, überzieht seine eigene Zeit um ein paar Sekunden, zerstört ihr Script, und ein-, zweimal ist sogar ihr TelePrompTer ausgefallen. Niemand konnte ihm etwas beweisen, aber es ist allgemein bekannt, dass er das Elektronikgenie unter uns ist.«

»Ach ja?«

»Keiner von uns kann den Kerl ausstehen«, erklärte Larinda mit gut gelaunter Stimme. »Außer den Typen in der Chefetage. Sie freuen sich über seinen Killerinstinkt und die daraus resultierenden hohen Einschaltquoten, die er ihnen immer wieder bringt.«

»Ich frage mich, ob sie sich am Ende wirklich noch darüber freuen werden«, murmelte Eve leise. »Wo wollte er denn eben hin?«

»Wir sind nicht extra stehen geblieben, um uns zu unterhalten, aber so wie er aussah, würde ich sagen, dass er nach Hause gefahren ist. Sah wirklich fertig aus.« Wieder zuckte sie mit ihren hübschen Schultern, und der Hauch eines klassischen Parfüms schwebte durch die Luft. »Vielleicht macht es ihn immer noch fertig, dass er über Louise gestolpert ist. Vielleicht sollte ich wirklich etwas mehr Mitleid mit ihm haben, aber bei einem Kerl wie Morse fällt mir das wirklich schwer. So, wie steht es jetzt mit meiner Einladung?«

»Wo ist sein Arbeitsplatz?«

Seufzend gab Larinda ihren wartenden Anrufer an den Automaten weiter und erhob sich von ihrem Platz. »Da drüben.« Sie schwebte durch den Gang und bewies, dass ihr Körper nicht minder beeindruckend war als ihr reizvolles Gesicht. »Wonach auch immer Sie suchen, Sie werden es nicht finden.« Sie blickte über ihre Schulter und verzog den Mund zu einem bösartigen Lächeln. »Hat er etwas angestellt? Haben sie endlich ein Gesetz erlassen, das es zu einem Verbrechen macht, ein Arschloch zu sein?«

»Ich muss mit ihm reden. Weshalb werde ich nichts finden?«

Neben einem Eckplatz, dessen Konsole so gedreht war, dass derjenige, der hinter ihr saß, den Rücken zur Wand und die Augen Richtung Zimmer hatte, blieb Larinda schließlich stehen. Die Anordnung des Arbeitsplatzes war ein Zeichen für eine leichte Paranoia.

»Er lässt nie etwas herumliegen, nicht den kleinsten Zettel, nicht die winzigste Notiz. Selbst wenn er nur aufsteht, um sich am Arsch zu kratzen, blockt er seinen Computer. Behauptet, jemand hätte ihm früher mal Hintergrundinformationen zu einem seiner Berichte geklaut. Er benutzt sogar einen Audioverstärker, damit er bei Gesprächen immer flüstern kann. Als würden wir alle pausenlos die Ohren spitzen, um ja auch noch das letzte der goldenen Worte zu vernehmen, die er seiner Kehle entströmen lässt.«

»Woher wissen Sie, dass er bei seinen Gesprächen einen Audioverstärker einsetzt?«

Larinda verzog den Mund zu einem Lächeln. »Gute Frage, Lieutenant. Auch seine Arbeitskonsole ist immer abgeschlossen«, fügte sie hinzu. »Und sämtliche Disketten sind sorgfältig gesichert.« Sie flatterte mit ihren an den Spitzen goldfarben gefärbten Wimpern. »Als Kriminalbeamtin können Sie sich sicher denken, woher ich diese Dinge weiß. Nun, wie sieht es mit meiner Einladung aus?«

In der Nische herrschte eine tadellose Ordnung, überlegte Eve. Eine erschreckende Ordnung, wenn man bedachte, dass eben noch jemand dort gearbeitet hatte, der urplötzlich mit grünem Gesicht aus dem Haus gelaufen war. »Hat er einen Informanten in der Polizeizentrale?«

»Wäre natürlich durchaus möglich, obgleich ich mir nicht vorstellen kann, dass irgendein menschliches Wesen gemeinsame Sache mit jemandem wie Morse macht.«

»Spricht er darüber, gibt er damit an?«

»He, wenn man dem Typen glaubt, dann hat er überall im Universum Informanten in den allerhöchsten Kreisen.« Ihr snobistischer britischer Akzent wurde durch die eindeutig weniger elegante Sprechweise der aus Queens stammenden New Yorkerin ersetzt. »Aber Nadine hat er niemals erreichen können. Das heißt, bis zu dem Mord an Towers, doch selbst da hat er sich ja nicht allzu lang gehalten.«

Eve nickte und machte mit wild pochendem Herzen auf dem Absatz kehrt.

»Hey«, rief ihr Larinda hinterher. »Wie steht's mit heute Abend? Eine Hand wäscht die andere, Dallas.«

»Keine Kameras, sonst sind Sie schneller wieder draußen als Sie hereingekommen sind«, warnte Eve und marschierte, ohne sich noch einmal umzudrehen, entschlossen aus dem Raum.

Da sie sich an ihre Tage in Uniform und an ihren Ehrgeiz damals noch allzu gut erinnern konnte, forderte Eve Peabody als Verstärkung an.

»Er wird sich an Ihr Gesicht erinnern.« Ungeduldig wartete Eve darauf, dass der Lift die dreiunddreißigste Etage des Gebäudes erklomm, in dem Morses Wohnung lag. »Er kann sich Gesichter sehr gut merken. Ich möchte, dass Sie erst etwas sagen, wenn ich Ihnen ein Zeichen gebe, und dass Sie dann in kurzen förmlichen Sätzen sprechen und ihn möglichst streng dabei ansehen.«

»Ich wurde mit einem strengen Gesichtsausdruck geboren.«

»Vielleicht könnten Sie hin und wieder mit Ihrem Stunner spielen. Sie könnten versuchen, ein wenig ... übereifrig auszusehen.«

Um Peabodys Mundwinkel begann es zu zucken. »Als würde ich das Ding gerne benutzen, müsste mich aber in Anwesenheit meiner Vorgesetzten leider zurückhalten.«

»Genau.« Eve trat aus dem Fahrstuhl und wandte sich nach links. »Feeney hat immer noch nicht alle Informationen zusammen, also habe ich nicht allzu viel, womit ich ihn unter Druck setzen kann. Tatsache ist, dass ich mit meinem Verdacht vollkommen falsch liegen kann.«

»Aber Sie denken nicht, dass Sie das tun.«

»Nein, ich denke nicht, dass ich das tue. Aber in Bezug auf David Angelini habe ich mich ebenfalls geirrt.«

»Sie hatten gute Indizienbeweise, und bei seinem Verhör wirkte er so schuldig wie der Teufel.« Peabody errötete, als sie Eves Seitenblick bemerkte. »Die Beamten, die mit einem Fall zu tun haben, sind befugt, sich sämtliche damit zusammenhängenden Informationen anzusehen.«

»Ich kenne die Vorschriften, Peabody.« In kühlem, förmlichem Ton meldete Eve sich und die Kollegin über die Gegensprechanlage an. »Hätten Sie Interesse daran, irgendwann mal zur Kripo zu wechseln, Officer?«

Peabody straffte ihre Schultern. »Ja, Ma'am.«

Eve nickte, meldete sich noch einmal und wartete. »Gehen Sie bitte den Korridor hinunter, Peabody, und prüfen Sie, ob der Notausgang gesichert ist.«

»Ma'am?«

»Gehen Sie den Korridor hinunter«, wiederholte Eve und blickte fest in Peabodys verwundertes Gesicht. »Das ist ein Befehl.«

»Sehr wohl, Ma'am.«

Sobald Peabody ihr den Rücken zuwandte, zog Eve ihren Mastercode hervor und öffnete das Schloss. Sie schob die Tür einen Spalt breit auf und steckte den Code zurück in ihre Tasche, noch bevor Peabody zurück war.

»Notausgang gesichert.«

»Gut. Sieht aus, als wäre niemand da, außer vielleicht ... oh, sehen Sie mal, Peabody, die Tür ist gar nicht richtig zu.«

Peabody blickte auf die Tür, dann zurück zu Eve und presste die Lippen aufeinander. »Höchst ungewöhnlich. Vielleicht haben wir es mit einem Einbruch zu tun, Lieutenant. Könnte durchaus sein, dass Mr. Morse in Schwierigkeiten steckt.«

»Da haben Sie natürlich Recht, Peabody. Machen Sie in Ihrem Bericht einen entsprechenden Vermerk.« Peabody zog ihren Recorder aus der Tasche, und Eve schob mit gezückter Waffe die Tür ein Stück weiter auf. »Morse? Hier ist Lieutenant Dallas von der New Yorker Polizei. Ihre Eingangstür stand auf. Wir vermuten einen Einbruch und kommen deshalb jetzt in Ihre Wohnung.« Sie trat ein und gab der Polizistin ein Zeichen, ihr Deckung zu geben.

Sie glitt ins Schlafzimmer, überprüfte die Schränke und warf einen Blick auf das Kommunikationszentrum, das mehr Platz in Anspruch nahm als das Bett.

»Kein Zeichen eines Einbruchs«, sagte sie zu Peabody und schlich sich in die Küche. »Ich frage mich, wohin unser kleiner Vogel wohl ausgeflogen ist?« Sie zog ihr Handy aus der Tasche und kontaktierte Feeney. »Gib mir alles, was du bisher über ihn hast. Ich bin in seiner Wohnung, er aber leider nicht.«

»Ich habe erst ungefähr die Hälfte, aber ich denke, dass dir das, was ich dir geben kann, durchaus gefallen wird. Erst die versiegelte Jugendstrafakte – darüber habe ich ganz schön geschwitzt. Der kleine C. J. hatte im Alter von zehn ein Problem mit seiner Sozialkundelehrerin. Sie gab ihm in einer Hausaufgabe keine eins.«

»Dieses Luder.«

»Das hat er anscheinend auch gedacht. Also ist er in ihr Haus eingebrochen, hat alles verwüstet und ihr Hündchen umgebracht.«

»Himmel, er hat ihren Hund getötet?«

»Hat ihm die Kehle durchgeschnitten. Von einem Schlappohr bis zum anderen. Dafür musste er zur Therapie und wurde anschließend auf Bewährung und gegen Ableistung gemeinnütziger Arbeit wieder nach Hause geschickt.«

»Das ist schon mal nicht schlecht.« Eve fiel auf, wie die Teile des Puzzles an ihre Plätze fielen. »Weiter.«

»Gerne. Stets zu Diensten. Außerdem fährt unser Freund einen brandneuen Rocket-Zweisitzer.«

»Gott segne dich, Feeney.«

»Das ist noch nicht alles.« Feeney sah sie strahlend an. »Seinen ersten Job hatte er bei einem kleinen Sender in seiner Heimatstadt. Dort hat er gekündigt, als jemand anders – eine Frau – mehr Sendezeit als er zugeteilt bekam.«

»Hör jetzt bloß nicht auf. Ich glaube, ich könnte mich tatsächlich noch in dich verlieben.«

»Damit wärst du nicht alleine. Das liegt an meinem hübschen Gesicht. Als Nächstes kam er bei einem Sender unter, bei dem er nur an den Wochenenden als Ersatzmann auftreten durfte. Woraufhin er ebenfalls wutschnaubend über die angebliche Diskriminierung – dieses Mal durch eine Chefredakteurin – das Handtuch warf.«

»Es wird immer besser.«

»Aber jetzt kommt der ganz große Hammer. Der Sender, für den er in Kalifornien tätig war. Dort brachte er es ziemlich weit, vom dritten Ersatzmann bis zum Nebensprecher einer regelmäßigen mittäglichen Nachrichtensendung.«

»Neben einer Frau?«

»Ja, aber darum geht es nicht, Dallas. Warte. Es gab bei diesem Sender ein hübsches kleines Mädchen, das den Wetterbericht sprach und die gesamte Fanpost einheimste. Die Typen in der Chefetage waren von ihr derart begeistert, dass sie ihr auch in der Mittagssendung ein paar kleine Sachen gaben. Sofort schnellten die Einschaltquoten in die Höhe, und in der Presse gab es sogar Berichte über sie. Morse kündigte mit der Behauptung, er arbeite nicht mit Laien. Das war kurz bevor das Mädchen seinen großen Durchbruch als Seriendarstellerin hatte. Willst du raten, wie die Kleine hieß?«

Eve schloss ihre Augen. »Yvonne Metcalf.«

»Man überreiche dem Lieutenant eine Zigarre. In Metcalfs Tagebuch findet sich ein Vermerk über ein Treffen mit dem blöden Arschloch aus den nur teilweise sonnigen alten Tagen. Ich würde sagen, dass das Frettchen sie hier in unserer hübschen Stadt wiedergetroffen hat. Seltsam, dass er in keinem seiner Berichte je auch nur mit einem Wort erwähnt hat, dass sie alte Freunde waren. Schließlich wäre dadurch etwas von ihrem Glanz auf ihn übergegangen.«

»Ich liebe dich. Wenn wir uns wiedersehen, kriegst du einen dicken Kuss mitten in dein hässliches Gesicht.«

»He, es ist nicht hässlich, sondern belebt. Zumindest sagt das meine Frau.«

»Ja, in Ordnung. Ich brauche einen Durchsuchungsbefehl, Feeney, und ich brauche dich hier in Morses Apartment, um seinen Computer zu knacken.«

»Den Durchsuchungsbefehl habe ich bereits beantragt. Ich werde ihn dir schicken, sobald ich ihn bekomme. Und dann mache ich mich sofort auf den Weg.«

Manchmal drehten sich die Mühlen der Bürokratie erstaunlich schnell. Innerhalb einer halben Stunde trafen sowohl der Durchsuchungsbefehl als auch Feeney in der Wohnung ein. Tatsächlich gab Eve ihm einen Kuss, und zwar derart enthusiastisch, dass er wie rote Bete zu leuchten begann.

»Sichern Sie die Tür, Peabody, und dann übernehmen Sie das Wohnzimmer. Geben Sie sich keine Mühe, ordentlich zu sein.«

Zwei Schritte vor dem Hände reibenden Feeney rauschte Eve ins Schlafzimmer zurück.

»Ein fantastisches System«, erklärte er begeistert. »Was auch immer für Fehler der Knabe haben mag, mit Computern kennt er sich eindeutig aus. Es wird mir ein Vergnügen sein, mit dem Ding ein bisschen zu spielen.« Er setzte sich an die Konsole, und Eve zerrte eilig die ersten Schubladen des Kleiderschrankes auf.

»Der Kerl ist geradezu besessen modebewusst«, erklärte sie nach einer Weile. »Nichts, was allzu abgetragen wäre, aber auch nichts unangemessen Teures.«

»Scheint, als steckte er all sein Geld in sein kleines Spielzeug.« Feeney runzelte die Stirn. »Der Typ respektiert seine Geräte und er ist extrem vorsichtig. Überall gibt es irgendwelche Codes. Himmel, er hat sogar ein fail-safe in die Kiste integriert.«

»Was?« Eve richtete sich auf. »In einem Heimcomputer?«

»Er hat eins.« Feeney lehnte sich zurück. »Wenn man den falschen Code eingibt, löschen sich sämtliche Daten automatisch. Außerdem würde ich wetten, dass es auch noch eine Stimmcodierung gibt. Wird nicht leicht werden, Dallas. Ich brauche ein paar von meinen eigenen Geräten, und selbst dann wird es noch ewig dauern.«

»Er ist auf der Flucht. Ich bin sicher, er ist auf der Flucht. Er wusste, dass wir ihm auf die Schliche kommen würden.«

Sie wippte auf ihren Fersen und dachte darüber nach, woher er es gewusst haben könnte: entweder durch eine undichte Stelle bei den Mitgliedern der Polizei oder aber ganz einfach aus dem Netz.

»Ruf deinen besten Mann zu Hilfe und übernimm du selbst den Computer, den er beim Sender hat. Dort war er schließlich zuletzt.«

»Wird eine lange Nacht werden.«

»Lieutenant.« Peabody kam an die Tür. Ihre Miene war vollkommen ausdruckslos, doch ihre Augen – ihre Augen sprühten Funken. »Ich denke, das hier sollten Sie sich besser einmal ansehen.«

Im Wohnzimmer wies Peabody auf das kantige Sofa. »Ich habe mir das Ding mal genauer angesehen. Wahrscheinlich wäre mir nichts weiter aufgefallen, aber mein Daddy baut zufällig gerne Möbel. Und immer baut er irgendwelche versteckten Schubladen oder Hohlräume in die Sachen ein. Früher haben wir immer Schatzsuche gespielt. Als ich den Knauf an der Seite dieses Sofas sah, wurde ich einfach neugierig. Sieht aus wie ein ganz normales Dekorationsstück, das den altmodischen Drehknaufen nachempfunden ist.« Sie trat neben das Sofa und zeigte auf den Knopf.

Eve begann vor Spannung regelrecht zu beben, und Peabodys Stimme stieg um mindestens eine Oktave an. »Hier haben wir den Schatz.«

Eves Herz schlug heftig. In der langen, breiten Schublade, die unter den Kissen hervorgeglitten kam, lagen ein purpurroter Schirm und ein rot-weiß gestreifter Schuh.

»Jetzt haben wir den Kerl.« Eve bedachte Peabody mit einem breiten Grinsen. »Officer, Sie haben soeben einen riesengroßen Schritt in Richtung Kriminaldienst unternommen.«

»Mein Mann sagt, er wird von dir belästigt.«

Eve blickte stirnrunzelnd auf Feeneys Gesicht, das auf dem Monitor erschienen war. »Ich frage lediglich in gewissen zeitlichen Abständen, ob es etwas Neues gibt.« Sie ließ die Typen von der Spurensuche allein im Wohnzimmer des Apartments zurück. Sämtliche Lichter in der Wohnung waren eingeschaltet, denn es wurde langsam Abend.

»Wodurch du ihn in seiner Arbeit unterbrichst. Dallas, ich habe dir gesagt, dass es langsam gehen würde. Morse ist ein Experte. Er kennt sämtliche Computertricks.«

»Er hat es sicher aufgeschrieben, Feeney. Wie irgendeinen verdammten Nachrichtenbericht. Und falls er Nadine hat, bin ich sicher, dass auch das auf irgendeiner dieser verfluchten Disketten steht.«

»Das denke ich ja auch, aber wir werden die Daten nicht schneller bekommen, wenn du meinem Mann derart im Nacken sitzt. Lass uns, um Himmels willen, etwas Raum zum Atmen. Hast du nicht heute Abend sowieso was vor?«

»Was?« Sie verzog das Gesicht. »Oh, Mist.«

»Also wirf dich in einen hübschen Fummel und lass uns einfach in Ruhe.«

»Ich werde mich ganz sicher nicht wie irgendeine hirnlose Idiotin auftakeln und an irgendwelchen blöden Häppchen knabbern, während der Kerl irgendwo da draußen rumläuft.«

»Auch wenn du dich nicht umziehst, läuft er da draußen rum. Hör zu, sämtliche Polizisten der Stadt halten nach ihm und seinem Wagen Ausschau. Seine Wohnung und der Sender werden pausenlos bewacht. Du kannst uns hier nicht helfen. Das hier ist mein Job.«

»Ich kann –«

»Du kannst den Prozess verlangsamen, indem du mich weiter zwingst, mich mit dir zu unterhalten«, schnauzte er sie an. »Hau ab, Dallas. Sobald ich etwas habe, gleich beim allerersten Byte, rufe ich dich an.«

»Wir haben ihn, Feeney. Wir haben das Wer und auch das Was.«

»Also lass mich auch das Wo finden. Falls Nadine Furst noch lebt, zählt jede einzelne Minute.«

Genau das machte ihr zu schaffen. Sie hätte gerne widersprochen, doch dazu fehlte ihr die Munition. »Okay, ich werde verschwinden, aber –«

»Ruf mich nicht noch einmal an«, unterbrach Feeney sie mitten im Satz. »Ich melde mich bei dir.« Und ehe sie über ihn fluchen konnte, beendete er einfach das Gespräch.

Eve versuchte verzweifelt, das Geheimnis von Beziehungen, die Bedeutung des Ausgleichs zwischen Privatleben und Pflicht, den Wert des Kompromisses zu verstehen. Ihr Verhältnis zu Roarke drückte sie wie ein neuer, etwas enger Schuh, der jedoch so hübsch war, dass man bereit war, ihn zu tragen, bis er sich weitete und hoffentlich irgendwann wie angegossen saß.

Also rannte sie ins Schlafzimmer, sah ihn in der Ankleideecke stehen und wählte Angriff als die beste Methode der Verteidigung.

»Mach mir jetzt bloß keine Vorhaltungen, weil ich zu spät gekommen bin. Das hat Summerset bereits erledigt.« Sie riss an ihrem Schulterhalfter und warf es auf einen Stuhl, während Roarke ruhig mit einem goldenen Manschettenknopf den Ärmel seines weißen Hemdes schloss.

»Du brauchst dich weder Summerset noch mir gegenüber zu rechtfertigen.« Während sie sich bereits das Hemd über den Kopf zog, warf er ihr einen kurzen, ruhigen Blick zu.

»Hör zu, ich hatte einfach noch zu tun.« Von der Hüfte aufwärts nackt, warf sie sich auf einen Stuhl und zerrte an ihren Boots. »Ich habe gesagt, ich würde hier sein, und hier bin ich. Ich weiß, dass in zehn Minuten die ersten Gäste kommen.« In Gedanken an Summersets Schelte schleuderte sie einen der Stiefel durch den Raum. »Aber bis dahin bin ich fertig. Ich brauche nicht stundenlang, um ein Kleid anzuziehen und mir ein bisschen Farbe ins Gesicht zu schmieren.«

Sie hob ihre Hüfte, zwängte sich aus der Jeans, und noch bevor die Hose den Boden berührt hatte, stürzte sie bereits in das angrenzende Bad.

Roarke folgte ihr lächelnd.

»Es besteht kein Grund zur Eile. Bei einer Cocktailparty gibt es keine Stechuhr, und man wird auch nicht verhaftet, falls man etwas spät kommt.«

»Ich habe gesagt, Punkt acht bin ich fertig.« Sie stand unter der Dusche, und der Schaum aus ihren Haaren rann in ihre Augen. »Und das werde ich auch sein.«

»Fein, trotzdem wird es niemanden stören, falls du erst in zwanzig oder dreißig Minuten unten bist. Denkst du, ich wäre böse, nur weil es neben mir noch andere Dinge in deinem Leben gibt?«

Sie rieb sich die brennenden Augen und versuchte ihn durch den Schaum und den Dampf hindurch anzusehen. »Vielleicht.«

»Dann muss ich dich leider enttäuschen. Falls du dich erinnerst, habe ich dich durch diese anderen Dinge erst kennen gelernt. Und auch ich habe eine Reihe von Verpflichtungen, die nichts mit dir zu tun haben.« Er beobachtete, wie sie sich das Shampoo aus den Haaren wusch. Es war ein hübscher Anblick, wie sie den Kopf zurückbog und das Wasser und die Seife an sich hinabrinnen ließ. »Ich versuche nicht, dich einzusperren. Ich versuche lediglich, mit dir zu leben.«

Sie blies sich die nassen Haare aus den Augen, ging in Richtung des Ganzkörpertrockners und überraschte ihn, indem sie plötzlich sein Gesicht mit beiden Händen packte und ihn enthusiastisch küsste.

»Es ist sicher nicht leicht.« Sie trat unter das Gebläse und räkelte sich behaglich im Strom der warmen, trockenen Luft. »Manchmal halte ich es selbst nur mit Mühe mit mir aus. Ich frage mich, warum du mir nicht einfach eine Ohrfeige verpasst, wenn ich anfange, dir das Leben schwer zu machen.«

»Der Gedanke ist mir ebenfalls bereits ab und zu gekommen, aber du bist so oft bewaffnet, dass ich es für klüger halte, nicht so weit zu gehen.«

Trocken und duftend von der parfürmierten Seife verließ sie den Platz unter dem Fön. »Jetzt bin ich unbewaffnet.«

Er umfasste ihre Hüfte und fuhr mit seinen Händen über ihren muskulösen, festen Po. »Wenn du nackt bist, kommen mir ganz andere Dinge in den Sinn.«

»Aha.« Sie schlang ihm ihre Arme um den Hals und stellte sich leicht auf die Zehenspitzen, um in Höhe seiner Augen und seines Mundes zu sein. »Wie zum Beispiel?«

Bedauernd schob er sie auf Armeslänge von sich. »Warum erzählst du mir nicht, weshalb du so aufgedreht bist?«

»Vielleicht liegt es an deinem eleganten Hemd.« Sie trat einen Schritt zurück und griff nach ihrem kurzen Morgenmantel, der an einem Haken hing. »Vielleicht finde ich es erregend, während der nächsten Stunden Schuhe anziehen zu dürfen, in denen meine Füße vor Schmerzen schreien.«

Sie blickte in den Spiegel und kam zu dem Ergebnis, dass es sicher angeraten wäre, etwas von der Farbe aufzutragen, die Mavis ihr ständig aufdrängte. Sie beugte sich ein wenig vor, klemmte den Wimperntöner und -verlängerer an ihren linken Lidrand und drückte ihn zusammen.

»Vielleicht«, noch immer sah sie in den Spiegel, »liegt es aber auch ganz einfach daran, dass Officer Peabody den verborgenen Schatz endlich gefunden hat.«

»Schön für Officer Peabody. Was für einen verborgenen Schatz?«

Eve traktierte die Wimpern ihres rechten Auges und blinzelte vorsichtig. »Einen Schirm und einen Schuh.«

»Dann habt ihr ihn also erwischt.« Er packte sie bei den Schultern und küsste sie zärtlich in den Nacken. »Gratuliere.«

»Wir haben ihn beinahe«, verbesserte sie, versuchte, sich an den nächsten Schritt beim Schminken zu erinnern und entschied sich für den Lippenstift. Mavis war eine Verfechterin des Lippenfärbens, doch Eve haderte mit der Vorstellung, drei Wochen lang mit einer Farbe herumlaufen zu müssen, die ihr am Ende vielleicht doch nicht gefiel. »Wir haben die Beweise. Die Spurensicherung hat uns bestätigt, dass seine Fingerabdrücke auf den Souvenirs sind. Auf dem Schirm sind nur die des Opfers und des Täters. Auf dem Schuh noch ein paar andere, aber wir denken, dass die von Verkäufern oder anderen Kunden des Schuhgeschäftes stammen. Ein brandneuer Schuh, kaum Kratzer an der Sohle, sie hatte kurz vor ihrem Tod noch mehrere Paare bei Saks gekauft.«

Sie kehrte ins Schlafzimmer zurück, erinnerte sich an die duftende Lotion, die Roarke ihr aus Paris mitgebracht hatte, schüttelte den Morgenmantel ab und cremte sich eilig ein.

»Das Problem ist, ihn selbst haben wir nicht. Irgendwie hat er Wind davon bekommen, dass wir ihm auf den Fersen sind, und hat sich verdünnisiert. Feeney bearbeitet gerade seinen Computer, um zu sehen, ob wir durch irgendwelche dort gespeicherten Daten eine Spur finden. Sämtliche Polizisten haben sein Bild von uns bekommen, aber vielleicht ist er gar nicht mehr in der Stadt. Wenn es nach mir gegangen wäre, wäre ich heute Abend gar nicht hier, aber Feeney hat mir in den Hintern getreten. Er meint, ich würde seinen Kollegen belästigen.«

Sie öffnete den Schrank, fand nach einigem Suchen das winzige, kupferbraune Kleid, zog es vom Bügel und hielt es sich vor den Bauch. Es hatte einen tiefen, runden Ausschnitt, lange, eng anliegende Ärmel und endete wenige Millimeter unterhalb der Grenze des Erlaubten.

»Soll ich noch irgendwas unter dem Ding anziehen?«

Er griff in die oberste Schublade und zog ein farblich passendes Minidreieck hervor, dass mit viel gutem Willen noch als Tanga hätte bezeichnet werden können. »Das sollte genügen.«

Sie riss ihm das Höschen aus der Hand und zwängte sich hinein. »Himmel«, erklärte sie nach einem kurzen Blick in den Spiegel. »Weshalb habe ich mir überhaupt die Mühe gemacht, da reinzukommen?« Da es jedoch zu spät für irgendwelche Diskussionen war, stieg sie in das Kleid und zog es vorsichtig nach oben.

»Es ist immer unterhaltsam, dir beim Anziehen zuzusehen, aber augenblicklich geht mir leider etwas anderes durch den Kopf.«

»Ich weiß, ich weiß. Geh einfach schon runter. Ich komme sofort nach.«

»Nein, Eve. Wer ist es?«

»Wer es ist?« Sie zupfte die Schultern zurecht. »Habe ich das nicht gesagt?«

»Nein«, erklärte Roarke in bewundernswert geduldigem Ton. »Das hast du nicht gesagt.«

»Morse.« Auf der Suche nach den Schuhen tauchte sie kurzfristig im Schrank ab.

»Du machst Witze.«

»C. J. Morse.« Sie hielt die Schuhe wie Waffen in der Hand und bedachte sie mit einem düsteren Blick. »Und wenn ich mit dem kleinen Hurensohn fertig bin, bekommt er mehr Sendezeit, als er sich je erträumt hat.«

Die Gegensprechanlage piepste, und Summersets missbilligendes Gesicht tauchte auf dem Bildschirm auf. »Sir, die ersten Gäste stehen bereits vor der Tür.«

»Fein. Morse?«, fragte er noch mal, erneut an Eve gewandt.

»Genau. Zwischen den Häppchen erzähle ich dir mehr.« Sie fuhr sich mit den Fingern durch die Haare. »Ich habe doch gesagt, dass ich es schaffen würde. Oh, Roarke?« Hand in Hand verließen sie den Raum. »Wir bekommen noch einen zusätzlichen Gast. Larinda Mars.«

20

Eve nahm an, dass es schlimmere Arten gab, die letzten Ermittlungsschritte abzuwarten. Die Atmosphäre war angenehmer als in ihrem engen Büro auf der Wache, und das Essen war eindeutig um einige Klassen besser als der Kantinenfraß.

Sie standen unter der gläsernen Kuppel des mit schimmerndem Parkett, versiegelten Wänden und funkelnden Lichtern ausgestatteten Empfangssaals, an dessen gerundeten Wänden auf langen, geschwungenen Tischen künstlerisch drapierte Berge exotischer Kanapees zum Schlemmen einluden.

Farbenfrohe häppchengroße Eier von den Zwergtauben aus

der Zucht auf dem Mond, delikate pinkfarbene Shrimps aus dem japanischen Meer, elegante Käsekringel, die auf der Zunge zergingen, vielförmige, mit diversen Cremes oder Patés gefüllte Blätterteigpasteten, schimmernder Kaviar auf einem Berg von geraspeltem Eis sowie zahllose frische und kandierte Früchte aus den verschiedensten Regionen der Welt.

Doch das war noch nicht alles. Aus den Schüsseln und Platten auf dem Tisch am anderen Ende des eleganten Saals stiegen verführerische Düfte. Hier fanden sich diverse Köstlichkeiten für die Vegetarier unter ihren Gästen, während in diskretem Abstand auf einem zweiten langen Tisch für die Fleischesser eine Vielfalt an Delikatessen angerichtet war.

Roarke hatte sich für Live-Musik entschieden, und so wurden die Gespräche von der Kapelle auf der angrenzenden Terrasse mit leisen, perlenden Melodien untermalt. Später würden, um die Menschen zum Tanzen zu verführen, flottere Stücke angestimmt.

Durch den Wirbel aus Farben, Düften, Glanz und Glimmer schoben sich eine Reihe schwarz gekleideter Kellner mit silbernen Tabletts und servierten den Gästen Kristallflöten mit prickelndem Champagner.

»Wirklich toll.« Mavis schob sich eins der Häppchen in den Mund. Sie hatte sich für ihre Begriffe extra konservativ gekleidet, was hieß, dass ausnahmsweise tatsächlich ein Großteil ihrer Haut bedeckt und ihre Frisur in einem zahmen Mittelrot gehalten war. Ebenso wie – typisch Mavis – ihre grell geschminkten Augen. »Ich kann einfach nicht glauben, dass Roarke mich tatsächlich eingeladen hat.«

»Du bist meine Freundin.«

»Stimmt. Hey, meinst du, dass ich später, wenn alle genug getrunken haben, fragen könnte, ob ich eine Nummer singen kann?«

Eve überflog die Schar der reichen, privilegierten, mit Gold und echten Steinen behangenen Gäste und sah die Freundin lächelnd an. »Das wäre sogar super.«

»Klasse.« Mavis drückte Eve die Hand. »Dann rede ich am besten sofort mit den Typen von der Band und schmeichle mich langsam und vorsichtig bei ihnen ein.«

»Lieutenant.«

Eve wandte den Kopf und sah ins Gesicht von Chief Tibble. »Sir.«

»Sie sehen heute Abend erstaunlich ... unprofessionell aus.« Als sie zusammenzuckte, lachte er unbekümmert auf. »Das war ein Kompliment. Roarke lässt sich nicht gerade lumpen.«

»Nein, Sir, ganz bestimmt nicht. Aber schließlich ist es auch für eine gute Sache.« Auch wenn sie sich nicht genau daran erinnern konnte, was es für eine Sache war.

»Da haben Sie natürlich Recht. Meine Frau ist ebenfalls sehr engagiert.« Er nahm einem der Kellner ein volles Glas ab und hob es an seinen Mund. »Das Einzige, was mich heute Abend stört, ist, dass ich gezwungen bin, einen dieser idiotischen Anzüge zu tragen, die offenbar nie aus der Mode kommen.« Mit seiner freien Hand zerrte er an seinem Kragen.

»Sie sollten mal versuchen, in diesen Schuhen rumzulaufen«, konterte sie lächelnd.

»Tja, Eleganz hat eben ihren Preis.«

»Ich wäre lieber weniger elegant und hätte es dafür bequem.« Trotzdem widerstand sie dem Bedürfnis, an ihrem Rock zu zupfen, der wie eine zweite Haut an ihrem Hintern lag.

»So.« Er nahm sie am Arm und zog sie mit sich hinter einen Baum. »Nun, da wir den obligatorischen Smalltalk hinter uns gebracht haben, würde ich Ihnen gerne sagen, dass Sie hervorragende Arbeit geleistet haben.«

»In Bezug auf Angelini war ich ja wohl völlig auf dem Holzweg.«

»Nein, Sie haben eine durchaus logische Spur verfolgt und haben, als Sie Zweifel bekamen, noch einmal von vorne angefangen und dadurch Puzzleteile gefunden, die von anderen übersehen worden waren.«

»Das mit dem Albino-Junkie war ganz einfach Glück.«

»Glück braucht man manchmal eben auch. Ebenso wie Ausdauer und einen Blick selbst für winzigste Details. Sie haben ihn in die Enge getrieben, Dallas.«

»Er ist immer noch flüchtig.«

»Er wird nicht weit kommen. Sein eigener Ehrgeiz wird uns dabei helfen, ihn zu finden. Sein Gesicht ist überall bekannt.«

Darauf zählte auch Eve. »Sir, Officer Peabody hat ihre Sache mehr als gut gemacht. Sie hat ein waches Auge und einen ausgeprägten Instinkt.«

»Das haben Sie bereits in Ihrem Bericht deutlich gemacht, und ich werde es sicher nicht vergessen.« Als er auf seine Uhr sah, wurde ihr bewusst, dass er ebenso nervös war wie sie selbst. »Ich habe Feeney eine Flasche irischen Whiskey versprochen, falls er die Dateien bis Mitternacht geknackt hat.«

»Wenn das nicht wirkt, wirkt nichts.« Sie zwang sich zu einem Lächeln. Sie brauchte den Chief nicht daran zu erinnern, dass die Mordwaffe noch fehlte.

Als sie sah, dass Marco Angelini durch die Tür kam, straffte sie die Schultern. »Bitte entschuldigen Sie mich. Es ist gerade jemand gekommen, mit dem ich kurz reden möchte.«

Er legte eine Hand auf ihren Arm. »Sie müssen das nicht tun.«

»Doch, ich muss.«

Sie wusste, dass er sie bemerkt hatte, denn urplötzlich reckte er das Kinn, verschränkte seine Hände hinter seinem Rücken und blieb abwartend stehen.

»Mr. Angelini.«

»Lieutenant Dallas.«

»Ich bedauere die Schwierigkeiten, die ich Ihnen und Ihrer Familie im Verlauf der Ermittlungen bereitet habe.«

»Ach ja?« Er sah sie ausdruckslos an. »Sie bedauern, dass Sie meinen Sohn des Mordes bezichtigt, ihn verängstigt, erniedrigt, hinter Gitter gesteckt und dadurch das ohnehin schon unerträgliche Leid unserer Familie noch vergrößert haben, obgleich sein einziges Verbrechen darin bestand, dass er Zeuge eines Verbrechens geworden war?«

Sie hätte sich rechtfertigen können. Sie hätte ihn daran erinnern können, dass sein Sohn nicht nur Zeuge eines Verbrechens gewesen war, sondern dass er sich einzig mit dem Gedanken an sein eigenes Wohlergehen tatenlos abgewandt und obendrein versucht hatte, durch Bestechung der ermittelnden Beamtin zu erreichen, dass seine Verwicklung in die Sache unter den Teppich gekehrt wurde.

»Es tut mir Leid, dass ich das emotionale Trauma Ihrer Familie noch vergrößert habe.«

»Ich bezweifle, dass Sie diesen Begriff überhaupt verstehen.« Er blickte an ihr hinab. »Und ich frage mich, ob Sie vielleicht den wahren Mörder eher gefunden hätten, wenn Sie weniger Zeit darauf verwendet hätten, die Vorteile, die die Position Ihres Bekannten Ihnen bietet, in vollen Zügen zu genießen. Es ist nicht schwer zu sehen, was Sie für ein Mensch sind. Sie sind eine Opportunistin, ein karrieregeiles Miststück, eine mediengeile Hure.«

»Marco«, sagte Roarke mit leiser Stimme und legte schützend eine Hand auf Eves Schulter.

»Nein.« Sie wurde starr. »Du brauchst mich nicht zu verteidigen. Lass ihn ruhig zu Ende sprechen.«

»Das kann ich nicht tun. Marco, ich bin durchaus bereit anzuerkennen, dass Ihre momentane Verfassung Sie dazu bringt, Eve in ihrem eigenen Heim so zu attackieren. Aber wenn Sie sich offenbar in unserer Gesellschaft unwohl fühlen«, erklärte er mit eisiger Stimme, die verriet, dass er nicht im Geringsten bereit war, irgendetwas anzuerkennen »dann begleite ich Sie gerne zur Tür.«

»Ich finde den Weg durchaus allein.« Marco bedachte Eve mit einem durchdringenden Blick. »Und auch unsere geschäftlichen Beziehungen werde ich umgehend beenden, Roarke. Auf Ihr Urteilsvermögen ist offensichtlich nicht länger Verlass.«

Als Marco sich zum Gehen wandte, ballte Eve die Fäuste und zitterte vor Zorn. »Warum hast du das getan? Ich wäre schon damit zurechtgekommen.«

»Natürlich wärst du das.« Roarke drehte sie zu sich herum. »Aber das war eine persönliche Angelegenheit. Niemand, einfach niemand, betritt jemals unser Haus und spricht in einem solchen Ton mit dir.«

Sie zuckte mit den Schultern. »Summerset schon.«

Lächelnd gab er ihr einen Kuss und strich mit seinem Daumen über ihre gerunzelte Stirn. »Aus Gründen, die zu kompliziert sind, um sie auf die Schnelle zu erklären, stellt er eine Ausnahme dar.«

»Okay. Ich schätze, dass ich auch in Zukunft von den Angelinis keine Weihnachtskarte kriege.«

»Wir werden lernen, ohne sie zu leben. Wie wäre es mit einem Glas Champagner?«

»Sofort. Ich mache mich nur erst etwas frisch.« Sie hob eine Hand an sein Gesicht. Es wurde immer leichter, ihn auch dann zärtlich zu berühren, wenn andere es sahen. »Ich schätze, ich sollte dir sagen, dass Miss Mars einen Recorder in der Tasche hat.«

Roarke legte einen Finger auf ihr kleines Grübchen. »Ich würde eher sagen, dass sie einen hatte. Als sie mich am Büffet angerempelt hat, scheint er versehentlich in meine Tasche gefallen zu sein.«

»Sehr geschickt. Bisher hast du mir nie erzählt, dass du auch als Taschendieb Talent hast.«

»Du hast mich nie danach gefragt.«

»Erinnere mich später daran, dir noch jede Menge Fragen zu stellen. Bis gleich.«

Es ging ihr nicht darum, sich frisch zu machen. Sie brauchte ein paar Minuten, um sich zu beruhigen und vielleicht auch Feeney anzurufen, obgleich sie sich durchaus vorstellen konnte, dass er ihr den Kopf abreißen würde, wenn sie seine Arbeit schon wieder unterbrach.

Er hatte noch eine ganze Stunde, um seine Flasche Whiskey

zu verdienen. Sicher könnte es nicht schaden, wenn sie ihm diese Frist in Erinnerung rief. Sie stand bereits an der Tür zur Bibliothek, als plötzlich Summerset aus dem Dunkel des Foyers neben ihr auftauchte.

»Lieutenant, Sie haben einen Anruf. Der Herr sagte, es wäre dringend und persönlich.«

»Feeney?«

»Er hat mir seinen Namen nicht genannt«, erklärte Summerset in würdevollem Ton.

»Ich nehme den Anruf hier entgegen.« Genüsslich warf sie die Tür direkt vor seiner Nase wieder zu. »Licht an«, befahl sie, und sofort wurde es hell.

Inzwischen hatte sie sich beinahe an die Wände voller Bücher mit ledernen Rücken und Seiten, die beim Blättern raschelten, gewöhnt, und so trat sie, ohne die Folianten auch nur eines Blickes zu würdigen, eilig an den Schreibtisch, beugte sich über das Link und gefror zu Eis.

»Überraschung«, trompetete Morse mit gut gelaunter Stimme. »Ich wette, dass Sie mit mir nicht gerechnet haben. Wie ich an Ihrer Kleidung sehe, feiern Sie gerade eine Party. Sie sehen richtig schick aus.«

»C. J., ich habe Sie schon überall gesucht.«

»Oh ja, ich weiß. Sie haben alles Mögliche gesucht. Ich weiß, dass unser Gespräch aufgezeichnet wird, aber das ist vollkommen egal. Hören Sie gut zu. Sie erzählen niemandem von meinem Anruf, sonst fange ich an, eine Freundin von Ihnen in hübsche kleine Stücke zu schneiden. Sag hallo zu Dallas, Nadine.«

Er streckte die Hand aus, und auf dem Bildschirm erschien tatsächlich Nadine Fursts Gesicht. Eve hatte die Todesangst von Opfern bereits so häufig erlebt, dass sie sie sofort erkannte, als sie in die Augen der Journalistin sah. »Hat er Ihnen wehgetan, Nadine?«

»Ich –« Sie wimmerte, als er ihren Kopf an den Haaren zurückriss und ihr eine lange, glatte Klinge an die Kehle hielt.

»Jetzt sag ihr, dass ich bisher wirklich nett zu dir gewesen bin. Sag es ihr.« Die flache Seite der Klinge glitt über ihren Hals. »Hexe.«

»Es geht mir gut. Ich bin okay.« Sie schloss die Augen, und eine Träne rollte über ihr Gesicht. »Es tut mir Leid.«

»Es tut ihr Leid«, wiederholte Morse zwischen gespitzten Lippen und drückte seine Wange an die von Nadine, sodass Eve beide Gesichter auf dem Bildschirm sah. »Es tut ihr Leid, dass sie aus lauter Karrieregeilheit ihren Bewacher abgeschüttelt hat und mir in die Arme gelaufen ist. Nicht wahr, Nadine?«

»Ja.«

»Und jetzt werde ich dich töten, aber nicht so schnell wie die anderen Weiber. Ich werde dich schön langsam umbringen, unter möglichst großen Schmerzen, wenn nicht deine Freundin, der Lieutenant, alles macht, was ich ihr sage. Stimmt's, Nadine? Sag es ihr, Nadine.«

»Er wird mich umbringen.« Sie presste die Lippen aufeinander, was jedoch ihr Zittern nicht aufhören ließ. »Er wird mich umbringen, Dallas.«

»Genau. Sie wollen doch nicht, dass sie stirbt, oder, Dallas? Es war Ihre Schuld, dass Louise starb, Nadines und Ihre Schuld. Sie hatte es nicht verdient. Sie wusste, wo ihr Platz war. Sie hat nie versucht, an die Spitze zu gelangen. Es ist Ihre Schuld, dass sie nicht mehr lebt. Und Sie wollen doch bestimmt nicht, dass so was ein zweites Mal passiert.«

Immer noch hielt er das Messer an den Hals der Journalistin, und Eve konnte sehen, dass seine Hände bebten. »Was wollen Sie, Morse?« In Gedanken an Doktor Miras Täterprofil drückte sie vorsichtig die richtigen Knöpfe. »Sie sind der Boss. Sie stellen die Regeln auf.«

»Genau.« Sein Lächeln wurde strahlend. »Genau. Ich bin sicher, dass Sie inzwischen auf dem Bildschirm sehen können, wo ich mich befinde. Wir sitzen hier an einer netten, ruhigen Stelle im Greenpeace Park, an der uns sicher niemand stört. Alle diese netten Grünliebhaber haben all diese hübschen

Bäume hier gepflanzt. Ein wundervolles Fleckchen. Natürlich kommt nach Einbruch der Dunkelheit niemand mehr hierher. Außer er ist clever genug, um den elektronischen Schutzschild außer Kraft zu setzen, der Krawallbrüder und Junkies von hier fern halten soll. Sie haben genau sechs Minuten, um hierher zu kommen und mit mir zu verhandeln.«

»Sechs Minuten. Das schaffe ich nie im Leben. Falls ich irgendwo aufgehalten werde –«

»Dann sehen Sie eben zu, dass das nicht passiert«, schnauzte er sie an. »Sechs Minuten nach dem Ende des Gesprächs, Dallas. Zehn Sekunden später, zehn Sekunden, die Sie nutzen könnten, um jemanden zu Hilfe zu rufen, jemanden zu kontaktieren oder um Verstärkung anzupiepsen, und ich fange an, die liebe Nadine hier aufzuschlitzen. Kommen Sie allein. Wenn ich auch nur einen anderen Bullen rieche, fange ich sofort mit ihr an. Du willst doch, dass sie allein kommt, oder nicht, Nadine?« Er drehte die Spitze seines Messers und ritzte die Haut an der Seite ihres Halses etwas ein.

»Bitte.« Sie versuchte, sich ihm zu entwinden, als ein dünner Blutfaden an ihrem Hals entlangrann. »Bitte.«

»Schneiden Sie sie noch mal, und ich komme nicht.«

»Und ob Sie kommen werden«, erwiderte Morse. »Sechs Minuten. Von jetzt an.«

Der Bildschirm wurde schwarz. Eves Finger hingen kurz über den Tasten. Sie erwog einen Anruf in ihrer Zentrale, dachte an die Dutzende von Leuten, die in wenigen Minuten den Park erreichen könnten. Dachte an undichte Stellen, elektronische Lecks.

Dachte an das Blut, das über Nadines Hals geflossen war.

Stürzte aus dem Zimmer und drückte im Laufen auf den Knopf des Fahrstuhls. Denn ohne ihre Waffe hätte sie nicht den Hauch von einer Chance.

Nie zuvor in seinem Leben hatte C. J. Morse sich derart amüsiert. Durch die schnellen Morde hatte er sich unter Wert verkauft. Es war viel erquicklicher, sich an der Angst der Frau zu weiden, sie langsam zu verstärken, zu verfolgen, wie sie immer größer wurde und schließlich irrer Panik wich.

Nadines Augen verrieten genau diese Panik. Sie waren glasig, die Pupillen unnatürlich groß, sodass von der Farbe ihrer Iris kaum noch etwas zu sehen war. Er erkannte voll Freude, dass sie vor lauter Panik sicher bald ihr Leben ganz von alleine aushauchen würde.

Er hatte sie nicht noch mal geschnitten. Oh, er hätte es sehr gern getan und zeigte ihr das Messer oft genug, damit sie nie die Angst davor verlor, dass er es irgendwann auch tat. Doch ein Teil von ihm sorgte sich um das blöde Bullen-Weib.

Nicht, dass er nicht mit ihr zurechtkäme, sagte sich Morse. Er käme auf die einzige Art mit ihr zurecht, die Frauen überhaupt verstanden. Indem er sie am Ende um die Ecke bringen würde. Doch im Gegensatz zu seinen bisherigen Opfern ginge er langsam und sorgfältig zu Werke. Sie hatte versucht, ihn hinters Licht zu führen, und das war eine Kränkung, die er nicht ertrug.

Frauen versuchten ständig, im Mittelpunkt zu stehen, standen einem stets im Weg, wenn man im Begriff war, es endlich selbst nach ganz oben zu schaffen. Diese Erfahrung hatte er in seinem Leben schon sehr oft gemacht. Angefangen mit seiner Mutter, dieser ehrgeizigen Schlampe.

»Du hast nicht dein Bestes gegeben, C. J. Um Himmels willen, benutz endlich mal dein Hirn. Allein mit gutem Aussehen oder Charme wirst du nie durchs Leben kommen. Vor allem, da du keine dieser beiden Eigenschaften überhaupt besitzt. Ich hätte mehr von dir erwartet. Wenn du nicht der Beste bist, dann bist du ein Nichts.«

Er hatte es ertragen, oder etwa nicht? Lächelnd strich er der erschaudernden Nadine über das in Strähnen herabhängende Haar. Er hatte es jahrelang ertragen, hatte den braven, folgsamen Sohn gespielt und nachts davon geträumt, wie er sie am besten umbringen könnte. Wunderbare Träume, schweißtreibend und süß, in denen endlich ihre krächzende, fordernde Stimme für alle Zeit verstummt war.

»Und am Ende habe ich's getan«, erklärte er im Plauderton und legte die Spitze seines Messers an die Stelle, an der Nadines Pulsschlag deutlich zu sehen war. »Es war vollkommen einfach. Sie saß ganz allein in diesem großen, bedeutsamen Haus über ihrer großen bedeutsamen Arbeit. Und ich ging einfach rein. ›C. J.‹, hat sie gesagt. ›Was machst du denn hier? Erzähl mir bloß nicht, dass du schon wieder einen Job verloren hast. Du wirst es im Leben nie zu etwas bringen, wenn du dich nicht endlich hundertprozentig auf etwas konzentrierst.‹ Und ich habe bloß gelächelt und gesagt ›Halt die Klappe, Mutter, halt endlich deine gottverdammte Klappe.‹ Und dann habe ich ihr die Kehle durchgeschnitten.«

Zur Demonstration ließ er die Klinge seines Messers so leicht über den Hals der Journalistin gleiten, dass sie nur eine leichte Kratzspur hinterließ. »Das Blut spritzte nur so aus ihr heraus, sie rang ein letztes Mal nach Luft, und dann war sie endlich still. Aber weißt du was, Nadine, eins hatte ich tatsächlich von der alten Schlampe gelernt. Es war allerhöchste Zeit, dass ich mich auf etwas konzentrierte. Ich brauchte ein Ziel. Und ich kam zu dem Schluss, dass mein Ziel wäre, die Welt von großmäuligen, krankhaft ehrgeizigen Frauen zu befreien, die doch immer nur versuchen, uns Männern die Eier zu zerquetschen. Frauen wie Towers und Metcalf. Frauen, die so sind wie du.« Er beugte sich vor und küsste Nadine mitten auf die Stirn. »Frauen, die genau so sind wie du.«

Sie konnte nur noch wimmern. Ihr Hirn war wie erstarrt. Sie hatte aufgehört zu versuchen, ihre Hände aus den Fesseln zu befreien, hatte aufgehört, überhaupt etwas zu tun. Reglos wie eine Puppe saß sie auf der schmalen Bank, und nur ein gelegentlicher leichter Schauder unterbrach die totengleiche Starre, in die sie verfallen war.

»Du hast immer wieder versucht, mir die Show zu stehlen. Du bist sogar zu unserem Boss gegangen und hast ihn gebeten, dass er mich in eine andere Abteilung versetzt. Du hast ihm erklärt, ich wäre ein ...« – zur Betonung seiner Worte klopfte er mit der Klinge seines Messers gegen ihren Hals – »mieses, kleines Arschloch. Und weißt du, diese Schnepfe Towers wollte mir noch nicht einmal ein Interview gewähren. Sie hat mich brüskiert. Hat mich auf Pressekonferenzen einfach ignoriert. Aber ich habe es ihr heimgezahlt. Ein guter Reporter lässt nie locker, stimmt's, kleine Nadine? Also habe ich mich umgehört und am Ende eine nette, saftige Story über den dämlichen Freund ihrer geliebten Tochter ans Tageslicht gezerrt. Die ganze Zeit, während die glückliche Brautmutter alle diese hübschen Hochzeitspläne schmiedete, wusste ich über den zukünftigen Schwiegersohn genaustens Bescheid. Ich hätte sie erpressen können, aber das war nicht das Ziel. Sie war vollkommen fertig, als ich sie schließlich anrief und ihr alles erzählte.«

Seine zusammengekniffenen Augen begannen zu glänzen. »Plötzlich war sie bereit mit mir zu reden. Oh, mehr als nur bereit. Sie hätte versucht, mich zu ruinieren, obwohl alles, was ich ihr zu erzählen hatte, den Tatsachen entsprach. Aber Towers hatte Einfluss, und sie hätte versucht, ihn zu benutzen, um mich zu zerquetschen wie ein lästiges Insekt. Genau das hat sie am Link zu mir gesagt. Trotzdem tat sie genau das, was ich von ihr verlangte. Und als ich sie in der schmutzigen, schmalen Gasse traf, verzog sie tatsächlich verächtlich das Gesicht. Die Schlampe verzog ihr hässliches Gesicht und sagte: ›Ich bin es nicht gewohnt, dass man mich warten lässt. Aber jetzt, du widerlicher kleiner Bastard, werden wir die Dinge klären.‹«

Vor lauter Lachen hielt er sich den Bauch. »Oh, und ich habe die Dinge geklärt. Das Blut spritzte nur so aus ihr heraus und genau wie meine gute, alte Mutter rang sie gurgelnd ein letztes Mal nach Luft.«

Er schlug Nadine kurz auf den Kopf, erhob sich und trat vor die Kamera, die er unweit der Parkbank aufgestellt hatte.

»Hier spricht C. J. Morse. Die Sekunden verrinnen und es scheint, als käme unsere heldenhafte Bullen-Fotze doch zu spät, um ihre gute Freundin vor der Hinrichtung zu retten. Auch wenn es lange als sexistisches Klischee galt, hat dieses Experiment uns wieder mal bewiesen, dass Frauen einfach nicht pünktlich sein können.«

Wieder begann er, dröhnend zu lachen, versetzte Nadine einen beiläufigen Schlag, der sie auf der Bank zusammensinken ließ, und setzte nach einem letzten schrillen Kichern eine ernste Miene auf.

»Die öffentliche Übertragung von Hinrichtungen wurde in diesem Land im Jahre 2012 verboten, und fünf Jahre später sprach sich der oberste Gerichtshof gänzlich gegen die Todesstrafe aus. Natürlich hatten fünf idiotische, großmäulige Weiber diese Entscheidung erzwungen, sodass ich persönlich sie als null und nichtig ansehe.«

Er zog einen kleinen Sender aus der Tasche und wandte sich wieder an Nadine. »Ich werde mich jetzt in die aktuellen Nachrichten einklinken, Nadine. In zwanzig Sekunden gehen wir auf Sendung.« Er neigte den Kopf ein wenig und bedachte sie mit einem nachdenklichen Blick. »Weißt du, du könntest durchaus etwas Make-up vertragen. Schade, dass dafür keine Zeit ist. Ich bin sicher, bei deiner letzten Sendung würdest du gerne möglichst hübsch aussehen.«

Er trat vor sie, legte ihr das Messer an die Kehle und blickte in die Kamera. »In zehn, neun, acht ...«

Beim Klang eiliger Schritte auf dem Kiesweg drehte er den Kopf. »Aber hallo, scheint, als hätte sie es tatsächlich noch geschafft. Nur wenige Sekunden vor Ablauf der Frist.«

Eve riss entsetzt die Augen auf und blieb schlitternd stehen. In den zehn Jahren bei der Truppe hatte sie schon viel gesehen. Vieles, von dem sie häufig wünschte, sie könnte es vergessen. Doch nie zuvor hatte sie etwas Vergleichbares erlebt.

Eingetaucht ins Licht der einzigen Lampe, die in diesem Teil des Parks brannte saß Nadine vollkommen starr auf einer

Bank. Blut trocknete auf ihrer Haut, und sie hatte ein Messer an der Kehle. Hinter ihr stand C. J. Morse in einem adretten Hemd und einem farblich passenden Jackett und blickte in die auf einem schlanken Dreibein aufgebaute, laufende Fernsehkamera.

»Was zum Teufel machen Sie da, Morse?«

»Live-Reportage«, erklärte er ihr fröhlich. »Bitte, treten Sie ins Licht, Lieutenant, damit unsere Zuschauer Sie sehen können.«

Ohne ihn aus den Augen zu lassen, machte Eve – wie er es von ihr verlangte – noch einen Schritt nach vorn.

Sie war schon viel zu lange fort, dachte Roarke und merkte, dass das Plaudern mit den Gästen ihm auf die Nerven ging. Offenbar hatte das Gespräch mit Angelini sie mehr mitgenommen, als ihm bewusst gewesen war, und nun tat es ihm Leid, dass er so sanft mit Marco umgesprungen war.

Er wollte verdammt sein, wenn er sie weiter grübeln ließe oder tatenlos mit ansah, wie sie sich mit Selbstvorwürfen quälte. Also musste er sie entweder zum Lachen bringen oder aber reizen, bis ihre Niedergeschlagenheit verflog. Lautlos glitt er aus dem Zimmer und ließ das Licht, die Musik und die fröhlichen Stimmen hinter sich zurück. Das Haus war viel zu groß, um sie einfach zu suchen, aber eine Frage würde reichen, um zu wissen, wo sie sich im Augenblick befand.

»Eve«, sagte er, sobald Summerset aus einem Raum zu seiner Rechten ins Foyer geglitten kam.

»Sie ist gegangen.«

»Was soll das heißen, sie ist gegangen? Wohin?«

Da sich bereits bei der Erwähnung ihres Namens Summersets Nackenhaare sträubten, zuckte er bloß mit den Schultern. »Das kann ich nicht sagen. Ich weiß nur, dass sie aus dem Haus gelaufen, in ihren Wagen gestiegen und davongefahren ist. Sie hielt es nicht für nötig, mich darüber aufzuklären, was sie vorhatte.«

Roarkes Stimme wurde scharf. »Spielen Sie keine Spielchen mit mir, Summerset. Warum ist sie gegangen?«

Beleidigt presste Summerset die Lippen aufeinander. »Vielleicht aufgrund des Anrufs, den sie kurz vorher bekommen hatte. Sie hat ihn in der Bibliothek entgegengenommen.«

Roarke machte auf dem Absatz kehrt, marschierte entschlossen in Richtung des genannten Raums, öffnete die Tür, trat vor den Schreibtisch und spulte an den Anfang des letzten Link-Gesprächs zurück.

Er lauschte den Stimmen und starrte auf den Bildschirm, während seine bisher leichte Sorge sich zu ehrlichem Entsetzen steigerte. »Gütiger Himmel, sie will sich mit ihm treffen. Sie will sich ganz alleine mit ihm treffen.«

Er war bereits im Flur, als er noch einmal über seine Schulter brüllte: »Summerset, geben Sie diese Information an Chief Tibble weiter – aber so, dass es niemand anders hört.«

»Obgleich unsere Zeit recht knapp bemessen ist, Lieutenant, bin ich sicher, dass unsere Zuschauer mit allergrößtem Interesse den Abschluss Ihrer Ermittlungen verfolgen.« Ohne das Messer von Nadines Kehle abzusetzen, blickte Morse weiter freundlich lächelnd in die Kamera. »Eine Zeit lang haben Sie eine falsche Spur verfolgt und standen, glaube ich, sogar im Begriff, einen unschuldigen Mann für die Verbrechen eines anderen einsperren und vor Gericht stellen zu lassen.«

»Morse, warum haben Sie sie getötet?«

»Oh, meine Beweggründe habe ich für zukünftige Sendungen ausführlich dokumentiert. Sprechen wir also lieber über Sie.«

»Sie müssen sich schrecklich gefühlt haben, als Ihnen klar wurde, dass Sie Louise Kirski ermordet hatten statt wie beabsichtigt Nadine.«

»Das hat mir tatsächlich zu schaffen gemacht. Louise war eine nette, ruhige Frau, die wusste, wo ihr Platz war. Aber es war nicht meine Schuld. Es war Ihre und Nadines Schuld, weil Sie mich ködern wollten.«

»Sie wollten Publicity.« Sie warf einen Blick auf das rot glühende Lämpchen, das zeigte, dass die Kamera beständig lief. »Die bekommen Sie im Augenblick ganz sicher. Aber das hier nimmt Ihnen jede Möglichkeit zur Flucht, Morse. So kommen Sie nie mehr aus diesem Park heraus.«

»Oh, machen Sie sich keine Sorgen, ich habe einen Plan. Und wir haben nur noch ein paar Minuten Zeit, bevor wir der Sache ein Ende machen müssen. Die Öffentlichkeit hat ein Recht auf Information. Ich möchte, dass sie diese Hinrichtung live miterleben kann. Dass sie mitansehen kann, was Sie verschuldet haben und wie Sie für Ihre Sünden büßen.«

Eve blickte auf Nadine. Sie war ihr ganz sicher keine Hilfe. Die Frau stand nicht nur unter Schock, sondern wahrscheinlich zudem unter dem Einfluss irgendwelcher Drogen. »So leicht wie Nadine kriegen Sie mich nicht.«

»Dafür werde ich mit Ihnen mehr Spaß haben.«

»Wie haben Sie Nadine erwischt?« Die Hände deutlich sichtbar neben ihrem Körper, den Blick starr auf sein Gesicht gerichtet, trat sie etwas näher an ihn heran. »Sie müssen ziemlich clever vorgegangen sein.«

»Ich bin ja auch sehr clever. Die Menschen – vor allem Frauen – trauen mir einfach viel zu wenig zu. Ich habe ihr einen Tipp zukommen lassen. Eine Nachricht von einem verängstigten Zeugen, der alleine mit ihr sprechen wollte. Ich wusste, als ehrgeizige Journalistin würde sie wegen der Aussicht auf eine große Story ihren Bewacher abschütteln. Ich habe sie in der Parkgarage abgefangen. Es war ganz einfach. Habe ihr ein Schlafmittel verabreicht, bin mit ihr in ihrem Wagen losgefahren und habe ihn mit ihr im Kofferraum auf einem kleinen Parkplatz im Stadtzentrum abgestellt.«

»Wirklich gerissen.« Sie trat noch einen Schritt näher und blieb stehen, als er die Brauen hochzog und den Druck des Messers verstärkte. »Wirklich gerissen«, wiederholte sie und hob ihre Hände in die Luft. »Sie wussten, dass ich Ihnen auf den Fersen war. Woher?«

»Meinen Sie vielleicht, Ihr runzeliger Kumpel Feeney kennt sich als Einziger mit Computern aus? Verdammt, ich bin zehnmal besser. Ich war seit Wochen in Ihrem System. Über jede Übertragung, jeden Ihrer Pläne, jeden Schritt, den Sie unternahmen, wusste ich genau Bescheid. Ich war Ihnen immer einen Schritt voraus.«

»Ja, Sie waren mir immer einen Schritt voraus. Aber Sie wollen Nadine gar nicht töten. Eigentlich wollen Sie mich. Ich bin diejenige, die Sie brüskiert, die Ihnen das Leben schwer gemacht hat. Warum also lassen Sie Nadine nicht einfach laufen. Sie ist sowieso völlig betäubt. Also versuchen Sie doch lieber gleich Ihr Glück bei mir.«

Ein jungenhaftes Grinsen glitt über sein Gesicht. »Warum sollte ich nicht einfach Sie beide umbringen?«

Eve zuckte mit den Schultern. »Ich dachte, Sie hätten Spaß an der Herausforderung. Aber anscheinend habe ich mich da geirrt. Towers war eine Herausforderung. Sie mussten es ziemlich geschickt anstellen, um sie dorthin zu bekommen, wo Sie sie haben wollten. Metcalf hingegen war nichts Besonderes.«

»Meinen Sie das wirklich ernst? Sie hielt mich für ein kleines Würstchen.« Er bleckte seine Zähne und atmete zischend aus. »Wenn sie keine Titten gehabt und deshalb meine Sendezeit bekommen hätte, hätte sie es niemals weiter als bis zur Wettervorhersage gebracht. Aber nein, stattdessen gaben sie ihr meine Sendung! Und ich musste so tun, als wäre ich ihr größter Fan, musste ihr erzählen, ich wollte einen Zwanzig-Minuten-Bericht über sie drehen. Über sie allein. Ich musste sogar so weit gehen zu behaupten, die Sendung käme über den internationalen Satelliten, ehe sie endlich angebissen hat.«

»Und dann hat sie Sie nachts auf der Terrasse hinter dem Haus getroffen.«

»Ja, sie hatte sich total aufgetakelt, hat bis über beide Ohren gelächelt und gemeint, wir sollten doch den alten Streit begraben. Behauptete, sie würde sich darüber freuen, dass ich meine Nische gefunden hätte. Meine gottverdammte Nische. Tja, und dann habe ich dafür gesorgt, dass sie solche Sachen nie mehr sagen kann.«

»Das haben Sie getan. Dann habe ich mich wohl geirrt, denn offensichtlich hat auch der Fall Metcalf einiges an Cleverness von Ihnen verlangt. Aber Nadine sagt keinen Ton. Sie kann noch nicht einmal mehr denken. Sie wird überhaupt nicht merken, dass Sie es ihr heimzahlen.«

»Aber ich werde es merken. So, die Zeit ist um. Vielleicht treten Sie besser zur Seite, Dallas, sonst wird Ihr hübsches Kleid mit ihrem Blut bespritzt.«

»Warten Sie.« Sie trat noch einen Schritt nach vorn, wandte sich täuschend nach links, griff mit der rechten Hand hinter ihren Rücken und zog blitzschnell ihre Waffe. »Wenn du auch nur blinzelst, du widerlicher kleiner Scheißer, puste ich dir ein Loch in deinen Schädel, durch das der Rest von deinem Hirn auf die Straße tropfen wird.«

Er blinzelte sogar mehrmals, völlig überrascht von der plötzlichen Wendung des Geschehens. »Wenn Sie das Ding benutzen, wird mir die Hand ausrutschen, und sie ist noch schneller tot als ich.«

»Vielleicht«, kam die gelassene Antwort. »Vielleicht aber auch nicht. Aber Sie sind auf alle Fälle tot. Lassen Sie das Messer fallen, Morse, und lassen Sie sie los, wenn Sie nicht wollen, dass Ihr Nervensystem wegen Überlastung seinen Dienst versagt.«

»Schlampe. Du bildest dir tatsächlich ein, du könntest mich besiegen.« Er zerrte Nadine auf die Füße, hielt sie wie ein Schutzschild vor sich und gab ihr einen Schubs.

Eve fing Nadine mit einem Arm auf, während sie weiter auf das Frettchen zielte, das bereits im dunklen Wald verschwand. Da ihr keine andere Wahl blieb, schlug sie Nadine ein paarmal unsanft ins Gesicht. »Gottverdammt. Jetzt komm endlich wieder zu dir.«

»Er wollte mich umbringen.« Nadine rollte mit den Augen, als Eve sie erneut schlug.

»Jetzt komm endlich in Bewegung, hörst du? Lauf los und ruf die Polizei. Und zwar jetzt sofort.«

»Die Polizei.«

»Da entlang.« Eve gab ihr einen Stoß in Richtung Weg, hoffte, dass sie auf den Beinen bliebe und nahm selbst die Verfolgung des Wahnsinnigen auf.

Er hatte gesagt, er hätte einen Plan, und sie war sich sicher, dass es auch so war. Selbst wenn es ihm gelänge, aus dem Park herauszukommen, würde er am Ende ganz sicher doch erwischt. Doch seine Mordlust war geweckt – vielleicht schnappte er sich einfach irgendeine Frau, die ihren Hund spazieren führte oder jemanden, der nach einer fröhlichen Verabredung spät nach Hause kam.

Er würde das Messer gegen jeden heben, denn wieder hatte er versagt.

Sie blieb im Dunkel stehen, hielt den Atem an und spitzte ihre Ohren. Gedämpft drangen die Geräusche des Straßen- und des Luftverkehrs zu ihr herüber, und hinter dem Blätterwerk der Bäume blitzten die Lichter der Stadt.

Ein Dutzend Wege führten durch den Wald und durch die liebevoll geplanten und sorgsam angelegten Gärten.

Plötzlich hörte sie etwas. Vielleicht waren es Schritte, vielleicht das Rascheln eines kleinen Tiers in einem nahen Busch. Mit gezückter Waffe schob sie sich tiefer in die Finsternis hinein.

Es gab einen Brunnen, dessen Wasser still im Dunkeln lag. Einen kleinen Spielplatz – Schaukeln, Rutschen, schaumumhüllte Stangen, an denen sich die kleinen Kletterer weder ihre Schienbeine noch ihre Ellbogen stoßen konnten.

Eve blickte sich um und verfluchte sich dafür, dass sie beim Verlassen ihres Wagens die Taschenlampe nicht mitgenommen hatte. Hier zwischen den Bäumen war es viel zu dunkel, und die Stille wogte wie ein schwarzer Nebel durch die regungslose Luft.

Dann hörte sie den Schrei.

Er war zurückgeschlichten, ging es ihr blitzschnell durch den Kopf. *Er war zurückgeschlichen und hatte Nadine abermals erwischt.* Eve wirbelte herum, und ihr Instinkt, andere zu beschützen, rettete sie selbst.

In ihrem Schulterblatt klaffte ein langer, zum Glück nicht tiefer Schnitt, der wie verrückt brannte. Den zweiten Hieb wehrte sie mit dem Ellbogen ab und prallte mit der Faust unsanft gegen seinen Kiefer, sodass er sie noch immer nicht treffen konnte. Doch die Klinge flog nach vorn und schnitt ihr oberhalb des Handgelenkes in den Arm, sodass ihre eigene Waffe nutzlos aus ihren Fingern glitt.

»Du dachtest also wirklich, ich würde weglaufen.« Mit rot glühenden Augen umrundete er sie. »Wie die meisten anderen Frauen hast auch du mich eindeutig unterschätzt. Aber jetzt schneide ich dich ganz langsam in Stücke, Dallas. Ich schlitze dir die Kehle auf.« Sein Arm fuhr nach vorne, und sie machte eilig einen Satz zurück. »Ich schlitze dir den Bauch auf.« Wieder stieß seine Hand nach vorn und fuhr so dicht an ihr vorbei, dass sie von dem Luftzug, den das Messer verursachte, eine Gänsehaut bekam. »Jetzt habe ich dich in der Hand.«

»Den Teufel hast du.« Sie griff zur letzten Waffe jeder Frau. Der Tritt war sorgfältig gezielt. Zischend ging das Frettchen in die Knie, das Messer fiel zu Boden, und schon stürzte sie sich auf ihn.

Er kämpfte wie der Wahnsinnige, der er tatsächlich war. Seine Finger rissen wild an ihrem Haar, und seine Zähne suchten schnappend nach einem Fetzen Fleisch. Über ihren Arm lief immer noch das Blut und so glitt sie immer wieder von ihm ab, während sie noch darum kämpfte, die Stelle unter seinem Kiefer zu finden, die sie drücken müsste, um ihn zur Bewegungslosigkeit zu zwingen.

Verbissen rollten sie über Kies und Erde, doch außer einem gelegentlichen Keuchen entfuhr ihnen kein Laut. Seine Hand glitt auf der Suche nach dem Messer rastlos über den Boden, und sie streckte die Finger wie Krallen nach ihm aus.

Dann sah sie plötzlich Sterne, als seine linke Faust auf ihren Unterkiefer traf.

Ihre Betäubung legte sich sofort, doch sie wusste, sie war tot. Sie sah das schicksalhafte Messer und atmete scharf ein.

Später würde sie sich sagen, es hätte geklungen wie das zornige Heulen eines Wolfes, wie ein Schrei nach Vergeltung, nach Rache und nach Blut. Irgendetwas oder jemand zerrte Morse von ihr herunter, sie rollte sich auf ihre Knie und Hände und schüttelte den Kopf. Das Messer, dachte sie verzweifelt, das gottverdammte Messer. Doch sie konnte es nicht finden, sodass sie in Richtung ihrer eigenen Waffe kroch.

Sie hatte sie schon in der Hand, ehe sie sich weit genug erholte um zu sehen, was nicht weit von ihr geschah. Zwei Männer kämpften miteinander, rollten wie zwei wilde Hunde auf dem hübschen Spielplatz herum. Und einer der beiden war tatsächlich Roarke.

»Geh weg von ihm.« Sie rappelte sich auf, schwankte und atmete tief ein. »Weg von ihm, damit ich schießen kann.«

Wieder rollten die beiden Männer herum. Roarke umklammerte Morses Finger, doch der hatte das Messer sicher in der Hand. Neben ihrer Wut, dem Pflichtgefühl und ihrem Instinkt breitete sich urplötzlich eine riesengroße, überwältigende Angst in Eves Innerem aus.

Schwach und immer noch blutend, lehnte sie sich gegen die gepolsterten Stangen des Klettergerüsts und stützte die Hand, in der sie ihre Waffe hielt, mit der anderen ab. Im schwachen Licht des Mondes sah sie, wie Roarkes Faust ihr Ziel traf, hörte das Splittern von Knochen und verfolgte, wie das Messer in hohem Bogen durch die Luft fuhr, ehe seine Klinge zitternd in der Kehle des Frettchens verschwand.

Jemand murmelte ein Gebet. Als sich Roarke erhob, wurde ihr bewusst, dass sie selbst es war, die die flehenden Worte sprach. Sie ließ ihre Waffe sinken und starrte ihn an. Seine Miene war reglos, doch seine Augen glühten, und von seiner eleganten Jacke troff dunkelrotes Blut.

»Du siehst einfach entsetzlich aus«, brachte sie erstickt hervor.

»Du solltest dich selbst sehen.« Er keuchte. Aus Erfahrung wusste er, dass ihm später ganz sicher jeder Knochen wehtun würde. »Weißt du nicht, dass es unhöflich ist, eine Party einfach zu verlassen, ohne sich zu entschuldigen?«

Mit zitternden Beinen trat sie auf ihn zu, dann jedoch blieb sie wieder stehen und schluchzte leise auf. »Tut mir Leid. Es tut mir so Leid. Gott, bist du verletzt?«

Sie warf sich ihm in die Arme, schmiegte ihren Kopf an seine Schulter, und er zog sie eng an seine breite Brust. »Hat er dich mit dem Messer getroffen? Hat er dich irgendwo erwischt?« Sie riss sich von ihm los und zerrte verzweifelt an seinem Jackett.

»Eve.« Er umfasste sanft ihr Kinn. »Du blutest ziemlich stark.«

»Er hat mich ein paarmal erwischt.« Sie tastete nach ihrer Nase. »Aber es ist nicht so schlimm.« Trotzdem zog Roarke ein großes, leinenes Taschentuch aus der Tasche, wischte ihr das Blut ab und verband die Wunde an ihrem rechten Arm. »Und es ist Teil von meinem Job.« Sie atmete tief ein, und ihre bisher verschwommene Sicht wurde allmählich wieder klar. »Wo hat er dich getroffen?«

»Das ist nicht mein Blut«, kam die ruhige Antwort, »sondern das von Morse.«

»Das von Morse?« Beinahe wäre sie erneut ins Schwanken geraten, doch sie drückte ihre Knie durch und fragte: »Und du bist nicht verletzt?«

»Nicht schlimm.« Er bog ihren Kopf nach hinten und blickte voller Sorge auf den flachen Schnitt an ihrer Schulter und das rasch anschwellende Auge. »Du brauchst einen Arzt.«

»Gleich. Erst habe ich noch eine Frage.«

»Na, dann schieß mal los.« Er riss ein Stück Stoff aus seinem zerfetzten Ärmel und tupfte damit an ihrem Schnitt herum.

»Komme ich vielleicht in einen deiner Konferenzsäle gestürmt, wenn du irgendwelche Probleme mit deinen Geschäftspartnern hast?«

Die dunkle Glut in seinen Augen verglomm langsam, und auf seine Lippen legte sich ein Lächeln. »Nein, Eve, das tust du nicht. Ich weiß wirklich nicht, was in mich gefahren ist.«

»Schon in Ordnung.« Da sie keine Tasche hatte, schob sie ihre Waffe zurück hinter ihren Rücken, wo sie zuvor mit Klebestreifen befestigt gewesen war. »Dieses eine Mal«, murmelte sie und umfasste sein Gesicht, »ist es in Ordnung. Es ist wirklich okay. Ich hatte eine Heidenangst, als ich nicht an dir vorbei auf ihn zielen konnte. Ich dachte, bevor ich ihn davon abhalten könnte, würde er dich umbringen.«

»Dann solltest du verstehen, wie es mir gegangen ist.« Er legte einen Arm um ihre Taille, und gemeinsam schleppten sie sich in Richtung des ursprünglichen Tatortes zurück. Nach einem Augenblick erkannte Eve, dass sie vor allem deshalb hinkte, weil sie nur noch einen Schuh trug, und ohne auch nur stehen zu bleiben, streifte sie ihn ab. Dann sah sie die hellen Lichter vor sich.

»Polizei?«

»Ich denke schon. Ich bin auf Nadine gestoßen, als sie über den Weg in Richtung Haupttor stolperte. Der Kerl schien ihr ganz schön zugesetzt zu haben, aber sie hatte sich weit genug unter Kontrolle, um mir sagen zu können, in welche Richtung er gelaufen war.«

»Wahrscheinlich wäre ich mit dem Bastard auch alleine klar gekommen«, murmelte Eve mit unsicherer Stimme. »Aber du hast deine Sache wirklich gut gemacht. Du hast echtes Talent für Faustkämpfe.«

Keiner von ihnen erwähnte das Messer, das plötzlich wie durch ein Wunder in Morses Hals gesteckt hatte.

Im Lichtkreis vor der Kamera entdeckte sie Feeney zusammen mit einem guten Dutzend anderer Polizisten. Er schüttelte, als er sie sah, den Kopf und winkte eilig nach dem Sanitäter.

Nadine lag bereits mit wächsernem Gesicht auf einer Trage.

»Dallas.« Sie hob kurz eine Hand und ließ sie müde wieder sinken. »Ich habe es verbockt.«

Eve beugte sich nach vorn, während der Sanitäter Roarkes Behelfsverband von ihrem Arm nahm und sie neu und fachmännisch verband. »Er hat Sie mit Drogen vollgepumpt.«

»Ich habe es verbockt«, wiederholte Nadine, als man sie in Richtung des Krankenwagens trug. »Ich werde Ihnen ewig dankbar sein.«

»Ja.« Eve wandte sich ab und sank müde auf die gepolsterte Klappe des Rettungsfahrzeuges. »Haben Sie was für mein Auge? Es pocht nämlich wie wild.«

»Wird sicher ganz schön blau«, gab man ihr fröhlich zur Antwort, während sie etwas zum Kühlen aufgedrückt bekam.

»Das ist mal eine gute Nachricht. Und übrigens, ich gehe ganz sicher in kein Krankenhaus.«

Der Sanitäter schnalzte mit der Zunge und begann mit der Reinigung und dem Verbinden ihrer Wunden.

»Das mit dem Kleid tut mir wirklich Leid.« Sie befingerte einen der zerfetzten Ärmel, hob den Kopf und sah Roarke lächelnd an. »Hat nicht allzu lange gehalten.« Sie schob den Sanitäter unsanft zur Seite und stand entschieden auf. »Ich muss sofort nach Hause, mich umziehen und dann meinen Bericht anfertigen.« Sie sah ihm in die Augen. »Wirklich bedauerlich, dass Morse in sein eigenes Messer gerollt ist. Die Staatsanwaltschaft hätte ihn sicher gerne vor Gericht gestellt.« Sie streckte ihre Hand aus, untersuchte Roarkes aufgerauten Knöchel und schüttelte den Kopf. »Hast du vorhin zufällig geheult?«

»Wie bitte?«

Sie wandten sich zum Gehen, und mit einem leisen Lachen hakte sie sich bei ihm ein. »Alles in allem fürchte ich, habe ich deine Party wohl verdorben.«

»Hmm. Wir werden noch genug andere Partys feiern. Aber da ist noch etwas.«

»Hmm?« Sie bewegte ihre Finger und war froh, als sie feststellte, dass sie wieder funktionierten. Die Sanitäter kannten sich in ihrem Metier anscheinend wirklich aus.

»Ich möchte, dass du mich heiratest.«

»Uh-huh. Tja, wir werden –« Sie blieb so abrupt stehen, dass sie beinahe gestolpert wäre, rang hörbar nach Luft und riss ihr gesundes Auge auf. »Du möchtest was?«

»Ich möchte, dass du mich heiratest.«

Er hatte einen blauen Fleck am Kinn, Blut auf seiner Jacke und ein derart merkwürdiges Blitzen in den Augen, dass sie sich allen Ernstes fragte, ob er vielleicht verrückt geworden war. »Vor wenigen Minuten sind wir beide ziemlich übel zusammengeschlagen worden, wir befinden uns ganz in der Nähe einer Stelle, an der einer von uns noch vor wenigen Minuten hätte sein Leben aushauchen können, und du bittest mich dich zu heiraten?«

Abermals legte er seinen Arm um ihre Taille und schob sie weiter Richtung Straße. »Einen passenderen Zeitpunkt gibt es ja wohl nicht.«